Keltenzorn

Uli Aechtner studierte Germanistik, Philosophie und Kunstwissenschaften in Bonn. Als Journalistin arbeitete sie für das Französische Fernsehen TF1, für den Südwestrundfunk und für das ZDF. Seit zwei Jahrzehnten lebt sie als freie Autorin in der Wetterau.

Belinda Vogt studierte Publizistik, Psychologie und Jura in Mainz. Sie arbeitet seit vielen Jahren als Redakteurin beim Fernsehen. Davor war sie als Drehbuchautorin und Regisseurin für die Hoechst AG und andere große Unternehmen im Rhein-Main-Gebiet tätig. Ihre zahlreichen Reisen führten sie zuletzt in die alten Hochburgen der Kelten.

BELINDA VOGT/ULI AECHTNER

Keltenzorn

KRIMINALROMAN

emons:

Bibliografische Information der Deutschen Nationalbibliothek
Die Deutsche Bibliothek verzeichnet diese Publikation
in der Deutschen Nationalbibliografie; detaillierte bibliografische
Daten sind im Internet über http://dnb.d-nb.de abrufbar.

FSC
www.fsc.org
MIX
Papier aus verantwortungsvollen Quellen
FSC® C083411

Umschlagmotiv: photocase.de/Astonishing
Umschlaggestaltung: Tobias Doetsch
Gestaltung Innenteil: César Satz & Grafik GmbH, Köln
Druck und Bindung: CPI – Clausen & Bosse, Leck
Printed in Germany 2014
Erstausgabe 2013
ISBN 978-3-95451-132-7
Originalausgabe

»Wir, unserer eigenen Vorzeit fremd geworden, können nur täppisch versuchen, das Neue mit dem Alten zu verknüpfen.«

Jakob Grimm, Zeitschrift für deutsches Altertum – 1841

»Bei keinem Volke ist der Glaube an die Unsterblichkeit stärker gewesen als bei den Kelten; man konnte Geld bei ihnen geliehen bekommen, um es in der anderen Welt wiederzugeben.«

Heinrich Heine (1797–1856)

PROLOG

Sie hatte noch nie einen Toten berührt. Aber sie wusste, dass es heute sein musste. Sie durfte keine Angst haben, sonst würde es mit Ronan, Fionn und Lugh nie mehr so sein wie jetzt. Die drei vertrauten ihr. Und sie vertraute ihnen. Gemeinsam ließen sie ein Reich der Phantasie entstehen, viel schöner und stärker als jede Realität.

»Heute Nacht steht das Tor zur Anderswelt offen.« Fionns Stimme klang rau und schwer. Er hatte sich reichlich Mut angetrunken. »Die Toten sind bereit, mit uns zu reden.«

»Ja, heute.« Sie zitterte, ihr war kalt. »Es muss tatsächlich heute sein.« Sie vermied Fionns Blick und tat, als starre sie ins Feuer. Aus den Augenwinkeln heraus sah sie, dass sein Gesicht im Schein des Lagerfeuers glühte.

Ronan und Lugh saßen auf der anderen Seite der Feuerstelle auf einem Baumstamm. Sie hatten den Fremden in die Mitte genommen, lachten mit ihm und klopften ihm auf die Schulter. Noch ahnte er nicht, was ihm bevorstand. Er genoss es, sich die Nacht im Freien mit ein paar jungen Leuten um die Ohren zu schlagen.

Fionn kippte den Rest Wein hinunter, schenkte sich nach und füllte auch ihren Becher bis zum Rand. Wortlos reichte sie ihm die kleine Metalldose mit den getrockneten Pilzen, und er bediente sich. Dann hielt er sie den Freunden hin. Als auch der Fremde zugreifen wollte, riss Ronan ihm die Dose weg und gab sie Fionn zurück. Alle wussten, dass es nur vier Portionen Fliegenpilz gab.

Der Mond stand tief am Himmel, eine riesige flache Scheibe. Die Äste der großen Eiche, unter der sie saßen, sahen wie gespenstische Schattenrisse aus.

»Du weißt, dass man die Götter gnädig stimmen muss.« Fionn redete nun langsamer, der Wein hatte sich auf seine Stimme gelegt. »Wenn du den Göttern ein Opfer bringst, helfen sie dir. Dann läuft alles besser, du wirst sehen.«

Sie atmete schwer. Sie betrachtete den Fremden, den sie im Auto mitgenommen hatten. Aufgelesen auf der Landstraße.

»Was machen wir mit ihm, wenn er stirbt?«

Fionn legte tröstend den Arm um sie. »Keine Sorge«, raunte er ihr ins Ohr. »Wir machen ihn ja nicht ganz tot.« Er lachte kurz auf. »Nur ein bisschen.«

Sie sah, wie Ronan sich davonschlich, während Lugh dem Fremden noch mehr Wein in den Becher kippte. Der Mann war vorsichtig geworden, er trank nicht weiter, hielt den Becher unschlüssig in den Händen und starrte hinein. Vielleicht war er aber auch nur müde.

Sie spürte, wie die Kälte unter ihren langen Rock zog, selbst der Alkohol wärmte nicht mehr. Die Lichtung weitete sich, und die Bäume schlenkerten hin und her, als wären sie aus Gummi. Der Mond war eine Wasserpfütze. Sie konnte eine Delle in den Mond drücken, wenn sie ihn mit dem Finger antippte.

Ronan war mit dem Seil zurück, er hielt es hinter seinem Rücken verborgen, stellte sich hinter den Fremden und sah zu Fionn herüber. Fionn nickte, und Ronan warf das Seil um den Hals des Mannes und zog zu. Der Mann kippte rücklings von dem Baumstamm herunter; Ronan mühte sich ab, ihn unter die Eiche zu zerren.

»Kommt schon, helft mir!«, brüllte er. »Der Kerl ist verdammt schwer.«

Lugh sprang auf und umklammerte die Beine des Mannes. Doch der Kerl hatte es geschafft, rechtzeitig in die Schlinge zu greifen. Deshalb gab er keine Ruhe. Er grunzte und wand seinen Körper wie eine gefangene Echse.

Fionn ließ seinen Becher ins Gras fallen und stürzte hinzu. Zu dritt schleiften sie den Mann bis zum Stamm der Eiche. Ronan schleuderte das Ende des Seils über einen starken Ast und fing es auf der anderen Seite wieder auf. Der Mann warf panisch seinen Kopf hin und her und versuchte, seinen Hals zu befreien.

»Hoch mit ihm, beeilt euch.«

Eine seltsame Erregung hatte sie alle erfasst. Ronan und Lugh stemmten sich in den Boden; ruckweise zogen sie den Mann hoch. Seine Augen waren weit aufgerissen. Keine Schreie, kein Röcheln. Sie hörte ihn nur schnaufen. Als Fionn seine Beine losließ, trat er um sich. Zappelte und strampelte. Als würde er einen grotesken Tanz in der Luft aufführen.

»Aideen, du hast den Vortritt.« Fionn streckte einladend die Hand nach ihr aus. Sie raffte ihren Rock über den Knien zusammen und stolperte um das Lagerfeuer herum. Schwer atmend stand sie vor dem zuckenden Mann. Wie sollte sie ihn berühren? Er musste still hängen, sonst ging es nicht.

Endlich wurden seine Bewegungen schwächer. Zwischen seinen Beinen zeigte sich ein dunkler Fleck. Sie reckte sich und legte ihm eine Hand auf die Brust. Sein Herz raste. Gleich war es vorbei. Nur einen Moment noch.

Ihre Hand schien zu brennen. Ein prickelndes Gefühl. Sie musste lachen. Alles würde gut werden.

EINS

Peter Grubers Herz schlug für einen Moment höher, als er etwas Goldenes in der Erde blitzen sah.

Die Schicht, die er gerade bearbeitete, war über zweitausend Jahre alt. Lange vor Christi Geburt hatte hier ein Mensch den kleinen Gegenstand fallen lassen. Mit einem weichen Pinsel begann er, das Fundstück freizulegen.

Vielleicht eine Münze? Oder der Teil eines Goldschmucks?

Langsam konnte er Konturen erkennen.

Peter Gruber saß in einer akkurat ausgestochenen Grube in der Nähe des antiken Gordion. Neunzig Kilometer südwestlich von Ankara suchten er und ein kleines deutsch-türkisches Team nach keltischen Überresten in der ehemaligen Hauptstadt des phrygischen Reiches.

Gordion, die Stadt, in der Alexander den Gordischen Knoten zerschlug.

Der Archäologe hatte die Wand der Grube mit Wasser besprüht. Wenn die Erde feucht war, konnte man dunkle Flecken erkennen. Das waren Spuren von vermodertem Holz. Vermutlich Überreste von Pfosten, die einmal ein Gebäude getragen hatten.

Gruber konnte nun kleine Einbuchtungen am Rand seines Fundstücks erkennen. Ohne zu zögern, griff er in die Grubenwand und pulte den Gegenstand heraus. Er klopfte die Erde ab und reinigte die Oberseite mit dem Daumen. Enttäuschung machte sich in ihm breit.

Als er den Kopf hob, sah er, wie sich Hüseyin Yildiz näherte. Der türkische Wissenschaftler begleitete die Ausgrabung für die Antikensammlung des staatlichen Museums in Ankara. Er trug ein Tablett, das wie eine Gondel in seiner Hand schaukelte. Darauf standen goldverzierte Gläschen mit Tee, auf den winzigen Untertassen lagen jeweils zwei Stück Zucker.

Gruber lächelte gequält. »Willst du mir Tee servieren oder nur nachsehen, ob ich es schon entdeckt habe?«

»Das war nicht meine Idee.« Hüseyin hob die Schultern und sah Gruber bedauernd an. Der hielt den schimmernden Gegenstand zwischen Daumen und Zeigefinger in die Höhe. Auf der glatten Oberfläche war ein Aufdruck zu erkennen: Efes. Der Name des einheimischen Bieres. Ein Kronkorken.

Die Teamkollegen, die einige Meter entfernt auf dem Grabungsfeld arbeiteten, schauten bereits zu ihnen herüber und lachten. Sascha Urban, einer der deutschen Archäologen, hob einen Spaten in die Höhe. Wohl zum Zeichen, dass er damit heimlich ein Loch in die Grubenwand gestoßen und den Kronkorken darin versenkt hatte.

»Haha, sehr witzig.« Gruber warf den Kronkorken verärgert weg und griff nach dem Tee.

Vor einigen Jahren erst hatte man in Gordion keltische Überreste gefunden. Die Galater, keltische Speermänner, waren im 3. Jahrhundert vor Christus als Söldner nach Anatolien gekommen und hatten für König Nikomedes I. gekämpft. Zum Dank bekamen sie für sich und ihre Familien eine neue Heimat geschenkt. Ihre erste große Siedlung nannten sie den »Anker«. Das heutige Ankara. Obwohl fern der Heimat, behielten die Galater ihre Bräuche bei. Ihre Sprache und ihr Kunsthandwerk ähnelten stark denen der gallischen Stämme in Nordfrankreich. Ebenso ihre Art, Menschen zu opfern. Grausam zugerichtete Skelette hatte man in Gordion gefunden: abgehackte Schädel, verstreute Knochen. Um die Götter gnädig zu stimmen, opferten die Galater nicht nur Tiere, sondern auch Männer, Frauen und Kinder. Strangulierten sie, enthaupteten sie. Steckten ihre Köpfe auf Lanzen.

Gruber hatte sich schon als Jugendlicher mit den grausamen Menschenopfern der Kelten beschäftigt. Ihn faszinierten die Tötungsarten, die sie sich ausgedacht hatten.

Sie zwängten ihre Opfer in Kisten, um sie im Moor zu versenken. Sie schlugen Heerscharen die Köpfe ab und positionierten die kopflosen Toten mitsamt ihren Waffen als Wächter auf einem Podest. Die Schädel ihrer Lieblingsfeinde präparierten sie und reichten sie bei Festgelagen unter ihren Gästen herum.

Aber warum, zum Teufel, liebten sie diese Grausamkeit?

Gruber glaubte, dass die Menschenopfer erst eingesetzt hatten, nachdem ein Meteorit auf die Erde gestürzt war. Manche hielten ihn deswegen für einen Spinner, aber hatte man das nicht auch von Galilei behauptet? Er war davon überzeugt, dass die Kelten den Meteoriteneinschlag als Zorn der Götter gedeutet hatten. Ihnen war der Himmel auf den Kopf gefallen, und sie hatten nicht gewusst, warum. Deshalb mussten sie die mächtigen Götter besänftigen; je grausamer die Hinrichtung, desto gnädiger würden sie sein. Für das Opfer war der Tod eine Ehre: Es rettete dem Clan das Überleben und ging ein in die paradiesische Anderswelt.

Die beiden Männer saßen jetzt auf dem Rand der Grube und ließen die Füße baumeln. Ungefährlich war das nicht. Wer die Kante abbrach, musste einen Kasten Bier ausgeben. Ein ungeschriebenes Gesetz. Sie griffen zu den kleinen Tellern mit den Teegläsern, warfen die Zuckerwürfel in die Gläschen und genossen schweigend das heiße Getränk.

Grubers Blick ging über die Grabung hinaus. Weit und breit war kein Baum, kein Strauch zu sehen. Nur trockenes Gras und graubraune Hügel, bis zum Horizont.

Jetzt im Juni war es trocken. Und heiß. Fünfunddreißig, vierzig Grad. Die brennende Sonne verwandelte den Himmel in eine weiße Fläche, die sich weit über das karge Land erstreckte. Doch Gruber ignorierte die Hitze. Wenn die anderen in der Mittagszeit den Schatten suchten, arbeitete er weiter. Den Strohhut fest auf den Kopf gedrückt, saß er am Boden seiner Grube und kratzte mit einem Spachtel über das Erdreich. Sollten die anderen Siesta halten, er wollte jede Minute für seine Arbeit nutzen. Es machte ihm auch nichts aus, mal einen Tag lang nichts zu essen oder in schäbigen Unterkünften zu hausen. Er brauchte keine weiche Matratze und kein fließendes Wasser. Hauptsache Abenteuer.

Vier Wochen vor Semesterende hatte er sich unter einigen Mühen vom Mainzer Unibetrieb freistellen lassen, um sich der Grabungskampagne in Gordion anzuschließen. Er war jetzt Mitte dreißig, und sein Job als Dozent am Institut für Vor- und Frühgeschichte füllte ihn nicht wirklich aus. Jahr für Jahr führte er Exkursionen mit Studenten durch. An den immer gleichen Stellen im Saarland, in Burgund oder in Österreich. Mit mehr oder weniger ähnlichen Funden: Scherben, Bronzefibeln, Münzen. Umso glücklicher stimmte ihn sein Abstecher in die Türkei, wo er endlich wieder das Gefühl hatte, Neuland zu erforschen. Vielleicht würde er in Gordion auf etwas Außergewöhnliches stoßen, etwas, das dazu beitrug, dass sein Name in die Annalen der Wissenschaft einging.

Auf einen Beweis für die Meteoritenthese.

Der Klingelton seines Handys ließ ihn aufschrecken. Er zog das summende, vibrierende Ding aus seiner Hosentasche und schaute aufs Display. Deutsche Vorwahl, unbekannte Nummer. Schnell sprang er auf.

»Vorsicht, Kante«, warnte Hüseyin.

Gruber entfernte sich ein paar Schritte von ihm, um außer Hörweite zu kommen. Mit gemischten Gefühlen nahm er das Gespräch an.

Hoffentlich zieht mich die Uni nicht vorzeitig ab.

»Hallo?«

»Spreche ich mit Dr. Peter Gruber?«

»Ja.«

»Mein Name ist Max Dwyer«, sagte der Anrufer förmlich. »Ich bin ein Mitarbeiter von Dr. Mara Jordan. Ich soll Sie in ihrem Auftrag um einen Rat bitten. Sie erinnern sich doch an Frau Dr. Jordan?«

»Natürlich.« Gruber schubste mit dem rechten Fuß einen kleinen Erdklumpen hin und her.

Mara Jordan. Was will die plötzlich von mir?

Er sah sie im Geiste vor sich: langes Haar, schlanke Figur, kritischer Blick. Ein ungeschminktes, aschblondes Wesen, dessen Schönheit man erst bei näherem Hinsehen bemerkte.

»Was hat Frau Jordan denn für ein Problem?«, fragte Gruber.

»Dr. Jordan leitet eine Notgrabung am Glauberg in der Wetterau. Dort ist eine Baumaßnahme geplant, und wir müssen zuvor prüfen, ob sich archäologische Funde im Erdreich befinden.«

»Routine also«, wiegelte Gruber ab. Er überlegte, wie er den

Kerl wieder loswerden konnte. »Ist Ihnen übrigens klar, dass ich mich gerade in der Türkei befinde?«

»Ich weiß genau, wo Sie sind«, erwiderte der Mann. »Dr. Jordan würde sich nicht mit Ihnen in Verbindung setzen, wenn es nicht wichtig wäre. Sie möchte von Ihnen wissen, ob …«

Die Verbindung brach ab. Gruber starrte auf das Display, das wieder Datum und Uhrzeit anzeigte. Er unterdrückte ein Stöhnen. Eigentlich kam ihm die Unterbrechung aber gelegen, er hatte ohnehin keine Lust, auf irgendwelche banalen Fragen zum Verlauf einer Rettungsgrabung einzugehen. Damit musste die schlaue Mara schon allein fertig werden.

Er hatte Mara Jordan bei ihrer Magisterarbeit betreut. Sie war ihm gleich aufgefallen, als sie an die Uni gekommen war. Wenn ihre tiefe Stimme erklang, wenn sie ihr langes Haar zurückwarf oder wenn sie mit diesem geschmeidigen Gang auf ihn zukam, hatte er seine Augen kaum von ihr losreißen können.

Sie hatte ihn an seine Jugendliebe erinnert. An die Pfarrerstochter, die allen den Kopf verdreht hatte.

Doch während die anderen Studentinnen auch Zeit für ein bisschen Vergnügen fanden, konzentrierte Mara sich nur auf ihr Examen. Zäh und verbissen klammerte sie sich an ihre Bücher. Dass die kessen Erstsemester ihre Noten aufzuwerten versuchten, indem sie besonders nett zu ihren Dozenten waren, war für sie gleich der moralische Weltuntergang.

Ein einziges Mal war Mara aus sich herausgegangen, da hatte sie schon fast fertig studiert.

Oh Mann, war das eine Show gewesen!

Auf einer Fete im Institut hatte ihr jemand einen »Zombie« serviert, und nach dem starken Cocktail war Mara nicht mehr sie selbst gewesen. Die Shakira-Imitation, die sie auf dem Tisch hinlegte, fand rasenden Beifall, ihr Hüftschwung war so erregend wie der des Originals. Erhitzt war sie vom Tisch getaumelt, und er hatte sie in seinen Armen aufgefangen. Hatte sie mitgenommen und in seine Wohnung gebracht. Doch von Dankbarkeit keine Spur. Am nächsten Tag hatte sie sich pikiert und beleidigt gegeben. Und so verschlossen wie eine Muschel.

Mara, die Miesmuschel.

Das Handy klingelte erneut. Wieder war der Anrufer aus Deutschland dran.

»Ja bitte, was noch?« Gruber war gereizt. Eine Fliege hatte sich in seinen verschwitzten Nacken gesetzt. Er versuchte, sie mit der flachen Hand totzuschlagen, doch seine langen krausen Haare, die er zum Zopf zusammengebunden hatte, waren ihm dauernd im Weg.

»Frau Doktor ist hier vor wenigen Stunden auf etwas sehr Außergewöhnliches gestoßen.« In Max Dwyers Stimme lag ein gewisser Triumph. »Sie hat das Skelett einer keltischen Fürstin entdeckt.«

»Wo?« Gruber presste sein Handy fester ans Ohr. »Am Glauberg? Der ist doch längst abgegrast. Was soll man denn da noch finden?«

»Am Fuß des Glaubergs, im freien Feld. Ein weibliches Skelett mit Schmuck und Grabbeigaben.«

Gruber schwieg angespannt. Seine Gedanken rasten. Konnte da tatsächlich noch irgendwo eine keltische Herrscherin im Tal liegen? Ein Menschenopfer, den Göttern dargebracht vom eigenen Volk?

Mara ist auf etwas gestoßen, das niemand je finden sollte.

Sein Mund wurde trocken, und in seinem Hinterkopf meldete sich ein stechender Schmerz. Wie gebannt starrte er auf das öde Land, das sich vor ihm ausbreitete. Die bäuerliche Landschaft der Wetterau legte sich vor seinem inneren Auge über die karge Ebene Anatoliens. Er sah Mara vor sich, wie sie staunend über ihrer Entdeckung stand. Die großen Augen geweitet vor Aufregung, während sie ihre Haare nervös nach hinten band.

Mühsam konzentrierte er sich auf eine Antwort.

»Der Glauberg war ein spirituelles Zentrum der Kelten«, holte er aus. »Man hat dort die Gräber von drei Herrschern entdeckt, aber keines von ihren Frauen. Andererseits haben die Kelten …« Er brach ab. »Wie weit ist Frau Jordan denn mit der Freilegung?«

»Deshalb rufe ich an. Sie überlegt gerade, ob sie eine Blockbergung machen soll, und wüsste gern Ihre Meinung dazu.«

»Gute Idee. Sie soll vorgehen wie bei der Bergung der Fürstengräber, alles am Stück und dann ins Labor.« Das würde Zeit kosten.

»Ich werde es Frau Dr. Jordan ausrichten.«

Gruber schüttelte sich, die Fliege saß ihm schon wieder im Nacken. Der Anrufer war ihm unsympathisch, er fand ihn steif und arrogant.

»Nein, danke, nicht nötig. Ich werde mich selbst bei ihr melden.«

Wie in Trance beendete er das Gespräch.

Als er zu Hüseyin zurückkam, hatte der seine Teestunde beendet. Neugierig sah er ihm entgegen.

»Was ist los?«, wollte er wissen. »Du schaust so grimmig drein. Schlechte Nachrichten?«

»Kann man so sagen«, wich Gruber aus. »Ich muss sofort nach Deutschland zurück.«

***

Mara Jordan beugte sich über das Skelett, das sie tags zuvor im Acker entdeckt hatten. Mit einem dicken Pinsel wischte sie ihm etwas Erde aus den Augenhöhlen. Es war eine fast beiläufige Bewegung, eine kleine, routinierte Drehung. Doch es wirkte wie eine zärtliche Geste.

Es war noch früh am Morgen. Die Luft war klar, und die Sonne begann, über die Bergkuppe zu steigen. Bis auf das Zwitschern einiger Vögel war kein Laut zu hören. Selbst die Pendler, die bald in ihre Autos klettern und mit dröhnenden Motoren zur Arbeit fahren würden, schliefen noch.

Mara kniff die Augen zusammen und betrachtete den Schädel noch einmal genau. Die Stirn war gewölbt, die Augenhöhlen waren rund, es gab keine knöchernen Verdickungen darüber. Das alles ließ eher auf eine verstorbene Frau schließen als auf einen Mann. Die Zähne waren fast vollständig, was für eine relativ junge Person sprach. Den Schädel umgaben Reste eines groben Stoffes, die vielleicht von einem Schultertuch stammten, das ihr um den Kopf gelegt worden war. Auf dem Brustkorb lagen noch Erdkrumen, darunter konnte Mara weitere Überreste der Kleidung sehen, Fetzen von halb verrottetem Leinen. Mehr hatte sie von der Toten noch nicht freigelegt. Auf Höhe des linken Ellbogens steckte ein längliches Metallgefäß in der Erde. Ein Teil des Henkels ragte aus dem Boden, und man konnte die Form des Fundstücks bereits erahnen. Vielleicht eine Kanne für Met, den keltischen Honigwein? In Umrissen zeichnete sich außerdem ein Armreif ab, vermutlich Bronze.

Schon bei der ersten Begehung der Fläche war ihnen die Vertiefung im Boden aufgefallen. Ausgerechnet ihr freiwilliger Grabungshelfer Max hatte sie entdeckt. Der ältere Mann musste schon auf vielen Grabungen gewesen sein, so gut, wie er sich mit auffälligen Veränderungen im Boden auskannte. Sie hatte den Baggerfahrer angewiesen, den Oberboden mit äußerstem Fingerspitzengefühl abzutragen, aber dann war er doch ein wenig zu tief in die Erde eingedrungen. Ein vermutlich antiker Schädel war zum Vorschein gekommen, und Mara hatte gerade noch verhindern können, dass auf der nächsten Schaufel das ganze Skelett lag.

Nun musste es geborgen werden, bevor die Presse Wind davon bekam und Schaulustige die Grabung belagerten und zertrampelten. Bevor irgendetwas abhandenkam. Das Team hatte Mara zum absoluten Stillschweigen verdonnert. Bis der Fund in Sicherheit war, durfte niemand darüber reden.

Sie reckte sich und drückte das Kreuz durch. Ihr Rücken schmerzte von der unbequemen Haltung. Doch schon nach wenigen Sekunden beugte sie sich wieder über ihren Fund.

Ganz in der Nähe hatte man Anfang der neunziger Jahre Gräber aus der Keltenzeit freigelegt. Oben am Glauberg war einmal ein großer Grabhügel gewesen, der im Laufe der Jahrhunderte eingesunken und abgetragen worden war. Dort fand man die Urnenbestattung eines Kriegers und die Grabkammer eines hochgestellten Mannes, eines Keltenherrschers. Ein drittes Grab in der Mitte war leer gewesen.

Die Bergung hatte sich als schwierig erwiesen. Die Grabkammern waren vom Gewicht der Erde eingedrückt, die Knochen der Toten durch die Feuchtigkeit halb verrottet. Also stach man rund um die Gräber große Erdblöcke aus und schaffte sie ins Labor, um sie dort in monatelanger Kleinarbeit auseinanderzunehmen. Die Mühe hatte sich gelohnt: Man fand keltische Schwerter, Bronzekannen und Halsreifen aus Gold. Doch die große Sensation war eine vollständig erhaltene Steinskulptur, die einen der Toten darstellte. Bald hatte sie einen Namen: der Fürst vom Glauberg.

Auf der anderen Seite des Skeletts schimmerte nun etwas Grünliches. Mara ging in die Hocke, arbeitete fieberhaft, wischte immer wieder mit dem Pinsel über ihren Fund, blies die trockene Erde fort. Endlich konnte sie sehen, was es war: ein Bronzespiegel!

Den Griff bildete eine kleine Frauenfigur aus Eisen, die mit ausgestreckten Armen eine Scheibe aus Bronze hielt. Jeder Laie wäre enttäuscht gewesen, so dreckig und voller Grünspan war das gute Stück. Aber Mara wusste um seinen Wert. Ein Hochgefühl überwältige sie. Der Spiegel war ganz eindeutig eine Grabbeigabe, wie man sie einer keltischen Herrscherin mitgegeben hätte, für ein Leben im Jenseits. In der Anderswelt.

Mara fotografierte den Handspiegel in seiner ursprünglichen Lage. Dann legte sie das Fundstück in einen flachen Holzkasten und fotografierte es erneut.

Tausend Fragen stürzten auf sie ein.

Wie alt mochte die Frau gewesen sein, als sie starb? Warum lag sie hier draußen im Feld – und nicht näher am Plateau, bei den anderen Bestattungen? Warum hatte sie keine Grabkammer? War die leere Kammer im Grabhügel ursprünglich für sie bestimmt gewesen?

Als sie die Kamera sinken ließ, sah sie, wie ein Mann mit großen Schritten auf sie zukam. Sie erkannte den Lokalreporter, der dem Team schon seit Beginn der Grabung auf die Pelle rückte. In seiner Aufmachung – Cargohosen, kariertes Hemd und eine Weste mit vielen Taschen – war er von einem Archäologen kaum zu unterscheiden.

Der passt problemlos auf jede Grabung.

Mara bückte sich nach der Plane, um ihren Fund abzudecken, doch sie war nicht schnell genug.

»Hallo, Frau Doktor.« Der Journalist hatte sie erreicht und begutachtete das Skelett, das vor ihnen aus der Erde ragte, mit fachmännischem Blick. »Was haben Sie denn da entdeckt? Etwa ein weiteres Fürstengrab?«

»Korrekt wäre es, von einer prunkvollen Bestattung zu sprechen«, gab Mara zurück, verärgert über den ungebetenen Augenzeugen. »Bis heute weiß niemand, wie die Kelten ihre hochgestellten Persönlichkeiten nannten. Wertvolle Grabbeigaben, Goldschmuck – das allein hat diesen Toten den Beinamen ›Fürsten‹ eingebracht.«

»Ich dachte, die Fürsten lägen weiter oben«, meinte der Reporter trocken. »Da, wo jetzt das Museum steht.«

Mara nickte. Der Mann hatte ja recht. Wenn die Bezeichnung aus wissenschaftlicher Sicht auch nicht korrekt war, so genoss sie im allgemeinen Sprachgebrauch dennoch weite Verbreitung. Sie selbst war davon nicht ausgenommen. »Ich habe auch noch keine Theorie, warum diese Dame hier unten liegt. Und dazu noch im freien Feld, ohne Grabkammer. Aber wir werden es herausfinden.«

»Ich mach mal ein Foto.« Er nahm seine Umhängetasche von der Schulter und packte seine Kamera aus.

»Wagen Sie es bloß nicht!«, zischte Mara. »Ich will den Fund in Ruhe bergen. Ein Zeitungsartikel zieht den nächsten nach sich. Wenn die Fotografen sich dann aber hier auf die Füße treten, kommen wir mit der Arbeit nicht mehr voran. Es gibt später eine offizielle Pressekonferenz.«

»Na ja, ich weiß nicht. Wir haben schließlich eine Chronistenpflicht.« Der Reporter ließ seine Kamera nur zögernd sinken. »Wo sind eigentlich Ihre Leute?«

»Die anderen kommen gleich.«

Maras Blick wanderte an das Ende der Planfläche, wo ein Container stand. Er war ihr mobiles Büro, ihre Fundsammelstelle und ihr Aufenthaltsraum. Das Team, das sie leitete, bestand aus fünf Leuten. Simon und Tinka waren Kollegen von der Landesarchäologie; mit Simon hatte sie schon auf einer Grabung gearbeitet. Und mit Tinka hatte sie in Mainz am Institut für Vor- und Frühgeschichte studiert. Von dort kamen auch die beiden studentischen Hilfskräfte. Max Dwyer hatte sich als freiwilliger Helfer angeboten, kurz nachdem sie mit der Grabung begonnen hatten. Der kleine Trupp hatte die Aufgabe, das Terrain auf archäologische Funde zu untersuchen, weil eine kanadische Firma hier in der Tiefe ein seltenes Metall abbauen wollte. Molybdän. Soweit Mara wusste, wurde es für die Stahlherstellung gebraucht.

»Und was liegt dort in der Kiste?« Der Reporter hatte den verwitterten Bronzespiegel entdeckt.

»Das muss heute noch ins Labor nach Wiesbaden. Damit wir wissen, aus welcher Periode das Grab stammt.«

»Hallstatt- oder La-Tène-Zeit«, meinte der Reporter.

»Ja, genau.« Mara musste lächeln. Die Einheimischen wussten viel über Archäologie. Sie hatten die Entdeckung der Gräber damals miterlebt. Man war stolz auf die keltische Vergangenheit und hoffte nun auf das Geld der Touristen.

Wenn man die Leute hier hörte, hatte der bevorstehende Molybdänabbau die Gemüter diesbezüglich heftig erhitzt. Das neue Keltenmuseum, das über dem rekonstruierten Grabhügel stand, sollte in eine unberührte, keltisch anmutende Landschaft eingebettet bleiben, in der es weder Abraumhalden noch Förderbänder gab.

Die Geräusche eines herannahenden Autos beendeten ihr Gespräch. Von der Straße bog ein Mitsubishi-Van ab und hielt neben dem Container. Nach und nach stiegen die Teammitglieder aus. Sie hatten eine Fahrgemeinschaft gebildet und legten die fast neunzig Kilometer lange Strecke von den Büros in Wiesbaden-Biebrich bis zum Glauberg täglich gemeinsam zurück.

Mara hatte die vergangene Nacht auf der Ladefläche ihres VW Caddy verbracht und ihren Fund bewacht. Ausgestreckt auf einer Isomatte hatte sie kaum ein Auge zugetan, war beim geringsten Geräusch immer wieder hochgefahren.

Ihre Angst vor Grabräubern war zu groß.

»Ich muss los.« Mara sah den Journalisten eindringlich an. »Kann ich Ihnen vertrauen, oder muss ich Ihnen die Kamera wegnehmen?«

Der Mann hielt den Fotoapparat hinter seinen Rücken und trat einen Schritt zurück. »Ich hab's schon kapiert«, murmelte er unwirsch. »Keine Fotos.«

Der Container war etwas zu eng für sechs Leute. Da sie aber die meiste Zeit auf dem Grabungsfeld waren, kamen sie gut zurecht. Mara überließ den anderen die Sitzplätze und blieb stehen. Sie beugte sich über die Karte des Terrains, die sie auf dem schmalen Tisch an der Wand ausgebreitet hatte, und wies mit dem Finger auf die Stelle, an der sich die Grabstätte befand.

»Hier liegt unser Fund. Er muss so schnell wie möglich ins Labor. Ich denke, wir machen eine Blockbergung.«

»Soll ich einen Schwertransporter organisieren?«, fragte Tinka.

»Nein. So aufwendig wird es nicht werden. Schließlich müssen wir keine komplette Grabkammer bewegen, sondern nur ein Skelett mit Grabbeigaben. Im Labor haben wir dann genug Zeit, alles zu präparieren.«

»Wieso hat sie eigentlich keine Grabkammer?«, wollte Simon wissen. »Bei den anderen Bestattungen hat man sich die Mühe gemacht, große Kammern aus Holz zu zimmern. Warum nicht auch hier?«

Mara zögerte. »Möglicherweise wurde die Frau, die wir gefunden haben, umgebracht.« Darüber hatte sie die ganze Nacht gegrübelt. »Irgendetwas Schreckliches könnte geschehen sein, und ihr Volk hat sie geopfert, um die Götter zu versöhnen. Die einfachen Leute hatten vielleicht nicht die Möglichkeit, ihr eine pompöse Grabkammer zu bauen.«

»Du denkst an ein Menschenopfer?« Tinka zwirbelte an einer Haarsträhne, was sie immer tat, wenn sie aufgeregt war.

Max, der freiwillige Helfer, räusperte sich. »Dr. Gruber meint auch, wir sollten eine Blockbergung machen.«

»Wer bitte?«, fragte Mara gereizt.

»Dr. Gruber, der Keltenexperte. Ich dachte, es wäre hilfreich, seine Meinung einzuholen.«

»*Sie* haben … seine Meinung eingeholt?« Mara starrte den älteren Mann fassungslos an, doch er schien sich keiner Schuld bewusst. Sein rundes Gesicht unter dem hellgrauen Haar strahlte Liebenswürdigkeit und Unschuld aus.

»Ja, ich habe ihn gestern gleich angerufen. Auf seinem Handy. Er arbeitet gerade in der Türkei. Ich soll Sie schön grüßen.«

»Was haben Sie ihm denn erzählt, Max?«

»Nicht viel. Nur dass wir eine Routinegrabung machen und dabei ein keltisches Skelett entdeckt haben.«

Mara fühlte, wie sich ihr Körper anspannte, bereit, vor Zorn zu explodieren.

Peter Gruber. Ausgerechnet der weiß nun als Erster Bescheid.

Sie presste die Lippen aufeinander, um die aufsteigende Wut zurückzuhalten. Es gelang ihr nicht.

»Sind Sie wahnsinnig geworden, Max?«, brüllte sie. »Rufen einfach hinter meinem Rücken einen Kollegen an und plaudern alles aus! Woher hatten Sie überhaupt seine Nummer?«

Max wirkte irritiert. »Von der Mainzer Uni, die Sekretärin war sehr nett.«

Mara ballte die Fäuste, bis sie ihre Fingernägel schmerzhaft in den Handballen spürte. »Wir haben kaum mit unserer Grabung angefangen, da posaunen Sie die Nachricht von der keltischen Fürstin schon in die Welt hinaus! Max, Sie sind nur ein Helfer, kein Wissenschaftler. Auch wenn wir hier gemeinsam arbeiten, heißt das nicht, dass Sie uns gleichgestellt sind. Sie dürfen keine eigenmächtigen Entscheidungen treffen.«

»Ich wollte nur helfen.«

Mara blickte in seine hellen Augen, die von Lachfältchen umzogen waren.

Versteht er mich nicht, oder nimmt er mich nicht ernst?

»Sie sind gefeuert.«

Alle sahen sie erschrocken an.

»Aber wieso denn?« Simon fasste Mara am Arm. »Der Gruber ist doch einer von uns. Außerdem gehört er wirklich zu den Besten.«

Sie schüttelte seine Hand ab. »Das ist kein Grund, ihn ohne jede Absprache anzurufen. Ich bin selbst Keltenexpertin, unser Team kommt ohne einen Peter Gruber zurecht.«

»Tut mir leid, ehrlich.« Max sah auf seine schwieligen Hände.

»Ich dachte, er wäre so eine Art Vorbild für Sie. Weil Sie doch sein Buch hier liegen haben, sogar mit Widmung.«

Mara schaute zu der kleinen Sammlung von Fachbüchern neben dem Computer. »Kelten – Einführung in die Welt der Eisenzeit« von Peter Gruber war eins davon. Sie konnte sich selbst nicht erklären, warum sie das Buch nicht längst in den Müll geworfen hatte. Peter hatte es ihr nach einem Proseminar überreicht, in dem er ihre Hausarbeit verrissen und Auszüge daraus zur Belustigung der versammelten Studenten vorgelesen hatte. Zwar war das große Gelächter ausgeblieben, nur hier und da war ein verstohlenes Glucksen im Seminarraum zu hören gewesen, dennoch hatte seine Demütigung sie tief getroffen. Mit süffisantem Lächeln hatte er nach dem Seminar an der Tür auf sie gewartet und ihr sein erstes Werk in die Hand gedrückt. »Für Mara – auf den ganz großen Erfolg!«, lautete die Widmung. Ein Foto prangte auf dem hinteren Buchdeckel. Darauf blickte er den Betrachter aus dunklen Augen an und lächelte geheimnisvoll. Das lange krause Haar war streng zurückgekämmt und zum Künstlerzopf gebändigt.

»Nein, er war kein Vorbild«, sagte Mara. »Ich habe nur meine Magisterarbeit bei ihm geschrieben.«

Und ich bin in seinem Bett aufgewacht.

»Darf der Max nicht trotzdem bleiben?«, bettelte Tinka. »Er hat es doch nicht böse gemeint. Und wir brauchen seine Hilfe, um unser Pensum zu schaffen. Ein Mann weniger wäre …«

»Meinetwegen«, lenkte Mara ein. »Aber fragt mich in Zukunft, bevor ihr mit jemandem redet. Das Skelett und die Grabbeigaben liegen noch schutzlos im Feld. Die Sondengänger und Hobbyarchäologen warten nur auf eine solche Gelegenheit. Ich schlage mir hier nicht grundlos die Nacht um die Ohren.«

»Ich kann die nächste Wache übernehmen«, bot Max an. »Als Wiedergutmachung für meinen Fehler.«

»Das wird vorerst nicht nötig sein«, sagte Mara. »Aber vielleicht komme ich später auf Ihr Angebot zurück.«

Im Container machte sich Erleichterung breit. Tinka suchte im Internet nach einer Transportfirma, Simon erklärte den beiden Studenten die Ergebnisse des Georadars.

Mara atmete tief durch; langsam beruhigte sie sich. Peter Gruber war in der Türkei, dreitausend Kilometer entfernt.

Dreitausend Kilometer und drei Jahre sind eine gute Distanz.

Ihr Ausbruch tat ihr nun leid. Sie betrachtete Max, der etwas verloren auf seinem Stuhl saß. Voller Begeisterung für die Archäologie, freundlich und hilfsbereit, war er eigentlich genau der Richtige für ihre Grabung. Er war bestimmt schon an die sechzig, aber robust gebaut und hatte sich gut in Schuss gehalten. Seine Ruhe und sein Interesse an den Kelten beeindruckten sie. Außerdem erinnerte er sie an ihren Großvater.

Vermutlich hab ich ihn vor allem deshalb eingestellt.

»Kommen Sie, Max, gehen wir wieder an die Arbeit.« Sie wandte sich zum Fenster. Wie lange hatten sie wohl noch Tageslicht?

Draußen auf dem Grabungsfeld beugte sich der Reporter über das Skelett. Er hatte seine Kamera gezückt und hielt sie auf den Fund gerichtet.

Mara verspürte den Impuls, zu ihm zu laufen und ihm die Kamera doch noch wegzureißen, doch im selben Moment richtete er sich auf, sah sie und rannte über das Feld davon.

»Den holen Sie nicht mehr ein.« Max war zu ihr ans Fenster getreten. »Solchen Typen dürfen Sie nie vertrauen.«

***

Peter Gruber parkte seinen Oldtimer, ein Mercedes Cabrio, in sicherer Entfernung des Containers. Die letzten Meter hatte er den Wagen im Leerlauf rollen lassen und die Scheinwerfer ausgeschaltet. Nun stieg er leise aus. Es war drei Uhr morgens. Nacht genug, um nicht gesehen zu werden. Und ausreichend Dämmerung, um etwas zu erkennen.

Nach dem Anruf von Maras Mitarbeiter hatte er ein paar Telefonate geführt und einen alten Freund in Bewegung gesetzt. Am Tag darauf war er nach Ankara gefahren, um den nächsten Flug nach Frankfurt zu nehmen. Seinen Aufbruch aus Gordion hatte er mit einer dringenden Familienangelegenheit erklärt. Schon sehr bald würde er zurück sein. Ein Taxifahrer hatte ihn in sein Haus chauffiert, wo er gewartet hatte, bis es an der Zeit war.

Und nun war er hier, in der Wetterau. Die vertraute Landschaft seiner Kindheit lag vor ihm wie ein Schwarz-Weiß-Foto, dunkle Schatten auf den Feldern zeigten sanfte Mulden an. Im Dämmerlicht konnte er das Bauschild der kanadischen Firma erkennen, die hier im Boden nach Rohstoffen suchen wollte. Mara hatte Humuserde abtragen lassen, sie war am Rand zu einem Wall zusammengeschoben. Dicht daneben wartete der Bagger auf den nächsten Einsatz.

Mara ist weit gekommen. Beinahe zu weit.

Er warf einen letzten Blick auf die Grabung, um sich zu orientieren, prägte sich die Lage der einzelnen Ausschachtungen ein, den Verlauf des Trampelpfads. Lautlos ging er um seinen Wagen herum und öffnete den Kofferraum.

Ein Motorgeräusch ließ ihn innehalten. Auf der anderen Straßenseite kämpfte sich ein Kleinbus aus dem Acker und bog auf die Landstraße ab. Ein Ford Transit, grau wie die Nacht.

Sicher ein Liebespaar. Der Dorfjugend fehlen nach wie vor die warmen Plätzchen.

Instinktiv hatte Gruber hinter seinem Wagen Deckung gesucht, nun richtete er sich wieder auf. Er klemmte sich den Klappspaten und die Rolle blaue Mülltüten unter den Arm und ließ den Kofferraumdeckel leise einrasten.

Er wollte sich gerade auf den Weg machen, als er am Straßenrand über etwas stolperte. Im fahlen Licht der Dämmerung konnte er nicht gleich erkennen, was es war. Er drehte es mit der Schuhspitze um und stellte fest, dass es sich um eine tote Katze handelte. Genau genommen war es nur noch ihr Gerippe, an dem hier und da etwas Fleisch und Fell klebte. Der Stubentiger war längst in seine nächste Inkarnation übergegangen, vermutlich war er schon vor einiger Zeit von einem Autofahrer erwischt worden. Gruber betrachtete seinen Fund mit sachlichem Interesse.

Der Kleine könnte Mara gefallen. Die Art, wie er die Zähne bleckt, ist irgendwie niedlich.

Er ließ den Klappspaten aufschnappen, riss einen Müllsack von der Rolle und beförderte den Katzenkadaver hinein. Dann endlich trabte er los, den Müllbeutel über der Schulter. Dass ihn nun ein unangenehmer Geruch umwehte, störte ihn nicht weiter. Nichts, was der Natur anhaftete, war ihm fremd. Schon als Kind hatte er Regenwürmer zerteilt, Käfer mit der Lupe gegrillt und Spinnen die Beine ausgerissen, um zu sehen, was danach mit ihnen geschah. Die Aufregung, mit der die Erwachsenen auf seine Experimente reagierten, wenn sie davon erfuhren, hatte er nie verstanden. In ihrer moralischen Überheblichkeit hatten sie ihm unterstellt, er würde sich am Leid der kleinen Kreaturen weiden und die Geschöpfe des Herrn nicht respektieren. Doch das waren unrechte Beschuldigungen. Niemand begeisterte sich leidenschaftlicher für die Natur und ihre Geschöpfe als er.

Der Trampelpfad, den das Team hinterlassen hatte, führte ihn geradewegs zu der Stelle, die er suchte. Seine Augen hatten sich nun an das Dämmerlicht gewöhnt. Reglos betrachtete er einen Moment lang die flache Vertiefung, in der die Tote lag. Dann warf er einen Blick auf seine Armbanduhr und schaute zum Container hinüber.

Mara war so zäh und ehrgeizig, es hätte zu ihr gepasst, ihre Grabung rund um die Uhr zu bewachen. Wenn er daran dachte, dass sie einmal Tausende von Tonscherben auf keltische, germanische und römische Namen hin untersucht hatte, nur um zu beweisen, dass die keltischen Treverer in der römischen Bevölkerung aufgegangen waren …

Doch im Container war alles dunkel und still.

Noch einmal sah er das Skelett an, dann bückte er sich und fing an zu graben. Er arbeitete mit dem Klappspaten, bis ihm warm wurde. Dann half er mit bloßen Händen nach. Tastete nach dem Schädel unter den Stoffresten, fühlte nach der Kanne. Er schämte sich, dass er so unwissenschaftlich zu Werke ging, er wollte nichts zerstören. Doch nun kam alles darauf an, dass er Maras Fund so rasch wie möglich vollständig barg und abtransportierte. Die Zeit lief ihm davon, der Lichtstreifen am Horizont wurde zusehends breiter, dunkle Wolken jagten über den Himmel. Ein Unwetter zog auf.

Aus der Ferne rollte bereits der Donner heran, hinter den Hügeln zuckte ein Blitz.

Sein Atem ging nun stoßweise, er war in Schweiß gebadet und verlor bald jedes Gefühl für die Zeit. Immer wieder lockerte er abwechselnd die Erde um den Fund herum mit dem Spaten und fuhr mit den Händen unter das Skelett, um es der Erde zu entreißen. Kurz vor Ausbruch des Gewitters spürte er die elektrisch aufgeladene Luft. Ein gleißender Blitz jagte über den Himmel, und Grubers Kopfhaut zog sich vor Anspannung zusammen.

Was für eine verfluchte Geschichte!

Ein Windstoß zerrte an dem Müllsack, als er die Katze auf den Acker gleiten ließ. Schnell legte er die Knochen der Toten hinein. Dann stopfte er die Grabbeigaben in einen zweiten Sack.

Nur eine Kanne und ein Armreif? Das kann doch nicht sein …

Er kniete sich noch einmal in die Vertiefung, durchwühlte die Erde mit bloßen Händen. Da war noch ein Stück von ihrem Schultertuch, sonst nichts. Fluchend warf er es zu den Knochen in den Müllsack. Schwer atmend riss er sich schließlich von der Grabungsstelle los und kickte mit einem Fußtritt die tote Katze hinein.

Bei der Vorstellung, was Mara für ein Gesicht machen würde, wenn sie den Kleinen entdeckte, musste er innerlich lachen.

So was Schönes findet man nicht jeden Tag, liebe Mara.

Die Kanne im Müllsack schlug schwer gegen seine Beine, als er über das Feld zur Straße zurücklief. Den zweiten Plastiksack mit den Knochen hielt er an seine Brust gedrückt.

Wie leicht ein Mensch doch ist, wenn nur das Skelett übrig bleibt.

An seinem Wagen angekommen, legte er seine Beute sachte auf den Rücksitz. In diesem Augenblick setzte der Regen ein, schwere Tropfen prasselten in sein Cabrio, durchnässten sein Haar und rannen ihm in den Kragen. Leise fluchend mühte er sich mit dem Autodach ab, um es zu schließen; eine Sturmbö riss es ihm beinahe aus der Hand.

Endlich hatte er es geschafft.

Als er am Container der Archäologen vorbeifuhr, sah er Licht im Innern schimmern. Ein schwacher Schein nur, wie vom Monitor eines Computers.

***

Mara hatte sich von der Ladefläche ihres Wagens in den Container zurückgezogen, weil der Wetterdienst Regen angesagt hatte. Es war die zweite Nacht, in der sie ihren Fund bewachte.

Eine Weile hatte sie über dem Grabungsbericht gesessen und zu arbeiten versucht, doch ihre Gedanken waren immer wieder abgeschweift.

Sie hatte zu dem schmalen Band über die Kelten gegriffen, den Peter Gruber ihr damals überreicht hatte, und darin herumgeblättert. Schließlich klappte sie ihn zu und betrachtete sein Foto auf der Rückseite des Einbands.

Dieses Selbstbewusstsein. Der leicht überhebliche Blick des ausgewiesenen Intellektuellen. Der Zopf, der ihm gleichzeitig das Aussehen eines kompromisslosen Künstlers verlieh, eines Individualisten, der sich seine Freiheit beharrlich erkämpft hatte. Er wirkte anziehend, ja. Weil man so unabhängig und stark durchs Leben gehen wollte wie er und weil man hoffte, man könne dies in seiner Nähe lernen.

Auch Mara war von ihm beeindruckt gewesen, im ersten Semester. Sie hatte seine Nähe gesucht und sich bemüht, ihm aufzufallen. Dass er ständig von jungen Mädchen umringt war, hatte sie als Herausforderung betrachtet. Bis sie hörte, wie die älteren Studentinnen über ihn redeten. Dass er jedes Semester »das Frischfleisch abgriff«.

Mara wollte kein Frischfleisch sein, keine Nummer unter vielen. Sie war Peter Gruber von da an aus dem Weg gegangen. Prompt hatte er angefangen, sie zu umwerben. Und jede Zurückweisung hatte ihn noch mehr angespornt.

Der Jäger und seine Beute, das alte Spiel.

Als der Container von einem Donnerschlag erschüttert wurde, schreckte Mara hoch.

So ein Mist, sie war eingeschlafen!

Mit verschränkten Armen hatte sie dagesessen, nachgedacht und gegen den Schlaf angekämpft, aber das leise Surren des noch angeschalteten Computers hatte sie schließlich eingelullt.

Sie stieß den Stuhl von sich, auf dem ihre Füße gelegen hatten. Im Aufstehen wollte sie sich an der Tischplatte abstützen, doch ihre Hand landete schmerzhaft in der kleinen Holzkiste voller Kleinfunde. Tinka und Simon hatten sie hier abgestellt. Spitze Scherben aus einer antiken Abfallgrube auf dem Gelände.

Mara leckte sich das Blut vom Finger und bedachte die Kiste mit einem bösen Blick. Die Bronzestücke könnten Teile von Waffen gewesen sein, Messerspitzen oder Reste von Schwertern.

Sie hatten Tiere getötet, vielleicht sogar Menschen.

Den blutenden Finger im Mund, ging sie zur Tür des Bürocontainers und öffnete sie. Der Wind riss ihr die Klinke fast aus der Hand.

Ein gewaltiger Blitz erhellte das Gelände, gefolgt von krachendem Donner. Es goss in Strömen, Mara konnte durch den Wasserschleier gerade noch den kleinen Vorplatz erkennen, auf dem sie Holzkisten, Spaten und Schaufeln abgestellt hatten. Sie zog sich eine Regenjacke über und stieg hastig in ihre Gummistiefel.

Ich muss nachsehen, was die Fürstin macht.

Sie schlug die Tür hinter sich zu und rannte los. Nach wenigen Metern war ihr Haar durchnässt; wie ein Wasserfall prasselte der Regen auf sie herab. Das Gewitter war jetzt direkt über ihr, Blitz und Donner folgten einander in kurzen Abständen. Sie hatte Mühe, den schmalen Pfad zu erkennen, den das Team in den Acker getreten hatte. Dicke Tropfen liefen ihr in Rinnsalen über Stirn und Augen und nahmen ihr die Sicht.

Sie wischte sie weg und lief weiter.

Wenn mein Großvater mich jetzt sehen könnte!

Als Kind hatte sie diese Gegend oft mit ihrem Großvater durchstreift. Gemeinsam waren sie über die Wiesen und Äcker gezogen und hatten nach Überresten vergangener Völker gesucht, hatten hier etwas aus der Erde gepult und dort etwas ausgegraben.

Konnte dieses Stück Holz von einem Fürstenhof stammen? Gehörte jene Scherbe zu einem sagenhaften Gefäß?

Während andere Kinder mit Eimer und Schaufel im Sandkasten gespielt hatten, war Mara auf Schatzsuche gegangen.

Der Großvater hatte als junger Mann mit dem Reichsarbeitsdienst am Glauberg gegraben. Der Grabungsleiter ließ damals einen langen Suchgraben in das zu der Zeit noch dicht bewaldete Plateau schlagen, um die Besiedlung der Heimat bis in die graue Vorzeit hinein zu erforschen. Die Nationalsozialisten hatten der Welt vor Augen führen wollen, wie geschichtsträchtig das deutsche Volk war. Ihre Grabungsergebnisse belegten schnell, dass der Glauberg auf eine lange, wechselvolle Geschichte zurückblicken konnte, von der mittleren Jungsteinzeit bis ins Hochmittelalter. Zum Leidwesen der braunen Machthaber fand man jedoch nicht die erhofften germanischen Überreste, die geeignet gewesen wären, die arische Propaganda zu untermauern.

Die Grabung war aufgegeben worden, doch den Großvater hatte die Archäologie nie mehr losgelassen. In glühenden Farben hatte er Mara das Leben ausgemalt, das sich vor Jahrtausenden hier abgespielt hatte. Von Kelten und Römern hatte er ihr erzählt, von Fürsten, Druiden und Kriegern. Geschichten, die sie nie vergessen hatte und die sie noch in ihrem Erwachsenenleben begleiteten.

Schon von Weitem erkannte Mara, dass etwas an der Grabungsstelle nicht stimmte. Die Plane war halb aufgeschlagen und flatterte im Wind. Womöglich war Wasser eingedrungen. Sie musste sich beeilen, die schützende Abdeckung wieder über das Skelett und die Grabbeigaben zu ziehen.

Am Fundort angekommen, griff sie nach der Plane und hielt Ausschau nach dem Stein, der sie beschwert hatte. Als ein Blitz das Grab erhellte, weiteten sich ihre Augen vor Entsetzen.

In einer braunen Pfütze schwamm das Skelett einer Katze.

Das Tier lag auf der Seite und hatte die Pfoten leicht gekrümmt, der Schädel war ihr zugewandt. An der Schnauze klebten durchweichte Fellreste, und nur in der rechten Augenhöhle befand sich noch ein Auge, das sie mit leerem Blick anstarrte. Der Regen prasselte dem toten Tier ins Maul, dass es aussah, als würde es sich recken, um etwas zu trinken.

Während der Donner über sie hinwegrollte, sank Mara auf die Knie und durchwühlte mit beiden Händen das trübe Wasser. Sie schob die Katze zur Seite und grub ihre Finger in den Schlamm. Aber da war nichts mehr. Kein Gefäß für Met. Kein Schmuckreifen aus Bronze. Und nicht ein Knöchelchen der keltischen Fürstin.

Wütend schlug Mara beide Fäuste auf die nasse Erde.

Also doch! Grabräuber!

ZWEI

Felix Kaltwasser stand im großen Saal des Frankfurter Congress Centers auf der Bühne, die Arme ausgebreitet wie ein Prediger.

»Warum stürzten die Twin Towers in New York ein? Warum barst die Ölpipeline in Alaska? Ganz einfach: minderwertiger Stahl. Stahl, der spröde ist und rostet, der Risse bekommt und zerbricht. Solchen Stahl will heute niemand mehr, nicht die Baufirmen, nicht die Flugzeugindustrie, nicht die Ölförderer. Erst Molybdän macht Stahl ausreichend elastisch.«

Das Publikum folgte ihm gebannt. Er war in Hochstimmung. Auf dem dritten Global Investment Meeting war er der prominenteste Redner. Die meisten Besucher kannten ihn bereits aus dem Fernsehen, wo er als Experte für Rohstoffe regelmäßig von den Wirtschaftssendern interviewt wurde. Nun war er fast am Ende seiner PowerPoint-Präsentation. Der Titel: »Deutschland – Land der Rohstoffe«. Über eine Stunde lang hatte er die Anwesenden darüber aufgeklärt, dass in Deutschlands Grund und Boden unvorstellbare Reichtümer lagen. Clevere Firmen stiegen heute wieder in Kupferminen ein, bohrten nach Zinn und Nickel und versuchten ihr Glück sogar als Öl- und Gasförderer. Andere suchten nach seltenen Erden oder Hightech-Metallen, die auf dem Weltmarkt Höchstpreise erzielten. So wie Molybdän.

Kaltwasser wusste, dass seine Zuhörer nicht alles verstanden, was er sagte. Aber das brauchten sie auch nicht. Es genügte, wenn sie ein Geschäft witterten, das sie sich keinesfalls entgehen lassen durften.

»Wenn ich Ihnen heute sage, dass sich der Preis von Molybdän in den nächsten zehn Jahren verzehnfachen wird, dann untertreibe ich noch«, sagte er. »Ich rede hier von einer Chance, wie es sie kein zweites Mal gibt. Molybdän kann man überall im Erdboden finden, in jedem Kupferstollen und in jedem Steinbruch. Meine Damen und Herren, Deutschland ist ein Rohstoffland, lassen Sie diesen Schatz nicht in der Erde verkümmern. Verkaufen Sie Ihr Gold, Ihre Fonds, Ihre DAX-Werte und investieren Sie in Molybdän.«

Der Applaus, der ihm entgegenschlug, schien von Dankbarkeit erfüllt zu sein. Die Augen seiner Zuhörer glänzten. Hoffnung spiegelte sich in ihren Gesichtern, nachdem sie in den vergangenen Jahren viel Geld an der Börse verloren hatten. Mit seiner Hilfe würden sie es sich zurückholen. Sie wären wieder Gewinner.

So wie er. Wenn er es geschickt anstellte, folgten die begeisterten Zuhörer seiner Empfehlung und trieben den Kurs seiner Aktien in die Höhe. Schon nach kurzer Zeit könnte er seinen Einsatz verdoppelt, ja, verdreifacht haben, während die gierigen Anleger noch immer auf ihre Verzehnfachung warteten.

Der Applaus legte sich, und Kaltwasser deutete auf einen Mann im Publikum, der mutig aufgestanden war.

»Bitte«, erteilte er ihm das Wort.

»Welche Aktien sollen wir jetzt kaufen?«

Bingo! Genau die richtige Frage.

Er tat, als würde er überlegen.

»Nun, die Marktführer sind Thompson Creek und Moly Mines. Solide kanadische Unternehmen. Die sind allerdings schon sehr gut gelaufen. Wer von Anfang an dabei sein will, dem empfehle ich Carolina Resources.«

Wer etwas zu schreiben hatte, notierte sich eifrig den Namen. Als keine weiteren Reaktionen aus dem Publikum kamen, legte er nach.

»Keine fünfzig Kilometer von hier startet bald das größte Molybdän-Projekt Europas. Die ersten Bohrproben haben sensationelle Ergebnisse gezeigt. Mit anderen Worten: Die Lagerstätte ist einmalig auf der Welt. Carolina Resources ist es gelungen, diesen Platz exklusiv für sich zu reservieren und unter stabilen Verhältnissen mit der Förderung zu beginnen.«

Jetzt waren alle hellhörig geworden. Die Reizworte »exklusiv« und »stabil« hatten mitten ins Herz getroffen. Geduldig beantwortete er alle Fragen zu der kanadischen Firma: Sitz in Edmonton, seriöse Geschäftsführung, hohes Eigenkapital, Molybdän-Projekte weltweit.

Nachdem er das Gefühl hatte, dass die meisten Anwesenden es kaum abwarten konnten, ihre Aktienorders abzugeben, klappte er seinen Laptop zu und packte ihn ein.

»Alles Weitere erfahren Sie in meinem Newsletter, für den Sie sich am Stand von Key-Investments anmelden können. Vielen Dank, dass Sie gekommen sind, und noch einen schönen Tag.«

Hinter der Bühne wartete seine Assistentin. Die große Brünette hielt ein Klemmbrett im Anschlag und stöckelte neben ihm den langen Flur entlang. Dabei redete sie ununterbrochen.

»Das Team von n-tv hat vorgeschlagen, das Interview unten im Foyer zu machen, damit man ein bisschen was von der Messe sieht. Die Visagistin wartet schon auf Sie. Während Sie geschminkt werden, macht der Kameramann ein paar Aufnahmen von den Ständen, wegen der Atmosphäre und so.«

Kaltwasser nickte. In Gedanken war er noch mit seinem Vortrag beschäftigt, seine eigenen Sätze schwirrten ihm durch den Kopf.

Wenn der Name Carolina Resources erst einmal in den Artikeln seriöser Wirtschaftsblätter auftauchte, würde die Aktie ein Selbstläufer werden. Nach einem halben Jahr könnte er die Ernte einfahren. Der Gewinn reichte aus, die restliche Hypothek seiner prächtigen Villa abzulösen. Nicht schlecht für einen Jungen vom Dorf, der sich sein erstes Geld mit dem Verkauf von Gemüse verdient hatte.

Die Assistentin hielt ihm die Tür zu dem kleinen Raum auf, in dem sie eine Garderobe improvisiert hatte. Auf einem Bürotisch lehnte ein Spiegel an der Wand, ein Polsterstuhl stand davor. Eine füllige Maskenbildnerin in Schlabberklamotten legte gerade ihre Utensilien zurecht und begrüßte ihn lächelnd.

»Hallo. Könnten Sie bitte Ihre Jacke ablegen? Am besten auch das Oberhemd.«

Kaltwasser hängte sein Jackett auf einen Stuhl und zog sein verschwitztes Oberhemd aus. Routiniert packte seine Assistentin ein neues aus und legte es für ihn bereit. Er nahm im Unterhemd Platz, und die Maskenbildnerin warf mit großem Schwung einen Frisierumhang um ihn. Er betrachtete sein Spiegelbild.

Keine fünfunddreißig Jahre alt und schütteres Haar.

Ein leicht gebräunter blonder Mann sah ihn an, dessen blaue Augen ein wenig zu tief lagen. Das gab ihm ein müdes, manchmal sogar trauriges Aussehen. Doch wenn er lächelte, war dieser Eindruck schnell verschwunden, dann sah er aus wie der hilfsbereite Nachbarsjunge, dem man zur Begrüßung sofort die Hand schüttelt.

Wie funktioniert eigentlich eine Haartransplantation?

Er schloss die Augen und genoss die Berührungen des weichen Puderpinsels in seinem Gesicht. In Gedanken war er schon bei dem bevorstehenden Fernsehinterview.

Molybdän, die große Chance. Carolina Resources, die Perle am Rohstoffmarkt.

»Maywood und Reeves wollten Sie unbedingt sprechen«, hörte er seine Assistentin sagen. »Ich habe ihnen mitgeteilt, dass das bis nach dem Interview warten muss. Am besten, Sie gehen noch mal zu ihrem Stand, die beiden sahen etwas beunruhigt aus.«

Douglas Maywood und Alexander Reeves waren seit zwei Wochen in Deutschland, um den Start des Glauberg-Projektes persönlich zu betreuen. Maywood, der kräftige, kumpelhafte Bergbauspezialist, und Reeves, der blasse, schmale Geschäftsführer von Carolina Resources. Schon auf dem letzten Investorentreffen hatten die beiden Kanadier ihre Pläne für einen Molybdän-Abbau in Deutschland vorgestellt. Seitdem hörte Kaltwasser nicht auf, in seinem Börsenbrief, der Aktienhotline und dem Newsletter Werbung für die Firma zu machen.

Die Maskenbildnerin war fertig und zog den Frisierumhang herunter.

»Nanu, was ist denn das?« Sie wies auf die Tätowierung an seinem Oberarm. Drei verschlungene Spiralen in einem Kreis. »Das ist keltisch, nicht wahr?«

»Ja, eine Triskele«, antwortete er.

»Genau. Sie symbolisiert die magische Zahl drei. So was wie Körper, Geist und Seele.«

»Oder auch Erde, Wasser, Luft.« Kaltwasser stand auf und zog sich das neue Hemd an. »Geburt, Leben, Tod. Jeden Dreiklang, wenn Sie so wollen. Für mich jedoch symbolisiert sie eigentlich nur eine Jugendsünde.«

Die Maskenbildnerin sah ihn fragend an, fuhr dann aber begeistert fort: »Wenn Sie sich mit keltischen Dingen auskennen, wird Sie vielleicht der Artikel interessieren, den ich heute in der Zeitung gelesen habe.«

Sie eilte zu ihrer riesigen Umhängetasche, die an einem Haken an der Tür hing, und zog die Tageszeitung hervor. Suchend blätterte sie durch die Seiten.

»Dafür haben wir jetzt wirklich keine Zeit.« Seine Assistentin tippte mit dem Finger auf ihre Armbanduhr. »Nach dem Interview soll es noch eine Signierstunde geben. Am Stand liegen zweihundert Bücher. Die Leute stehen jetzt schon Schlange.«

Kaltwasser gab ein zustimmendes Grummeln von sich. Auch auf dieser Veranstaltung würde er mehr Geld mit dem Verkauf seiner Ratgeber und DVDs verdienen, als ihm das Rednerhonorar einbrachte.

»So, hier habe ich es.« Die Maskenbildnerin zeigte ihm den Artikel aus dem Lokalteil. Es war ein Bericht mit Foto, der etwa ein Drittel der Seite ausfüllte. »›Die Fürstin vom Glauberg‹?«, las sie laut vor. »›Archäologen finden Überreste einer keltischen Adligen auf einem Feld zwischen Glauburg und Stockheim.‹«

»Entschuldigung, ich kann selbst lesen.« Kaltwasser nahm ihr die Zeitung aus der Hand. Ihm war ein Schauer den Rücken heruntergelaufen. Rasch überflog er die Zeilen. In dem Bericht stand, dass Archäologen bei einer Routinegrabung auf dem Gelände eines künftigen Kieswerks einer kanadischen Firma ein weibliches Skelett gefunden hatten.

Ein Kieswerk? Diese Journalisten.

Kleidung und Grabbeigaben ließen darauf schließen, so hieß es, dass die Tote eine keltische Adlige aus der La-Tène-Zeit sei. Eventuell bestünde ein Zusammenhang mit den Gräbern und der Steinstatue, die man in den 1990er-Jahren am Glauberg gefunden hatte.

Kaltwasser wurde flau im Magen. Er setzte sich wieder hin und betrachtete angespannt das Schwarz-Weiß-Foto in der Mitte des Artikels. Aus der Erde ragte ein Totenschädel. Der

Brustkorb und Teile der Oberarme waren zu erkennen. Der Rest war noch verborgen.

Wenn das Foto gestern oder vorgestern gemacht wurde, hatten sie sie inzwischen vielleicht schon komplett ausgegraben.

Himmel, steh mir bei.

Er fuhr herum, als ohne Ankündigung die Tür aufgerissen wurde. Maywood und Reeves standen mit verärgerten Gesichtern im Raum.

»Felix, kannst du uns mal kurz helfen?«, sagte Maywood in seinem schleppenden kanadischen Akzent und hielt Kaltwasser ein Schreiben hin.

Seine Assistentin verdrehte die Augen. So würden sie den Zeitplan nie einhalten können.

Kaltwasser nahm das Blatt entgegen. Es war ein Fax von der Landesarchäologie, das den beiden über die Zentrale von Carolina Resources in Edmonton in ihr Frankfurter Hotel geschickt worden war.

»Habe ich richtig verstanden«, fragte Maywood, »die Archäologen brauchen drei Monate länger?«

Kaltwasser las den Inhalt des Schreibens. Tatsächlich. Sie wollten das Skelett der Fürstin bergen und ins Museum schleppen. Dann sollte weitergegraben werden, um sicherzustellen, dass es sich bei der Grabstelle nicht um etwas weit Größeres handelte, eine Siedlung vielleicht, bevor das Areal für die Molybdän-Gewinnung freigegeben würde. Eine Notgrabung, so nannten sie das. War das denn zu fassen?

»Drei Monate sind nur eine Schätzung«, versuchte er, seine Geschäftspartner zu beruhigen. Die hessischen Archäologen hatten ihnen versichert, dass ein kleines Team von Archäologen das Gelände nur kurz begutachten würde, bevor es losgehen konnte. Maximal vier Wochen hatte die Suche nach antiken Funden dauern sollen, schließlich wollte niemand einem so wichtigen Investor wie Carolina Resources Steine in den Weg legen.

Der Fund des Skeletts änderte nun alles.

»Wenn die Archäologen nicht noch mehr finden, ist die Untersuchung sicher schon viel früher beendet.« Er rang sich ein aufmunterndes Lächeln ab und legte das Fax vor sich auf den Frisiertisch.

Und wenn wir Pech haben, wird eine polizeiliche Untersuchung eingeleitet.

Maywood setzte sich rittlings auf einen Stuhl und rückte näher zu ihm heran. »Es muss eine Möglichkeit geben, Felix, das abzukürzen. Uns laufen sonst die Kosten davon. Wenn wir nicht spätestens in einem Monat mit dem Tagebau beginnen, müssen wir das Projekt abbrechen. Wir haben schon viel investiert, das weißt du. Großanleger sind interessiert, wir haben Termine in Zürich und London. Wir können uns keine Verzögerung leisten.«

Kaltwasser sah zu Reeves hinüber, der mit verschränkten Armen an der Wand lehnte und kein Wort verstand.

»Ich verlasse mich auf dich, Felix« fuhr Maywood eindringlich fort. »Bevor wir zurückfliegen, muss die Sache geregelt sein. Wir würden uns nur ungern selbst darum kümmern. Dafür haben wir ja schließlich dich, oder?«

»Wir müssen jetzt aber wirklich …«, mahnte seine Assistentin zum Aufbruch. Die Maskenbildnerin hatte in der Zwischenzeit alle Schminkutensilien zusammengepackt und legte den Spiegel flach auf den Tisch.

»Möchten Sie die Zeitung behalten?«

»Ja.« antwortete er abwesend und steckte die Seiten in seine Laptoptasche.

Die Fürstin vom Glauberg.

Seine schlimmsten Befürchtungen waren wahr geworden.

***

»Bertrand, Bertrand, Bertrand!«

Der Druide hörte, wie seine Anhänger draußen im Hof seinen Namen riefen. Die Sonne hatte längst im Zenit gestanden, er musste zu ihnen sprechen. Doch er war noch nicht bereit, er brauchte noch einen Moment der Ruhe. Die lange Reise hatte an seinen Kräften gezehrt. Gestern war er zuerst von Burgund nach Paris gefahren und dann des Nachts direkt weiter bis hierher zum Glauberg. Er hatte keine Zeit verlieren dürfen. Und seine Mission war noch lange nicht beendet.

In Lars Kronbergers kleinem Gästezimmer ließ er sich aufs Bett sinken und schloss die Augen. Versuchte, sich fallen zu lassen, mit seinem Atem eins zu werden. Doch die Erinnerung ließ in einfach nicht los.

In Gedanken war er wieder in der Krypta.

Er war gerade noch rechtzeitig dort eingetroffen. Das Licht ging aus, und der Wärter schloss die Tür hinter dem letzten Besucher. Ein eigentümliches Echo hallte durch den kalten, steinernen Raum, als sie ins Schloss schnappte. Bertrand blieb hinter der schützenden Deckung eines Pfeilers stehen und wartete. Schritte schallten über den Boden, dann leuchtete ihm eine Taschenlampe ins Gesicht.

»C'est vous, Mâitre Bertrand?«

Bertrand riss die Kapuze seines Umhangs herunter und trat hinter dem Pfeiler hervor. Seine Stiefel knarrten auf dem steinernen Boden.

»Oui, Mâitre Lucius. Enfin, je suis arrivé.« Er umarmte den anderen flüchtig und ergänzte: »Danke für Eure Hilfe. Ich wusste, dass ich mich auf Euren Orden verlassen kann.«

»Das ist doch selbstverständlich. Schließlich gehören wir alle zur druidischen Gemeinschaft.«

»Zeigt mir den Platz, den Ihr ausgewählt habt«, bat Bertrand.

Lucius gab ihm ein Zeichen, ihm zu folgen, und ging mit raschen Schritten voran. Er war in priesterliches Schwarz gekleidet, wodurch in der lichtlosen unterirdischen Halle schon nach wenigen Schritten der Eindruck entstand, als würde er von der Dunkelheit verschluckt.

Die archäologische Krypta am Fuße der Kathedrale von Notre-Dame war der älteste Ort von Paris, an dem Menschen beteten. Schon vor zweitausend Jahren hatte hier ein gallisch-römischer Tempel gestanden, später eine frühchristliche Basilika, dann eine romanische Kirche. Bis Bischof Maurice de Sully Mitte des 12. Jahrhunderts den König und das Volk aufrief, ein neues, großes Gotteshaus zu bauen, das der Stadt Paris angemessen war. Die Bauzeit dauerte anderthalb Jahrhunderte. Noch ein paar Jahrhunderte später degradierten die Revolutionäre die Kathedrale zum Weindepot, Robespierre rettete sie vor dem Abriss, und Victor Hugo machte sie mitsamt ihren Wasser speienden Chimären weltberühmt. Bei Bauarbeiten für eine Tiefgarage hatte man vor ein paar Jahrzehnten unter dem Vorplatz antike Gebäude entdeckt und eine archäologische Krypta angelegt, die nun Besuchern offenstand. Der Eingang befand sich an der Fußgängertreppe, die zur Tiefgarage führte. Von dort gelangte man in den über einhundert Meter langen Saal, in dem die gallo-römischen und mittelalterlichen Fundamente zu bewundern waren.

»Unter diesen Steinen ist ein schöner Platz.« Lucius zeigte Bertrand die Stelle, die er ausgesucht hatte. »Wenn wir die Nische verschließen, wird niemand Verdacht schöpfen.«

Bertrand betrachtete das Versteck prüfend. »Das würde passen«, erklärte er zufrieden.

Ein perfekter Ort. Altes keltisches Gebiet.

Notre-Dame stand auf der *Ile de la Cité*. Auf diese kleine Insel in der Seine hatte ein keltischer Stamm den Grundstein für die heutige Metropole gelegt: die Parisi.

»Hier wird sie ihre ewige Ruhe finden«, sagte Bertrand zustimmend. Seine Stimme zitterte leicht vor Ergriffenheit. »Ich fahre nun nach Deutschland, um alles zu regeln. Eure Hilfe wird nicht vergessen werden.«

Lucius räusperte sich leise. »Eure Spende wird von Eurem Stamm in der abgesprochenen Höhe entrichtet werden?«, vergewisserte er sich. »Nicht, dass ich Euch nicht gern einen Gefallen täte. Aber für die gute Sache …«

»Alles geschieht wie besprochen.« Bertrand legte ihm zur Versicherung die Hand auf den Arm.

Lucius hatte ihre Abmachung mit einem Nicken bestätigt, ihm leise die Tür geöffnet, und Bertrand war hinaus in die Nacht geschlüpft.

»Bertrand?« Lars Kronberger steckte seinen Kopf ins Gästezimmer. »Wann bist du bereit? Die Celtoi werden langsam unruhig.«

»Gleich, ich komme gleich«, beruhigte ihn Bertrand und seufzte.

Mein Geist weilt noch in der Krypta von Notre-Dame, während Fleisch und Blut längst am Glauberg sind.

Er setzte sich auf, ließ seine Blicke durchs Zimmer wandern und fühlte gedankenverloren nach der Matratze. Das Zimmer war frisch renoviert und neu eingerichtet, dennoch kannte jede Faser seines Körpers diesen Raum.

Dies war viele Jahre lang sein Zimmer gewesen, hier war er aufgewachsen.

Er hörte die Kreissäge seines Vaters im Garten singen, roch den Duft von Apfelmus, der aus der Küche kam. Er sah sich Kräuter trocknen und Silberschmuck biegen. Das Lächeln der Mutter, die ihre Näharbeit in den Schoß sinken ließ, um ihn aufmunternd anzusehen. Die Welt auf diesem kleinen Hof war ursprünglich gewesen, die Familie hatte im Einklang mit den Jahreszeiten und der Natur gelebt, und er hatte sich hier stets geborgen gefühlt.

In ihrer weichen französischen Sprache hatte die Mutter ihm von der Anderswelt erzählt. Davon, dass er nie wirklich sterben würde.

Der Tod ist nichts anderes, als durch einen Spiegel zu schreiten. Auf der anderen Seite findet man das alte Leben noch einmal vor.

Als die Eltern vor Jahren Glauburg verließen, um in Burgund ein veganes Restaurant zu eröffnen, hatten Lars Kronberger und seine Anhänger den Hof erworben. Eine glückliche Fügung. So hatte der Hof, der im Herzen der alten Keltenwelt lag, seine Bestimmung gefunden. Er war zu einem Treffpunkt geworden für eine Bewegung, die die spirituelle Welt erneuern würde.

Doch nun waren dunkle Schatten über diese Idylle gefallen. Die Celtoi fürchteten die Archäologen, die Metallschürfer und ihre Bagger. Und ausgerechnet er sollte sie beruhigen. Dabei kreisten seine Gedanken seit dem Anruf vor zwei Tagen nur noch um seine eigentliche Mission. Er musste die Fürstin in der Krypta beisetzen.

Er raffte sich auf, warf seine Kutte aus grobem Leinen über und richtete die Kapuze vor dem kleinen Spiegel, den Lars Kronberger in seinem Zimmer aufgehängt hatte. Sein blondes langes Haar wich an den Schläfen bereits ein wenig zurück, und eine steile Falte stand über der Nasenwurzel. Den Bart trug er mittlerweile recht kurz. Dennoch erkannte er in seinem Spiegelbild den jungen Mann, der vor sechzehn Jahren nach Frankreich ausgewandert war. Seine Augen unter den kräftigen Brauen waren noch immer voller Feuer.

Ein letzter prüfender Blick auf die engen Baumwollhosen und die derben Stiefel, und er war bereit, seinen Anhängern zu begegnen.

»Begrüßt das Oberhaupt unserer geistigen Bewegung, den Meister der lunaren und solaren Künste!«

Lars Kronbergers Stimme vibrierte, aufgeregt strich er seine dunklen Locken aus der Stirn. In seinem Lederwams und seinen keltischen karierten Hosen wirkte er wie einem versunkenen Jahrtausend entsprungen. Er trug sogar einen Torques.

Die massiven Halsreifen aus Edelmetall hatten die Kelten ihren jungen Männern im Alter von sechzehn Jahren angelegt. Sie waren im Nacken geschlossen und klafften am Adamsapfel nur ein kleines Stück auf. Die Enden waren oft mit Tierköpfen verziert. Ein Torques wurde nie abgelegt, mit zunehmendem Alter saß er immer fester am Hals und ließ sich nicht mehr entfernen.

Es sei denn, man enthauptete den Träger.

»Heja, heja!«, rief die Menge im Hof. Bertrand schaute in kriegerisch bemalte Gesichter. Bunte Gewänder leuchteten in der Sonne, Schwerter und Speere blitzten auf. Die Frauen schauten ihn herausfordernd an, die Männer standen breitbeinig da und verschränkten ihre Arme vor der Brust.

»Von wo aus willst du zu uns sprechen, vielleicht von dort?« Lars wies auf einen geschnitzten Holzstuhl mit hoher Lehne am hinteren Ende des Hofes, der mit Eichenblättern geschmückt war. Der Druidenstuhl.

Gemessenen Schrittes ging Bertrand auf den Thron zu, besann sich dann jedoch anders. Er blieb vor dem Druidenstuhl stehen, wandte sich der Menge zu, die ihm gefolgt war, und breitete kurz die Arme aus.

»Freundinnen und Freunde«, begann er. »Mit großer Begeisterung stelle ich fest, wie zahlreich ihr seid.«

Er suchte den Blick Einzelner, sah möglichst viele seiner Anhänger fest an. An die fünfzig Menschen standen dicht gedrängt vor ihm. Menschen, die an die spirituelle Welt der keltischen Vorfahren glaubten – genau wie er.

»Wie ihr alle wisst, bin ich ein Druide. Doch was heißt das? Schon im Alter von sechzehn Jahren wusste ich, welchen Weg ich gehen würde. Meine Jugend habe ich damit verbracht, unsere keltischen Vorfahren zu studieren und ihnen nachzueifern. Und erst jetzt, nach beinahe zwanzig Jahren, darf ich mich Druide nennen.«

Er legte eine Pause ein und ließ seine Worte wirken.

»Die Druiden waren die Priester der Kelten, weise Männer und Frauen. Sie hüteten ihr Wissen über den Kosmos, die Gesetzgebung und die Rechtsprechung. Sie gaben es nur an Auserwählte weiter, und zwar ausschließlich mündlich. Sie glaubten an eine Gotteskraft, die so allmächtig ist, dass sie jenseits aller Vorstellung liegt. Daraus schöpften sie ihre persönliche Kraft, ihr ›Merto‹. Darüber hinaus bestimmten sie heilende Plätze, die ihnen und anderen Kraft gaben. Einen solchen heiligen Ort nennen wir ›Nemeton‹.«

»Meister Bertrand!« Ein junger Mann trat aufgeregt einen Schritt vor. »Was würden Sie tun, wenn ein solcher heiliger Ort verletzt würde, wenn Fremde kämen, um ihn in Besitz zu nehmen?«

»Wie heißt du, mein Sohn?«

»Marek.«

Bertrand gab sich den Anschein, als müsse er tief nachdenken. Der junge Celtoi sprühte vor Tatkraft und Energie. Sein bloßer Oberkörper war mit Ornamenten verziert, das lange blonde Haar fiel ihm in das mit Kalkfarbe bemalte Gesicht, und seine Hand umklammerte einen Speer.

Bertrand fühlte einen Stich in der Seele, so sehr erinnerte ihn der Junge an ihn selbst.

»Nun, ich habe von der Sache vernommen, auf die du vermutlich anspielst«, erwiderte er endlich. Seine nächsten Worte richtete er wieder an alle Umstehenden. »Die Kunde vom geplanten Abbau der seltenen Erde am Glauberg ist bis nach Frankreich gedrungen, immerhin ist die keltische Bewegung international. Ich bin aber nicht beunruhigt, nicht so wie ihr. Die Kraft unserer Vorfahren lässt sich nicht dadurch brechen, dass eine Firma ein Metall schürft und abfährt. Schließlich waren es unsere keltischen Vorfahren selbst, die hier am Glauberg erste Erzförderung betrieben haben. Ihr alle kennt die schmalen Gräben, die heute noch hier und da in den Feldern davon zeugen. Das ist also nichts Neues.« Er warf ein paar strenge Blicke in die Menge seiner Zuhörer. »Die Celtoi sind noch nicht stark genug, um es offen mit den Mächten der Wirtschaft und der Politik aufzunehmen. Wir würden durch so einen Kampf nur unnötig geschwächt. Bis sich die Lage am Glauberg beruhigt hat, könntet ihr euer Zentrum verlagern. In Burgund baue ich gerade eine internationale Begegnungsstätte auf, im alten Gallien. Auch Alesia ist ein heiliger Ort …«

»Heja, heja!«, schallte es aus der Menge, doch die Rufe klangen nun drohend. Bertrand spürte die wütende Unruhe der Anwesenden, ihre Bereitschaft, einen kleinen Flecken heilige Erde zu verteidigen. Doch es war der Geist der Vorfahren, den sie bewahren sollten, und nicht einen Acker, der im Laufe der Jahrtausende wieder und wieder von Tieren und Menschen genutzt worden war.

Ein Aufstand käme jetzt äußerst ungelegen.

»Haltet euch an die sieben druidischen Lehren: Mehret euer Wissen. Lebt nach den ethischen Grundsätzen, die jede humane Gesellschaft kennt. Feiert Gemeinschaft. Seid aufrechte Bürger. Wo immer ihr Macht innehabt – geht verantwortungsvoll damit um. Legt eure Laster ab.« Er zögerte, bevor er den letzten Grundsatz aufzählte, denn er wollte kein Öl ins Feuer gießen. »Seid standhaft, so ihr dem Übel des Lebens begegnet, und bedenkt, dass kein Kummer ewig währt.«

Widerworte und Murren drangen aus der Menge zu ihm herüber.

»Also sagen Sie selbst, dass wir standhafte Bürger sein sollen!«, schleuderte ihm Marek zornig entgegen.

»Das ist nur zu wahr«, räumte Bertrand ein. »Aber wir dürfen dabei das große Ganze nicht aus den Augen verlieren.« Er schaute Lars Kronberger an. »Wollten wir nicht Gemeinschaft feiern und das Mahl teilen?«

»Es ist alles bereit. Drüben im Garten, unter dem alten Nussbaum.«

Doch seine Anhänger waren unschlüssig, ein Raunen ging durch die Menge, die meisten schienen über den geplanten Metallabbau reden zu wollen.

Bertrand gab Lars ein Zeichen.

»Ich danke Bertrand für seinen Vortrag«, sprang der ihm endlich bei. »Wir werden beim Mahl noch reichlich Gelegenheit haben, das Wort an unseren Druiden zu richten.«

Lars führte Bertrand und seine Anhänger hinter das Gebäude, wo eifrige Helfer eine Feier vorbereitet hatten. Über einer Feuerstelle briet ein Spanferkel, Kannen mit Met und Wein standen bereit. Holzblöcke von mächtigen Baumstämmen waren als Sitzgelegenheiten im Kreis angeordnet. In dem alten Nussbaum hingen Glasgefäße, in denen brennende Kerzen flackerten. Wie kleine Geister zuckten sie im Schatten des dunklen Laubs auf und nieder. Die Idylle erinnerte Bertrand an die Feste, die er hier vor vielen Jahren erlebt hatte, und er unterdrückte ein Seufzen. Ihm war heute nicht nach feiern zumute.

»Was mussten Sie tun, um Druide zu werden?« Marek, der junge Mann, der vorhin seine Rede unterbrochen hatte, stand nun neben ihm.

Bertrand lächelte. »Jeder kann den druidischen Weg gehen, ja, jeder sollte es sogar versuchen. Aber nicht jeder schafft es, schon gar nicht ohne Meister.«

»Waren Ihre Meister auch so sanftmütig wie Sie?«, fragte Marek forsch.

Bertrand ließ sich dadurch nicht aus der Fassung bringen. »Es war ein bretonischer Druide, der mich an seiner Weisheit teilhaben ließ. Leider ist er letztes Jahr verstorben. Nun nehme ich seinen Platz in der Loge ein.«

»Ihre Haltung ist viel zu weich, Meister Bertrand«, ging Marek ihn an. »Jeder, der die heilige Erde unserer Vorfahren stört, ist ein Frevler. Allen voran diese Archäologen. Da und dort ein paar Stichproben – und schon darf Erz abgebaut werden.«

Mit zustimmendem Nicken rückten andere junge Männer näher.

Nur keine Eskalation.

Bertrand überlegte seine Worte wohl. Weder dem keltischen Gedanken noch seiner persönlichen Situation käme eine Protestaktion gelegen. Eine Besetzung der Grabung etwa. Oder Sabotage an den Baggern. Die Veränderung der Landschaft musste kein Nachteil sein. Irgendwann würde man die Gegend nicht mehr wiedererkennen, aber das würde durchaus zu seinem Seelenfrieden beitragen.

»Ich verstehe eure Wut, liebe Celtoi«, begann er erneut. »Aber die druidische Philosophie lehrt uns Friedfertigkeit. Unsere keltischen Vorfahren waren tapfere und unerschrockene Krieger, sie brachten den Göttern Opfer, aber das waren andere Zeiten. Heute müssen wir jede Form von Gewalt strikt ablehnen. Lasst die Archäologen die Schätze der Vergangenheit bergen und die Metallsucher die Schätze des Bodens. Verzichtet auf die heilige Erde, und pflanzt den keltischen Gedanken in die Herzen der Menschen, denen ihr begegnet. Es wird der Tag kommen, an dem unser alter Glaube den Irrweg der neuen Religionen bezwingt und wir wieder eins sind mit den Kräften der Natur.«

»Meister Bertrand.« Sein junger Gesprächspartner zog ihn ungeduldig an der Kutte. »Sie wissen es anscheinend noch nicht, aber diese Archäologen haben eine keltische hohe Dame im Acker gefunden. Und gestern Nacht, nur gut einen Tag später, wurde ihnen der Schatz gestohlen. Niemand weiß, wer sie nun hat.«

Niemand? Heiliger Teutates, lass mich nur dieses Thing überstehen, und dann nichts wie zurück nach Burgund.

***

Als die Sonne unterging, schlüpfte Mara in ihre Turnschuhe. Sie zog die Haustür ins Schloss und warf einen kurzen Blick auf das kleine Haus. Es lag etwas abseits der Straße. Das obere Stockwerk stand leer, es sollte renoviert werden. Mara hatte die Wohnung im Erdgeschoss gemietet, einen Wohnraum mit Küchenzeile und ein Schlafzimmer. Sie hatte keine Lust, jeden Tag lange Fahrten hinter sich zu bringen, dazu war ihre Zeit zu kostbar.

Sie überquerte die Straße und fiel in Trab. Schon nach den ersten Metern spürte sie, wie gut ihr das Laufen tat. Sie hatte den ganzen Tag wie unter Strom gestanden, so angespannt und wütend war sie.

Stundenlang hatten die Beamten aus Gießen die Grabung belagert. Sie hatten Fotos gemacht und die Vertiefung vermessen, in der das Skelett gelegen hatte. Hatten nach Hinweisen auf die Grabräuber gesucht. Ohne Ergebnis. Das Unwetter hatte alle Spuren fortgespült.

Gegen Mittag war das Team völlig erschöpft gewesen. Das Warten und Herumstehen zerrte an den Nerven. Und die Polizisten stellten immer wieder dieselben Fragen, auf die niemand eine Antwort hatte: Wer wusste von dem Fund? Wer könnte ein Interesse an dem Skelett und den Grabbeigaben haben?

Dann war die Presse gekommen, hatte noch einmal die gleichen Fragen gestellt und den aufgeweichten Boden fotografiert.

Zur Entschädigung hatte Mara allen den morgigen Tag freigegeben. So konnte auch sie sich ein wenig erholen.

Sie musste sich nun anstrengen, ihr Weg führte bergauf, vorbei an Obstwiesen und Feldern. Eine knappe halbe Stunde später lag das Museum vor ihr. Der moderne eckige Bau ragte wie ein rostroter Schuhkarton aus dem Berg. Direkt darunter lag der rekonstruierte Grabhügel, hier war vor zweieinhalb Jahrtausenden der Keltenherrscher bestattet worden. Vermutlich war der Mann ein Druide gewesen und der Glauberg ein spirituelles Zentrum. Vom Tal her führten zwei parallele Gräben zum Hügel, wo sie sich teilten und den Grabhügel umrundeten. Ihr Geheimnis hatte bislang noch niemand entschlüsselt. Lange Zeit glaubte man, die Gräben seien Hohlwege, auf denen die Anhänger des Verstorbenen zu seinem Grab gepilgert waren. Doch es gab noch viele weitere Gräben hier in der Gegend, und manch einer meinte, sie seien imaginäre Grenzen zwischen dem Reich der Lebenden und der Anderswelt, dem Reich der Toten.

Mara zögerte.

Die Sonne stand bereits ziemlich tief, und der Grabhügel warf einen langen Schatten. Sollte sie noch bis zum Plateau hochlaufen?

Bald wird es dunkel werden.

Der kurze Moment, den sie die Grabanlage bewunderte, hatte ihr wieder Luft verschafft. Also gab sie sich einen Ruck und lief hinter dem Museumsgebäude den Berg hoch. Dumpf federten ihre Schritte auf dem weichen Boden. Sie fand ihr Tempo, regulierte ihren Atem.

Auf dem Plateau war alles still. Nur ein paar Hummeln umkreisten brummend die wilden Stockrosen. Von hier hatte man eine weite Sicht ins Tal, wo langsam die Dämmerung aufzog. Mara nahm den Rundweg, der am Rand des Plateaus entlangführte. Hin und wieder warf sie einen respektvollen Blick den Abhang hinunter.

Die Kelten hatten bevorzugt solche Berge für ihre Siedlungen ausgesucht. Hochebenen, die auf einer Seite sanft anstiegen und auf den anderen Seiten steil und felsig abfielen. Ihre Hütten bauten sie dicht an den Steilhang, dort ließen sich Feinde leicht abwehren. Die aufsteigende Seite befestigten sie mit massiven Steinmauern.

Als der Rundweg in den Laubwald führte, überfiel Mara ein Frösteln. Sie hatte sich nicht klargemacht, dass es unter den Bäumen schon viel dunkler war als auf der Lichtung. Am liebsten wäre sie umgedreht, raus aus dem Wald, zurück aufs freie Feld.

Du musst nur weiterlaufen, der Wald hört irgendwo auf.

In diesem Waldstück lagen verfallene Keller. Frühere Bewohner des Glaubergs hatten sie zur Lagerung ihrer Vorräte benutzt. Sie waren vor Jahrzehnten freigelegt worden. Inzwischen wucherten junge Bäume aus den moosbedeckten Mauern.

Mara verlangsamte ihre Schritte. Es war merkwürdig still geworden. Sie hörte kein Vogelgezwitscher mehr und kein

Insektensummen, als hätte die Natur eine Atempause eingelegt vor dem Beginn der Nacht.

Ein leises Lachen. Sie blieb stehen und horchte. Der Wald sah nun aus wie ein Schattenriss. Die Baumkronen standen bizarr vor dem dämmrigen Himmel, während die Stämme und das Unterholz im Halbdunkel versanken.

Jetzt hörte sie deutlich Männerstimmen. Sie kamen aus einem der Keller. Vom Weg aus konnte Mara die Männer durch die Bäume hindurch sehen. Junge, langhaarige Gestalten. Sie hatten es sich auf den Stufen bequem gemacht und sprachen gedämpft miteinander. Einer schnitzte mit einem Messer an einem Ast herum.

Diesen Typen will ich keinesfalls begegnen.

Sie suchte hinter einer Eiche Deckung, blieb unbeweglich hinter dem Baum stehen und hielt den Atem an.

Auf einmal standen die Kerle auf. Ihre Unterredung war beendet, und sie strebten auf den Waldweg zu, Mara entgegen.

Mara löste sich aus dem Schatten der Eiche, sie musste verschwinden, bevor man sie bemerkte.

Sie schaffte es nicht.

Der mit dem Messer stand plötzlich vor ihr auf dem Weg. Die Klinge funkelte in seiner Hand, ein schwarzer Umhang hüllte seine Gestalt ein. Seine dunklen Augen unter der Kapuze waren mit blutroter Farbe umrandet, eine blaue Spirale war auf sein Gesicht gemalt.

»Was …«, keuchte Mara. »Was wollen Sie?«

Sie taumelte ein paar Schritte rückwärts, bemüht, den Mann im Blick zu behalten. Er kam langsam auf sie zu, ohne ein Wort zu sagen.

Die anderen beiden näherten sich nun ebenfalls, einer riss Zweige von einem Busch ab, der andere sammelte rasch etwas vom Boden auf. Mara sah ihre Bewegungen nur aus den Augenwinkeln, sie starrte wie gebannt auf das Messer. Etwas traf sie hart von der Seite.

Steine. Kleine, harte Steine.

Instinktiv duckte sie sich und hielt den Arm schützend über den Kopf. Sie konnte mühsam erkennen, dass die beiden im

Wald aus vollen Händen Eicheln, Steinchen und Blätter nach ihr warfen. In panischer Angst versuchte sie, den Kerl mit dem Messer zu umkreisen, den Blick auf seine Waffe geheftet. Mit pochendem Herzen wich sie Schritt für Schritt zurück. Etwas klatschte ihr gegen die Brust.

Sie rannte los.

Ein Zweig pfiff ihr durchs Gesicht, sie hob die Hände, um den nächsten abzuwehren.

Weiter, nur weiter. Der Wald hört irgendwo auf.

Etwas Feuchtes rann zwischen ihren Brüsten herab. Sie griff sich in den Ausschnitt und sah auf ihre Hand herab. Sie war rot.

Blut! Ich bin verletzt, ich blute.

Sie hechelte nach Luft, ihre Schritte hämmerten dumpf über den Waldweg.

Nur weg, nur weg, nur weg.

Außer Atem erreichte Mara das Haus. Sie hatte die Haustür kaum hinter sich geschlossen, da riss sie sich die Kleider vom Leib. Sie waren voller roter Flecken. Sie taumelte ins Bad und untersuchte sich vor dem Spiegel. Ihr Körper war rot verschmiert, eine dunkle Spur zog sich zwischen ihren Brüsten hindurch. Sie befeuchtete einen Waschlappen und fing an, die roten Stellen fortzureiben.

Im Wald hatte sie gedacht, sie würde bluten. Doch was an ihr klebte, waren Erdkrumen und zerdrückte Holunderbeeren.

Diese Spinner!

Lange stand sie unter der heißen Dusche, während schmutzige Schlieren ihren Körper hinabliefen und das Wasser in der Duschwanne rot färbten.

Wer waren diese Typen? Wobei habe ich sie gestört?

Vor drei Jahren hatte sie einmal ähnlich verwirrt unter der Dusche gestanden. An dem Morgen, an dem sie in Peter Grubers Bett aufgewacht war, ohne die geringste Erinnerung an das, was geschehen war.

Sie wusste noch, dass sie auf einer Party des Instituts gewesen war. Sie hatten gequatscht und gelacht, bis ihr jemand ein Getränk zuschob, das sie nicht kannte. Das Zeug schmeckte gut, sie hatte das Glas mit wenigen Zügen geleert. Danach hatte sie wahnsinnige Lust bekommen, zu tanzen. Die anderen räumten den Tisch ab, und sie schwang sich hinauf. Die Musik erfüllte jede Faser ihres Körpers, sie tanzte bis zur Erschöpfung und fühlte sich gut dabei.

Sie erinnerte sich an Peters belustigtes Gesicht, als sie vom Tisch taumelte und er sie auffing. An seinen ritterlichen Vorschlag, sie nach Hause zu bringen.

Und danach an gar nichts mehr.

Als sie aufwachte, glaubte sie, bei sich zu Hause zu sein. Dann merkte sie, dass sie allein in einem fremden Bett lag, ihre Kleider lagen über den Boden verstreut. Ein Paar von Peters ausgetretenen Timberland-Boots stand unter dem Bett, seine Lieblingsmarke, er trug keine anderen Schuhe. Nur er selbst war nirgends zu sehen.

Keine Botschaft, kein Zettel, nichts.

Sie hatte ihren Körper nach seinen Spuren untersucht und sich ein wenig beruhigt, als sie keine fand. Dann hatte sie sich aus seinem Haus gestohlen.

Gegen Mittag war sie ins Institut gegangen. Da war er ihr dann im Flur begegnet. Als sie am Kopierer stand, hatte er sich von hinten an sie herangeschlichen, sie lüstern an sich gezogen und seine Hände über ihren Leib gleiten lassen. Verwirrt hatte sie ihn weggestoßen.

Die Angst, in der vergangenen Nacht doch seine Geliebte geworden zu sein, war wieder hochgekommen.

Noch bevor sie etwas sagen konnte, war eine Gruppe Stundenten den Flur entlanggekommen. Peter hatte die jungen Leute angesprochen und sich ihnen angeschlossen. Mara ließ er einfach stehen. Der Moment, ihn zur Rede zu stellen, war verpasst.

Nun schrubbte sie ihren Körper ab, als gelte es, nicht nur den roten Saft loszuwerden, sondern auch den Vorfall jener Nacht. Sie rieb und bürstete, bis ihre Haut brannte. Legte den Kopf in den Nacken und ließ den Strahl in ihr Gesicht prasseln. Öffnete den Mund, ließ das Wasser hineinrinnen, schluckte, gurgelte und spuckte.

In der Nacht schien der Mond auf ihr Bett. Sie stand auf, um die Vorhänge zu schließen, und spürte, dass sie nicht allein im Zimmer war. Als sie sich umdrehte, lag der Mann mit den blutrot ummalten Augen in ihrem Bett. Die blaue Spirale in seinem Gesicht war verschwunden, seine dunklen Haare lagen auf ihrem Kissen. Lächelnd schlug er die Decke zurück und zeigte ihr seinen bloßen Körper. Ihr Anblick schien ihn zu erregen.

Sie sah an sich herunter. Sie trug nur das fleckige T-Shirt. Es war nass und klebte an ihr, der Saft der Holunderbeeren lief an ihren Beinen herab. Der Mann gab ihr ein Zeichen, näher zu kommen, und sie stellte sich neben das Bett. Mit einer müden Bewegung streckte er die Hand nach ihr aus und fasste zwischen ihre Beine.

Sie fühlte seinen festen Griff, und obwohl sie den Fremden abstoßend fand, atmete sie erwartungsvoll schneller.

Er packte sie an den Hüften und dirigierte sie über sich auf das Bett. *Das wird ein Teufelsritt,* dachte sie verwirrt.

Aber es geschah nichts. Sie spürte, wie er warm und weich unter ihr lag, und sah ihn erstaunt an. Sie erschrak.

Unter ihr lag nun nicht mehr der Fremde aus dem Wald, sein Gesicht hatte vertraute Züge angenommen.

Peter!

Mara versuchte, von ihm fortzukommen, doch er hielt sie mit eisernem Griff bei sich. »Lass mich los«, wollte sie rufen, aber sie brachte keinen Ton hervor.

»Die Triskele«, sagte er ernst, und Mara hatte plötzlich einen Becher mit blauer Farbe und einen Pinsel in der Hand.

Langsam begann sie, von seinem Bauchnabel aus Spiralen zu ziehen. Sie bewegte den Pinsel über seinen Bauch, seine Brust, umrundete seine Brustwarzen. Er stöhnte.

Als sie fertig war, nahm er ihr den Becher mit der Farbe aus der Hand. Sie wusste, dass sie jetzt an der Reihe war. Tief tunkte er den Pinsel ein und bohrte ihn dann in ihren Bauchnabel. Die Farbe quoll wieder heraus; es gab ein schmatzendes Geräusch, das sie anekelte. Immer tiefer bohrte er den Pinsel in sie hinein, es tat weh, aber sie konnte sich nicht von ihm befreien.

Hör auf!

Seine Augen hatten einen wie besessenen Glanz angenommen, er starrte nur noch auf den Pinsel und drückte immer fester zu.

Mara ließ sich auf den Rücken fallen, stieß sich von seinem Körper ab und strampelte sich mit den Füßen frei.

Zitternd und verschwitzt wachte sie auf, das Bettlaken lag zusammengeknüllt quer über ihrer Brust. Sie rang nach Luft, warf das Laken von sich und setzte sich erschöpft auf die Bettkante.

DREI

Als Mara am nächsten Morgen zur Grabung kam, wartete Max Dwyer dort auf sie. Er saß auf den Stufen des Containers, den Kopf in die Hände gestützt. Er war nicht allein. Neben ihm hockte ein Mann, den Mara nicht kannte. Er war vielleicht Mitte vierzig und trug einen Overall. Auf seinen Knien balancierte er zwei Krücken, sein linkes Bein hatte einen Gipsverband.

»Ich wusste, dass Sie trotzdem herkommen würden.« Max begrüßte sie mit einem freundlichen Grinsen. »Sie sind ein Arbeitstier und können es nicht lassen. Selbst dann nicht, wenn man Ihnen die Grundlage raubt und das Team freihat.«

»Nettes Kompliment, Max.«

Er brauchte nicht zu wissen, warum sie heute zur Arbeit kam. Sie wollte die schreckliche Nacht vergessen. Der Traum mit dem Wilden, der sich in Gruber verwandelt hatte, hing ihr noch nach. Nachdem sie schweißgebadet aufgewacht war, sich ein Glas Wasser geholt, die Vorhänge geschlossen und sich wieder hingelegt hatte, war an Schlaf nicht mehr zu denken gewesen. Sie hatte kurz überlegt, wegen der Sache im Wald zur Polizei zu gehen, sich aber nicht viel davon versprochen. Die Polizisten hatten genug mit dem Grabraub zu tun, dessen Aufklärung ihr selbst wichtiger war als die kindische Tat von ein paar schrulligen Einheimischen. Denn das war es doch, was im Wald geschehen war, oder nicht?

Jetzt, wo sie neben Max im hellen Tageslicht vor ihrem Container stand, fand sie das Ganze nur noch halb so schlimm.

Steinchen und Holunderbeeren! Die Männer wussten womöglich nicht einmal, wer sie war. Ihr Angriff richtete sich nicht gegen sie als Archäologin oder gegen ihre Grabung. Sie hatten unter sich sein wollen. Und sie hatte sie gestört. Wahrscheinlich hatten sie den Eindruck gehabt, sie hätte sie belauscht.

Sie haben mir nichts antun wollen, sie wollten mich nur verscheuchen.

»Frau Dr. Jordan, darf ich Ihnen einen alten Freund vorstellen? Er sucht dringend einen Job, und er besitzt einen Transporter.« Max war für seine Verhältnisse heute ungewöhnlich redselig. »Wir dachten, er könnte vielleicht für das Team Besorgungen machen, Funde ins Labor bringen, Geräte transportieren … Sie wissen schon. Sehen sie den grauen Transit, der dahinten auf der Straße steht? Der gehört ihm.«

»Max, was soll das?« Mara machte sich gar nicht die Mühe, den angepriesenen Wagen näher zu betrachten. Sie schüttelte energisch den Kopf. »Ihr Freund hat ein Gipsbein, das sieht ja ein Blinder. Damit kann er doch nicht als Fahrer arbeiten!«

»Ich kann sehr wohl fahren.« Max' Kumpel sprang auf und hüpfte auf seinem gesunden Bein vor dem Container im Kreis herum, wobei er mit seinem Gipsbein auf der festgetretenen Erde einen dumpfen Ton erzeugte. »Tok. Tok, tok, tok«, klang es hohl.

»Das hat alles gar keinen Zweck, ich will nichts weiter hören«, sagte Mara scharf. »Keine Versicherung spielt da mit. Außerdem haben wir selbst einen Van, Max. Und ausreichend Fahrer.«

»Aber der schöne Transit!« Max schaute sie enttäuscht an. »Den hätte ich gern mal gefahren.«

Er schmollte wie ein Kind, und Mara musste lachen. »Haben Sie denn einen Führerschein?«

»Einen irischen.« Max grinste. »Aus der Zeit, als ich in Dublin einen eigenen Pub hatte. Da musste ich so manches Fässchen befördern. Und auch so manchen besoffenen Paddy …«

»Na sehen Sie«, sagte Mara versöhnlich. »Dann können Sie ja den Team-Van hin und wieder bewegen. Und ihr Freund …«, fuhr sie mit einem Seitenblick auf seinen Kumpel fort, »kann gern wiederkommen, wenn der Gips ab ist.«

»So viel zum neuen Job.« Der Mann mit dem Gipsfuß zog gleichgültig die Schultern hoch. Noch ein Nicken, und er trollte sich.

Sie sah ihm eine Weile nach.

»Ihr Freund hat gar nicht nach der Grabung gefragt«, überlegte sie laut. »Es interessiert ihn wohl nicht, was wir hier machen. Er will nur den Job.« Sie lächelte Max dankbar an. »Bei Ihnen weiß ich, dass Sie aus Leidenschaft bei uns sind. Bei so viel Keltenwissen und ohne Lohn.«

Es war immer dasselbe Problem. Der Etat für die Grabungen reichte nie aus, deshalb wurden oft freiwillige Helfer in ein Team aufgenommen. Man musste allerdings darauf achten, dass die Leute ein Gespür für die Archäologie mitbrachten, so wie Max. Sie durften sich auf der Grabung keineswegs wie die Axt im Walde benehmen. Außerdem war es schon vorgekommen, dass ein freiwilliger Helfer nachts auf eigene Faust weitergrub und mit seinen Funden das Weite suchte.

»Sie sind doch noch viel leidenschaftlicher bei der Sache als ich, Frau Doktor«, erwiderte Max. »Sie schlagen sich hier jede Nacht um die Ohren, kümmern sich um jede Kleinigkeit.« Er setzte eine besorgte Miene auf. »Sie müssen auch mal abschalten. Nicht immer nur an Ihren Job denken. Haben Sie gar keinen Mann oder einen Freund, der auf Sie wartet? Eine junge Frau wie Sie?«

Sie spürte einen leichten Stich. Nein, da war niemand, der auf sie wartete. Es war egal, ob sie in ihrer großen Wohnung schlief oder auf einer Matte im Container. Den Gedanken an eine feste Beziehung hatte sie in eine vage Zukunft verschoben.

Unter besseren Umständen, mit dem richtigen Partner … Irgendwann.

Sie wechselte rasch das Thema. »Sagen Sie, Max, woher haben Sie überhaupt all Ihr Wissen? Das wollte ich Sie immer schon mal fragen.«

Max winkte ab. »Ich hatte viel Zeit zum Lesen.«

»Wie kam es denn dazu? Waren Sie längere Zeit krank?«

»Das nun nicht.« Über Max' Gesicht huschte ein Grinsen. »Ich hab in meinem Pub gelesen. Da war ja nicht den ganzen Tag was los. Da ging es erst abends rund.«

»Was hat Sie überhaupt nach Irland verschlagen?«

Max bückte sich und hob einen kleinen Stein von der Erde auf. Er betrachtete ihn eingehend. »Meine Mutter hatte mich von einem Iren«, brummte er. »Ich hab ihn nie kennengelernt, aber als ich erwachsen war, wollte ich mir wenigstens sein Land mal ansehen.«

»Das Land der Väter. Und dann sind Sie gleich ein paar Jahre dort geblieben?«

Max ließ den kleinen Stein fallen. »So ungefähr.«

»Sie sind wohl der Einzige mit irischem Blut in der Familie?«

Max schaute sie prüfend an, und sie bemerkte, dass sie langsam indiskret wurde. »Verzeihen Sie, Max, ich wollte nicht aufdringlich sein.«

»Nein, keine Angst, das sind Sie nicht. Ich habe noch drei Brüder, alle älter als ich. Sie hatten deutsche Väter. Meine Mutter lebt nicht mehr, sie hat uns ganz allein großgezogen. Wir haben immer zusammengehalten, und ich konnte so einiges von ihnen lernen. Haben Sie Geschwister?«

Mara nickte. »Ich hatte einen kleinen Bruder. Er ist aber nur ein paar Jahre alt geworden.«

Sie starrte auf ihre Schuhe und schwieg. Wie immer, wenn sie an ihren Bruder dachte, überkam sie eine Woge von Unbehagen und Schuld.

Sie schüttelte das Gefühl ab.

»Das tut mir leid«, sagte Max leise.

»Danke, Max, schon gut. Es ist lange her. Ich muss mich jetzt um die Grabung kümmern.«

»Ja aber …« Max sah sie ratlos an. »Die Grabräuber haben doch alles mitgenommen.«

Mara straffte die Schultern. »Wir sind mit unserer Aufgabe hier noch lange nicht fertig. Wenn wir tatsächlich auf ein keltisches Grab gestoßen sind, liegen vielleicht noch andere Fundstücke im Boden.«

»Aha, so ist das.« Max schien das einzuleuchten. »Darüber habe ich noch gar nicht nachgedacht.«

Als Max gegangen war, setzte Mara sich im Container an den Computer und schrieb einen Bericht über die bisherigen Ergebnisse der Grabung. Sie wollte ihre Vorgesetzten davon überzeugen, dass sie die Grabung fortsetzen musste. Die sterblichen Überreste der Fürstin konnte sie nun nicht mehr vorzeigen, aber womöglich konnte sie dennoch beweisen, dass die Frau das Opfer einer grausamen Zeremonie geworden war.

Ich muss einfach nur weitersuchen.

***

Felix Kaltwasser saß in seinem Lieblingslokal in der Frankfurter Fressgass vor seinem aufgeklappten Notebook. Er las die Onlinenachricht bereits zum dritten Mal: »Mysteriöser Grabraub am Glauberg«. Unbekannte hatten das Skelett der wertvollen Keltenfürstin mitsamt den Grabbeigaben gestohlen.

Was für ein glücklicher Zufall.

Die Entdeckung des Skeletts hatte ihn in Angst und Schrecken versetzt. In der vergangenen Nacht hatte er kaum geschlafen und sich schwitzend in seinen Laken gewälzt. Um sich Kühlung zu verschaffen, hatte er mehrmals geduscht und war nackt in seiner Villa herumgelaufen. Er war kurz davor gewesen, das Glauberg-Projekt abzubrechen. Aber nun waren alle Spuren beseitigt, das Grab war leer, die Fürstin verschwunden.

Ein Loblied auf die Diebe.

Der Meldung nach war eingetreten, was Archäologen immer befürchteten: Eine Fundstelle wurde bekannt und lockte Grabräuber an, die schwunghaften Handel mit antiken Stücken betreiben. Vermutlich hatte die Erwähnung der keltischen Gegenstände in den Zeitungen die Grabräuber angezogen. Sie hatten den Fundort ausfindig gemacht und das offene Grab ausgeraubt.

Beruhigt klappte Kaltwasser sein Notebook zu und legte es auf einen freien Stuhl.

Das ist ja gerade noch mal gut gegangen. Jetzt steht dem Glauberg-Projekt nichts mehr im Weg.

Er sah sich im Lokal um. Kronleuchter, Stühle mit rotem Samt, weißer Damast auf den Tischen. Der teuerste Laden im ganzen Westend. Er hatte einen der hinteren Tische im Restaurant gewählt, um mit seinen beiden Geschäftspartnern Maywood und Reeves ungestört zu sein. Zwei ältere Damen und ein asiatisches Paar saßen an den Tischen weiter vorn. Die meisten Gäste hatten jedoch auf der Terrasse im Schatten großer

Sonnenschirme Platz genommen. Es war ein brütend heißer Tag, und die Luft stand reglos in der Innenstadt. Auf dem Weg hierher hatte er gesehen, wie Passanten in dem Brunnen vor der alten Oper ihre Füße kühlten. Das Wetter spielte verrückt in den letzten Tagen. Nachts tobten Gewitter über der Stadt, am Tag stach die Sonne grell zwischen die Häuserzeilen. Die Leute liefen nur noch auf der Schattenseite der Straße oder flüchteten in klimatisierte Geschäfte.

Endlich betraten die beiden Kanadier den holzgetäfelten Raum. Zügig näherten sie sich seinem Tisch.

»Please take a seat«, sagte Kaltwasser höflich und zeigte auf die leeren Stühle.

Die beiden Männer schüttelten ihm die Hand und hängten ihre Jacketts, die sie bereits über dem Arm trugen, über die Rückenlehnen. Sie setzten sich, und Maywood hielt Ausschau nach dem Kellner.

»Sie haben sicher Durst«, sagte Kaltwasser auf Englisch. »Ziemlich heiß heute in Deutschland.«

Der Kellner kam mit den Speisekarten und nahm die Getränkebestellung auf. Man vertiefte sich in die Mittagskarte.

Wo sie die Knochen wohl hinschaffen? Das einzig Wertvolle sind die Grabbeigaben, aber was machen sie mit dem Rest?

Als der Kellner die Getränke brachte, bestellte Kaltwasser eine Dorade; die Kanadier schlossen sich ihm an. Kaum dass sie wieder allein waren, kam Maywood zur Sache.

»Was meinst du, Felix, wie lange dauert das noch mit den Archäologen?«

Kaltwasser machte es spannend. Er schälte sich aus seinem Jackett und hängte es ebenfalls über seine Stuhllehne. »Ich habe gute Neuigkeiten, was das betrifft. Die Verzögerung hat sich inzwischen erledigt. Man hat das Grab ausgeraubt.«

Maywood stellte erstaunt sein Bierglas ab.

»Ausgeraubt?«

»Ja. Irgendjemand hat bei Nacht und Nebel alles mitgehen lassen. Nun ist das Grab leer. Die Archäologen sind natürlich entsetzt, aber uns kann es nur recht sein. Eine monatelange Bergung ist damit vom Tisch.«

Wahrscheinlich verbuddeln sie das Gerippe auf irgendeinem Friedhof und verkaufen die Grabbeigaben ins Ausland.

»Und wenn die Archäologen noch mehr finden?«, fragte Maywood.

Kaltwasser winkte ab. »Unwahrscheinlich. Der Keltenkram liegt oben am Grabhügel. Das weiß in der Gegend jedes Kind.«

Deswegen hatte er sich ja auch nicht vorstellen können, dass die Archäologen bei einem Tagebau im Tal so ein Theater machen würden.

»Und die Polizei?«

Kaltwasser zuckte mit den Schultern. »Ich nehme an, die untersucht den Tatort und erstattet Anzeige gegen unbekannt.«

»Du meinst, der Fall ist schnell abgeschlossen?«

»Davon gehe ich aus. Absolut.«

Maywood und Reeves warfen sich einen Blick zu.

»Good news«, meinte der sonst so stille Reeves und lachte. »Phantastisch, wie sich manches von selbst erledigt. Dann können wir ja loslegen. Nächste Woche verkünden wir in Zürich den Beginn der Produktion. Dann läuft die Roadshow durch ganz Europa.«

Der Ober brachte die Speisen. Kaltwasser nahm seinen Teller mit der Dorade entgegen. »Kennt ihr diesen Witz?«, fragte er heiter. »Treffen sich zwei Frauen. Fragt die eine: ›Ist es nicht langweilig für dich, mit einem Archäologen verheiratet zu sein?‹ Antwortet die andere: ›Nein, überhaupt nicht. Je älter ich werde, desto mehr interessiert er sich für mich.‹«

Reeves brauchte einen Moment, bis er den Witz verstand. Dann brüllte er los und konnte sich kaum beruhigen. Minutenlang schüttete er sich aus vor Lachen, bis er endlich zum Besteck griff, um seinen Fisch zu zerteilen. Auch Maywood lachte und fuhr sich mehrmals mit der Serviette über die Augen. Dann hob er sein leeres Glas, um dem Kellner seinen Wunsch nach einem weiteren Bier anzuzeigen.

In gelöster Stimmung verzehrten sie ihre Mahlzeit. Kaltwasser ließ sich seinen Fisch auf der Zunge zergehen. Selten hatte ihm etwas so gut geschmeckt. Das Schicksal meinte es gut mit ihm. Wirklich gut.

Das war nicht immer so gewesen. Mit Schaudern dachte er zurück an den öden Hof, auf dem er groß geworden war, ein bäuerlicher Kleinbetrieb mit Schweinemast und Hühnerhaltung. Er war das jüngste von vier Geschwistern, ein zarter Junge mit zwei groben Brüdern und einer gleichgültigen Schwester. Und stoischen Eltern, die nur harte, körperliche Arbeit kannten. Kartoffeln setzen, Hafer mähen, Rüben ernten, Vieh füttern, Stall ausmisten. Wenn er sich als kleiner Junge in seine Bücher vertieft hatte, anstatt Holz zu hacken, waren seine älteren Brüder gekommen und hatten ihn ins Freie gezerrt. Hatten ihm die Axt vor die Füße geworfen.

Los, schaff was, du Klugscheißer.

Er erinnerte sich an den misstrauischen Blick seines Vaters, wenn die Familie abends bei Tisch saß. An die Kälte, die in diesem Blick lag. Der Vater hatte sich einen kräftigen Bauernbuben gewünscht, wie seine Brüder es waren. Keinen schmalen empfindsamen Jungen wie ihn. Oft hatte er sich vorgestellt, dass irgendein Fremder sein Vater wäre. Irgendwo auf der Welt.

Kaltwasser schüttelte die Erinnerung ab. Er sah Maywood dabei zu, wie er ein paar Fotos aus seinem Aktenkoffer holte und ihm reichte.

Sie zeigten ausgehöhlte Berghänge, von denen Schwerlaster Schutt und Steine abtransportierten. Künstlich angelegte Pisten führten spiralförmig in den Berg hinein, wo schweres Gerät tief unten im Krater wartete. Förderbänder brachten das Molybdän-Gestein in die Höhe und leiteten es zu riesigen Steinmühlen weiter. Es waren Aufnahmen der großen Abbaustätten in Peru und Australien, wo die Marktführer der Branche riesige Mengen an Molybdänit zutage förderten. Aus diesem Erz gewannen sie reines Molybdän, dessen Knappheit den Preis am Weltmarkt in ansehnliche Höhen getrieben hatte.

»Alles, was Carolina Resources braucht, ist ein solches Foto«, sagte Maywood. »Wir müssen nach dem Abzug der Archäologen so schnell wie möglich schweres Gerät auf das Gelände schaffen und eine große Grube ausheben.«

Kaltwasser schob seinen Teller zur Seite und legte die Fotos auf den Tisch. »Das dürfte kein Problem sein. Wir werden eine

Baufirma engagieren, die mit ihren Baggern einen schönen Krater schaufelt. Ein Fotograf macht die Bilder, ihr stellt sie auf eure Homepage, und schon haben wir den Beweis für die Molybdän-Förderung. Wir bleiben zwei Jahre vor Ort und geben dann das Projekt als unrentabel auf. Bis dahin hat sich der Kurs der Aktie vervielfacht, und unsere einzige Sorge wird sein, den richtigen Zeitpunkt zum Ausstieg zu finden.«

Die beiden Kanadier strahlten.

»Bravo, Felix.« Reeves nickte anerkennend. »Genau so läuft es. Was du mit Campa Gold und Nestor Mines geschafft hast, schaffst du auch mit Carolina Resources.«

»Sicher. Nur ging es damals um Gold, und nicht um Molybdän, das solltet ihr nicht vergessen. Deshalb ist das Timing diesmal besonders wichtig.«

Gold verströmte die warme Aura der Sicherheit, es war fassbar, wertvoll und wunderschön in seinem Glanz. Die weit gestreute Empfehlung von Campa und Nestor hatte Kaltwasser und den Anlegern der ersten Stunde die achtfache Summe des eingesetzten Kapitals gebracht. Seinen Gewinn fuhr er jetzt durch Frankfurt spazieren, einen nagelneuen weißen Audi A8. Wer sollte da noch traurig sein, dass die beiden Unternehmen niemals ein Gramm Gold gefunden hatten?

Mit Molybdän würde es nicht ganz so einfach sein. Molybdän war nüchtern, unbekannt und grau. Er musste sich anstrengen, um große Massen von Anlegern von seinem Wert zu überzeugen. Dass es Bestandteil von Stahlträgern und Motorenöl war, machte das Material nicht attraktiver. Es erforderte viel Überzeugungskraft und vor allem gigantische Kursprognosen, damit die Promotionskampagne richtig in Gang kam. Natürlich konnte er bereits auf erste Erfolge zurückblicken. Die massive Nennung von Carolina Resources beim Global Investors Meeting hatte den Kurs um fünfzehn Prozent angehoben. Doch wenn jetzt nicht weitere gute Nachrichten folgten, würde das Interesse versiegen und der Kurs genauso schnell wieder abbröckeln.

Noch einmal absahnen und dann aussteigen. Untertauchen, bevor die Anleger mir nicht mehr glauben.

Kaltwasser holte sein Smartphone aus der Jackentasche und rief den Aktienchart auf.

»Wir sind jetzt bei sechsundzwanzig Cents in Frankfurt. Ich denke, wir können davon ausgehen, dass wir Ende des Jahres die Ein-Euro-Marke überschreiten.«

»Mindestens.« Maywood nahm einen kräftigen Schluck. »Versprich den Leuten mehr, Felix, und du wirst es sehen. Erinnere dich an Northwest: von fünf Cents auf über sechs Dollar, das hätte doch niemand für möglich gehalten.«

Im Prinzip korrekt. Nur dass die Firma ein riesiges, real existierendes Ölfeld ausbeutet. Und nicht nur einen Krater in die Wetterau bohrt.

»Man muss die Balance halten zwischen Gewinn und Risiko«, sagte er, um Maywoods Erwartungen zu dämpfen, »zwischen Verlockung und Angst. Erst wenn Carolina Resources in den Musterdepots der Börsenblätter auftaucht, wird uns die breite Masse der Anleger folgen. Darum müssen wir das Vertrauen der Meinungsmacher gewinnen. Die packen dann selbst noch genug Übertreibung obendrauf.«

Als Maywood und Reeves vor drei Monaten auf ihn zugekommen waren und ihn gebeten hatten, Carolina Resources in Deutschland bekannt zu machen, war er überrascht gewesen, dass direkt vor seiner Haustür eine Molybdän-Lagerstätte liegen sollte. Maywood, der Bergbauspezialist, hatte ihn darüber aufgeklärt, dass man Molybdän überall finden konnte, möglicherweise sogar auf seinem Grundstück. Die Frage war nur, in welcher Konzentration. An dieser Stelle half Maywood ein wenig nach, indem er in seinen Gutachten ein paar Kommastellen verschob. Zurzeit wurde in allen Mittelgebirgen nach Metallen gesucht, warum nicht auch in der Wetterau? »Der Glaube versetzt Berge«, hatte Maywood gesagt, ein Zitat aus der Bibel. Kaltwasser wusste es besser. Es war die Gier, die die Berge versetzte. Als er sich erst einmal in das Thema eingearbeitet hatte, war ihm klar geworden, was für Gewinnmöglichkeiten ihm dieses Projekt bot. Für diese Chance würde er sogar seinen Schwur brechen, niemals wieder einen Fuß in die Gegend zu setzen.

Die verfluchte Sippschaft.

Als der Hof damals vor dem Ruin stand, hatte er die Idee mit der Selbstvermarktung gehabt. Die Familie war skeptisch gewesen, sein Vater hatte ihm nur widerwillig erlaubt, in einem leeren Stallgebäude Obst, Gemüse und Dosenwurst zu verkaufen. Monatelang war Kaltwasser nach der Schule jeden Tag in seinen Hofladen gegangen, hatte ihn mit der Zeit besser ausgestattet und Werbezettel verteilt. Als das Geschäft nach Monaten endlich gut lief, übergab der Vater einfach der Schwester den Laden. Er behauptete sogar, der Verkauf sei von Anfang an seine Idee gewesen. Damals hatte Kaltwasser begriffen, wie bösartig und neidisch sein Vater war. An seinem achtzehnten Geburtstag hatte er den düsteren Hof verlassen und war in die Stadt gezogen. Die letzten Monate bis zum Abitur waren hart gewesen, nachts jobbte er in einer Bar, und morgens schlief er im Unterricht beinahe ein. Ohne seine Freunde aus der Klasse hätte er nie durchgehalten.

Den Hof hatte er erst wiedergesehen, als sein Vater vor drei Jahren nach einem Sturz gestorben war. Wie zu erwarten, hatte er ihm nur seinen Pflichtteil vererbt.

Auf das bisschen Kleingeld konnte er verzichten.

Kaltwasser sah, wie Maywood und Reeves nach ihren Jacketts griffen und sich zum Aufbruch bereit machten. Der Kellner stellte dezent die hölzerne Schatulle mit der Rechnung vor ihm ab.

»Alles wird gut, Felix«, sagte Maywood freundlich. »Unsere Devise lautet: Hindernisse muss man aus dem Weg räumen. Wenn einem der Zufall zu Hilfe kommt, ist das schön. Ansonsten muss man eben etwas nachhelfen.« Grinsend reichte er ihm die Hand zum Abschied. »Bye-bye, wir bleiben in Kontakt.«

Ein Verdacht blitzte in Kaltwassers Gedanken auf. Waren die Kanadier da etwa selbst am Werk gewesen?

Quatsch.

Er zückte seine Brieftasche und legte zwei Scheine in die Holzkiste.

***

Peter Gruber stolperte den Trampelpfad hinunter, der Vertiefung entgegen, in der die Fürstin gelegen hatte. Sein eigener Schatten wanderte vor ihm her, sobald der Mond mit seinem bleichen Licht hinter einer Wolke hervorkam. Ein Hase huschte knapp vor ihm aus seiner Deckung und suchte Haken schlagend das Weite.

»Komm heute um Mitternacht zur Grabung«, hatte die SMS gelautet, die er am Morgen empfangen hatte. »Bring mit, was du gestohlen hast. Ich weiß alles.«

Gruber sah sich sichernd um. Seine Augen hatten sich inzwischen an die Nacht gewöhnt. Am Horizont zeichnete sich die vertraute Hügelkette ab, Maras Container stand still und dunkel an der Straße.

Wer hat mir diese verdammte SMS geschickt?

Er hatte das Skelett der Fürstin sicher verwahrt, der Druide würde es außer Landes schaffen. Morgen früh sollte die Übergabe stattfinden, und dann würde er so schnell wie möglich in die Türkei zurückfliegen.

Was war schiefgelaufen? Hatte der Druide nicht dichtgehalten? War Mara vorgestern Nacht doch in ihrem Container gewesen? Er hatte dieses Schimmern gesehen. Hatte sie ihn beobachtet?

Wer sonst könnte mich gesehen haben? Es muss Mara sein.

Vorsichtshalber hatte er die Kanne mitgebracht. Das schöne Stück. Er hob sie ein wenig an und betrachtete sie im Mondlicht. Eine Kanne für Met, bestimmt aus Etrurien. Er würde sie Mara übergeben, und den Armreif dazu. Ihm musste nur eine glaubwürdige Geschichte einfallen, warum er das Skelett an sich genommen hatte.

Ein Freund ist in Anatolien gekidnappt worden. Wenn ich deine Fürstin an ein amerikanisches Privatmuseum verkaufe, kann ich ihn auslösen.

Ich habe mir Geld geliehen für die Grabung in Gordion und bin an Kredithaie geraten. Nun verlangen sie das Doppelte zurück. Glücklicherweise sammelt ein reicher Scheich in Dubai christliche Reliquien und sucht nach den sterblichen Überresten der heiligen Anna …

Er lachte gequält. Ungeduldig trat er von einem Bein auf das andere, erneut sah er sich um.

Bewegte sich da etwas? Da hinten, hinter dem hohen Baum?
Seine Nerven spielten schon verrückt.

Eine Windbö blies über das Land und trieb Staub vor sich her. Irgendwo schrie ein Käuzchen.

Und wenn ich Mara die Wahrheit sage? Nein. Die Wahrheit ist so absurd, dass sie mir keiner glaubt.

Er sah sie schon vor sich, wie sie fragend die Brauen hochzog. Die stolze Mara. Wie hatte sie ihm die kalte Schulter gezeigt. Nur einmal hatte ihr warmer, weicher Körper sich hilfesuchend an ihn gedrängt, hatte sie ihn leise flüsternd um Beistand gebeten. Aller Stolz war von ihr abgefallen, und sie war Wachs in seiner Hand gewesen.

Er kostete die Erinnerung noch ein wenig aus, bevor er sie abschüttelte. So nachgiebig wie damals würde er Mara nie mehr erleben. Es würde nicht leicht werden mit ihr. Denn sie wollte etwas von ihm zurückhaben, was er verschwinden lassen musste.

Mara und ihre Fürstin!

Ein Schatten fiel vor ihm auf die Erde, jemand hatte sich lautlos von hinten an ihn herangeschlichen.

»Mara«, sagte er mit gespielter Strenge. »Was soll das werden?«

»Bring mit, was du gestohlen hast.« Die Frau hat echt Nerven.

Er wollte sich umdrehen, doch er kam nicht mehr dazu. Ein Schlag traf ihn am Hinterkopf, und er stürzte vornüber aufs Feld. Seine Hände fingen den Aufprall ab, aber er rutschte über die raue Erde. Die Handflächen brannten, sein Schädel dröhnte. Ein stechender Schmerz breitete sich in seinem Hirn aus. Als er versuchte, den Kopf zu heben, begann die Welt sich zu drehen. Er riss die Augen auf, aber er nahm nur Schatten wahr. Unmittelbar vor ihm bewegte sich jemand.

»Mara, bist du das?«

»Hast du es mitgebracht?« Die Stimme, die zu ihm sprach, verschwamm in seinem Gehörgang und hallte in seinem Schädel nach. Sie war männlich. »Das Geld. Ich will es wiederhaben.«

»Was für Geld?«, keuchte Gruber. »Ich bin Archäologe, den Job mache ich, weil er mir Spaß macht, nicht, um reich zu werden.« Das Sprechen war eine Qual, jedes Wort tat ihm weh.

Zwischen seinen Zähnen knirschten Erdkrumen. Er versuchte, sie auszuspucken, doch ihm fehlte die Kraft. Erneut hob er den Kopf, aber ein Fußtritt rammte seinen Schädel wieder auf den Boden. Ihn packte Todesangst.

Er versuchte, sich nicht zu rühren, während der Fremde vor ihm auf und ab ging.

»Ihr habt mich um eine dreiviertel Million ärmer gemacht. Ich verlange sie nun zurück.«

Gruber hörte ein grauenhaftes Stöhnen. Er brauchte einen Moment, um zu begreifen, dass er es war, der diesen Laut ausstieß.

»Du erinnerst dich nicht?«, höhnte der Fremde. »Du hast kein schlechtes Gewissen? Du hast nie jemandem etwas weggenommen?«

»Bitte töten Sie mich nicht.« Grubers Atem ging stockend. Wirre Bilder zogen vor seinem inneren Auge vorbei. Dann wusste er, mit wem er es zu tun hatte. »Diese Feier … vor vielen Jahren … das war doch nur ein Spiel.«

»Das ist schön, du erinnerst dich also doch. Dann weißt du ja auch, wo mein Geld ist.«

»Ich hab … kein … Geld.« Gruber wollte seinen Peiniger ansehen, doch er konnte seinen Kopf nicht weit genug hochheben. Seine Stirn schlug auf die Erde, Speichel rann ihm aus dem Mund.

»Willst du nicht lieber noch einmal nachdenken?« Der Mann trat ihm heftig in die Rippen. Gruber bekam keine Luft mehr, für einen Moment glaubte er zu ersticken. Seine Augen tränten. Er hustete, und es fühlte sich an, als würde er seine Lunge ausspucken.

»Mein Haus … noch nicht abbezahlt.«

»Du hast alles in ein Haus gesteckt? Das nenne ich Altersvorsorge.« Der Mann lachte dröhnend. »Gut, gut, ich werde mich an den anderen beiden schadlos halten. Du darfst dir nun aussuchen, wie du abtreten willst. Ich bestehe allerdings auf etwas Keltischem. Soll ich dir die Füße abhacken oder die Hände?«

Eine nie gekannte Furcht übermannte Gruber, zwischen

seinen Beinen wurde es feucht und heiß. Neben den Füßen seines Peinigers leuchtete eine Axt im Mondlicht auf. Ganz ruhig hatte der Mann sie neben sich auf die Erde gestellt, die Schneide zuunterst.

Nimm die Füße, die Füße! Lass mir bloß meine Hände! Wie soll ich ohne Hände arbeiten?

»Das ist nicht …«, brachte er mühsam hervor, »keltisch.«

»Brav, mein Junge. Du hast soeben deine Hände gerettet. Dabei hätten sie mir gefallen. Ich könnte sie auskochen, dein welkes Fleisch von den Gelenken und Knochen pulen und …«

Grubers Magen wölbte sich, sein Körper zuckte.

»Untersteh dich, mir auf die Füße zu kotzen! So was mag ich nicht, da bin ich wirklich eigen.«

Gruber hörte ein kurzes, scharfes Zischen. Offensichtlich ließ der Mann seine Axt durch die Luft sausen. »Nun sei mal ehrlich. Wir beide wissen doch, wie eine keltische Hinrichtung aussieht.«

Gruber wollte etwas erwidern, doch aus seinem Mund drang nur noch ein rhythmisches Pfeifen. Er versuchte, wenigstens eine Hand zu heben, aber er war wie gelähmt.

»Du wirst jetzt sühnen«, hörte er den Mann sagen. »Ich hacke dir den Körperteil ab, den du für deinen wertvollsten hältst. Ich werde ihn erraten.«

VIER

Daniel Richter wachte auf, lange bevor der Wecker klingelte. Er stellte ihn aus, blieb aber noch liegen und starrte zum Fenster, vor das er eine Wolldecke genagelt hatte. Das erste Sonnenlicht drang durch die Ritzen des Gewebes, schwerelos tanzte der Staub in den Strahlen.

Er fühlte sich übernächtigt und schlapp. Die verdammten Träume waren zurückgekommen.

Tagsüber funktionierte er wie eine aufgezogene Uhr, nachts kam die Erinnerung hoch, dann brach ihm der Schweiß aus. Sein Herz hämmerte wie eine Dampframme. Sobald er die Augen schloss, lag er wieder in diesem verfickten Verlies, tastete verzweifelt nach seiner Waffe und seinem Handy, die sie ihm natürlich beide abgenommen hatten. Klopfte gegen die Betonwand, um zu hören, ob nicht irgendwo ein Hohlraum war, ein Durchgang ins Freie.

Und dann war der verfluchte Köter wieder da. Hechelte, sabberte, fletschte die Zähne. Der heiße, faulige Atem der Bestie schlug ihm entgegen, die Hauer gruben sich in sein Fleisch.

Den Kampfhund hatten ihm die Jugos in den Schacht nachgeschmissen. Einen Mastiff. Während er um sein Leben kämpfte, spuckten sie von oben auf ihn herunter und schlossen Wetten auf seinen Tod ab.

Mensch versus Bestie, ein lohnendes Geschäft.

Die Sache mit den Jugos war vor einem Jahr passiert. Vor einem halben Jahr war Katrin ausgezogen. Eine Kollegin. Er sei ihr zu schweigsam geworden, hatte sie gesagt, sie wisse nicht mehr, was in ihm vorginge, und das mache ihr Angst.

Ach, komm schon, das hat eh nicht gepasst.

Seit er wieder allein schlief, träumte er wieder. Zuerst nur gelegentlich, in letzter Zeit jedoch immer öfter. Er lag in dem engen Schacht, rings um ihn herum hohe, nackte Wände aus Beton. Ganz weit oben ein kleines Stück Himmel. Und keine Chance, herauszuklettern.

Diese Scheißtypen.

Er war ihnen dicht auf den Fersen gewesen. Er hatte sie beobachtet, Tag für Tag. Eine Großfamilie, ein Clan, der junge Frauen aus den Ostblockländern in die Bundesrepublik lockte, damit sie hier illegal als Prostituierte arbeiteten. Sie erzählten den Mädchen, sie würden in Frankfurt in einem Café servieren, als gut bezahlte Kellnerinnen. Deutsch müssten sie nicht können, in Frankfurt sprächen alle Englisch. Die jungen Frauen landeten dann in einem abgelegenen Bordell am Waldrand, ohne Papiere und ohne jede Ahnung, wo sie sich befanden und wie sie von dort wegkommen sollten.

Nach einem Jahr kannte er die ganze Bande beim Namen, wusste, wo ihre Kinder zur Schule gingen, wo sie am Wochenende Fußball spielten und grillten und an welchem Wochentag sie ihre Frauen flachlegten.

Er hatte kurz vor dem Abschluss des Falls gestanden. Seinen Kollegen war bei einer Razzia eine der verschleppten Frauen ins Netz gegangen. Er hatte sie überzeugt, vor Gericht gegen die Bande auszusagen, im letzten Moment jedoch einen Fehler gemacht. Er hatte die Zeugin noch einmal allein in der Wohnung aufgesucht, in der sie sie versteckt hatten, um sicherzugehen, dass sie bei der Stange blieb. Doch dieses Mal waren die Jugos schneller gewesen.

Bis seine Kollegen ihn fanden, vergingen fünf Tage. So lange hatte er in dem beschissenen Betonschacht vor sich hin vegetiert. Ein zugemauerter Aufzugschacht in einer Fabrikruine, wie sich später herausstellte.

Fünf Tage waren eine Ewigkeit.

Zum Dank hatte sein Chef ihn zur Kripo Friedberg versetzt. »Nur, bis du wieder auf dem Damm bist. Die gefährlichen Sachen überlässt du vorerst den Kollegen. In Friedberg hast du es schön ruhig. Da kommt mal ein Fahrrad weg, oder ein Schüler randaliert in der S-Bahn. Das machst du mit links. Entspann dich. Wenn du wieder fit bist, holen wir dich zurück.«

Seitdem saß er in der kleinen Kreisstadt und bearbeitete Routinefälle.

Keine fünfunddreißig und schon auf dem Altenteil in der Provinz.

Er hatte sich auf eine Therapie eingelassen. Weil er hoffte, dadurch wieder nach Frankfurt zu kommen, ließ er sich von einer Seelenklempnerin alles Mögliche aus der Nase ziehen. Doch seine Abteilung in Frankfurt juckte das nicht, dort schien man ihn einfach vergessen zu haben.

Mit der Zeit gewöhnte er sich sogar an Friedberg. Wenn er in einem Café saß und dem Trubel auf der Straße zusah, fühlte er sich beinahe wohl.

Das Einzige, was ihn außer seinen Träumen heute noch an die Tortur erinnerte, waren vier kreisrunde Narben an seinem rechten Unterarm, wo das Vieh ihm die Fangzähne ins Fleisch gehauen und sich darin verbissen hatte.

Er hatte den Scheißhund gegen die Wand geschoben und war ihm mit der freien Hand an die Gurgel gegangen. Hatte zugedrückt, bis der Köter sich nicht mehr rührte. Die Jugos buhten und pfiffen am Rand des Schachts, die meisten von ihnen hatten ihre Wette verloren. Enttäuscht zogen sie ab, ohne sich um den toten Köter zu kümmern. Den ließen sie ihm da. Wenn er daran dachte, hörte er wieder das Summen der Fliegen, roch den verwesenden Kadaver, und seine linke Hand verkrampfte sich.

Sein Handy auf dem Nachttisch gab einen Klingelton von sich. Er nahm den Anruf an.

»Richter.«

»Guten Morgen, ich hoffe, ich habe dich nicht geweckt.«

Daniel lachte leise. An der Stimme erkannte er seinen Kollegen Thomas Kempen. »Was ist los? Rufst du jetzt schon vor dem Aufstehen an, um mich für deinen Gesangsabend zu begeistern? Ich werde bestimmt nicht vor allen Kollegen singen. Mich kriegst du nicht ans Mikrofon. Vergiss es einfach.«

Thomas Kempen war im diesjährigen Komitee für das Polizeifest. Seit seiner Ernennung versuchte er, aus der sonst eher biederen Veranstaltung einen Kracher zu machen. Seine neueste Idee war Karaoke.

Daniel mochte Kempen. Der lange, schlaksige Kollege hatte immer ein fröhliches Grinsen auf dem Gesicht. Er war in seinem Alter, und Daniel fragte sich oft, wo er seine gute Laune hernahm. Nach all den Polizeijahren, die er auf dem Buckel hatte, musste er mindestens so viel Mist erlebt haben wie er selbst.

Vielleicht geht ihm das Elend weniger nah.

»Es geht nicht um das Polizeifest«, sagte Kempen. Etwas in seiner Stimme ließ Daniel alarmiert aufhorchen.

»Nein? Worum geht es denn?«

»Kannst du zum Glauberg hochfahren? Auf dem Gelände der Grabung, die dort läuft, haben sie eine Leiche gefunden.«

»Eine Leiche?« Daniel schluckte hart. So ruhig, wie sein Chef annahm, war es in der Provinz anscheinend doch nicht. »Okay. Wer hat euch angerufen?«

»Einer von den Archäologen. Die Meldung lief beim Kriminaldauerdienst in Gießen auf, und die Kollegen haben den Fall gleich an uns weitergereicht.«

»Klar. Sonst noch was?«

»Mehr weiß ich auch nicht, schau es dir einfach an.«

»Ist gut, Thomas, bin schon unterwegs.«

Minuten später saß er im Wagen und fädelte sich in den Berufsverkehr ein. Nur stockend kam er aus der Stadt heraus. Dann war der Weg frei. Zügig fuhr er über die Landstraße. Rechts und links sah er Felder, auf denen die Halme umgeknickt waren. Sie bildeten breite Lücken im Getreideteppich. Vor drei Nächten hatte es einen Sturm gegeben, offensichtlich hatte er sich auf dem Land stärker ausgewirkt als in der Stadt.

Auf einer Brachfläche hatte die kanadische Bergbaufirma mit den Vorbereitungen für den Erzabbau begonnen. Auf einem weithin sichtbaren Schild stand ihr Name: »Carolina Resources«.

Die Meinung der Bürger und Lokalpolitiker war durchaus geteilt, was die geplante Molybdän-Gewinnung anging, das hatte Daniel in der Zeitung gelesen, doch wie es aussah, hatten die Kanadier bereits wörtlich an Boden gewonnen. Auf einem Teil des Terrains war die Erde abgetragen worden. Nackt und dunkel lag der Ackerboden vor ihm. Der Container der Archäologen stand am Feldrand.

Er fuhr den Wagen nicht zu nah an den Tatort heran. Für die Spurensicherung war es besser, wenn seine Reifenspuren nicht auch noch zwischen die der vermeintlichen Täter gerieten.

Als er die Wagentür öffnete, kam ihm ein junger Mann entgegen. Er sah aus, als sei ihm vor wenigen Minuten ein Gespenst begegnet, so blass und bleich war sein Gesicht.

»Haben Sie die Polizei angerufen?«, fragte Daniel.

»Ja, das war ich. Simon Mayer. Ich bin Archäologe.«

»Was genau ist geschehen?«

»Wir haben hier vor wenigen Tagen das Grab einer keltischen Fürstin entdeckt«, berichtete Mayer. »Eine archäologische Sensation. Dann wurde der Fund gestohlen, samt den wertvollen Grabbeigaben, ein Armreif und ein Gefäß – Dinge, die bei der Toten lagen. Und nun ...« Er zitterte und konnte nicht weiterreden.

»Zeigen Sie es mir einfach«, bat Daniel ruhig.

Der junge Mann nickte und setzte sich in Bewegung. Wortlos lief er vor Daniel her. Er brachte ihn auf ein Feld, in dem sich viereckige Gruben befanden. Ein schmaler Pfad führte zu einer weiteren Grabungsstelle, wo auf halbem Weg ein paar Menschen standen.

Eine junge Frau weinte, jemand reichte ihr ein Taschentuch.

Daniel trat näher an die Grabungsstelle heran. Hier hatte ein Bagger eine Mulde ausgehoben, ungefähr doppelt so groß wie ein Grab. Die Zähne der Schaufel konnte man am Rand der Vertiefung teilweise noch erkennen. Ein Geruch nach Blut wehte ihm entgegen.

In der Vertiefung saß ein menschliches Wesen. Der Statur nach ein Mann. Halb lag er, halb lehnte er am Rand der Ausschachtung. Die Kleider, die der Unbekannte auf dem Leib trug, waren schwarz von Blut, eine angetrocknete, schimmernde Blutlache bedeckte den Boden.

Daniel schluckte hart. Nicht nur das, was da unten saß, erschreckte ihn bis ins Mark. Fast noch mehr verstörte ihn, was nicht vorhanden war. Das, was der Leiche fehlte.

Sie hatte keinen Kopf.

Da war nur rohes Fleisch. Er konnte die Speiseröhre erkennen. In dem Strunk, den er für die Luftröhre hielt, steckte ein Pfropfen geronnenes Blut.

Daniel wandte sich ab. Er ging zurück zu den entsetzten Leuten und sah sich die Gruppe näher an. Ein kräftiger Mann um die sechzig. Zwei junge Männer, die wie Studenten aussahen. Simon Mayer, der Archäologe, der ihn hier herausgebracht hatte.

»Wer genau hat die Leiche gefunden?«, fragte er.

Eine schlanke Frau, die ihren Arm tröstend um eine andere gelegt hatte, hob den Kopf und schaute ihn an. Sie war vielleicht Anfang dreißig.

»Ich war das. Mein Name ist Mara Jordan, ich leite diese Grabung.« Sie ließ die Frau neben sich los. »Ich bin immer als Erste hier, ich wohne im Dorf. Das Team kommt später, es hat eine lange Anfahrt aus Wiesbaden.«

»Kennen Sie den Toten?«, fragte er und ärgerte sich sogleich darüber.

Was für eine verdammte Frage. Da sitzt ein Körper ohne Kopf, in Kleidern, die bis zur Unkenntlichkeit von Blut triefen.

Man würde nachsehen müssen, ob das Opfer Papiere bei sich hatte. Vielleicht gab es eine Tätowierung, ein Muttermal, einen Ehering.

Fahrig fuhr sich die Archäologin mit den Händen durch ihr langes aschblondes Haar. »Die Schuhe kommen mir bekannt vor. Aber Timberland-Boots tragen wohl viele.«

Daniel griff zu seinem Handy und drehte sich ein wenig von den Leuten weg. Während er auf die Verbindung wartete, fuhr er sich mit dem Handrücken über den Mund. Der frische Blutgeruch erinnerte ihn an den toten Mastiff im Aufzugschacht.

Als die Kollegen sich meldeten, versuchte er, routiniert zu klingen.

»Ich brauche hier am Glauberg das volle Programm. Rechtsmedizin, Spurensicherung, und wenn es eben geht, bringt auch gleich den Staatsanwalt mit. Es lohnt sich.« Er beendete das Gespräch und blickte in das verstörte Gesicht der Archäologin. »Die Kollegen werden sich gleich um die Leiche kümmern«, beruhigte er sie.

Vor allem werden sie den Kopf suchen.

»Der Tote wird in die Gerichtsmedizin nach Frankfurt gebracht, der Tatort abgesperrt und untersucht. Wenn Sie bitte alle über den Trampelpfad zum Container zurückgehen würden. Ich muss Sie als Zeugen vernehmen, einzeln und der Reihe nach.«

Er suchte noch nach ein paar tröstenden Worten, als ein Handy klingelte. Seins war es nicht, den Klingelton hatte er noch nie gehört. Er schaute in die Runde, doch niemand suchte nach seinem Handy.

Das Klingeln kam aus der Mulde.

Alle starrten die kopflose Leiche an, keiner sagte etwas. Eine scheinbar endlose Zeit lang war nichts zu hören als die immer wiederkehrende helle Melodie des Handys. Daniel verspürte den Impuls, in die Mulde zu steigen und das verdammte Ding da rauszuholen, aber er war wie gelähmt.

Scheiße, ich schaffe es nicht. Ich kann die Leiche nicht berühren.

Er hatte schon viel gesehen. Schussverletzungen, Selbstmorde, Ertrunkene. Aber noch nie so ein Gemetzel.

Ich muss die Leute wegschicken.

Der grauenhafte Anblick würde sich bei allen ins Gedächtnis einbrennen, und er konnte nichts dagegen tun. Er stand nur da und hörte auf die lächerliche Melodie des Klingeltons.

Ich bin ein miserabler Polizist.

Da sah er, dass Mara Jordan ihr Haar zu einem Zopf drehte und ihn unter den Kragen ihrer Bluse schob. Sie gab einen wimmernden Laut von sich und trat mit einem großen, wankenden Schritt in die Grube. Mit angehaltenem Atem tastete sie nach der Leiche und zog ein Handy aus der Brusttasche des kopflosen Toten. Noch im Aufstehen nahm sie das Gespräch an.

Mein Gott. Wie kann sie nur? Und das ohne Handschuhe. Die Kollegen vom Erkennungsdienst werden mir die Hölle heiß machen.

»Hallo? Wer sind Sie?«, fragte Mara Jordan den Anrufer.

Daniel überlegte. Der Anrufer musste den Toten kennen. Es wäre sinnvoll, ihn zur Befragung einzubestellen. Mit einer Geste gab er der Archäologin zu verstehen, dass sie ihm das Handy geben sollte, doch sie redete weiter.

»Ich kann jetzt nicht mit Ihnen sprechen. Der Mann, dem dieses Handy gehört, ist tot«, sagte sie aufgebracht. Dann reichte sie das Telefon an ihn weiter. Er sah, dass sie lautlos weinte.

»Hallo«, sagte er ins Handy.

Doch der Anrufer hatte schon aufgelegt.

»Wer war dran?«, fragte er.

Mara Jordan wischte sich mit dem Ärmel über das Gesicht. »Ein Mann namens Bertrand, er wollte mit Peter Gruber sprechen.« Sie starrte erst auf das Handy, das Daniel in der Hand hielt, dann auf den Toten. Ihr Gesicht verzerrte sich im Schock, als sie verstand: »Das hier ist Peter Gruber.«

***

Mara saß dem Kommissar im Bürocontainer gegenüber. Ihre Stühle standen schräg vor dem langen Schreibtisch. Daniel Richter hatte die Beine übereinandergeschlagen. Sein Blick ruhte prüfend auf ihr, sobald er ihr eine Frage gestellt hatte. Gelegentlich beugte er sich aufmerksam zu ihr vor.

»Wie gut kannten Sie den Toten?«

Mara wandte sich ab und sah aus dem Fenster. Auf der Grabung liefen etliche Leute in weißen Overalls herum. So, wie es aussah, drehte die Spurensicherung jeden Stein um. Zwei Männer schoben eine Bahre zur Straße. In dem schwarzen Sack, der darauf lag, steckte Peter Gruber.

»Er hat meine Magisterarbeit an der Universität Mainz begleitet. Als Wissenschaftler war er genial, er konnte seine Studenten begeistern.«

Und er sammelte Studentinnen. Vermutlich musste er sich etwas beweisen.

»Wie war er privat?«

»Privat kannte ich ihn nicht«, sagte Mara.

Das eine Mal in seinem Bett zählt nicht. Außerdem willst du das gar nicht wissen.

»Hatte er Familie?«

»Es gab immer mal wieder eine Freundin. Er hatte ein Haus

in Hattersheim, dort wohnte er allein. Wenn er nicht auf irgendeiner Grabung war.«

»Was hatte er hier auf Ihrer Grabung zu tun?«

Wenn ich das wüsste!

Sie schwieg und sah den Kommissar ratlos an. Er war ungefähr in ihrem Alter, Mitte dreißig. Das dunkle glatte Haar fiel ihm ständig in die Stirn, aber das schien ihn nicht zu stören.

»Wann haben Sie Dr. Gruber das letzte Mal gesehen?«

»Vor drei Jahren.«

Ein Mann öffnete die Tür. »Herr Richter? Sind Sie in einer Vernehmung?«

»Ja, aber kommen Sie nur herein.« Der Mann im Anzug betrat den Container. »Das ist Dr. Ott, der ermittelnde Staatsanwalt«, erklärte Daniel Richter. »Und das ist Dr. Jordan, die leitende Archäologin.« Es entstand eine Pause, in der sich alle nur ansahen.

»Dem Toten wurde buchstäblich die Gurgel abgeschnitten«, sagte der Staatsanwalt schließlich. »So eine Hinrichtung haben wir nicht alle Tage.«

Daniel Richter nickte.

»Ihre Leute sind da draußen fast fertig. Sie haben einen Pass auf den Namen Peter Gruber bei der Leiche gefunden«, fuhr der Staatsanwalt fort. »Die Tatzeit liegt ungefähr zwischen zwölf Uhr nachts und drei Uhr morgens. Der Rechtsmediziner sagt, der Kopf sei vermutlich mit einer Axt abgehackt worden. Die Tatwaffe ist bislang nirgends aufgetaucht. Wahrscheinlich hat der Täter sie mitgenommen. Vom Kopf fehlt jede Spur.«

»Irgendwann findet sich alles wieder«, sagte Daniel Richter ernst. »Sogar ein Kopf.«

»Nun, ich muss zurück nach Gießen. Ich lasse das Opfer in die Rechtsmedizin nach Frankfurt bringen. Alles Weitere überlasse ich Ihnen und Ihren Leuten.«

Der Staatsanwalt gab dem Kommissar die Hand und nickte Mara zu, dann schloss er die Tür des Containers hinter sich.

Mara sah Daniel Richter fragend an.

»Bei einem Mord ziehen wir den ermittelnden Staatsanwalt von Anfang an hinzu«, erklärte er. »Damit haben wir gute Erfahrungen gemacht. Es vereinfacht den Prozess, wenn der Täter später vor Gericht steht.«

»Das klingt einleuchtend. Hoffentlich hilft es auch in diesem Fall.«

»Also …« Er nahm die Vernehmung wieder auf. »Sie haben Peter Gruber drei Jahre lang nicht gesehen. Und auf einmal liegt er tot auf Ihrer Grabung. Wie erklären Sie sich das?«

»Ich habe keine Erklärung dafür«, sagte Mara. »Ich weiß nur, dass er vor vier Tagen noch in der Türkei war, auf einer Grabung in Gordion.«

»Das ist ja interessant.« Daniel Richter kritzelte etwas in sein Notizbuch. »Wie ich höre, haben Sie hier ungefähr zur selben Zeit einen Sensationsfund gemacht. Einer Ihrer Kollegen sagte, es handele sich um das Grab einer keltischen Fürstin. Und die wurde Ihnen gestohlen, richtig? Kann es sein, dass das Auftauchen von Dr. Gruber damit zusammenhängt?«

Was soll das? Verdächtigt er mich etwa?

»Aber nein!« Sie schüttelte heftig den Kopf. »Peter Gruber ist … er war ein unbescholtener Wissenschaftler. Der hatte nachts was Besseres zu tun, als auf den Grabungen von Kollegen herumzugeistern.« Sie biss sich auf die Lippe, als ihr der doppelte Sinn ihrer Worte aufging.

Mara hatte Peter Gruber mehr als einmal zum Teufel gewünscht. Aber so einen Tod wünschte sie niemandem.

Sie sah wieder seine kopflose Leiche vor sich, die dunkelrote Lache, die sich unter seinem Gesäß ausgebreitet hatte. Das Blut hatte sich den Weg durch sämtliche Kleider gebahnt und sie dabei getränkt. Mara hatte sein Hemd angestarrt, an dem die oberen Knöpfe fehlten. Da müssen neue angenäht werden, hatte sie gedacht. Wie absurd. Auch der Kragen hatte gelitten. Ganz zerfetzt. Ausgefüllt mit rohem Fleisch. Seine Timberlands waren gut weggekommen, kaum Blutspritzer darauf. Ordentlich geschnürte Senkel. Die Schuhe waren ihr gleich bekannt vorgekommen, er hatte nie andere getragen, nicht einmal in der Uni. Aber sie hatte nicht daraus geschlossen, dass er es war. Wie sollte sie auch?

Bis dieser Bertrand anrief und nach Peter Gruber fragte.

»Was hat Dr. Gruber denn in der Türkei gemacht?«, fragte der Kommissar freundlich. »Was war das für eine Grabung?«

»Ich weiß es nicht genau«, sagte Mara, »aber ich habe so eine Vermutung.«

»Und die wäre?«

»Er hatte schon zu meiner Zeit an der Uni so eine Theorie, nach der die Keltenvölker zu einem ganz bestimmten Zeitpunkt anfingen, auf grausame Art Menschen zu opfern. Und zwar, nachdem ein Meteorit auf der Erde eingeschlagen war. Er ging davon aus, dass diese Naturkatastrophe eine Spirale der Gewalt auslöste. Die Menschen wurden sich ihrer Ohnmacht gegenüber den Naturgewalten bewusst. In ihrer Hilflosigkeit wandten sie sich an die Götter, die sie hinter allem vermuteten. Sie glaubten, sie hätten die Götter erzürnt, sodass diese ihnen den Meteoriten schickten, und gaben sich große Mühe, sie mit ihren Opfergaben zu besänftigen. Ihre Opfer an die Götter wurden dabei immer grausamer. Die Galater haben in der Türkei eine Reihe wirklich schrecklicher Menschenopfer begangen.«

Dem Kommissar wurde anscheinend heiß. Er begann, sich den rechten Hemdsärmel aufzukrempeln, besann sich dann aber anders und zog ihn bis über das Handgelenk, als wollte er etwas darunter verstecken.

»Und Ihre Meinung dazu?«, fragte er.

»Ich weiß nicht recht.« Mara zuckte mit den Achseln. »Wissenschaftlich fundiert ist es nicht.«

Die Theorie war ganz allein auf Grubers Mist gewachsen. Aber wenn sie daran dachte, wie grausam er gestorben war, wünschte auch sie sich eine Erklärung dafür, wieso Menschen in der Lage waren, ihre Artgenossen auf so furchtbare Art umzubringen.

Sie wollte noch etwas sagen, doch der Kommissar kam ihr zuvor.

»Ich bin kein Archäologe, aber ich finde diese Theorie sehr modern. Auch wir stehen heute hilflos vor unaufhaltbaren Naturkatastrophen. Dürre und Überbevölkerung in Afrika, Überschwemmungen in Asien, Hurrikane in Amerika …« Er sah sie lange an. »Und auch unsere Art zu töten wird immer grausamer.« Er klappte sein Notizbuch zu. »Vielen Dank. Ich werde nun Ihre Kollegen befragen.«

»Was ist mit dem Anrufer, diesem Bertrand?«, fragte Mara im Aufstehen.

»Den knöpfe ich mir auch noch vor.« Daniel Richter lächelte vage. »Obwohl er mir im Moment am unschuldigsten erscheint. Welcher Täter ruft schon sein Opfer an?«

***

Die Wiesen am Glauberg wirkten matt und stumpf, als Mara zwei Stunden später den Hang zum Museum hinauflief. Ein leichter Regen hatte eingesetzt, der Himmel war grau und verhangen. Sie lief in langen Sporthosen, die Jacke hatte sie sich um die Taille gebunden. Über Nacht hatte es einen Temperatursturz von fast fünfzehn Grad gegeben, und das Wetter erinnerte heute an einen diesigen Herbsttag.

Sie hatte zunächst gezögert, ihre Turnschuhe anzuziehen und Laufen zu gehen. Die ganze Zeit über musste sie daran denken, wie sie Peter Grubers verstümmelte Leiche auf ihrer Grabung gefunden hatte.

Wer tut so etwas? Auf diese Art?

Sein Tod hatte sich wie eine schwere bleierne Decke über ihr Gemüt gelegt. Sie erkannte sich selbst kaum wieder. Beim Laufen, so hoffte sie, würde sie ihre düstere Stimmung vielleicht ein wenig abschütteln können.

Ich bleibe einfach auf dem Feldweg. Das kann nicht gefährlich sein.

Vor dem Museum blieb Mara kurz stehen. Eine Schafherde graste auf dem Grabhügel, ein Schäfer und sein Hund hielten die Herde zusammen. Der Hund rannte hin und her und kläffte die verlorenen Schäfchen an, bis sie zur Herde zurückfanden. Der Schäfer rief dem Hund Kommandos zu, damit er wusste, was er zu tun hatte.

»Da, daaa, hol's, hol's.«

Mara wusste, dass die Schafweidung die einzige Möglichkeit war, das Gras auf der Anlage kurz zu halten. Kein Rasenmäher wurde mit dem runden Hügel und den tiefen Gräben fertig.

Sie sah, wie sich der Schäfer ruhig auf seinen Stock stützte und den Hund seine Arbeit machen ließ. Unbeweglich stand er auf der Wiese, eine schwarze Gestalt im Nieselregen.

Mara spornte sich in Gedanken selbst an und lief weiter; außer Atem erreichte sie das Plateau. Hier fand sie ihr Tempo wieder und suchte sich in ruhigem Lauf einen Weg mitten über die Lichtung.

Am hellen Tag kann mir hier nichts geschehen.

Sie mied den Steilabhang und blieb ein gutes Stück vom Wald entfernt. Von hier aus konnte sie jeden, der sich ihr näherte, von Weitem sehen.

Sie schauderte, als sie an ihre Begegnung vom letzten Mal dachte. Die Gestalten mit ihren Kriegsbemalungen und Umhängen hatten sie zutiefst erschreckt, und sie hatte geglaubt, sie sei verletzt. Die dunkelroten Flecken gingen nicht mehr aus ihrer Kleidung heraus.

Sie versuchte, sich zu erinnern, was genau geschehen war. Die Angreifer waren jung und agil gewesen, keine stattlichen Männer.

Junge Kerle, die sich verkleiden und im Wald Keltenkrieger spielen.

Womöglich waren sie von den Menschen im Dorf aufgehetzt worden, die hier ihre Ruhe haben wollten. Keinen Metallabbau, keine archäologischen Grabungen. Nur unberührte keltische Landschaft.

Mara stolperte über einen Grasbüschel und fing sich wieder. Hier auf der Lichtung gab es keinen Weg, und der Boden war uneben.

Keine gute Voraussetzung für ein rasches Entkommen.

In der Mitte der Lichtung verließ sie der Mut, und sie machte kehrt. Die Erinnerung an ihren letzten Lauf, an ihre Flucht durch den Wald, stand ihr noch zu deutlich vor Augen. Ihr Nacken brannte, als würden sich fremde Blicke hineinbohren. Ein Frösteln rann ihren Rücken hinab. Erst am Grabhügel fühlte sie sich besser.

Als Mara zu Hause ankam, stand die Haustür einen Spaltbreit offen. Verwirrt blieb sie stehen. Hatte sie die Tür nicht fest genug ins Schloss gezogen? Sie stieß sie ein Stück weiter auf und spähte ins Haus.

Die Wohnung, die Mara gemietet hatte, lag im Erdgeschoss. Von hier führte eine schmale Treppe nach oben. Gleich rechts befand sich die Küche, deren Tür ebenfalls offen stand.

Vorsichtig schob Mara sich in den Raum.

»Hallo? Ist da wer?«

Jemand war am Spülbecken gewesen. Der Hahn war nicht ganz zugedreht. An seinem Rand sammelten sich schwere Tropfen, die platschend ins Becken fielen. Ein leeres Glas stand auf dem Ablaufblech.

Mara griff nach einem Küchentuch und trocknete sich Gesicht und Arme vom Regen ab. Dabei sah sie sich um. Aber bis auf den tropfenden Wasserhahn und das Glas fiel ihr nichts weiter auf.

Vielleicht hab ich selbst noch was getrunken und weiß es nicht mehr. Ich bin schon ganz hysterisch.

»Hallo, Frau Doktor.«

Maras Vermieterin kam polternd die Treppe herunter, sie war wohl im oberen Stockwerk gewesen.

»Haben Sie mich erschreckt!« Im ersten Moment wusste Mara nicht, ob sie empört oder erleichtert sein sollte.

Die Frau strich sich durch ihre krausen Löckchen und folgte Maras Blick zu dem tropfenden Wasserhahn.

»Ich hab vorhin nur rasch einen Schluck Wasser getrunken, das durfte ich doch? Und dann hab ich oben was ausgemessen.« Sie ging zur Spüle und drehte den Wasserhahn zu. Ihr runder Leib steckte in einer bunten Kittelschürze, an den Füßen trug sie Gummistiefel. Ihr Haar war grau meliert, und ihr faltiges Gesicht verriet ein Alter irgendwo zwischen sechzig und siebzig. »Ich dachte, jetzt, wo es auf Ihrer Grabung nicht mehr weitergeht, reisen Sie bestimmt ab. Und wenn Sie das Häuschen nicht mehr brauchen, kann ich oben endlich renovieren.«

Mara überlegte. Die Polizei hatte die Grabung mit rot-weißen Plastikbändern abgesperrt, alles war zum Stillstand gekommen. Ab morgen würde sie wieder in Biebrich im Büro sein. Sie wusste nicht, was die nächsten Tage dort brachten, womöglich bestellte der Kommissar sie zu einer weiteren Befragung ein. Dann würde sie vielleicht erfahren, wie weit er mit seinen Nachforschungen war.

Ob er diesen Bertrand bis dahin schon gefunden und vernommen hatte?

»Ich werde nur vorübergehend in Wiesbaden arbeiten«, sagte sie fest. »Ich komme wieder. Auf der Grabung ist noch einiges zu finden, da bin ich mir sicher. Und so lange sie nicht offiziell abgeschlossen ist, möchte ich das Häuschen behalten.«

Die Frau seufzte. »Ach, seien Sie mir nicht böse, aber mir wäre es lieber, Sie würden ausziehen. Ich möchte mit der ganzen Sache nichts zu tun haben.«

»Was meinen Sie?«

»Na ja, meine beiden Ferienwohnungen. Wissen Sie überhaupt, was diese Vorfälle für den Tourismus bedeuten? Ich meine, für die Vermietungen wäre es sicher günstiger, wenn Sie als Beteiligte woanders unterkämen.«

Wie egoistisch die Leute sind.

»Mir wäre es auch lieber, der Mörder wäre schon gefasst«, sagte Mara. »Und noch mehr wünsche ich mir, der Mord wäre nie geschehen.«

»Das glaube ich Ihnen gern. Aber jetzt ist das ganze Dorf in Aufruhr. Was wird noch alles passieren? Erst die Nachricht, dass hier ein Steinbruch die Landschaft verschandeln soll. Dann die Bagger, die alles umwälzen, der Grabraub, die Berichte in den Zeitungen. Und jetzt auch noch dieser schreckliche Mord. Manche Leute trauen sich nachts schon nicht mehr auf die Straße. Ich habe jedes Mal Angst, wenn ich den Müll rausbringe.«

»Aber wieso denn das?«

»Was, wenn der Kopf des Archäologen irgendwo auftaucht? Stellen Sie sich vor, ich mache meine Tonne auf, und da liegt er drin!«

Mara hob abwehrend die Hände. »Das stelle ich mir lieber nicht vor.«

»Ja, sehen Sie? Das ist ein Alptraum.« Die Vermieterin glättete ihre Kittelschürze mit den Händen. »Wir alle möchten, dass hier bald wieder Ruhe einkehrt. Wir sind nämlich ein anständiges Dorf. Bisher gab es hier keine kopflosen Toten. So etwas kennen wir höchstens aus dem Fernsehen. Auf den Feldern am Glauberg hat man früher gelegentlich ein antikes Gefäß gefunden, das war aber auch schon alles.«

»Haben Sie auch etwas gefunden?« Für einen Augenblick besiegte Maras Neugier den Ärger über ihre Vermieterin.

»Ach, hier im Dorf kann jeder ältere Bauer davon erzählen, wie er was im Boden entdeckt hat. Spätestens beim Eggen und Pflügen. Mal ein Gefäß, mal Schmuck. Aber das ist lange vorbei. Am Ortseingang steht der alte Hof der Familie Bertram, den hat der Sohn vom Kronberger übernommen. Das ist jetzt ein Treffpunkt für so eine Art Brauchtumsverein. Die feiern keltische Feste, Samhain und was weiß ich? Die sind mal zu mir gekommen und haben gefragt, ob wir noch Fundstücke von den Kelten in der Familie hätten, sie würden sie uns abkaufen, für ihren Waldgottesdienst.«

»Und? Haben Sie ihnen etwas verkauft?«

»Ach was, wenn ich was hätte, würde ich es behalten. Die Schatzgräberzeiten sind ja heute vorbei. Vor hundert Jahren, da sind die Frankfurter am Wochenende in ihren Automobilen hier rausgekommen, mit Sack und Pack. Die Familie hat auf dem Feld Picknick gemacht, und die Angestellten mussten nach Schätzen suchen …«

»Tatsächlich?« Mara versuchte, sich das vorzustellen. Hübsch angezogene Herrschaften, die mitten auf dem Feld auf einer Wolldecke saßen und in ein Frankfurter Würstchen bissen, während ihre Bediensteten die Landschaft umgruben.

Sie lächelte und spürte, wie ihr ein wenig flau wurde. Seit dem Leichenfund hatte sie keinen Bissen mehr heruntergebracht. Ihr Verstand sagte ihr, dass sie bald etwas essen musste, wenn ihr Körper durchhalten sollte.

»Kennen Sie hier in der Nähe ein Restaurant?«, fragte sie die Vermieterin, als ihr bewusst wurde, dass im Kühlschrank nichts als gähnende Leere herrschte.

»Am Ende der Straße.« Die Vermieterin deutet die Richtung

mit dem Kopf an. »Da ist eine Kneipe, in der gibt es auch was Anständiges zu essen.«

Als die Frau fort war, ging Mara ins Schlafzimmer und legte ihre Reisetasche aufs Bett. Mechanisch stapelte sie Handtücher und Wäsche hinein.

Als Kind hatte sie schon einmal für ihre Rückkehr aus der Wetterau nach Wiesbaden packen müssen. Sie war damals erst zehn gewesen, vier abenteuerliche Jahre bei ihrem Großvater lagen hinter ihr, und ihr hatte es davor gegraut, wieder bei den Eltern zu wohnen. Ganz langsam hatte sie ihre Spielsachen in den Koffer gelegt, als könnte sie den Moment der Abreise dadurch hinauszögern.

Sie hatte die Erwachsenen unten im Wohnzimmer reden gehört, über ihre Zukunft, die neue Schule, das schöne Kinderzimmer, das auf sie wartete. Und dass es richtig gewesen war, sie zum Großvater zu geben, um mehr Zeit für den kranken Bruder zu haben. Doch Mara hatte gewusst, dass das nicht die ganze Wahrheit war.

Sie hatte etwas Schreckliches getan. Sie hatte ihrem kleinen Bruder eines Nachts ein Kissen auf den Kopf gelegt, damit sie sein unkontrolliertes Schreien und Stöhnen nicht mehr hören musste. Damit sie ruhig schlafen konnte.

Die Eltern waren zufällig noch einmal ins Kinderzimmer gekommen und hatten das Kissen entdeckt. Sie nahmen es fort, ohne einen Ton zu sagen. Schauten sie an, als sei sie ein Monster. Am nächsten Tag hatte der Großvater sie abgeholt, und seither wohnte sie bei ihm. Die Eltern liebten sie nicht mehr.

Sie holten sie nur nach Hause zurück, weil der Bruder gestorben war. Weil sie ihm jetzt nichts mehr antun konnte.

Mara hatte ihr kleines Herz für das Schlimmste gewappnet.

Dennoch war sie nicht vorbereitet gewesen auf das, was dann kam. Die Eltern hatten zu Hause alles ausgeräumt und vernichtet, was an den Bruder erinnerte. Es war, als hätte es ihn nie gegeben. Wochenlang lief Mara in der Wohnung herum, schaute in Schränke und unter Betten. Sie wollte wenigstens etwas von ihm finden, ein Plastikauto, seinen angeknabberten Teddy. Doch da war nichts. Mara suchte weiter. Ihr Bruder wurde zum Spuk, ihre Spurensuche zum Wahn.

Einen Stapel T-Shirts in der Hand, stand Mara unschlüssig vor ihrer Reisetasche. Sie fühlte sich plötzlich müde und leer. Wie jedes Mal nahm die Erinnerung sie mit. Der Bruder, den sie nie wirklich gehabt hatte, prägte ihr Leben.

Noch heute suche ich nach Spuren von längst verstorbenen Menschen.

FÜNF

Ein warmer Geruch nach Bier und Bratfett schlug ihr entgegen, als Mara am frühen Abend die Kneipe betrat. Sie blieb einen Moment an der Tür stehen, um sich zu orientieren. In der Tiefe des Gastraums drang ein wenig Tageslicht durch eine offene Terrassentür, ansonsten war es ziemlich dunkel. Die schweren Eichentische waren gut besetzt. Die Wirtin hantierte hinter dem wuchtigen Tresen, während eine jüngere Frau das Essen an die Tische brachte. Maras Blick fiel auf drei Männer, die am Stammtisch Karten spielten. Es waren ältere Bauern aus dem Dorf. Ihre roten Gesichter mit der gegerbten Haut verrieten, dass sie die meiste Zeit des Jahres auf dem freien Feld arbeiteten. Routiniert warfen sie sich die Ansagen ihres Skatspiels zu.

Auf den Barhockern vor dem Tresen unterhielten sich lautstark vier Männer, ihren Worten konnte Mara entnehmen, dass es um den Mord ging.

»Hallo, guten Abend.« Mara nickte der Wirtin zu. Schlagartig war es still im Gastraum, alle Gespräche verstummten, und die Bauern drehten sich zu ihr um und warfen ihr feindselige Blicke zu.

Sie wandte sich von der Tür ab und ging ein paar Schritte in den Raum hinein. Wo sollte sie sich nur hinsetzen? Alle schienen sie mit ihren Blicken zu verfolgen.

Was für ein Spießrutenlaufen.

Sie spürte, wie es ihr kalt den Rücken hinunterlief, und wollte schon hungrig nach Hause gehen, als ein Mann auf sie zukam. Er hielt zwei Krücken in der Hand.

»Hallo, Frau Doktor«, begrüßte er sie enthusiastisch. Mara sah ihn erstaunt an, ihr Blick glitt unwillkürlich an seinem Bein hinab.

Das war der Mann mit dem Gipsfuß, der mit dem Transporter. Doch an seinem Bein war kein Gips mehr zu sehen.

»Alles wieder geheilt?«, fragte sie.

»Wie Sie sehen«, erwiderte der Mann strahlend. »Zu schade,

dass Sie jetzt niemanden mehr brauchen. Wo ich doch keinen Gips mehr habe und bald wieder fahren kann.« Er hob lachend eine Krücke hoch.

»Sie haben also schon gehört, dass die Grabung im Moment stillliegt«, sagte Mara.

»Neuigkeiten sprechen sich im Dorf schnell herum«, kam es von jemandem an der Theke.

Der Mann mit dem gesundeten Gipsfuß drehte sich abrupt um. »Jetzt lass doch mal«, rief er in Richtung Tresen. Dann wandte er sich wieder an Mara. »Wär ein schöner Job gewesen, nicht wahr, Frau Doktor?«

»Verdammt schön, Laux«, rief ein anderer, »vermutlich wärst du jetzt auch einen Kopf kürzer.«

»Hört endlich auf«, erwiderte Laux zornig. »Lasst die Frau Doktor in Ruhe.«

»Oh, die ›Frau Doktor‹. Man weiß nicht, was schlimmer ist, die Kanadier mit ihrem Raubbau oder die ›Frau Doktor‹ mit ihrem unseligen Fund.«

Von den anderen an der Theke kam zustimmendes Gebrumme.

»Wenn Sie den Kopf Ihres Kollegen suchen«, sagte der Wortführer schließlich, »suchen Sie an der falschen Stelle. Hier ist er nicht.«

Dröhnendes Gelächter erfüllte die Kneipe.

Mara war erleichtert, als sie nahe der Terrassentür jemanden winken sah und Max erkannte. Sie verabschiedete sich von Laux, ging am Tresen vorbei und spürte dabei die Blicke der Männer im Rücken.

»Darf ich mich zu Ihnen setzen?«, fragte sie Max.

Der grinste. »Deshalb habe ich Sie doch hergewinkt.«

Mara setzte sich ihm gegenüber. »Ziemlich aufgeheizte Stimmung hier drin«, sagte sie.

»Machen Sie sich nichts draus, das sind doch Kleingeister.« Er machte eine wegwerfende Handbewegung. »Die sind gegen alles und jeden.«

»Ich habe am Tresen Ihren Freund getroffen«, fuhr Mara fort.

»Das habe ich gesehen«, sagte Max. »Er ist allerdings kein

enger Freund, mehr ein Bekannter. Er suchte halt einen Job als Fahrer, und ich …« Er brach ab, weil die Wirtin kam. Max schien sie gut zu kennen, er zwinkerte ihr zu, als sie Mara die Karte reichte.

Mara entschied sich für ein Jägerschnitzel und ein Glas Weißwein. Max hatte noch sein Bier vor sich stehen.

»Wie geht es Ihnen denn, Frau Doktor?«, nahm Max das Gespräch wieder auf. »Ich musste vorhin daran denken, dass Sie heute Morgen ganz allein auf der Grabung waren, als Sie den toten Doktor fanden. Das muss ein schlimmer Schock für Sie gewesen sein. Haben Sie das Erlebnis inzwischen ein bisschen verdauen können?«

Mara schüttelte den Kopf. »Für mich ist das alles ein einziger Alptraum«, sagte sie leise. »Der Wissenschaftler, der meine Magisterarbeit betreut hat, lag tot auf meiner Grabung. Sein Mörder läuft frei herum, und niemand weiß, wo sein Kopf ist. Schlimmer kann es nicht mehr kommen.«

Sie schwieg und sah Max müde an.

Max Dwyers kurzes hellgraues Haar schimmerte silbern im dämmrigen Kneipenlicht, das runde, flächige Gesicht war von der Arbeit in der Sonne gebräunt. Meist war er freundlich und guter Laune. Doch gelegentlich hatte sein Blick auch etwas Altehrwürdiges und Trauriges, so wie gerade jetzt.

Diese Augen haben schon viel gesehen.

»Kommen Sie, wir wechseln die Plätze«, schlug Max vor. »Ein bisschen frische Luft wird Ihnen guttun.«

Er führte sie nach draußen in den nur spärlich beleuchteten Biergarten und steuerte einen etwas abgelegenen Tisch an. Eine Weile saßen sie sich still gegenüber, nur der Kiesgrund unter den schmalen, eisernen Gartenstühlen knarzte bei jeder Bewegung.

Als das Essen serviert wurde, musste Mara sich zwingen, Messer und Gabel in die Hand zu nehmen. Mechanisch bearbeitete sie ihr Jägerschnitzel.

»Wo waren *Sie* eigentlich gestern Nacht?«, fragte sie Max zwischen zwei Bissen.

»Um Mitternacht?« Über sein Gesicht ging ein amüsiertes Lächeln. »Wollen Sie mich verhören?«

»Ich hab nur laut nachgedacht«, sagte Mara. »Ich habe nämlich kein Alibi. Ich war die ganze Nacht allein in dem kleinen Haus, das ich hier gemietet habe, und …«

»Um Mitternacht war ich dort drüben im Gastraum«, schnitt Max ihr das Wort ab. Er unterstrich seine Aussage mit einer Kopfbewegung. »Ich habe mit der Wirtin geplaudert, über meine eigene Zeit hinter dem Tresen. Sie hatte gerade Feierabend gemacht, und wir haben uns noch auf ein Bier zusammengesetzt. Es ist dann etwas später geworden, so zwei, denke ich. Das habe ich auch dem Kommissar erzählt.«

»Wie wichtig ist es, ein Alibi zu haben?«

Max zögerte. »Wenn wir unschuldig sind, brauchen wir uns keine Sorgen zu machen.«

»Es sei denn, der Mörder hat es auf Archäologen abgesehen, und besonders auf die, die am Glauberg arbeiten«, setzte Mara hinzu.

Max Dwyer starrte abwesend in sein Glas.

Mara war mit ihrem Jägerschnitzel fertig, legte das Besteck zur Seite und aß die restlichen Pommes frites mit der Hand. Max und sie waren die einzigen Gäste im Biergarten. Im Dorf war Abendfrieden eingekehrt. Die Bewohner hatten ihr Tagwerk beendet und saßen in ihren Häusern vorm Fernseher. Nur ein Hund kläffte irgendwo, eine Weile hallte sein erregtes Gebell durch die menschenleeren Straßen.

»Wie ist Gruber eigentlich auf die Kelten gekommen?«, fragte Max. »Was hat ihn so sehr daran fasziniert?«

Mara tupfte sich mit der Serviette den Mund ab. »Peter Gruber stammte hier aus der Gegend«, erzählte sie. »Er ist in Büdingen aufs Gymnasium gegangen, soweit ich weiß. Er muss ungefähr siebzehn gewesen sein, als die Fürstengräber und die komplett erhaltene Steinfigur entdeckt wurden. Ganze Schulklassen sind damals zum Glauberg gewandert und haben sich mit den Kelten beschäftigt.« Sie nippte an ihrem Glas. »Julius Caesar hat beschrieben, wie die keltischen Krieger im Kampf von ihren Pferden sprangen und mit fürchterlichem Geschrei auf den Feind losstürmten, ohne jede Angst vor dem Tod. Sich vorzustellen, dass solche tapferen Männer die eigenen Vorfahren gewesen sein könnten, dass man dort lebt, wo sie einst lebten – das muss einen Jugendlichen doch mitreißen.«

Max lächelte befremdet. »Das hat er Ihnen erzählt?«

»Nur teilweise. Den Rest reime ich mir gerade zusammen.« Mara legte die Serviette beiseite. »Wieso interessieren Sie sich denn für die Kelten, Max?«

Er beugte sich vor. »Das kommt durch meine Zeit in Irland, da habe ich die keltischen Mythen kennengelernt. Die Sage von Chuchlain hat mir immer besonders gut gefallen. Der köpfte als junger Bub drei Geister aus der Anderswelt, band ihre Häupter bei den Haaren an den Sattel und ritt mit ihnen davon.« Er grinste, senkte dann aber betroffen den Kopf. »Verzeihung, Frau Doktor, diese Geschichte passt momentan wohl nicht so gut«, murmelte er in sein Bier.

»Ich bin als Studentin durch Irland getrampt«, erzählte Mara. Für einen Moment sah sie wieder die nach Moos duftenden Hochplateaus vor sich, die steilen Klippen und das dunkle rauschende Meer. Sie erinnerte sich an den rauen Wind in ihrem Haar und an die Wolken, deren Schatten rastlos über das Land wanderten. Die freundlichen Iren hatten immer angehalten, wenn sie den Daumen raushielt, obwohl sie meist fünf Kinder im Auto hatten. Kinder, die dann auf die Ladefläche hinter die Rückbank verbannt wurden.

Und immer hieß eins *Rose.*

Honey hatten die Fremden zu ihr gesagt, *Darling* und *Love.* Sie hatte eine Weile gebraucht, um sich an diesen großzügigen Umgang mit Kosenamen zu gewöhnen.

»Wo waren Sie denn überall?«, fragte sie Max. »Was haben Sie von Irland gesehen?«

»Ich war von morgens bis abends in meinem Pub. Da sieht man nicht so viel von der Landschaft. Nur einmal habe ich einen Ausflug unternommen. Ich habe mir …«, er suchte nach Worten, »Steinkreise angeschaut.«

»Ah! ›Devil's Arrow‹ oder ›Devil's Circle‹?«

Max zuckte mit den Schultern. »An die Namen kann ich mich nicht mehr erinnern.« Er gab der Wirtin ein Zeichen, ihm noch ein Bier zu bringen.

»Was werden Sie machen, jetzt, wo die Grabung stillliegt? Ich kann Ihnen nicht sagen, wann wir unsere Arbeit wieder aufnehmen dürfen«, wechselte Mara das Thema. »Das kann sehr lange dauern.«

»Ich habe keine Eile. Vermutlich werde ich einfach eine Weile das Leben genießen. Ich erwarte ein bisschen Geld aus einer Erbschaft, müssen Sie wissen, ich werde also klarkommen. Die Archäologie und die Kelten werden mein Hobby bleiben.« Max lächelte warmherzig. »Wer weiß? Wenn nicht auf dieser, sehen wir uns vielleicht mal auf einer anderen Grabung wieder, Frau Doktor.«

»Das würde mich freuen«, sagte Mara. »Sollten Sie dazu meine Hilfe brauchen, rufen Sie mich einfach an, und ich werde sehen, was ich für Sie tun kann.«

Sie meinte das ernst und fühlte sich nun schon viel besser. Es tat gut, jemanden wie Max zum Zuhören zu haben. Ihre Ängste legten sich langsam.

Konnte es nicht ebenso purer Zufall sein, dass Peter Gruber ausgerechnet auf ihrer Grabung sterben musste? Vielleicht hatte irgendjemand eine alte Rechnung mit ihm offen gehabt. Immerhin war Gruber hier aufgewachsen, dies war sein Heimatort.

»Ich habe neulich auf dem Plateau ein paar junge Männer gesehen, die hatten sich wie keltischen Krieger angezogen und Kriegsbemalung aufgelegt«, berichtete sie Max mit einem halben Lachen.

Vermutlich war das nichts weiter als Hokuspokus.

Max schaute sie ruhig an. »Das werden die Neuheiden gewesen sein, die sich immer auf dem alten Hof der Familie Bertram versammeln«, sagte er. »Eine religiöse Gruppe. Die sind im ganzen Dorf bekannt.«

***

Bertrand war erfüllt von Angst und Trauer. Die Götter hatten begonnen, die Geister der Vergangenheit aufzuerwecken. Niemand hätte die Gebeine der Fürstin je finden dürfen, doch es war geschehen. Nun lag es an ihm, die Dinge wieder ins Gleichgewicht zu bringen.

Die Zeit der Sühne bricht an.

Die Fürstin musste bestattet werden. Auf der Île de la Cité, der keltischen Heimat der Parisi, wären ihre Gebeine unter der Obhut von Mâitre Lucius gut aufgehoben. Doch diese Mission war nun für Bertrand selbst zu gefährlich geworden. Auf keinen Fall durfte er in die Ermittlungen über den Mord auf der Grabung hineingezogen werden. Doch er hatte der Frau am Telefon unvorsichtigerweise seinen Namen genannt. Wenn er seinen Anhängern weiterhin dienen wollte, musste er eiligst nach Dijon zurückkehren. Dort, im alten Gallien, war er in Sicherheit. Je eher er Kronbergers Hof den Rücken kehrte, umso besser. Die Sorge um die Fürstin würde er einem alten Freund übertragen.

Ich werde unverzüglich den Dritten im Bunde aufsuchen.

Er wollte gerade das Tor passieren, da stürmten vier junge Celtoi in den Hof, unter ihnen Marek, der auf der Versammlung das Wort geführt hatte. Sie sprachen gleichzeitig so wild auf Bertrand ein, dass er kaum ein Wort verstand. Angelockt von dem Durcheinander, kam auch Lars Kronberger hinzu, um zu sehen, was es gab.

»Meister!« Die jungen Männer hielten Bertrand erregt an seiner Kutte fest. »Es ist etwas Furchtbares passiert.«

Bertrand machte sich von ihnen los. »So beruhigt euch doch. Sagt lieber, was geschehen ist.«

Die Knaben haben mir gerade noch gefehlt. Nun werden sie mir erzählen, dass Peter Gruber tot ist.

»Man hat einen Toten auf der Grabung gefunden«, berichteten die Celtoi denn auch wie erwartet. »Das ganze Dorf weiß schon Bescheid. Ein Archäologe, der aus der Türkei hergekommen ist.« Sie fielen sich noch immer gegenseitig ins Wort.

»Er lag in seinem eigenen Blut.«

»Und zwar ohne seinen Kopf.«

»Was soll das heißen, ohne Kopf?«, fragte Lars Kronberger streng.

»Er wurde mit einer Axt enthauptet. Und niemand weiß, wo der Kopf ist.«

Bertrand fing einen entsetzten Blick von Lars auf. »Bei allen Göttern«, sagte er. »So ein Ende hat niemand verdient. Weiß man, wer die Tat begangen hat?«

Die jungen Männer schüttelten die Köpfe.

»Die Polizei sucht die Axt.«

»Und den Kopf.«

Lars wurde bleich. »Bei der Willkommensfeier für Bertrand habt ihr die Archäologen verurteilt und mit Hass überschüttet … Wenn sich das herumspricht, wird man am Ende uns die Tat anhängen!«

Die jungen Männer verstummten und blickten Bertrand hilfesuchend an.

»Ihr müsst lernen, eure Zungen zu hüten«, stimmte er Lars zu.

Alle schauten betroffen zu Boden, bis auf Marek.

»Wir waren es nicht, Meister, wirklich«, beteuerte er. »Wir haben auf der Versammlung nur die heilige Erde unserer Vorfahren verteidigt. Und das wohl zu Recht.«

»Hier geht es nicht um euer Recht«, sagte Lars scharf. »Man wird uns alle verdächtigen und verhören, vielleicht sogar ins Gefängnis werfen …« Er zog Bertrand zur Seite. »Wir sollten etwas unternehmen. Irgendetwas, was die Gemüter beruhigt.«

»Das ist wahr, ihr solltet etwas tun«, wich Bertrand aus. »Dir wird schon etwas einfallen. Ich muss abreisen. Ich habe in Burgund noch ein paar wichtige Dinge zu erledigen.«

»Das musst du verschieben.« Lars legte ihm die Hand auf den Arm. »Man wird uns als Erste verdächtigen. Die jungen Stammesmitglieder haben zu viel Stimmung gemacht, was diese Grabung angeht.«

»Das ist leider richtig.« Bertrand seufzte.

»Kannst du nicht herausfinden, wer der wahre Täter ist?« Lars sah ihn flehend an. »Dann können wir vielleicht unsere Unschuld beweisen.«

Bertrand zögerte. »Und wenn es jemand aus unseren Reihen war?«

»Dann müssen wir ihn ausliefern«, sagte Lars bestimmt. »Nur so können wir die Bewegung schützen. Bis der Fall geklärt ist, werden wir nicht glaubhaft sein.«

»Da hast du zweifellos recht.«

»Bertrand«, fuhr Lars eindringlich fort, »lass uns nicht im Stich. Was sind wir ohne dein druidisches Wissen?«

Bertrand räusperte sich gerührt. Er ging wieder auf die jungen Celtoi zu. »Ich denke, wir werden das Feuer befragen«, sagte er.

Sie sahen ihn staunend an. »Finden wir so den Mörder?«

»Vielleicht auch das«, sagte Bertrand. »Zunächst einmal wird das Ritual uns helfen, zur Ruhe zu kommen und uns auf den Fall zu konzentrieren. Ähnlich wie bei einem Gebet oder bei einer Meditation werden wir dabei unsere Kräfte bündeln.«

»Ja, das klingt gut.« Die jungen Männer atmeten erleichtert auf, und auch Lars stimmte erfreut zu.

»So werden wir es machen.«

Als Bertrand mit Lars und den vier jungen Celtoi den Hof verließ, neigte sich der Tag langsam seinem Ende zu. Die jungen Celtoi hatten weitere Stammesmitglieder aufgesucht, um sie zu der Zeremonie mitzunehmen, jedoch nur wenige angetroffen. So war viel Zeit vergangen, während der Bertrand das Gefühl gehabt hatte, auf brennenden Kohlen zu stehen. Sie waren schließlich allein aufgebrochen und hatten einen Zettel ans Tor geheftet, für den Fall, dass es Nachzügler gab.

In düsterem Schweigen wanderten sie nebeneinander her über die Felder, während die Sonne allmählich tiefer sank. Sie brauchten fast eine Stunde, um zum Enzberger Kopf zu gelangen, wo Lars vor ein paar Jahren auf einer Lichtung Bärlapp ausgesät hatte. Die niedrigen, filigranen Pflanzen gediehen hier gut. Aus ihren Sporen gewann Lars alljährlich ein Pulver, das unter den Druiden und Schamanen viele Namen hatte: Drudenmehl, Teufelskralle, Hexenmehl oder auch Erdschwefel wurde es genannt. Glaubte man dem römischen Geschichtsschreiber Plinius, so hatten die keltischen Druiden den ›Selago‹, wie die Römer den Bärlapp nannten, nach einem bestimmten Ritus geerntet: mit nüchternem Magen und in ein weißes Gewand gekleidet, wobei die rechte Hand durch das linke Armloch greifen musste. Beachtete ein Druide diese Regeln nicht, verlor er Hab und Gut.

Wir wollen hoffen, dass Lars bei der Ernte umsichtig war.

Bertrand ehrte die Zauberpflanze im letzten Licht des Tages, indem er sich vor ihr verneigte. Dann ließ er die Jungmänner Holz sammeln und ein Feuer entfachen. Als es endlich loderte, hatte die Dämmerung ihren Mantel über das Land gelegt. Bertrand forderte die jungen Celtoi auf, sich im Kreis um das Feuer zu setzen. Er bat sie, für einen Moment die Augen zu schließen, um die übrigen Sinne zu schärfen. Was konnten sie hören? Den Ruf der Eule? Das Knacken der Äste im Feuer? Und was konnten sie riechen? Das modernde Laub im nahen Unterholz?

Ein wenig erleichtert sah er, dass sie seinen Anweisungen folgten. Ihre Lider zuckten nervös, doch niemand öffnete die Augen.

»Schaut euch nun das Feuer an.«

Wieder gehorchten sie, mühsam blinzelten sie in die Flammen.

»Die Wahrheit wird jenen begegnen, die sie suchen«, hob Bertrand an. »Allen, die reinen Herzens sind, wird sie sich auftun. Unser Bruder Feuer wird uns den Weg zu ihr weisen.«

»Wie soll das Feuer zu uns sprechen, Meister?«, fragte Marek.

»Die Flammen werden auf den Schuldigen zeigen«, erwiderte Lars ungerührt an Bertrands Stelle.

Marek sprang wütend auf und stieß seinen Speer in die Erde. »Wollt ihr uns etwa vorführen, obwohl wir unsere Unschuld beteuern?«, ging er Bertrand an. Auch die anderen hielt nichts mehr am Boden. Sie standen nun drohend um das Feuer herum und warfen ihre Mähnen zurück. Ihre Kriegsbemalung leuchtete im Feuerschein, die Augen glühten voller Kampfgeist.

Bertrand hielt ihren Blicken stand.

»Möglicherweise«, sagte er langsam, »wisst ihr viel weniger voneinander, als ihr denkt.«

Nun schwiegen alle betroffen. Niemand wagte, den anderen anzusehen.

Sie haben verstanden.

Bertrand nahm eine Handvoll Drudenmehl und warf es in das Feuer. Die getrockneten Pflanzensporen waren leicht ölig und enthielten Aluminium. Eine kleine Stichflamme schoss empor. Gebannt starrten Marek und die anderen in die Funkengarbe. Bertrand tat so, als würde er sich sammeln, doch aus den Augenwinkeln heraus beobachtete er die jungen Männer.

Der Zauber wird sie beeindrucken.

»Was hat das zu bedeuten, Meister?«, wollte Marek wissen.

Bertrand ließ sich Zeit mit der Antwort. »Nun, so einfach wie Lars eben sagte, ist es nicht. Die Flammen zeigen nicht auf jemand Bestimmtes. Sie wollen gedeutet werden.«

»Und, könnt Ihr sie deuten?«

»Diesmal ist es schwierig«, räumte Bertrand ein.

Die jungen Männer schauten einander enttäuscht an, Lars schwieg und starrte dumpf vor sich hin.

»Die Zeremonie wirkt nicht immer auf die gleiche Weise«, sagte Bertrand. »Und sie wirkt auch nicht immer sofort. Wir müssen Geduld haben und den Ereignissen ihren Lauf lassen.« Er versuchte, zuversichtlich zu klingen, obwohl sein Mut immer tiefer sank.

Die Tat bleibt weiterhin im Dunkeln.

***

Max hatte Mara erzählt, dass er bei der Kneipenwirtin ein Zimmer gemietet hatte. Er musste den Gasthof also nicht mehr verlassen, um in sein Bett zu kommen. Mara übernahm die Rechnung, und er begleitete sie bis an die Tür der Gaststätte.

»Soll ich Sie nach Hause bringen?«, bot er an.

»Ach was, das fehlte noch«, sagte Mara. »Die paar Schritte … Es ist doch noch hell.«

In der Kneipe war es nun leer und still geworden. Selbst am Tresen saß niemand mehr.

»Schlafen Sie gut, Max.«

»Danke. Kommen Sie gut heim.«

Als Mara das Lokal verließ, waren die Wolken fast ganz verschwunden, und der Himmel zeigte das milchige Dämmerlicht einer Juninacht. Es war schwül, die trockene Luft hatte den Regen aufgesogen wie ein Schwamm. Morgen würde wieder ein heißer Tag werden. Mara konnte ihre Schritte auf der stillen Dorfstraße hören. Eine kleine schwarze Katze kroch unter einem Hoftor durch und überquerte vor ihr die Straße. Sie blieb stehen, um das Tier anzulocken.

»Komm her, Musch, Musch!«

Das Tier hielt einen Augenblick inne und sah sie neugierig an, dann wandte es sich grazil ab und präsentierte ihr sein Hinterteil.

Mara musste lachen.

Sie warf einen Blick auf den Hof, aus dem das Kätzchen gekommen war.

»Bertram«, las sie auf dem Briefkasten am Tor. Die Schrift war schon verblichen, knapp darüber hatte jemand einen neuen Namen geschrieben: »Kronberger«.

Dies war also der besagte Hof der Familie Bertram. Der Hof, auf dem sich junge Neukelten trafen, die Waldgottesdienste feierten und dafür Grabfunde aufkaufen wollten.

Sie entdeckte einen Zettel, den jemand mit vier Heftzwecken in Augenhöhe angebracht hatte: *»Sind zum Feuerritual. Lichtung im Enzheimer Wald.«*

Ohne nachzudenken, drückte sie die Klinke herunter. Zu ihrer Verwunderung gab das Tor nach und schwang in den Hof hinein auf.

Neugierig riskierte sie einen Blick. Standen hier irgendwo verdächtige Dinge herum, Funde und Grabbeigaben?

Sie entdeckte einen hölzernen, mit Schnitzereien verzierten Druidenstuhl. Die Eichenblätter, mit denen er geschmückt war, waren verwelkt. In einem eisernen Feuerkorb lag noch ein wenig Asche.

Mara ging in den Hof hinein und lauschte.

Hier war niemand.

Sie suchte den Weg in den Garten. Dort standen Stühle,

Bänke und Tische unter einem Nussbaum. In einem großen Grill schwammen Fettaugen auf einer Wasserpfütze.

Mein Gott, was mache ich hier? Ich muss verrückt sein.

Und dennoch ... die Gelegenheit war günstig. Die Neukelten waren ausgeflogen und saßen auf einer Lichtung im Enzheimer Wald. Bis sie zurückkämen, würde einiges an Zeit vergehen. Zeit, die sie nutzen wollte.

Wo würde ich an ihrer Stelle Grabfunde lagern? Im Schuppen?

Tiefer und tiefer drang sie in den Garten ein, das Gras kitzelte ihre Knöchel. Die Äste des Nussbaums bildeten bizarre dunkle Muster vor dem fahlen, runden Mond. Ihr Herz raste, nur mühsam konnte sie sich konzentrieren.

Was, wenn die Neukelten keine so harmlose Glaubensgemeinschaft waren, wie ihre Vermieterin und Max annahmen? Was, wenn sie ihre Grabung ausgeraubt hatten? Wenn sie Peter Gruber getötet hatten? Womöglich war ihnen ein Archäologe so lieb wie der andere, wenn es um ihre Rache an den »Schändern« des keltischen Bodens ging, für die sie alle Archäologen hielten. Oder sie hatten absichtlich einen weithin bekannten Keltenforscher auf die Grabung gelockt und ermordet, als Warnung für alle Zeit.

Sie hatte nun die große Scheune erreicht. Ein Torflügel stand offen, quietschend bewegte er sich ein wenig im Wind.

Ich werfe nur einen Blick hinein.

Zögernd trat sie ein. Hier drinnen war es dunkel. Der warme Duft nach Holz strömte ihr entgegen. Etliche Druidenstühle standen in Reih und Glied Spalier, alle in verschiedenen Entstehungsstadien. Die Celtoi schnitzten offenbar Throne, vermutlich verkauften sie sie an andere Keltengruppen. An einer lebensgroßen hölzernen Nachbildung des Keltenfürsten vom Glauberg hatte sich auch jemand versucht.

Aber da war noch etwas, sie wusste nicht sofort, was es war. Ein süßer, beißender Gestank stieg ihr in die Nase. Unwillkürlich hielt sie den Atem an.

Der Geruch von Verwesung.

Hier musste irgendwo eine Ratte verendet sein.

Sie tastete sich an den Druidenstühlen entlang, Holzspäne

raschelten unter ihren Füßen, und sie stieß versehentlich einen der Stühle um. Es gab einen dumpfen Schlag, und sie zuckte zusammen. Hoffentlich hörte man das Geräusch nicht bis auf die Straße, hoffentlich kamen die Celtoi nicht gerade zurück. Abwartend blieb sie stehen und lauschte. Doch alles blieb ruhig. Nur ein feines Sirren lag in der Luft. Wo kam das bloß her?

Ihre Blicke tasteten die Wände ab.

An der Rückwand der Scheune, ziemlich weit oben, bewegte sich etwas. Dort hing ein dunkler Ballon, der zu leben schien.

Um Himmels willen, was ist das?

Sie lief zum Tor zurück und schob den zweiten Flügel auf, damit mehr Licht in die Scheune fiel. Langsam ging sie auf den sirrenden Ballon zu.

Nichts als Schmeißfliegen.

Sie griff sich einen Besen, der in einer Ecke stand, und tippte den Ballon vorsichtig an.

Sie wusste nicht, was sie erwartet hatte, aber das, was nun geschah, lag jenseits all ihrer Vorstellungen.

Der lebende Ballon fiel in sich zusammen und wurde zu einem Schwarm Fliegen, der surrend auseinanderstob, um sich gleich wieder auf das Objekt an der Wand zu stürzen. Für einen kurzen Moment jedoch konnte sie erkennen, worauf sich die Fliegen niedergelassen hatten.

Es war Peter Grubers Kopf.

Sie hatten ihn an seinem Zopf an der Wand aufgehängt.

***

Daniel stand unter der Dusche, als sein Handy klingelte. Er drehte das Wasser ab, stieg aus der Duschkabine und schlang sich ein Handtuch um die Hüften. Seine nassen Füße verursachten quietschende Geräusche auf dem Laminat, als er in sein Arbeitszimmer lief, wo das Telefon auf dem Schreibtisch lag.

»Ja, hallo?«

Das Handy am Ohr, schlenderte er zum Fenster. Er liebte den Blick auf die nächtliche Hauptstraße, die ein Stockwerk unter ihm lag. In den Kneipen entlang der Straße saßen junge

Männer mit leicht bekleideten Mädchen vor einem Absacker. Jugendliche standen in kleinen Gruppen beieinander und flirteten. Ihr Lachen drang bis zu ihm herauf.

»Peter Gruber … hier, bei den Celtoi.« Der Anruf kam von Mara Jordan. Sie klang verängstigt und aufgelöst.

»Wo genau sind Sie?«, fragte Daniel.

Unter seinen Füßen bildete sich eine Pfütze auf dem Laminat. Auf der Straße unten leckten zwei Verliebte abwechselnd an einer Tüte Eis.

»Ich … bin im … im Hof des Keltenvereins«, erklärte Mara Jordan stockend. »Direkt am Ortseingang.« Sie schien gegen Tränen anzukämpfen. »Er hängt hier. In der Scheune, der Rest von …« Sie brach ab, ihre Stimme versagte.

Daniel verstand.

Sie hat den Kopf des Opfers gefunden.

»Ich bin gleich da«, sagte er.

Im Auto stellte Daniel fest, dass sein Magen knurrte. Seine Fertig-Lasagne befand sich noch in der Mikrowelle, das Bier stand geöffnet auf dem Tisch und wurde schal. Durch den Dienst war er mit seinem Abendessen oft spät dran, doch heute wurde er wohl ganz darum gebracht.

Mit rasanter Geschwindigkeit nahm er die Landstraßen. Über die Freisprechanlage erreichte er Thomas Kempen.

»Was ist los, Daniel?«

»Die Archäologin hat den Kopf des Opfers von der Grabung gefunden. Kannst du mit dem Erkennungsdienst rauskommen? Ich fahre selbst auch gerade los.«

Er beschrieb ihm den Weg und beendete das Gespräch. Dann konzentrierte er sich ganz auf die Straße. Raste durch abendliche Dörfer, ging nur an den Kreuzungen vom Gas. Mit quietschenden Bremsen hielt er schließlich vor dem Hof am Ortseingang. Er drückte das Tor auf und stürmte hinein.

»Frau Dr. Jordan?«

Als sie sich nicht meldete, wurde er nervös. Er rief noch einmal nach ihr und atmete auf, als sie um die Hausecke bog. Ihre Bewegungen wirkten fahrig, ihr Gesicht war bleich.

»Hinten in der Scheune«, sagte sie mit belegter Stimme.

Sie zitterte, und ohne lange nachzudenken, zog er sie in seine Arme. Er hielt sie einen Moment lang fest, und sie ließ es sich gefallen. Sie war nur wenig kleiner als er, und obwohl sie zitterte, fühlte sich ihr Körper warm an. Seine Nase geriet in ihr Haar, er konnte ihr Shampoo riechen. Ein frischer, sportlicher Duft.

Wie schön, dachte er verwirrt.

Und wie makaber … in dieser Situation.

Er fasste sie an den Schultern und hielt sie ein Stück weit von sich weg. Eindringlich schaute er sie an. »Ich sehe mir die Sache mal an. Besser, Sie warten hier auf mich.«

Sie schüttelte den Kopf und ging wortlos hinter ihm her zur Scheune.

Beide Torflügel standen weit offen.

Langsam trat Daniel in die Scheune ein. Etwas raschelte in den Sägespänen, die den Boden bedeckten. Vielleicht eine Maus. Oder eine Ratte. Seine Augen mussten sich erst an die Dunkelheit gewöhnen, seine Nase war schneller. Ein ekliger Gestank nahm ihm die Luft.

Der Geruch des Todes.

Der Gestank kam von der hinteren Scheunenwand. Dort baumelte ein großer Klumpen, an dem sich die Fliegen labten.

Daniel ging auf die Stelle zu, zog seine Jacke aus und schleuderte sie vor den Fliegen hin und her, um sie zu verscheuchen. Für einen Moment bescherte ihm die Aktion einen freien Blick auf das, was da hing. Es war der Kopf eines Mannes. Die Augen waren geschlossen und verquollen, die Zunge hing aus dem halb offenen Mund. Die Haut wirkte weiß und wächsern.

»Ist das Dr. Gruber?« Daniel ließ seine Jacke auf einen der geschnitzten Holzstühle fallen und sah Mara Jordan an. Sie stand nun direkt neben ihm und starrte entsetzt nach oben.

»Ja, das ist Peter Grubers Kopf«, brachte sie schließlich leise hervor. »Es ist so furchtbar.«

»Da haben Sie verdammt recht.«

Sie hatte ja keine Ahnung, wie sehr sie ihm aus der Seele sprach. Er konnte all das Blut nicht mehr sehen, wollte keine Verwesung mehr riechen.

Während sie so dastanden und angesichts des grausigen Anblicks nichts mehr zu sagen wussten, hörten sie draußen Geräusche. Schritte und Stimmen. Jemand öffnete das Hoftor.

»Die Neukelten kommen zurück«, sagte Mara Jordan alarmiert.

Daniel griff zu seiner Waffe, entsicherte sie und steckte sie wieder ins Halfter.

Im nächsten Moment tauchte auch schon die Silhouette eines Mannes im geöffneten Scheunentor auf. Ein großer Kerl mit einer dunklen Mähne, ein muskulöser indianischer Typ. »Was machen Sie hier?«, fragte er barsch. »Ich kann mich nicht erinnern, Sie in meine Scheune eingeladen zu haben.« Er fuhr sich mit einer unwirschen Geste durch sein langes Haar. »Das hier ist meine Werkstatt. Und Sie ...«

»Hauptkommissar Daniel Richter.« Daniel zog seinen Ausweis und hielt ihn ihm hin. »Ich brauche keine Einladung, denn mir gefällt nicht, dass Sie in Ihrer Werkstatt Schrumpfköpfe basteln.« Daniel deutete auf die hintere Scheunenwand.

Die Augen des Mannes wanderten zu dem abgeschlagenen Kopf. Hinter ihm drängten sich weitere wilde Gestalten mit finsteren Mienen und langen Haaren in die Scheune. Daniel sah ihre Körperbemalung und die merkwürdige Verkleidung. Zwei machten auf der Stelle kehrt, als sie die Situation erfassten, und eilten nach draußen.

»In Ihrer Scheune hängt der Kopf des ermordeten Archäologen Peter Gruber«, sagte Daniel. »Was haben Sie dazu zu sagen?«

Der Kopf der Bande schwieg. Starrte den Schädel an. Ein jüngerer Mann neben ihm sank lautlos auf die Knie. Für einen Moment hörte man nur das Surren der Fliegen.

»Wer von Ihnen hat den Kopf hier aufgehängt? Oder waren Sie es alle gemeinsam? Gehört das zu den Aufnahmeritualen Ihres Vereins?«

»Gemach, gemach.« Ein großer Mann in einer braunen Kutte trat aus der Gruppe hervor. Mitte dreißig, blonde Mähne, kurzer Bart und ein markantes Gesicht. Daniel spürte, dass der Typ hier das Sagen hatte. Er war der eigentliche Anführer.

Über Daniels Kopf hinweg betrachtete der Mann die Rückwand der Scheune. Die eindringende Luft verscheuchte einen Teil der Fliegen, und man konnte die aufgedunsenen Gesichtszüge des Toten erkennen.

»Das ist wahrlich schrecklich«, sagte er und hatte Mühe, seine Stimme zu beherrschen. »Aber ich schwöre, es wird sich alles aufklären.«

Mara fasste Daniel am Arm. »Dieser Mann hat Peter Gruber auf seinem Handy angerufen«, raunte sie ihm zu. »Ich erkenne ihn an seinem Tonfall. *Er* hat Peter Gruber angerufen, als er schon tot im Grabungsschnitt lag.«

In ihrer Stimme schwang etwas Anklagendes mit.

SECHS

Der Tag dämmerte bereits, als Daniel Mara in ihre Ferienwohnung begleitete. Müde ging sie neben ihm her. Es hatte Stunden gedauert, bis seine Kollegen und er mit der Beweisaufnahme fertig gewesen waren. Mara hatte sich dezent im Hintergrund gehalten, war jedoch nicht dazu zu bewegen gewesen, nach Hause zu gehen. Er hatte versucht, sie wegzuschicken, aber sie hatte gemeint, sie könne ihnen mit ihrem Wissen über die Kelten helfen. Er glaubte viel eher, dass sie nicht mit der Erinnerung an Peter Grubers Kopf allein sein wollte. Das konnte er gut verstehen. Er hatte sich selbst zusammenreißen müssen, um den Geruch des verwesenden Schädels zu ertragen.

Eine erste Befragung der »Keltenjünger«, wie er diese seltsame Gruppe junger bemalter Menschen insgeheim nannte, hatte nicht viel ergeben. Sie bezeichneten sich selbst als Celtoi, der wilde Dunkelhaarige hieß Lars Kronberger und war ihr Anführer. Der Mann in der Kutte stellte sich als Bertrand vor und behauptete, ein Druide zu sein. Offenbar lebte er in Frankreich und war nur zu Besuch in der Wetterau. Ohne Zögern hatte er zugegeben, Peter Gruber angerufen zu haben. Er kenne ihn von früher und habe ihn bei dieser Gelegenheit wiedersehen wollen.

Lars Kronberger und der Druide hatten ausgesagt, sie seien in der Nacht, in der Peter Gruber ermordet wurde, auf dem Hof gewesen. Sie gaben sich gegenseitig ein Alibi. Die jungen Leute stammten alle aus den umliegenden Dörfern. Sie wollten sich zu Hause aufgehalten haben, was ihre Familien angeblich bezeugen konnten. Den Kopf von Peter Gruber hatte keiner von ihnen in der Scheune aufgehängt, das schworen sie einhellig. Jemand Fremdes musste es getan haben, nachdem sie sich in den Wald aufgemacht hatten.

Daniel wurde das Gefühl nicht los, dass sie mehr wussten, als sie zugaben, aber bislang konnte er ihnen nichts beweisen. Er hatte Kronberger und den Druiden für heute Vormittag in die Friedberger Polizeistation einbestellt. Er würde sie noch einmal einzeln befragen, dann kam hoffentlich Licht in die Angelegenheit.

Dass Mara Jordan die ganze Nacht bei ihm ausgeharrt hatte, hatte Daniel gutgetan. Sie hatte etwas so Warmes, Lebendiges an sich, dass ihre Nähe es ihm leichter machte, sich mit Leichen und abgeschlagenen Köpfen zu beschäftigen. Nun sah sie erschöpft aus, ihre Augen waren erfüllt von einer Müdigkeit, die nicht nur von fehlendem Schlaf herrühren konnte. Zwischen ihren Brauen hatte sich eine steile Falte gebildet, die ihr etwas Strenges, Zähes gab. Wie sie so vor der Tür stand und nach ihrem Schlüssel suchte, sah sie aus wie eine enttäuschte Boxerin, die gerade einen Fight verloren hatte.

»Wie sind Sie eigentlich darauf gekommen, so einfach auf das Gelände der Celtoi zu spazieren?« Die Frage hatte ihn schon die ganze Zeit beschäftigt.

Mara Jordan starrte auf den Schlüssel in ihren Händen. »Das war pure Neugier. Meine Vermieterin hatte mir erzählt, die Leute vom Bertramhof hätten sie nach Grabfunden gefragt.«

»Und da wollten Sie mal nachsehen, ob bei denen welche rumstehen?«

»So ähnlich.« Sie fuhr sich mit den Händen über die Augen. »Ich war nicht darauf vorbereitet, Peter Grubers Kopf zu finden. So etwas Grauenhaftes habe ich noch nie erlebt.«

»Mit Leuten dieses Schlags sollten Sie sich nicht anlegen. Das ist sehr gefährlich, Frau Dr. Jordan.« Er sah sie lange an. »Glauben Sie mir, ich weiß, wovon ich rede. Die Nachforschungen sollten Sie in Zukunft der Polizei überlassen.«

Mara hatte die Haustür ihrer Ferienwohnung aufgeschlossen und einen Spaltbreit geöffnet. Die Hand auf dem Türknauf, zögerte sie jedoch noch, hineinzugehen.

»Soll ich kurz mit reinkommen?«, bot Daniel an. »Ich kann nachsehen, ob alles in Ordnung ist, bevor Sie …«

»Nein, nicht nötig.« Sie lehnte sich gegen den Türrahmen und schaute ihn offen an. »Es gibt noch etwas, was ich Ihnen sagen muss.«

Er nickte und wartete.

»Die Methode, jemanden zu enthaupten und seinen Kopf zum Beispiel auf den Dorfzaun zu spießen ... das ist typisch keltisch.«

»Wie bitte?« Für einen Moment glaubte er, nicht richtig gehört zu haben.

»Die Kelten hielten den Kopf für den Sitz der Seele«, fuhr sie ungerührt fort. »Von dort ging für sie alle Kraft und Lebendigkeit eines Menschen aus. Deshalb enthaupteten sie ihre Feinde und nahmen die Köpfe mit. Sie kochten die Schädel aus, polierten sie und machten Schalen daraus, die sie daheim auf den Tisch stellten. Oder sie legten die Schädel wie wertvolle Trophäen in schöne Holztruhen. Bei Feierlichkeiten zeigten sie sie ihren Gästen nach dem Essen. Je stärker der Feind gewesen war, desto wertvoller war der Kopf.«

Mein Gott, was erzählt diese Frau da?

Daniel spürte, dass er Mara entsetzt anstarrte. »Das habe ich noch nie gehört.«

»Sie können es nachlesen. Die Kelten selbst haben nie etwas aufgeschrieben, weil sie keine Schrift hatten. Aber die römischen Geschichtsschreiber haben darüber berichtet. Tacitus, Sallust ...«

»Und was hat das mit Peter Grubers Kopf zu tun?«

Mara seufzte schwer. »Eine andere Sitte war, die Schädel der Feinde an die Scheunenwand zu hängen, um böse Geister und Dämonen abzuschrecken.«

Daniel wünschte, Mara würde endlich aufhören. »Sie erzählen mir ja schöne Gutenachtgeschichten.« Er hatte wieder den Geruch des Todes in der Nase und hörte die Fliegen summen. »Sie meinen also, die Celtoi wollten möglicherweise auch ...« Er zögerte. »Dämonen abwehren? An so einen Unsinn glaubt doch heute niemand mehr.«

»Sagen Sie das nicht.« Er fing einen warnenden Blick von ihr auf und schwieg betroffen. Für einen kurzen Moment machte sich eine unangenehme Stille zwischen ihnen breit. »Die Kelten sind mein Fachgebiet«, sagte Mara abschließend. »Wenn Sie mehr darüber wissen wollen, können Sie jederzeit bei mir vorbeikommen. Ab morgen bin ich wieder in Biebrich in meinem Büro.«

»Ich werde es mir überlegen.«
»Gute Nacht.«
»Guten Morgen wäre wohl passender«, murmelte Daniel. Verwirrt sah er zu, wie sie in der Wohnung verschwand und die Tür langsam hinter ihr zufiel.
Er hatte nicht gewagt, sie noch einmal in den Arm zu nehmen.

***

»Der Kopf von Dr. Gruber hing im Schuppen Ihrer Leute an der Wand«, sagte Daniel scharf. »Haben Sie dazu etwas zu sagen?«
Der Druide sah ihn unverwandt an und schwieg. Sein Blick war gelassen, aber seine Haltung verriet eine innere Anspannung.
Dieser Mann ist wie ein Panther. Wenn ich einen Moment unachtsam bin, springt er mich an.
Daniel hatte die Personalien des Druiden bereits aufgenommen, mit bürgerlichem Namen hieß der Mann Christian Bertram. Er war in Deutschland geboren, hatte seinen ständigen Wohnsitz jedoch schon vor vielen Jahren nach Frankreich verlegt.
Der Name Bertrand, mit dem er sich von seinen Anhängern anreden ließ, war ein Künstlername, er hatte ihn im Pass eintragen lassen.
Der kleine, niedrige Vernehmungsraum, in dem sie saßen, roch nach Fußbodenpflegemittel. Der grünliche Kunststoffbelag glänzte und spiegelte das Licht der Neonröhren wider, die unter der Decke angebracht waren. Die kahlen weißen Wände gaben dem zellenartigen Raum etwas Unwirkliches. Zwischen Daniel und dem Druiden stand ein großer Tisch, eine altmodische Schreibtischlampe war der einzige Gegenstand darauf.
Er hatte ihm seine Rechte verlesen, und der Druide hatte auf einen Anwalt verzichtet. Doch wenn Daniel das als Zeichen dafür gewertet hatte, dass der Druide reden wollte, dann hatte

er sich getäuscht. Das Oberhaupt der Celtoi ließ ihn auflaufen und hüllte sich in Schweigen.

»Runen lesen«, zitierte Daniel aus dem Programm der Celtoi. »Nachtwanderung bei Vollmond. Tanzen und Trommeln wie die Schamanen.« Er hielt das Veranstaltungsheft der Glaubensgemeinschaft in der Hand. »Walpurgisnacht und Feuerlauf. Da passt es doch ins Bild, einen Menschenkopf zur Abschreckung böser Geister aufzuhängen. Das haben die Kelten doch auch gemacht, oder?« Ungeniert setzte er Maras Informationen ein, er würde schon sehen, ob sie etwas bewirkten.

Der Mann in der Kutte sah ihn freundlich an. »Sie sind noch nicht mit der druidischen Gedankenwelt vertraut«, sagte er ruhig. »Dass es etwas Übersinnliches gibt, etwas, was Sie nicht mit Ihrem Verstand begreifen können, das wollen Sie sich nicht eingestehen. Erinnern Sie sich an Ihren Mathematikunterricht in der Schule? Minus mal minus ergibt plus, alle Parallelen laufen im Unendlichen zusammen … Wie sind Sie mit diesen unfassbaren naturwissenschaftlichen Aussagen zurechtgekommen? Haben Sie sich nie gefragt, ob es mehr gibt als beweisbare Fakten?«

Daniel ließ sich nicht auf diesen Unsinn ein.

»Wie kam der abgeschlagene Kopf von Dr. Gruber an die Wand der Scheune?«, wiederholte er fest.

Der Druide atmete tief ein und ließ seinen Atem dann ganz langsam wieder entweichen. »Ich weiß es nicht. Wir haben ein Ritual im Wald abgehalten, ein Orakel. Ich habe es für die jungen Stammesmitglieder geleitet. Als wir zum Hof von Lars Kronberger zurückkamen, fanden wir dort die Archäologin vor. Und Sie natürlich.«

»Was war das für ein Orakel?«

»Wir wollten herausfinden, ob einer von uns Peter Gruber etwas angetan hat. Unsere Jungmänner waren sehr wütend auf die Archäologen, müssen Sie wissen, und auch auf die Leute, die das Molybdän fördern. Die heilige Erde unserer Vorfahren wird von ihnen geschändet. Wir befürchteten, einer unserer jungen Celtoi könnte die Beherrschung verloren haben.«

»Und? Haben Sie herausgefunden, wer es war?«, fragte Daniel mit leichtem Spott in der Stimme.

»Es war niemand von unserem Stamm«, erklärte der Druide. »Das hat das Orakel ergeben.«

Die Polizei sollte in Zukunft auch Orakel befragen, das würde die Strafverfolgung um ein Vielfaches leichter machen.

Daniel tastete nach dem Zigarettenpäckchen in seiner Jackentasche. Der Gedanke an eine Raucherpause nach der Vernehmung hatte etwas Tröstliches und gab ihm neuen Auftrieb. Er freute sich auf eine Tasse Kaffee und ein Sandwich, sein Blutzuckerspiegel musste in den Keller gesunken sein, so flau war ihm bereits vor Hunger. Die stickige Luft in dem kleinen Raum machte ihn müde.

»Es dürfte ausgesprochen beruhigend für Sie sein, dass keiner von Ihren Leuten Dr. Gruber umgebracht hat«, hielt er das Gespräch in Gang.

»Es wäre mir wahrlich lieber, er wäre noch am Leben«, sagte der Druide, und Daniel hatte den Eindruck, dass er aufrichtig war. »Aber natürlich ist es erleichternd, zu wissen, dass keiner der Celtoi etwas damit zu tun hat.«

»Dann müssen Sie ja geschockt gewesen sein, als Sie den Kopf in Ihrer Scheune fanden?«

»So war es, ganz genau.«

»Was glauben Sie denn, wer Grubers Kopf dahin gehängt hat?« Daniel sorgte absichtlich dafür, dass sich die Vernehmung im Kreis drehte. Irgendwann würde der Druide schon mürbe werden. Doch im Moment erntete er auf seine Frage nur ein Schulterzucken. »Besitzen Sie ein Beil?«

»Natürlich. In Burgund habe ich mehrere, und auch auf dem Hof der Celtoi gab es welche. Ihre Leute haben alle mitgenommen. Wann werden Sie Lars Kronberger sein Werkzeug zurückgeben?«

»Er bekommt es zurück, wenn unsere Untersuchungen abgeschlossen sind«, sagte Daniel knapp und stellte die nächste Frage. »Was sind die konkreten Ziele Ihrer Vereinigung?«

Sein Gegenüber lächelte mild. »Eine druidische Gesellschaft«, sagte er schlicht. »Eine Gesellschaft, die sich nicht mehr materialistisch verhält, sondern Übersinnliches wieder zulässt. Jeder von uns hat göttliche Anteile. Wir können sie von uns aus verstärken und den Unsterblichen so ähnlicher werden.«

Daniel hatte mit einem Mal den Eindruck, dass die Stimme des Druiden ein Echo hatte. Er sah ihn lachen, die Zähne blitzten in seinem blonden Bart auf. Irritiert spürte er, wie sich sein Blick in den seinen bohrte, dann wurde ihm endgültig schwindelig. Nebelschwaden zogen durch das Vernehmungszimmer. Ein dichter, kühler Wald wuchs aus dem Fußboden. Der Druide wurde zum Schattenriss. Ein Schemen, der immer gewaltiger wurde und begann, seine Form zu verändern. Daniel konnte längst nicht mehr unterscheiden, ob sich ein Mensch oder ein Tier vor ihm befand. Eine Krähe, ein Hund, ein Hirsch? Er versuchte, die wabernden Umrisse zu erfassen, aber sie entzogen sich seinen angestrengten Blicken. Seine Augen schienen ihre Sehkraft eingebüßt zu haben, und Daniel legte eine Hand über sie, um sie zu beruhigen. Gleichzeitig bemerkte er, dass sämtliche Geräusche im Raum verstummt waren. Er hörte nur noch seinen eigenen Atem und das Pochen des Blutes, das in seinen Adern pulsierte.

»Daniel?« Thomas Kempen hatte seinen Kopf durch den Türspalt gesteckt. »Brauchst du noch lange?«

Im Bruchteil einer Sekunde fand Daniel in die Wirklichkeit zurück.

Bin ich eingeschlafen? Ein Sekundenschlaf?

Er schnappte nach Luft und musste husten, wie ein Ertrinkender, der im letzten Moment an die Wasseroberfläche gezogen wird.

»Alles okay, Thomas, ich bin gleich fertig.«

Kann es sein, dass der Kerl mich hypnotisiert hat?

Der Druide lächelte unergründlich. Er hatte die Hände wie bei einer Séance auf dem Tisch liegen und schaute durch Daniel hindurch, als sei er gar nicht da.

***

Die Frankfurter Rechtsmedizin war in einer Jugendstilvilla untergebracht. Die hohen Fenster und Türen, die dunkel getäfelten

Wände und die Stuckrosetten an der Decke erinnerten an feudale Zeiten. Das Haus hatte einst einem Flugzeugkonstrukteur gehört, der hier mit seinen sechs Kindern gespielt hatte.

Und nun wohnt in diesen Räumen der Tod.

Daniel war nervös, als er die Treppe zu den kleinen Sektionsräumen in das Souterrain hinabstieg. Der süßliche Duft der Leichen schlug ihm entgegen. Der Geruch war nicht stark, und wenn man sich länger hier unten aufhielt, vergaß man, dass er da war. Aber er ließ sich nie ganz wegwischen. Daniel hatte das Gefühl, dass er ihm in die Atemwege kroch und seine Lungen verklebte.

Gleich im ersten Raum beugten sich vier Menschen über einen metallenen Seziertisch. Ihre Schatten hoben sich scharf gegen das Milchglasfenster ab; das eindringende Tageslicht kämpfte gegen das grelle Licht des Scheinwerfers, der über dem Tisch schwebte. Es war warm, die Mediziner schwitzten in ihren blauen Operationskitteln. Daniel sah die feinen Schweißperlen auf ihrer Stirn. Er konnte ihre Konzentration spüren.

»Geschafft.« Carlo Berger, ein noch junger Rechtsmediziner, prustete vor Anstrengung unter seinem Mundschutz und richtete sich auf. Er hatte bei den letzten Stichen an der Obduktionsnaht die Luft angehalten.

»Hallo, Daniel.« Eva Nikolay streckte ebenfalls den Rücken durch, nahm ihren Mundschutz ab und ließ das kleine Diktiergerät sinken, auf das sie die Ergebnisse der Obduktion gesprochen hatte.

Daniel mochte die erfahrene Rechtsmedizinerin. Sie war an die sechzig, sah aber ein Jahrzehnt jünger aus. Vermutlich hatte sie das ihrem gesunden Lebenswandel zu verdanken. Sie achtete auf ihr Gewicht, rauchte nicht und spielte in ihrer Freizeit Tennis.

Beneidenswerte Disziplin.

Es ging aber auch das Gerücht, dass Eva Nikolay einen sehr viel jüngeren Freund hatte. Vielleicht war ja das die Quelle ihrer Energie.

»Tag, Daniel«, grüßte nun auch Thomas Kempen. Er hatte

Freizeitklamotten an, Jeans und T-Shirt. Dass er ein Kollege war, konnte man nur an der Dienstwaffe erkennen, die er im Halfter trug.

»Na? Was macht deine Planung für das Polizeifest?« Daniel konnte sich die Frage nicht verkneifen. »Übst du schon fleißig Karaoke?«

Kempen grinste, ging aber nicht darauf ein. Hier unten wurde nur das Notwendigste geredet, das verlangte der Respekt vor den Toten.

»Wir haben dich eher erwartet«, sagte Eva Nikolay.

»Ich hatte noch etwas länger mit der SOKO zu tun, tut mir leid.«

»Schon gut, wir haben solange mit Thomas allein vorlieb genommen.«

Zwei Rechtsmediziner wurden gebraucht, um eine Obduktion durchzuführen. Der Erfahrenere der beiden diktierte, während der Jüngere schnitt. Ein bis zwei Kriminalbeamte wohnten der Untersuchung zusätzlich bei.

Eva trat ein paar Schritte zurück und wies mit dem Kinn auf den Sektionstisch, auf dem Peter Grubers Leiche lag. *»Voilà.«*

Der Archäologe hatte seinen Kopf wieder. Die Rechtsmediziner hatten ihn dort angeheftet, wo er der Anatomie nach hingehörte. Abgesehen von der grobstichigen Obduktionsnaht, die über den Rumpf bis zum Kehlkopf verlief, und der gezackten Naht, die den Hals umschloss, sah Peter Grubers Leiche aus wie viele andere. Doch Daniel wusste, dass sie ein Geheimnis barg.

Weshalb wurden Kopf und Körper so weit voneinander entfernt positioniert?

»Was habt ihr denn herausgefunden?«, fragte er Carlo Berger, von dem er wusste, dass er mit draußen am Tatort gewesen war, nachdem die Archäologen den Körper des Opfers gefunden hatten.

Der junge Rechtsmediziner nahm nun ebenfalls seinen Mundschutz ab, doch Eva ergriff bereits das Wort für ihn.

»Das Opfer wurde rücklings angegriffen und am Hinterkopf getroffen, wahrscheinlich mit der flachen Seite einer Axt. Der

Tote hat entsprechende Verletzungen am Schädel, du kannst sie jetzt allerdings nicht sehen.«

Daniel nickte.

»Es handelt sich um ein Hämatom am Hinterkopf«, fuhr Eva fort, »also um eine innere Blutung, an der er schließlich gestorben wäre. Der Schlag allein hätte völlig gereicht, um ihn umzubringen. Er ist zu Boden gestürzt und hat wohl noch versucht, sich abzustützen. Zumindest haben wir dazu passende Schürfwunden an den Händen gefunden. Erst als er bewusstlos am Boden lag, wurde ihm mit einem Beil oder einer Axt der Kopf abgetrennt. Die Schläge trafen seinen Nacken und durchtrennten dabei die Halswirbelsäule. Das können wir aus den Wundstrukturen schließen.«

»Woher wisst ihr, dass er nur bewusstlos war?«, fragte Daniel. »Und nicht längst tot?«

»Es gibt Vitalzeichen«, erklärte Eva. »Eine Blutaspiration. Der Mann hat bei den ersten Versuchen des Mörders, ihm den Kopf abzutrennen, Blutspritzer eingeatmet.« Sie wischte sich mit dem Ärmel das Haar aus der Stirn. »Das Tatwerkzeug muss eine ziemlich große Axt gewesen sein.« Sie legte das Diktiergerät und den Mundschutz zur Seite, streifte ihre Latexhandschuhe ab und warf sie mit einer geübten Geste in den Abfalleimer.

»Der Täter war demnach ein muskulöser Mann«, schloss Thomas Kempen. »Ein Hüne.«

Daniel ertappte sich dabei, dass er erleichtert war. Wenn der Täter groß und kräftig war, beseitigte das seinen letzten nagenden Zweifel an Maras Unschuld. Er hätte sie längst ein zweites Mal vernehmen müssen. Schließlich hatte sie das Opfer gut gekannt und nicht nur den Körper, sondern auch den Kopf gefunden. Jede andere hätte er angesichts dieser unwahrscheinlichen Zufälle durch die Mangel gedreht, aber bei Mara hatte er von Anfang an das Gefühl gehabt, dass sie ihm nichts vormachte.

Er dachte an den Druiden und seine Leute. Die Männer, denen er gestern Abend in der Scheune gegenübergestanden hatte, waren allesamt große, robuste Kerle.

Und Beile haben die auch.

»Dennoch waren etliche Schläge nötig«, erklärte Eva. »So ein

Kopf sitzt sehr fest auf dem Hals, den kann man nicht einfach abtrennen. Es muss ein ziemliches Gemetzel gewesen sein.« Sie seufzte.

»Gibt es sonst noch etwas, was wichtig wäre?«, fragte Daniel.

Eva schüttelte den Kopf. »Organisch war der Mann völlig gesund, keine Auffälligkeiten, keine Hinweise auf Operationen. Nicht einmal Narben oder Brüche aus der Kindheit.«

»Eine vergrößerte Leber?« Es war mehr eine Routinefrage.

»Nein, nichts, was auf übermäßigen Alkoholkonsum schließen ließe«, antwortete Carlo Berger. »Aber eine frühe Hautalterung. Der Mann hat sich viel unter freiem Himmel aufgehalten, vermutlich in Ländern mit hoher Sonneneinstrahlung.«

Daniel nickte. »Er war Archäologe, sein letzter Arbeitsplatz lag in der Türkei.«

»Die einzige Auffälligkeit ist diese Tätowierung hier.« Carlo zeigte auf den linken Oberarm des Toten.

Daniel ging um den Sektionstisch herum und betrachtete das Tattoo. Es handelte sich um drei gleichmäßig angeordnete Schnörkel, die sich aus einem Punkt in der Mitte herauswanden. Drei Spiralen in Blau.

»Das ist vor einiger Zeit gemacht worden«, erklärte Carlo. »Die Farbe ist verblasst, und die Hautstruktur hat die Linien leicht verformt. Mindestens zehn, vielleicht fünfzehn Jahre alt, schätze ich.«

»Habt ihr so etwas schon einmal gesehen?«, fragte Daniel.

Die beiden Rechtsmediziner sahen sich an und überlegten.

»Wir sehen hier so einiges«, sagte Eva schließlich. »Aber das … Keine Idee, was das sein soll.«

»Was Rechtsradikales ist es jedenfalls nicht.« Thomas Kempen schien seiner Sache sicher. »Mit Neonazis habe ich oft zu tun, deren Zeichen kenne ich alle.«

Daniel sah sich das Tattoo noch einmal genauer an, mit angehaltenem Atem beugte er sich über den Leichnam. Sein Widerwille gegenüber allem, was mit Tod und Verwesung zu tun hatte, überkam ihn nun schon bei einer frisch gewaschenen Leiche.

Wenn ich das nicht in den Griff kriege, muss ich den Job wechseln.

Er musste erneut an Mara Jordan denken. Sie würde wissen, was das Zeichen zu bedeuten hatte.

»Vielleicht ist es etwas Keltisches«, murmelte er und beschloss, sich mit der Archäologin zu treffen.

Rasch zog er sein Handy aus seiner Jeansjacke und machte ein Foto von dem Tattoo auf Peter Grubers Arm.

Dann breitete Eva ein Tuch über den Toten, ganz langsam zog sie es über seinen Körper und sein Gesicht. Die Geste hatte etwas rührend Fürsorgliches, und keiner von ihnen sprach.

***

»Depotwert zweihundertsechsundfünfzigtausend Euro.«

Felix Kaltwasser lächelte in sich hinein, als er die Summe auf der Website seines Onlinekontos sah. Seines offiziellen Kontos wohlgemerkt, denn in seinen Depots in Luxemburg und der Schweiz waren weitere Summen geparkt. Dazu die Villa in Kronberg, das schicke Auto vor der Tür, das eigene Büro im noblen Frankfurter Westend. Zufrieden sah er sich in seinem Büro um. Es war solide und nüchtern eingerichtet, gedeckte Grautöne dominierten. Eine bequeme Sitzgruppe mit Glastisch stand neben der Tür, ein abstraktes Gemälde in starken Rot- und Orangetönen hing als Farbtupfer darüber. Er saß an einem hellgrauen Schreibtisch, die bodentiefen Fenster im Rücken.

Den Vertrieb der Aktien von Carolina Resources hatte Kaltwasser in diesen Wochen zur Chefsache erklärt. Seine drei Mitarbeiter waren den ganzen Tag damit beschäftigt, weitere Vorträge zu organisieren und sich in diverse Internetforen einzuschleusen. Als vermeintlich erfahrene Anleger empfahlen sie die Aktien, die er in der Öffentlichkeit anpries. Dafür wurden sie gut bezahlt, denn Lügen hatten ihren Preis. Und ihre Eigenschaft, keine Fragen zu stellen, war Gold wert.

Vor Jahren war ihm einmal die Staatsanwaltschaft auf den Fersen gewesen, weil ihn ein Mitarbeiter bei der Börsenaufsicht angezeigt hatte. Der Mann hatte behauptet, in der Firma würden Insidergeschäfte laufen. Kaltwasser habe interne Informationen über Unternehmen und würde deren Aktien rechtzeitig abstoßen, bevor die Kurse in den Keller rauschten. Damals hatte er glaubhaft versichern können, dass er von den Managern der Firmen getäuscht worden war und einfach Glück gehabt hatte, sich rechtzeitig von den Papieren zu trennen. Trotzdem war es schwer gewesen, die aufgebrachten Anleger zu beruhigen, die von der Anzeige erfahren hatten. Es hätte nicht viel gefehlt, und sein guter Ruf wäre ruiniert gewesen.

Seither war er vorsichtiger. Er besaß niemals große Mengen der Aktien, die er anpries, im eigenen Depot. Er hatte Subunternehmen gegründet, neue Namen für neue Konten, undurchschaubar für seine eigenen Mitarbeiter. Die er heute zudem wesentlich gründlicher auswählte.

Sollte es ihm mit der aktuellen Promotionskampagne gelingen, den Kurs von Carolina Resources von fünfzehn auf sechzig Cent hochzutreiben, hätte er seinen Einsatz von hunderttausend Euro diesmal vervierfacht. Wenn alles gut ging.

Kaltwasser öffnete ein neues Dokument am Computer, um einen weiteren Artikel über Carolina Resources zu verfassen. Er stand auf, ging ein wenig in seinem Büro auf und ab und überlegte sich die Schlagworte.

Hammer-Story, solides Investment, extrem unterbewertet.

Vielleicht konnte er den Hype nutzen, den die gestohlene Fürstin in der Regionalpresse ausgelöst hatte. Nach dem Motto: Wo schon die alten Kelten ihr Erz abbauten, wird Carolina bald mit modernsten Methoden eine sagenhafte Menge an Molybdän fördern.

Er freute sich über seinen Einfall und trat ans Fenster. Die Straße war in der Mittagshitze so gut wie leer, die Parkplätze in der Sonne waren alle frei. Er sah, wie ein Citroën mit französischem Kennzeichen vor dem Haus hielt und ein hochgewachsener Mann ausstieg. Er trug eine Kutte.

Verrückt, ein Umhang mitten im Sommer.

Aufmerksam beobachtete Kaltwasser, wie der Mann auf das Haus zusteuerte und die Fassade betrachtete.

Oh nein, ich weiß, wer das ist.

Auch nach so vielen Jahren erkannte er Bertrand beim Blick in dessen Gesicht auf Anhieb. Zwar trug er einen Bart und war etwas breiter geworden, aber es war ohne Zweifel der Freund aus seiner Jugendzeit. Kaltwasser wusste, dass er nach Frankreich ausgewandert war. Seitdem hatte er nichts mehr von ihm gehört. Offensichtlich war er in der Zwischenzeit völlig zum druidischen Heiligen mutiert und trug jetzt auch tagsüber eine Verkleidung wie für ein Rollenspiel.

Verdammt, was will der hier?

Hektisch drehte sich Kaltwasser zu seinem Schreibtisch um, raffte alle Unterlagen über Carolina Resources zusammen und ließ sie in einer Schublade verschwinden. Nur gut, dass keine Kunden oder Geschäftspartner im Vorzimmer saßen, womöglich käme jemand auf die Idee, er würde sich seine Börsentipps von einem Schamanen vorhersagen lassen.

Stimmengewirr im Vorzimmer zeigte ihm an, dass Bertrand in den Büroräumen angekommen war. Kaltwasser beschloss, schnell zu handeln. Mit einem breiten Lächeln riss er die Tür zum Vorzimmer auf und ging Bertrand entgegen.

»Monsieur Bertrand, wie schön, dass Sie Zeit gefunden haben.« Er schüttelte ihm kräftig die Hand und geleitete den Druiden an seiner Assistentin vorbei in sein Büro. »Reicher Künstler«, raunte er ihr zu, und ihr verblüfftes Gesicht bekam einen verständnisvollen Ausdruck.

Kaltwasser schloss die Tür hinter sich und ging wieder an seinen Schreibtisch. Unentschlossen blieb er dahinter stehen und betrachtete Bertrand von Kopf bis Fuß. Mit dem Bart und dem wallenden Haar sah er aus wie ein wieder auferstandener Keltenpriester, das grob gewebte Mönchsgewand tat sein Übriges.

»Was machst *du* hier?«, stieß er aufgebracht hervor.

Bertrand warf ihm einen traurigen Blick zu. »Hast du keine freundlichere Begrüßung für mich, Felix? Nach so langer Zeit? Nach all den Jahren, in denen wir gemeinsam den druidischen Weg gesucht haben?«

Kaltwasser war, als würde eine Hand aus der Vergangenheit nach ihm greifen. Seit man das Grab gefunden hatte, stürzte er sich täglich tiefer in die Arbeit, um nur keine Erinnerungen an die Ereignisse vor sechzehn Jahren aufkommen zu lassen.

Jeden Gedanken daran, was wohl aus den anderen geworden war, hatte er verdrängt. Und jetzt stand Bertrand vor ihm wie eine Gestalt aus einem Fantasyfilm. Eine lähmende Angst kroch in ihm hoch.

»Entschuldige«, sagte er gequält. »Sei gegrüßt, wie man bei euch sagt. Aber … Was willst du von mir?«

Bertrand schnaubte durch die Nase und machte ein paar Schritte auf ihn zu. »Hast du nichts von dem Mord an dem Archäologen gehört? Von der Leiche ohne Kopf auf der Grabung am Glauberg?«

»Nein.« Kaltwasser spürte, wie seine Knie weich wurden. Er überlegte, wann er zuletzt die Regionalnachrichten durchgesehen hatte. Nach dem Verschwinden des Skeletts hatte er sich in Sicherheit geglaubt und sich wieder wie gewohnt auf die Wirtschaftsmeldungen konzentriert.

»Der Tote ist Peter«, fuhr Bertrand fort. »Man hat ihn nach keltischem Brauch hingerichtet.«

»Peter war am Grab? Und jetzt ist er tot?« Kaltwasser ließ sich schwer in seinen Chefsessel fallen. »Hingerichtet nach keltischem Brauch? Was soll das heißen?« Er brauchte einen Moment, um zu begreifen, was Bertrand ihm da sagte.

»Jemand hat ihn enthauptet und seinen Kopf in einer Scheune aufgehängt.«

Kaltwasser drehte sich mit seinem Stuhl zum Fenster und schwieg. Sechzehn Jahre waren sie einander aus dem Weg gegangen. Doch nun hatte man die Fürstin gefunden, und die alten Geschichten wurden lebendig.

Das ist erst der Anfang. Wer wird wohl als Nächster dran sein, der Druide oder ich?

»Hat die Polizei schon eine Spur?« Kaltwasser hatte Mühe, seine Stimme im Griff zu behalten. Er drehte sich wieder zu Bertrand um und presste seine Hände auf die Tischplatte, damit sie nicht mehr zitterten.

»Die Polizei hat Peters Kopf gestern in der Scheune von Lars Kronberger gefunden«, sagte Bertrand. »Aber ich bin mir sicher, dass weder er noch seine Leute schuldig sind. Kronberger setzt sich für unsere keltische Sache ein, er ist ein guter Mann.«

Kaltwasser winkte ungeduldig ab. Er hatte genug von »der keltischen Sache«. Seine Gedanken rasten.

Vielleicht war Peter nur zufällig dort oben ermordet worden.

Irgendein Eifersuchtsdrama unter Archäologen, das wäre doch möglich. Aus fachlichen oder persönlichen Gründen. Vielleicht gab es Frauen in dem Grabungsteam, und er hatte mal was mit der einen oder anderen.

Wenn Peter von etwas besessen war, kannte er keine Grenzen. Einmal hatte er sie gezwungen, wochenlang zu fasten. Bis er selbst in der Schule zusammengeklappt war. Er hatte Castaneda gelesen, sie sollten durch das Fasten in Trance geraten. Das war, bevor er die Fliegenpilze entdeckte und für sie trocknete. Wer so exzentrisch war, machte sich leicht Feinde.

Wenn das Grab aber als Hinrichtungsort ausgewählt worden war …

Kaltwasser zog seine Schreibtischschublade einen Spaltbreit auf und tastete in ihr herum. Unter den Unterlagen von Carolina Resources mussten noch irgendwo ein paar Valium liegen, doch seine Hände flatterten so sehr, dass er die Suche aufgab.

»Ist es möglich, dass jemand nach so vielen Jahren Rache nimmt?«, fragte er.

Bertrand schaute ihn offen an, und für einen Moment konnte Kaltwasser auch in seinen Augen die blanke Angst erkennen. Er hätte ein Zehntel seines Depots dafür gegeben, die Gedanken seines alten Freundes lesen zu können.

»Was hältst *du* von der ganzen Sache?«, drängte er.

Bertrand wurde noch ernster. »Die Gesetzeshüter verdächtigen mich, Felix. Ich bin Gast auf Kronbergers Hof, und ich habe Peter angerufen, als er schon tot war. Die Polizei weiß das.«

»Aber wieso …« Kaltwasser rang nach Luft.

»Das tut jetzt nichts zur Sache.« Bertrand hob mahnend die Hand. »Ich wurde heute Morgen verhört und konnte die Abwehr des Kommissars gegenüber allem Druidischen deutlich spüren. Ich muss außer Landes, Felix. Ich reise so schnell als möglich nach Frankreich zurück, ins alte Gallien. Ich bin nur gekommen, um dir die Sorge für die Fürstin zu übertragen.«

Kaltwasser wurde starr vor Schreck. »Was heißt denn das nun wieder? Hast du sie etwa dabei?«

»Sie ist in Peters Haus. Er hatte den Plan, ihr mit meiner Hilfe eine würdige Ruhestätte zu verschaffen. Nun wird das deine Aufgabe sein. Du musst sie aus Peters Haus holen und eine Grabstelle für sie finden. Wie du das meisterst, überlasse ich dir.« Mit einer majestätischen Geste zog Bertrand die weite Kapuze seines Umhangs über den Kopf und wandte sich zum Gehen. Er war schon an der Tür, als Kaltwasser entsetzt aufsprang und hinter ihm herstürzte.

»Bist du von Sinnen?«, rief er und packte Bertrand an seiner Kutte. »Du kannst mich doch in dieser Situation nicht allein lassen! Wir werden die Fürstin auf der Stelle holen, und dann wirst du sie wegbringen. Genau so, wie Peter es geplant hat.«

Bertrand machte sich gereizt von ihm los. »Du musst selbst zusehen, wie du aus der Sache herauskommst. Du trägst schließlich alle Schuld. Wenn du nicht mit der Schatzsuche am Glauberg begonnen hättest, würde die Vergangenheit noch ruhen.«

»Was heißt hier Schatzsuche?«, entgegnete Kaltwasser empört. »Die Firma Carolina Resources hat dort eine Abbaugenehmigung für Molybdän bekommen. Kennst du wahrscheinlich nicht, aber es ist ein wertvolles Industriemetall.«

»Wie ich sagte: Schatzsuche.« Bertrand verzog angewidert den Mund.

»Trotzdem ist es nicht meine Schuld«, erklärte Kaltwasser, »die Probebohrungen liegen schon ein Jahr zurück, da kannte ich das Unternehmen noch gar nicht. Erst nachdem Carolina Resources an der Frankfurter Börse zugelassen wurde, sind deren Manager an mich herangetreten und …«

Mit einer ausholenden Geste schnitt Bertrand ihm das Wort ab. »Verschone mich mit deinem materialistischen Streben. Du bist es, der mit den Bergwerksleuten gemeinsame Sache macht, um Geld zu scheffeln. Ohne deine Beihilfe wären sie nie darauf gekommen, ausgerechnet dort die Erde aufzureißen, wo die Fürstin lag.«

Kaltwasser ging erregt vor der Sitzgruppe auf und ab. »Das waren nicht die Bergwerksleute, das waren die Archäologen«, verteidigte er sich. »Woher sollte ich denn wissen, dass die sofort gerufen werden, sobald man dort einen Spatenstich in die Erde setzt? Wenn einer die Sache hätte verhindern können, dann war es Peter. Schließlich war *er* Archäologe und über alle Grabungen informiert.«

»Peter war in der Türkei, als er davon hörte. Er rief mich an und sagte, er wolle den nächsten Flug nach Deutschland nehmen und die Fürstin umbetten. Ich habe umgehend reagiert und einen würdigen Platz für sie gefunden. In der Krypta von Notre-Dame in Paris. Ein sehr keltischer Platz. Allein meine Freundschaft mit einem unserer höchsten Druiden hat mir diese Möglichkeit eröffnet. Gegen einen gewissen Obolus heißt das, den ich seinem Orden versprochen habe.« Er kratzte sich verlegen das Kinn. »Bei Teutates, das hätte ich beinahe vergessen. Diesen Betrag erwarte ich nun von dir. Mein Vermögen steckt in einem kleinen Anwesen in Burgund, von dem aus ich die Bewegung leite. Aber Peter hat gesagt, dass du mehr Geld als genug hast und sicher gern helfen würdest.«

»Oh ja, ich helfe immer gern.« Kaltwasser lachte höhnisch auf.

Bertrand nahm seine Reaktion als Zusage. »Gut, dann übertrage ich dir hiermit die Aufgabe, dich um die Fürstin zu kümmern. Das Geld für Meister Lucius solltest du mir gleich mitgeben.«

»Wie stellst du dir das vor?« Kaltwasser dämpfte die Stimme, seine Mitarbeiter im Vorzimmer brauchten nicht mitzubekommen, welchen Kampf er hier ausfocht. »Soll ich ihre Knochen in meinem Garten vergraben? Und darauf warten, dass der Nachbarshund sie wieder ausbuddelt? Und glaubst du nicht, dass Peters Mörder auch hinter uns her ist? Du versteckst dich außer Landes, aber mich findet er hier.«

Bertrand sah ihn vorwurfsvoll an. »Es gefällt mir nicht, wie du über die Fürstin redest. Sie war eine edle Dame, und dir war sie ganz besonders zugetan. Wie ich sehe, hast du dein Merto verloren, deine heilige innere Kraft.«

Kaltwasser fühlte Verzweiflung in sich aufsteigen.

Ich kann ihn nicht umstimmen. Er wird zu den Göttern beten und mich mit der Fürstin zurücklassen.

Da lenkte Bertrand ein. »Sei's drum. Da ich sehe, dass du der Sache nicht gewachsen bist, schlage ich vor, wir machen gemeinsam den Versuch, die Fürstin zu bergen.« Er seufzte. »Das tue ich nicht dir zuliebe, sondern um ihr Andenken zu wahren. Die Vorstellung, dass du sie irgendwo vergräbst und ihr die letzte Würde raubst, wäre für mich unerträglich.«

Kaltwasser versuchte, sich seine Erleichterung nicht allzu sehr anmerken zu lassen. Bevor Bertrand es sich anders überlegen konnte, griff er zum Telefonhörer. »Ich bin vorläufig außer Haus«, gab er seiner Assistentin Bescheid. »Sagen Sie bitte alle Termine für heute ab. Ich melde mich später noch einmal, sobald ich wieder verfügbar bin.« Dann fuhr er den Computer herunter und schnappte sich seinen Autoschlüssel vom Schreibtisch.

»Was hast du vor?« Bertrand sah ihn fragend an. Kaltwasser riss sein Jackett von der Rückenlehne des Schreibtischstuhls und schlüpfte hinein.

»Na was wohl? Wir fahren jetzt sofort zu Peters Haus.«

***

Ein Schatten bewegte sich hinter den Fenstern, und er war sich sicher, dass es ihrer war. Er konnte sehen, wie sie im ersten Stock von einem Raum in den nächsten lief.

Daniel stand in Wiesbaden in einer Seitenstraße und starrte zu der Wohnung hoch, in der Mara Jordan lebte. Er hatte sich per Handy bei ihr angemeldet, hatte ihr gesagt, dass er unbedingt etwas über ein seltsames Zeichen wissen müsse, das vielleicht mit den Kelten zu tun hatte oder sogar mit dem Mord an Peter Gruber.

Nun stand er auf der gegenüberliegenden Straßenseite, rauchte eine Zigarette und zögerte den Moment hinaus, in dem er hinübergehen und an ihrer Tür klingeln würde.

Es war merkwürdig gewesen, wie sie ihm von den Grausamkeiten der Kelten erzählt hatte, kurz nachdem Grubers Kopf aufgetaucht war. Schädel als Trinkschalen, aufgespießte Häupter. In nüchternem Ton hatte sie alles aufgezählt. Vielleicht hatte sie sich damit vor dem Grauen schützen wollen. Den Anblick in der Scheune verkraften.

Manche Leute reden im Stress, andere schweigen.

Doch so seltsam er das auch fand, jetzt wollte er von ihr wissen, was es mit dem Zeichen auf sich hatte, das Peter Gruber sich vor Jahren auf seinen Oberarm hatte tätowieren lassen. Außerdem musste er sich eingestehen, dass sein Interesse an ihr private Züge annahm. Er fühlte sich zu ihr hingezogen, und das beunruhigte ihn. Eine seiner ältesten Regeln lautete: Fange nie etwas mit einer Frau an, mit der du dienstlich zu tun hast.

Er trat die Zigarette aus und ging auf das eiserne Gartentor zu, stieß es auf und nahm die wenigen Stufen, die zur Haustür führten. Klingelte. Wartete. Endlich ertönte der Summer. Er drückte die Tür auf, trat in den Hausflur und ging langsam die Treppe in den ersten Stock hinauf.

Sie erwartete ihn in der offenen Wohnungstür.

»Hallo, kommen Sie rein«, bat Mara unbefangen und trat mit einem freundlichen Lächeln einen Schritt zur Seite, um ihn durchzulassen.

Sie trug dunkle Jeans und eine Seidenbluse, ihr langes Haar hatte sie zu einem Zopf zusammengebunden. Daniel sah, dass sie ein dezentes Make-up aufgelegt hatte. Mit der Frau in den verstaubten Stiefeln und der Cargojeans, die er am Tatort kennengelernt hatte, hatte sie gar keine Ähnlichkeit mehr.

Sie ist kaum wiederzuerkennen.

»Danke, dass ich so spontan vorbeikommen darf«, sagte er förmlich. »Ich brauche ein paar Informationen. Und ich bin mir sicher, Sie haben die Antworten auf meine Fragen.«

Sie ging voraus, und er folgte ihr durch die Wohnung. Sie durchquerten einen hohen, geräumigen Flur. Bücher stapelten sich in Metallregalen, es gab Poster und Fotos von Exkursionen, Reisen und Ausgrabungen. Die großen Altbautüren standen überall offen, die Räume dahinter waren weiß gestrichen und nur spärlich möbliert. Im Wohnzimmer gab es einen Arbeitstisch aus Holz, eine große Couch und einen giftgrünen Gartenstuhl, von dem schon die Farbe abblätterte.

Mara gab ihm ein Zeichen, dass er auf der Couch Platz nehmen sollte, sie selbst zog sich den Gartenstuhl heran.

»Möchten Sie ein Glas Wein? Oder lieber ein Bier?«

»Ein Wasser«, bat er. »Ich bin offiziell noch im Dienst.«

Mit wenigen Schritten war sie in der Küche.

Er sah ihr hinterher und überlegte, wie lange er keinen guten Sex mehr gehabt hatte.

Als sie zurückkam, senkte er rasch den Blick.

Sie stellte eine Flasche Wasser und ein Glas vor ihn auf den Boden und setzte sich wieder auf den Stuhl. Dann schlug sie ihre Beine übereinander, die schlanken Arme locker über den Knien gekreuzt, und wandte ihm aufmerksam ihr Gesicht zu.

Er räusperte sich verlegen.

»Als Sie anriefen, sagten Sie, Sie hätten ein paar Fragen«, begann sie, bevor er etwas sagen konnte. »Können Sie mir vorher kurz erzählen, was Sie Neues über den Mord an Peter Gruber wissen?«

Daniel schraubte die Wasserflasche auf, goss sich ein und nahm einen großen Schluck.

»Ich darf über laufende Ermittlungen nichts erzählen«, erwiderte er zögernd.

»Aber Sie haben den Druiden doch schon vernommen?« Ihre hellen Augen blitzten.

»Ich habe ihn befragt, ja.« Daniel betrachtete das Wasserglas, in dem perlend die Kohlensäure aufstieg. »Es ist nur nicht viel dabei rumgekommen. Wir haben nicht genug gegen ihn oder seine Glaubensfreunde in der Hand.«

»Aber … Peters Kopf hing in ihrer Scheune!«

»Ja schon, aber den kann jeder dahin gehängt haben. Angeblich war der Druide von dem makabren Fund so geschockt wie Sie. Eine tröstliche Nachricht kann ich Ihnen aber geben. Ich war heute in der Rechtsmedizin. Peter Gruber erhielt einen Schlag auf den Hinterkopf und wurde bewusstlos, bevor man … Er hat davon nichts mehr mitbekommen.«

»Dann hat er also nicht gelitten. Wenigstens das.« Sie nickte dankbar. »Was wollten Sie mich denn fragen?«

Daniel zog sein Handy hervor, rief das Foto auf, das er in der

Rechtsmedizin aufgenommen hatte, und zeigte es ihr. »Haben Sie dieses Zeichen schon einmal gesehen? Ist es etwas Keltisches?«

»Ja, allerdings. Das ist eine Triskele«, sagte sie. »Sie symbolisiert die magische Zahl drei. Der Dreiklang kommt in der Kulturgeschichte häufig vor: Vergangenheit, Gegenwart, Zukunft. Geburt, Leben, Tod.«

»Peter Gruber hatte dieses Tattoo seit vielen Jahren«, fuhr Daniel fort. »Nach welchem Dreiklang hat er wohl gesucht?«

»Ich habe keine Ahnung.«

Eine Weile war es still in der Wohnung, und sie hingen beide ihren Gedanken nach.

Daniel konnte hören, wie in der Küche der Kühlschrank ansprang. Ihm fiel ein, dass seiner seit Katrins Auszug ständig leer war. Katrin hatte gern gekocht. Sie war ein geselliger Typ. Vielleicht hatte es deshalb nicht funktioniert. Er war eher jemand, der alles mit sich selbst ausmachte.

»Die magische Zahl drei«, brach er das Schweigen. »Kennen Sie den Ausspruch, dass jemand nicht bis drei zählen kann? Anthropologen behaupten, dass ein Mensch nicht mehr als drei Dinge hintereinander ordentlich ausführen kann. Das hab ich mal gelesen. Der Urmensch musste schauen, wer auf ihn zukam, erkennen, ob es ein Feind oder ein Freund war, und entscheiden, ob er flüchten oder angreifen sollte. Damit war sein Hirn ausgelastet.« Er räusperte sich. »Angeblich kann unser Hirn bis heute nicht mehr als drei solcher Denkschritte ausführen.«

»Was Sie nicht sagen.« Sie klang belustigt. »Bei manchen Zeitgenossen hat man allerdings den Eindruck, dass sie es nicht über *einen* Gedanken hinaus schaffen.«

Daniel lachte. Er nahm das Handy wieder an sich und fuhr mit den Fingern über das Display. »Was haben die Kreise zu bedeuten? Drei Schnörkel, die sich in der Mitte treffen, um es einmal simpel auszudrücken …«

Sie lächelte geheimnisvoll. »Das weiß niemand so genau. Über die Bedeutung dieser Spiralen ist nichts bekannt. Es wird aber vermutet, dass sie für den Weg des Lebens stehen.«

»Der Weg des Lebens …«, murmelte Daniel. »Ich kenne mich mit antiken Symbolen und Mythen nicht aus.«

Mara schaute ihn offen an. »Mythen gehören zu meiner Arbeit dazu. Unsere Funde führen uns zu den religiösen Vorstellungswelten vergangener Völker. Manche sind sehr faszinierend.«

»Was denn, zum Beispiel?«

»Bei den Kelten etwa gab es keine strikte Trennung zwischen der realen Welt und der Welt der Geister«, sagte sie. »Der Tod war für sie nur eine schmale Grenzlinie zwischen diesen zwei gleichwertigen Welten. Man konnte genauso gut in der einen wie in der anderen existieren. Es spielte keine Rolle, wann der Mensch in die Anderswelt einging.«

Daniel überlegte. »Dann ist die Anderswelt die keltische Vorstellung von einem christlichen Jenseits?«

»Es gibt schon einen Unterschied«, sagte Mara. »Im christlichen Glauben ist das Jenseits eine bessere Welt für all diejenigen, die sich auf Erden rechtschaffen verhalten haben. Sie gehen in ein Paradies ein, in dem es keinen Mangel gibt. Bei den Kelten lebte ein Krieger sein gewohntes Leben in der Anderswelt weiter. Als wäre er durch einen Spiegel gegangen und befände sich nun auf dessen anderer Seite.« Sie schaute ihn ruhig an.

Daniel beugte sich ein wenig zu ihr vor. »Wenn ich Sie bei unserem letzten Gespräch richtig verstanden habe, war der Kopf für die Kelten der Sitz der Persönlichkeit.«

Sie nickte. »Für einen keltischen Krieger war es Ehrensache, dem besiegten Feind den Kopf abzuschlagen. Wenn man den Schädel eines Menschen besaß, besaß man dessen Geist und Körperkraft. Der Schädel eines vornehmen Feindes konnte Unheil abwehren, er war ein Kraftschädel.«

»Und das weiß man alles von den römischen Geschichtsschreibern? Wie hießen sie noch? Tacitus und Sallust?«

»Einen Griechen nicht zu vergessen: Diodorus Siculus«, ergänzte sie lachend. »Und dann war da natürlich noch Julius Caesar.«

»Der Gallische Krieg«, brummte Daniel in Erinnerung an seinen Lateinunterricht in der Schule.

»Die archäologischen Funde erzählen uns natürlich auch so einiges.« Mara lief zu einem der Metallregale im Flur und kam mit einem Bildband wieder. Sie setzte sich zu Daniel auf die Couch. »Ich hoffe, ich langweile Sie nicht«, sagte sie und hielt das Buch zögernd in der Hand.

»Nein, durchaus nicht.« Auf der bequemen Couch konnte ihm Mara gern weitere Grausamkeiten präsentieren.

Mara schlug das Buch auf. »Sehen Sie sich das mal an.«

Er spürte die Wärme ihres Körpers, seit sie neben ihm saß. Sie rutschte ein wenig zur Seite, als sich ihre Schenkel kurz berührten, aber auch nicht so viel, dass sie einen großen Abstand zwischen sich und ihm geschaffen hätte.

Daniel nahm das Buch entgegen. Es zeigte Fotos von Steinsäulen, in die menschliche Schädel eingelassen waren. Mit aufgeklapptem Kiefer und leeren Augenhöhlen klafften sie im Mauerwerk, gefangen im Stein wie in der Zeit.

Mara beugte sich mit ihm über die Bilder. »Diese Steinsäulen fand man in Roquepertuse. Das war ein keltisches Heiligtum im südlichen Gallien, es lag in der Nähe des heutigen Marseille. In Ribemont-sur-Ancre an der belgischen Grenze hatten die Kelten ebenfalls einen heiligen Ort. Dort hat man auf einem überdachten Podest die Leichen von sechzig keltischen Kriegern gefunden. Sie trugen Schwerter, Schilde und Speere, waren wie Wachen positioniert und hatten alle keinen Kopf mehr.«

»Also waren sie Feinde, Gefangene eines anderen Stamms?«

»Nein, sie waren Menschenopfer. Man hat sie den Göttern geopfert, um das Heiligtum zu schützen. Nur ihre Köpfe – die knöchernen Schalen, in denen ihre Seelen ihren Sitz hatten –, die hat man ihnen vorher abgenommen. Sie hingen am Eingang des Heiligtums, zur Abschreckung der Feinde.«

Mara nahm ihm das Buch aus der Hand und legte es vor sich auf den Boden. »Als ich Peter Gruber ohne Kopf in der Mulde sitzen sah, da musste ich unwillkürlich an diese keltischen Soldaten denken, verstehen Sie? Peter saß da, als sollte er das leere Grab der Keltenfürstin bewachen.«

»Die Kelten waren also bereit, ihre eigenen Leute zu opfern«, sagte Daniel ungläubig. Als Polizist ging ihm die Vorstellung, der eigenen Truppe etwas anzutun, völlig gegen die Natur.

Mara nickte. »Der Tod, der einem keltischen Gott zu Ehren stattfand, war sinnvoll, denn er diente der Gemeinschaft. Die Druiden überwachten die Opfermethoden, und jeder Gott verlangte eine andere. So wurden die Menschen für Esus erhängt, für Teutates ertränkt und für Taranis verbrannt.«

»Aber wie passt das alles mit dem Mord an Peter Gruber zusammen?«

»Ich weiß es nicht.« Gedankenverloren löste sie ihren Zopf, und ihr Haar rieselte über ihre Schultern. Daniel roch wieder den Duft ihres Shampoos und erinnerte sich wohlig an die kurze Umarmung auf Kronbergers Hof. Er hätte ihr noch stundenlang zuhören können, ganz einfach, um in ihrer Nähe zu sein. Aber er musste los.

»Wir können also nur Vermutungen anstellen«, fasste er zusammen. »Es sah für Sie im ersten Moment so aus, als wäre Peter Gruber geopfert worden, um nach altem Ritus das Grab einer keltischen Fürstin zu bewachen. Richtig? Das Grab war aber doch bereits leer. Wie ist es damit: Vielleicht wurde Peter Gruber getötet, *weil* die Tote gestohlen wurde. Weil er nicht gut genug auf sie aufgepasst hatte?«

»Dann hätte der Täter mich umbringen müssen«, wandte Mara ein. »Schließlich ist es meine Grabung, und ich habe die ganze Nacht da draußen Wache gehalten und mir die Fürstin stehlen lassen.«

Daniel dachte eine Weile darüber nach. »Trotzdem könnte der erbeutete Kopf ein Hinweis dafür sein, dass Peter Gruber ein Feind der Kronberger-Truppe war«, entschied er. »Vielleicht war Gruber Mitglied einer anderen, rivalisierenden Gruppe.«

»Das kann ich mir bei Peter kaum vorstellen«, sagte Mara. »Es könnte aber sein, dass der Mörder den Celtoi auf diese Weise die Tat in die Schuhe schieben will. Indem er einen keltischen Hintergrund simuliert, obwohl er selbst mit der Welt der Kelten vielleicht gar nichts zu tun hat.«

»Das ist natürlich auch eine Möglichkeit«, stimmte Daniel

zu. »Aber wie dem auch sei, heute werden wir das nicht mehr herausfinden. Ich muss nämlich so langsam los.«

Er trank sein Glas leer und stellte es vor sich auf dem Boden ab. Er wusste, dass er sich jetzt verabschieden musste, aber er blieb sitzen und hoffte auf eine Eingebung, wie er ein Wiedersehen arrangieren konnte, ohne zu aufdringlich zu sein. Leider fiel ihm nichts ein.

»Jedenfalls herzlichen Dank für Ihre Hilfe.« Langsam stand er auf.

Mara erhob sich lautlos und geschmeidig vom Sofa und begleitete ihn zur Tür.

»Was passiert eigentlich als Nächstes?«, wollte sie wissen.

Daniel stand schon im Flur, und sein Blick fiel auf einen Stapel Bücher in einem ihrer Regale. Darauf thronte eine kleine steinerne Figur. Eine Frau mit weit aufgerissenen Augen starrte ihn an. Die Arme hatte sie unter den angewinkelten Knien hindurchgeschoben, mit beiden Händen hielt sie einladend ihre riesige Vulva auf.

Daniel betrachtete die kleine Figur mit einer Mischung aus Erschrecken und Faszination.

Der Ursprung des Lebens.

Mara stand nun neben ihm, sie war seinem Blick gefolgt. »Das ist eine Sheela-a-gig«, erklärte sie. »Eine Fruchtbarkeitsgöttin. Sie stammt aus einer mittelalterlichen Kirche im Südwesten Englands und gehört zu den wenigen, die der puritanischen Zerstörungswut entgangen ist.«

Beide schwiegen einen Moment, dann fügte Mara ernst hinzu: »Diese Sheela ist natürlich nur eine Nachbildung.«

Daniel musste lachen. »Da bin ich aber beruhigt.«

An der Wohnungstür drehte er sich noch einmal um. »Um auf Ihre Frage zurückzukommen: Als Nächstes werden wir Grubers Haus durchsuchen.«

Nun kam ihm auch endlich eine Idee, wie er Mara unverfänglich um ein Wiedersehen bitten konnte. Er sah sie an und versuchte, ganz offiziell zu klingen. »Es wäre fatal, wenn wir bei der Hausdurchsuchung etwas übersehen würden – Grabbeigaben, Artefakte, keltische Geheimzeichen –, und deshalb hilfreich, eine Expertin im Team zu haben. Würden Sie zu der Durchsuchung mitkommen? Oder ginge das gegen Ihre Gefühle?«

»Das ist kein Problem für mich. Ich hatte nichts mit Peter Gruber, wenn Sie das meinen.«

Volltreffer.

»Ich melde mich dann«, versprach Daniel und verabschiedete sich mit einem leichten Nicken.

SIEBEN

Daniel Richter ließ seinen Wagen langsam durch die Siedlung rollen und betrachtete die Einfamilienhäuser links und rechts der Straße, die verlassen in der Vormittagssonne dämmerten. Ihre Bewohner waren bei der Arbeit. Oder sie erledigten ihre Einkäufe, bevor die Hitze des Tages ihnen zu schaffen machte. Daniel las ein paar Hausnummern halblaut vor und stoppte schließlich vor Peter Grubers Bungalow. Er nickte anerkennend. »Da hat er sich aber eine nette Gegend ausgesucht.«

Mara rutschte ein Stück tiefer in den Beifahrersitz, zog die Beine an und spähte aus dem Seitenfenster. Sie konnte sich kaum an das Haus erinnern. Der niedrige Bungalow mit Garage stand auf einem großen, freien Grundstück. Ein grüner Metallzaun umgab das Gelände. »Er hat den Bungalow vor ungefähr zehn Jahren gekauft«, sagte sie. »Ich glaube, er hatte damals etwas Geld geerbt.«

Daniel starrte an ihr vorbei durch die Seitenscheibe. »Das perfekte Häuschen für eine nette kleine Familie. Was meinen Sie? Ich stelle es mir angenehm vor, darin zu wohnen. Mit ein, zwei Kindern vielleicht …« Er wirkte verträumt.

Mara warf ihm einen verwunderten Blick zu.

Ist das etwa ein Antrag?

»Und Peter Gruber hat da tatsächlich allein drin gewohnt?«, meinte Daniel skeptisch. Er hatte den Motor jetzt abgestellt, und sie blieben noch eine Weile in dem klimatisierten Auto sitzen.

»Ich weiß es nicht«, erwiderte Mara. »Er hatte immer mal wieder eine Freundin. Wir haben uns nicht viel Privates erzählt.«

»Wieso war er nicht verheiratet? Er sah doch nicht schlecht aus, verdiente gut, hatte dieses schöne Haus …«

»Archäologen haben ein unstetes Leben. Wir sind heute in der Türkei und morgen …« Sie brach ab. »Es ist schwer, Beziehungen mit uns zu halten.«

»Verstehe.« Daniel sah sie nachdenklich an. Dann stieg er aus, ging um das Auto herum und hielt ihr die Tür auf. Mara schwang sich heraus und folgte ihm durch die Gartenpforte.

Vor Grubers Haustür zog er einen Schlüsselbund aus der Jackentasche. Er spielte ein wenig damit herum, schloss aber nicht auf.

»Die Kollegen haben die Schlüssel in Grubers Kleidung gefunden«, sagte er. Offensichtlich hatte er ihren neugierigen Blick bemerkt.

»Und warum gehen wir nicht rein?«, fragte sie ungeduldig.

»Ich warte noch auf Thomas Kempen. Wir führen eine Beweismittelsicherung immer zu zweit durch, auch wenn der Kommissar im Fernsehen das allein macht.« Er zwinkerte ihr zu. »Wir können uns Grubers Haus aber schon mal von außen angucken.«

Sie schlenderten um das Gebäude herum und betrachteten den Garten. Auf dem vertrockneten Rasen stand ein Gestell, in dem eine ausgeblichene Hängematte baumelte. Nach Blumenbeeten, Hecken und Bäumen hielt man hier vergeblich Ausschau.

»Typisch für jemandem, der nie zu Hause ist«, sagte Daniel. »Hast du eine Ahnung, warum er sich ausgerechnet hier in Hattersheim ein Haus gekauft hat?« Das Du kam wie nebenbei und klang ganz natürlich.

Mara stellte überrascht fest, dass er entgegen ihrer bisherigen Vermutung gar nicht schüchtern war.

Und er versucht, sich in die Opfer hineinzuversetzen.

Sein Blick war teilnahmsvoll und interessiert. Sein dunkles Haar fiel ihm mal wieder ins Gesicht, und sie ertappte sich dabei, dass sie es ihm gern aus der Stirn gestrichen hätte.

»Das kann ich dir ziemlich genau sagen«, griff sie die freundschaftliche Anrede auf. »Peter war Student im Hauptstudium, als hier in Hattersheim eine große Rettungsgrabung stattfand. Beim Bau eines neuen Wohngebiets kamen fast fünfzig keltische Gräber zum Vorschein. Man vermutet, dass die Siedlung der Verstorbenen zum Hoheitsgebiet der Glauberger Fürsten gehörte. Peter war damals bei den Grabungen dabei, und es gefiel ihm, auf dem Boden einer keltischen Siedlung zu leben.«

»Ziemlich nostalgisch, oder?« Daniel spähte zur Straße, um zu sehen, wo sein Kollege blieb.

Sie kehrten zum Eingang des Bungalows zurück. Maras Blick wanderte über die herabgelassenen Jalousien, die die Sicht ins Haus versperrten. Daniel hielt immer noch Peters Schlüsselbund in der Hand. Er sah auf seine Armbanduhr und schien mit sich zu ringen.

»Ach komm, wir gehen schon mal rein.«

Mara nickte knapp.

Er fand den passenden Schlüssel und steckte ihn ins Schloss. Behutsam drehte er ihn um, dann schob er die Haustür mit der Schulter auf. »Nichts anfassen«, mahnte er.

Er betätigte mit dem Ellbogen mehrere Lichtschalter, und ein paar schummrige Lampen leuchteten auf. Die Luft roch abgestanden. Mara erkannte die Aufteilung der Zimmer wieder. Von der Diele aus führte eine offene Treppe in den Keller, die Küche war nur durch einen Tresen vom Wohnbereich getrennt. Schlafzimmer und Bad lagen zum Garten hinaus.

»Seltsam, dass alle Rollos unten sind«, meinte Daniel. »Die SOKO hat festgestellt, dass er schon drei Tage vor seinem Tod aus der Türkei angereist ist und vom Flughafen mit dem Taxi hierherkam. Seinen Wagen haben wir in der Nähe deiner Grabung gefunden.«

Daniel strebte auf das Wohnzimmer zu, und Mara folgte ihm nachdenklich. Vor der verschlossenen Schlafzimmertür blieb sie kurz stehen. Dann gab sie sich einen Ruck und ging weiter.

Schlafende Geister soll man nicht aufwecken.

»Wie sieht es denn hier aus!«, hörte sie Daniel von weiter vorn rufen. Als Mara das Wohnzimmer erreichte, verstand sie, was er meinte.

Der Raum glich einem Flohmarktlager. Auf dem Boden, dem Couchtisch, sogar auf der wuchtigen Ledergarnitur lagen antike Schwerter, Bücher und Fachzeitschriften. Ein verstaubtes Georadar stand neben verdreckten Gummistiefeln in einer Ecke, ungelesene Post türmte sich auf dem Esstisch, Fotos von

Grabungen und Karten waren mit Heftzwecken an die Wände gepinnt und dort vergilbt. Mitten im Raum quoll gebrauchte Kleidung aus einer Reisetasche.

Daniel begutachtete sie, ohne sie anzufassen. »Seine Arbeitsklamotten aus der Türkei«, sagte er.

Er zog Einweghandschuhe an, die er aus dem Auto mitgebracht hatte, und reichte auch Mara ein Paar. Dann hob er einige Bücher hoch und studierte die Titel.

»›Götter, Barden und Druiden – dem keltischen Geheimnis auf der Spur‹, ›Die Kelten – Mythos und Wirklichkeit‹, ›Die magische Welt der Kelten‹ … Na, das sagt doch einiges aus.«

»Nicht unbedingt«, sagte Mara. »Das ist Fachliteratur, er war Archäologe.«

»Ach ja? Und wie ist es damit: ›Feuer im Kopf – Mystische Traditionen der keltischen Schamanen‹?«

Mara stöhnte leise auf. Die verwahrloste Atmosphäre in Peter Grubers Haus bedrückte sie. Sie konnte die Erinnerungen an den Morgen, an dem sie als Studentin in seinem Schlafzimmer aufgewacht war, nicht abschütteln. Und sie brachte die verschiedenen Facetten von Peters Persönlichkeit nicht zusammen.

Sie betrachtete die Exponate, die Peter auf der Fensterbank angeordnet hatte. Dort standen kleine, kahle Tierschädel Spalier. Mara erkannte sofort, dass sie von Ratten und Mäusen stammten. Vorsichtig nahm sie einen der Schädel in die Hand. Er fühlte sich zart und zerbrechlich an. Als sie ihn wieder ablegte, entdeckte sie auf dem Küchentresen weitere Exponate, darunter eine ausgestopfte Hauskatze. Das Tier duckte sich, als sei es auf dem Sprung. Der Katzenkopf sah in dem schummrigen Licht beinahe echt aus, der Präparator hatte funkelnde Glasaugen eingesetzt. Doch außer dem Kopf waren nur noch die Pfoten und der Schwanz behaart. Knochen, Organe und Muskeln waren freigelegt und in Kunststoff getränkt.

»Das ist ja pervers«, sagte Daniel neben ihr. »Was für ein Gruselkabinett.«

Mara lief zum Fenster, zog die Jalousie hoch, und Millionen von Staubkörnern wirbelten im eindringenden Tageslicht auf. Hustend kehrte sie zu Daniel an den Küchentresen zurück. Nun konnte sie die beiden Kreaturen, die neben der präparierten Katze standen, genau erkennen. Da war noch eine zweite Katze. Angriffslustig bleckte sie ihre spitzen Zähne. Die lederne Gesichtshaut spannte sich eng um den augenlosen Schädel. Statt Pfoten hatte sie feingliedrige Hände wie von einem Affen, ihr Leib bestand aus einem schuppigen Fischschwanz. Das andere Geschöpf hatte den Körper einer Echse, die Hände und der Kopf stammten von einem menschlichen Fötus. Verzweifelt ballte das Wesen die winzigen Fäuste, ein gequältes Lächeln lag auf dem noch unausgereiften kleinen Gesicht.

»Woher hat er diese Missgeburten?« Daniels Stimme klang aggressiv und empört. »In welchem atomverseuchten Land findet man solche Mutationen?«

»Das sind Fälschungen«, sagte Mara. »Geschickte Präparationen aus Körperteilen von verschiedenen Lebewesen, sogenannte Kappamumien. Sie werden in Japan hergestellt.

»Bist du sicher, dass er die nicht selbst gebastelt hat? Ein Fötus mit dem Körper einer Echse ... Wie abscheulich.« Er schüttelte sich.

Mara wusste, was Daniel ausdrücken wollte, und fand seine Aufregung sympathisch. Auch ihr waren diese Bastelarbeiten aus Tier- und Menschenmaterial zuwider. Dennoch hatte sie das Gefühl, Peter Gruber verteidigen zu müssen.

»Wahrscheinlich hat er die Kappamumien von einer seiner Reisen mitgebracht. Er war ein unerschrockener Wissenschaftler und ...«

»Das hat mit Wissenschaft nichts zu tun«, sagte Daniel aufgebracht. »Wer so etwas macht, hat keinen Respekt vor dem Tod.« Kopfschüttelnd wandte er sich ab und drehte ihr den Rücken zu. Am Esstisch untersuchte er schweigend Peters Post.

Sein Handy klingelte, und er meldete sich. Mara schloss aus den Gesprächsfetzen, die sie mitbekam, dass Thomas Kempen verhindert war.

»Schick mir aber bitte die Spusi«, hörte sie Daniel sagen. »Dieser Archäologe war ein kleiner Frankenstein. Der hat hier ein Gruselkabinett, das kannst du dir nicht vorstellen.«

Nach dem Telefonat vertiefte er sich wieder in die Lektüre der Briefe, die Peter zuletzt erhalten hatte.

Mara ließ Daniel allein. Sie ging in den Flur und öffnete nun doch die Tür zum Schlafzimmer. Auch hier war es dunkel und stickig, die Jalousien waren herabgelassen. Ein paar von Peters Hemden lagen auf dem großen Doppelbett, dessen eine Hälfte er offenbar benutzt hatte.

Wie unschuldig der Raum aussieht.

Und doch war es hier passiert. In diesem Bett war sie allein aufgewacht und hatte nichts mehr am Leib gehabt, nicht einmal ihren Slip.

Hatte sie sich selbst ausgezogen? Oder hatte er das gemacht? Hatte er sie betrachtet, mit ihr gespielt? Sie hatte ihn nie danach gefragt. Den Moment der Aussprache hatte sie am nächsten Morgen verpasst, und später hatte sie nicht mehr den Mut dazu aufgebracht. Stattdessen hatte sie ein ziemliches Geschick entwickelt, seine Annäherungsversuche zurückzuweisen, und hatte seine anzüglichen Bemerkungen ertragen, bis ihre Magisterarbeit fertig geschrieben und von ihm beurteilt war. Als Doktorvater hatte sie sich dann jemand anderen gesucht.

Als Mara in den Flur zurückging, fiel ihr Blick auf die Kellertreppe. Sie zögerte kurz, dann ging sie hinunter. Unten angekommen, tastete sie nach dem Lichtschalter und griff in ein Spinnennetz. Über ihr zuckte das Licht einer Glühbirne auf und verlosch wieder. Ein Kurzschluss. Sie wollte umkehren, doch dann besann sie sich anders. Die Kellerfenster waren klein, aber es drang genug Tageslicht herein, um sich zu orientieren.

Peters Keller war so leer wie sein Garten. Hier unten befand sich kaum etwas. Ein Stapel Winterreifen, ein altes Wäschegestell und eine Transportbox für Tiere schienen vor einer Ewigkeit hier unten vergessen worden zu sein. Lediglich ein blauer Müllsack in einer der Ecken sah aus, als wäre er erst vor Kurzem dort abgelegt worden, denn er war kein bisschen verstaubt. Mara ging darauf zu und hob ihn an.

Etwas darin klapperte aneinander, es hörte sich so dumpf und hohl an wie die Schläge auf einem Xylophon.

Das Geräusch kannte Mara nur zu gut.

So klingen Knochen, die aneinanderschlagen.

Ihr Puls beschleunigte sich.

Draußen vor dem Haus hielt mit quietschenden Reifen ein Wagen. Die Spurensicherung. Es schellte, und Mara hörte, wie Daniel zur Haustür ging, um die Kollegen einzulassen. Er gab den Männern ein paar Anweisungen.

Währenddessen hockte sie stumm vor dem blauen Müllsack, unfähig, sich zu bewegen.

Endlich öffnete sie ihn ein wenig und spähte hinein. Als sie begriff, was darin lag, wurde ihr fast schwindelig.

Die Männer von der Spurensicherung fotografierten den Sack von allen Seiten, bevor sie ihn ganz öffneten. Maras Augen saugten sich an seinem Inhalt fest. Es gab keinen Irrtum. Da war der Schädel mit den Resten des Tuches, die noch an ihm klebten. Darunter der Rumpf, bedeckt mit Fetzen von verdrecktem Gewebe. Dunkles und helles Leinen.

»Das ist sie«, sagte Mara tonlos. »Die keltische Fürstin.«

»Nur hat man sie etwas … verkleinert, oder?«

Die Arm- und Beinknochen lagen lose in dem Sack, nur Rumpf und Schädel bildeten noch eine Einheit.

»Das muss passiert sein, als der Dieb das Skelett aus dem Boden gerissen hat«, sagte Mara. »Wir kriegen sie wieder hin. Nur …«

»Ja, was denn?«

»Die Grabbeigaben sind nicht dabei. Sie trug einen Armreif. Und da war auch noch eine Kanne. Beides ist verschwunden.«

»Vielleicht hat Gruber sie zu Geld gemacht. Wir bringen die Knochen in euer Labor, sobald wir mit ihnen fertig sind«, versprach Daniel. »Ich verstehe nur nicht, warum er dir das Skelett gestohlen hat. Was hatte er gegen dich? Wofür war das die Quittung?«

Mara hatte sich das auch schon gefragt. »Er hat mir den Fund wohl nicht gegönnt«, sagte sie. »Er hat ihn mir weggenommen und mir stattdessen eine tote Katze hingeworfen.«

Daniel schüttelte den Kopf. »Was für ein Idiot. Der Typ war doch gestört.«

Er ging zu den Männern von der Spurensicherung, die inzwischen die angrenzenden Räume untersuchten, und Mara blieb einen Moment mit dem Skelett allein. Sie hatte das Gefühl, dass ein verwirrendes Kapitel in ihrem Leben abgeschlossen war. Sie hatte ihren Fund wieder. Und sie hatte endlich einen klaren Blick auf Peter. Drei Jahre nach ihrer letzten Begegnung war er extra angereist, um ihren Erfolg zu verhindern. Daniel hatte recht, Peter war ein gestörter Mensch gewesen.

Ein Egozentriker und Narziss. Und ein Dieb obendrein.

Was in jener Nacht vorgefallen war, würde sie nie erfahren, aber sie wollte es auch nicht mehr wissen.

Ab jetzt werde ich nach vorn schauen.

***

Bertrand stand in Felix' Wohnzimmer hinter der Terrassentür, die Arme vor der Brust verschränkt. Oberhalb der Villa führte eine Straße entlang, dort war auch der Eingang. Die Wohnräume jedoch lagen dem Tal zugerichtet, nur eine große Glasfront trennte sie von der Terrasse. Von hier aus hatte er einen weiten Blick über die Hügel des Taunus, am Horizont konnte er die Hochhäuser der Frankfurter City sehen.

Doch die interessierten ihn nicht, Bertrand hielt nach den Vögeln Ausschau.

Sah er irgendwo drei Raben fliegen?

»Wie soll es jetzt weitergehen?« Felix warf seinen Schlüsselbund auf den Esstisch. Die Nachmittagssonne fiel auf die polierte Oberfläche und ließ das Kirschbaumholz warm aufleuchten, während die Schlüssel über den Lack schlitterten.

Wenn der Tisch eine Stimme hätte, würde er vor Schmerz schreien.

Das Holz, aus dem der Tisch gemacht war, atmete und lebte. Viele Hände waren darübergegangen, hatten es gepflegt und ihre Spuren hinterlassen. Felix hatte gar kein Gespür für die antiken Möbel, die er gesammelt hatte.

Kopfschüttelnd streifte Bertrand seinen Umhang ab und legte ihn auf einen Stuhl. Er fühlte sich elend. Die Götter hatten einen Bannkreis um die Fürstin gezogen, sie ließen sie nicht an sie heran. Gleich zwei Versuche, ihre Gebeine zu bergen, waren kläglich gescheitert. Gestern Nachmittag hatten Jugendliche in Grubers Nachbarhaus ein Grillfest veranstaltet, ein Ende war nicht abzusehen gewesen. Zu Scharen hatten sie im Garten gehockt, hatten auf der Straße herumgelungert, Bierflaschen in der Hand. Einer hatte an Grubers Garage sein Wasser abgeschlagen. Es war unmöglich gewesen, ins Haus zu gelangen.

Und heute Morgen? Da war es noch viel schlimmer gekommen. Hilflos hatten Felix und er mitansehen müssen, wie Beamte die Gebeine der Fürstin in den Kofferraum eines Polizeiwagens legten, bevor der Kommissar und die Archäologin mit ihnen davonfuhren.

Was für ein Frevel!

Nicht genug, dass Peter es gewagt hatte, die sterblichen Überreste der Fürstin in einen Müllsack zu stecken. Nun befanden sie sich auch noch in den Händen der Behörden.

»Wir sind zu spät gekommen«, sagte Bertrand dumpf. »Und ich weiß keinen Rat mehr.«

Felix ging nervös vor dem Kamin auf und ab. Geistesabwesend nahm er einen gläsernen Briefbeschwerer vom Kaminsims und wog ihn in der Hand. Dann schob er ihn wieder zwischen die beiden Leuchter, die dort standen. Sie stellten zwei Kobras dar, die sich zur Musik eines imaginären Schlangenbeschwörers aufrichteten. Ihre Schwänze schlängelten sich auf dem Kaminsims im Kreis und gaben ihnen Stand.

Bertrand trat näher. »Ich sehe keine Möglichkeit mehr, an die Gebeine der Fürstin heranzukommen. Ich werde nach Paris fahren und Lucius um Vergebung bitten, weil ich ihn in diese heikle Angelegenheit hineingezogen habe. Ich muss ihm auch die versprochene Summe für seinen Orden überreichen, damit der Mantel des Schweigens für immer auf der Sache liegt.«

»Der Mantel des Schweigens, ja?« Felix lachte bitter auf. »Das ist gut. Weißt du, was? Deine Idee, die Fürstin nach Paris zu bringen, war von Anfang an viel zu gefährlich. Wir hätten schneller handeln und uns etwas Einfacheres ausdenken sollen!«

In einer Aufwallung von Wut machte er eine fahrige Geste, dabei streifte er einen der Leuchter und warf ihn um. Bertrand konnte ihn auffangen, doch die Spitze des metallenen Schlangenschwanzes riss ihm die Haut auf.

»Verflucht, kannst du nicht aufpassen?«, schimpfte Felix erregt. Seine Nerven lagen augenscheinlich blank.

Bertrand wischte seine blutende Hand an der Hose ab und schwieg zornig.

»Ach ja, das Geld«, erinnerte sich Felix.

Er ging zu einem kleinen Biedermeiertisch, über dem ein Stillleben hing, nahm das Gemälde ab und stellte es zur Seite. Ein Wandtresor kam zum Vorschein. Felix drehte an den beiden Knöpfen, um die richtige Kombination einzustellen.

Bertrand sah ihm aufmerksam zu. »Dieses Geld ist keinesfalls für mich«, versicherte er. »Es wird helfen, den keltischen Glauben zu stärken, die alte Denkweise zu neuem Leben zu erwecken und …«

»Schon gut, schon gut.« Felix nahm zwei Bündel mit Hundert-Euro-Scheinen aus dem Tresor und reichte sie ihm. »Zehntausend Euro werden wohl ausreichen. Du kannst nachzählen.«

»Ich vertraue dir.« Bertrand steckte die beiden Bündel unbesehen in seine Hosentaschen, nahm seinen Umhang vom Stuhl und legte ihn wieder an. »Ich muss aufbrechen«, erklärte er. »Ich habe noch einen langen Weg vor mir.«

Felix ließ die Arme hängen und sah ihn hilflos an. »Kann ich nicht mitkommen?«, fragte er tonlos.

»Mitkommen? Nach Frankreich?«

»Ja, in fünf Minuten habe ich gepackt, und dann begleite ich dich. Ich könnte ein paar Tage Urlaub gebrauchen.« Er lachte angespannt.

Bertrand zögerte. Sein alter Freund hatte Angst. Er sah die Panik in seinen Augen. Aber es war unmöglich, ihn mitzunehmen. Felix konnte ihm keine Hilfe sein, nervös wie er war. Er würde nur das Unheil anziehen.

Er schüttelte den Kopf. »Nein, ich fahre allein. Tut mir leid, mein Freund.«

Als er Felix die Hand zum Abschied gab, spürte er dessen schwachen Gegendruck und blickte in sein blasses Gesicht.

Er hat sein Merto verloren, es ist schade um ihn.

Kurz entschlossen nahm er seinen Umhang ab und legte ihn Felix um die Schultern.

»Dieser Mantel soll dich an unsere gemeinsamen Ideale erinnern. Er wird dich schützen und wärmen.«

»Aber Bertrand, ich …«

»Bitte, ich überlasse ihn dir gern. Du wirst sehen, er ist praktisch.«

Für einen Moment sah Bertrand wieder den jungen Felix vor sich, der lachend mit ihm am Lagerfeuer gesessen hatte. Den kühlen Herbstnebel auf ihren Gesichtern, prosteten sie sich zu und schworen einander ewige Bruderschaft.

Nun standen sie sich gegenüber wie Fremde. Die Freundschaft, die ein Leben dauern sollte, war durch die Geschehnisse einer Nacht ausgelöscht worden. Und was noch schrecklicher war: Einer von ihnen war tot, hingerichtet auf keltische Art.

So weit hat es kommen müssen.

»Vielleicht hat es damals einen Zeugen gegeben«, sagte Felix unvermittelt. »Jemanden, von dem wir nichts ahnen.«

»Das ganze Dorf hat geschlafen, wer sollte mitten in der Nacht unterwegs gewesen sein?« Bertrand klang nicht so überzeugt, wie er wollte.

»Ein nächtlicher Spaziergänger vielleicht, der sich im Gebüsch versteckt hat … Wir haben die Gegend nicht abgesucht. Alles hat sehr schnell gehen müssen.«

Bertrand überlegte. »Wenn es einen Zeugen gab – warum hat er bis jetzt geschwiegen?«

»Fragst du dich denn gar nicht, wer Peter umgebracht hat?«, stieß Felix hervor.

Bertrand trat einen Schritt zurück und sah Felix verwundert an. »Das weißt du nicht? Nach allem, was geschehen ist?«

Felix schwieg, er wartete offenbar auf eine Erklärung.

»Die Götter haben Peter gerichtet«, sagte Bertrand bestimmt.

»Was reimst du dir da zusammen?« Felix sah ihn erschrocken an.

»Peter hat uns aufgefordert, den Schatz zu nehmen. Einen Schatz, der uns nicht zustand. Und wir haben uns von ihm verführen lassen.« Er hob den Arm und wies mit einer ausholenden Bewegung um sich. »Sieh dich um, du lebst in einem Fürstensitz und schaust über die Landschaft, erhaben wie ein Herrscher. Wo wärest du, wenn du damals nicht auch deinen Anteil genommen hättest? Hast du geglaubt, das würde ungesühnt bleiben? Wir haben uns schuldig gemacht.«

Felix schnaubte verächtlich durch die Nase. »Du glaubst doch nicht im Ernst, dass ich mir von dem Geld damals diese Villa kaufen konnte. Was du hier siehst, habe ich mir hart erarbeitet.«

Was für eine Illusion. Das Geld ist doch nur ein Teil der Wahrheit, warum erkennt er das nicht?

»Wie sonst bist du zu diesem Haus gekommen?«, fragte Bertrand scharf.

Felix warf empört die Arme hoch. »Durch den gezielten Einsatz all meiner Talente und Fähigkeiten. Ich habe mir Aktien von dem Geld gekauft und war damit ziemlich erfolgreich. Die Dividenden sind mir jedenfalls nicht in den Schoß gefallen. Und wenn deine Götter gewollt hätten, dass unser Leben anders verläuft, hätten sie uns keinen Sack voll Geld in die Hände gespielt, oder? Erzähl mir also keine Märchen. Peter ist brutal enthauptet worden, von einem Mörder, den wir nicht kennen.« Felix' Blick flatterte. Mit einer flehenden Geste packte er Bertrand am Arm. »Und ich glaube, dieser Wahnsinnige ist auch hinter mir her.«

Bevor Bertrand etwas erwidern konnte, zog Felix ihn in die Küche und schob ihn vors Fenster. Auf der gegenüberliegenden Straßenseite parkte ein grauer Transporter.

»Ich habe es geahnt, er ist wieder da«, flüsterte Felix heiser. »Der dritte Abend, an dem der Wagen hier steht. Gestern und vorgestern stand er auch schon da, nur tagsüber ist er verschwunden.«

»Das Auto wird jemandem gehören, der hier wohnt«, meinte Bertrand. »Was soll an einem grauen Transporter so besonders sein?«

Felix schüttelte den Kopf. »Ich kenne meine Nachbarn ganz

gut. Vor allem ihre Autos. So ein altes Ding fährt hier niemand. Wir sind schließlich in Kronberg, da kann man sich auf einen gewissen Luxus verlassen. Nein, ich glaube, dass ich beobachtet werde.«

Bertrand fröstelte. Er spürte, wie auch in ihm die Angst aufstieg. Unwillkürlich trat er einen Schritt zurück.

Ich darf mich nicht von seinen schwarzen Gedanken anstecken lassen.

»Zuerst dachte ich, es wären Ermittler von der Staatsanwaltschaft«, fuhr Felix fort. »Wegen meiner Börsengeschäfte. Aber die wären bei einem Verdacht in mein Büro gekommen, so wie damals, als sie meinen Computer und die gesamten Ordner beschlagnahmt haben. Doch hier geschieht nichts, der Wagen steht einfach da, und nach einer Stunde ist er wieder weg. Anfangs habe ich an einen Zufall geglaubt. Aber nun … Ich kann nicht einmal erkennen, ob überhaupt jemand drinsitzt.«

Bertrand sah ihn schweigend an. Diese Not, die sich in Felix' Gesicht widerspiegelte. Die müden Augen, die sorgenvolle Stirn und die blassen Lippen sprachen Bände.

Hoffentlich sieht er nur Gespenster.

»Bevor ich in mein Auto steige, sehe ich nach, was es mit diesem Transporter auf sich hat«, versprach er. »Du bleibst hier. Falls etwas nicht in Ordnung ist, komme ich zurück.«

Felix nickte dankbar, und Bertrand ließ sich von ihm zur Haustür führen. Im Eingangsbereich warf Felix einen raschen Blick auf den Monitor an der Wand. Das Schwarz-Weiß-Bild zeigte die leeren Stufen vor der Haustür und den Platz davor.

»Du willst deinen Besitz schützen, nicht wahr?«

»Hier hat jeder ein Sicherheitssystem«, gab Felix schnell zurück.

Armer Felix. Er lebt in einer Enklave der Reichen, umstellt von seinen eigenen Kameras.

Kopfschüttelnd ging Bertrand aus dem Haus. Er lief bis zum Bürgersteig und hielt Ausschau nach dem Wagen.

Doch die Straße war leer, der graue Transporter verschwunden.

Bertrand wusste nun, dass er so schnell wie möglich ins alte

Gallien zurückkehren musste. Er warf einen letzten Blick auf Felix' Villa und schaute noch einmal prüfend in den Himmel. Vor fünf Tagen hatte er bei seiner Ankunft am Glauberg drei Raben in der Luft gesehen. Würde er noch einmal drei Raben sehen, wäre das ein untrügliches Zeichen, dass die Götter ihm zürnten.

Drei Raben bedeuten Lüge, Unheil und Tod.

ACHT

Der rote Sandstein des Biebricher Schlosses schimmerte durch die Bäume, die Rotunde zwischen den Galerien konnte man weithin sehen. Der Barockbau war die Residenz der Fürsten von Nassau gewesen, später hatte er den adeligen Herren als Sommersitz gedient.

Papageien flatterten durch den Schlosspark. Ausgesetzt vor Jahrzehnten, hatten sie sich eifrig vermehrt und die einheimischen Vögel verjagt. In riesigen Pulks saßen sie in den Baumkronen und krächzten. Ihr Geschrei konnte die Anwohner wahnsinnig machen.

Mara hatte ihren Caddy am Park abgestellt und lief durch die Anlage zum Seitenflügel des Schlosses, wo die Landesarchäologie untergebracht war. Im ersten Stock befand sich Maras Büro.

Der helle Flur lag still und leer vor ihr, fast alle Türen standen offen. Im Vorbeigehen warf Mara flüchtige Blicke in den einen oder anderen Raum. Ihre Kollegen befanden sich größtenteils auf Grabungen und Exkursionen. In den Zimmern standen Eimer mit Pflöcken und Kordeln zum Aufmessen der Grabungen. Auf den Schreibtischen türmten sich die Funde aus den verschiedenen Grabungsstätten. Steine und Scherben lagen neben zusammengerollten Landkarten. Zeichnungen bedeckten die Wände. Sie zeigten die Ränder von zerbrochenen Vasen, die die Archäologen an den verschiedenen Fundstätten geborgen hatten. Die Töpfer hatten die Ränder im Laufe der Jahrhunderte immer wieder verändert, daher konnte man an der Randform die Epoche ablesen, in der sie entstanden waren.

Warum kann nicht alles so einfach sein?

In ihrem eigenen Büro, das sie mit einer Kollegin teilte, sah es nicht viel anders aus als in den anderen Räumen. Mara ließ sich auf den Schreibtischstuhl fallen, schaltete den Computer an und durchsuchte eilig ihre Mails. Mit Ungeduld wartete sie auf eine Nachricht von den Mainzer Anthropologen. Nachdem sie die Fürstin gestern in Grubers Haus wiedergefunden hatten, waren die Gebeine von der Spurensicherung ausgiebig fotografiert worden, als Beweismittel für die Akten. Dann erfolgte ganz unbürokratisch die vorläufige Freigabe an die Archäologen. Mara hatte den Mainzern den Schädel und die Langknochen des Skeletts zukommen lassen, damit sie das Alter bestimmten, während der Torso hier in Wiesbaden untersucht wurde. Sie war froh, dass sie ihre Arbeit nun bald wieder aufnehmen konnte, und hatte um ein schnelles, vorläufiges Ergebnis gebeten, doch noch gab es keine Antwort aus Mainz.

Enttäuscht machte sie sich auf den Weg in die Restaurationswerkstatt. Sinje Kaiser beugte sich über ihren Arbeitstisch, als Mara eintrat. In Jeans und Kittel, die roten Locken hochgesteckt, war sie so konzentriert bei der Arbeit, dass sie Mara nur mit einem Nicken grüßte. Die kleine, zierliche Frau war an die vierzig und arbeitete schon lange hier. Wie immer hatte sie auch heute ihre Baumwollhandschuhe neben sich liegen, statt sie zu tragen. Die Handschuhe sollten die Funde vor der Säure der Haut schützen, doch unter dem Stoff verlor man das Fingerspitzengefühl.

»Du arbeitest an meiner Fürstin«, sagte Mara erfreut.

Sinje hatte den Torso gegen Schimmelbildung mit Ethanol eingesprüht. Außerdem hatte sie den Fund mit Wasser benetzt, damit er feucht blieb. Sie war gerade dabei, einen Teil des Leinentuchs von den Schulterblättern zu lösen. Als Nächstes würde sie die Knochen von der Erde befreien. Neben ihr lagen ein Fotoapparat, Papiere und durchsichtige Folien mit Zeichnungen. Jeden Schritt ihrer Arbeit, jede Veränderung des Fundes hielt Sinje minutiös fest. Dazu fotografierte sie den Torso und pauste das Foto auf eine Folie durch. Von dieser Vorlage erstellte sie dann eine genaue Zeichnung.

Neugierig trat Mara neben sie.

»Und, was hast du bis jetzt gefunden?«

»Ich konnte die Kleidung anhand der Stoffreste rekonstruieren. Die Tote trug eine helle Leinenbluse und einen langen weinroten Rock. Dazu ein Schultertuch.«

»Also eine typisch keltische Tracht«, sagte Mara zufrieden.

Sinje schaute sie lange an. »Ja, schon, aber … wie soll ich sagen? Die Tracht macht mir Sorgen. Es ist Leinen, deshalb lässt sich das Alter schwer feststellen.«

»Gut, und was soll das heißen?« Mara runzelte die Stirn.

Sinje nahm ein Stück Stoff in die Hand, das auf ihrem Schreibtisch lag. »Sieh mal. Dies ist Leinen aus dem Mittelalter, wir haben es in Kalbach geborgen.«

Mara nickte. Im Norden von Frankfurt gab es ein Wohngebiet, das sich über einem mittelalterlichen Friedhof erstreckte. Wenn die Anwohner eine Grube aushoben, um einen Komposthaufen anzulegen, konnte es passieren, dass sie auf menschliche Knochen stießen. Die Aufregung war jedes Mal groß, weil die armen Leute dachten, sie hätten ein Mordopfer in ihrem Garten gefunden.

Sinje hielt den Stoff neben das Stück Leinen, das sie vom Körper der Fürstin gelöst hatte. »Das hier ist mittelalterlicher Leinenstoff«, erklärte sie. »Und das hier trug deine Fürstin am Leib. Also, wenn du mich fragst, ist der Stoff deiner Fürstin glatter und heller als der aus dem Mittelalter. Er wirkt viel neuer. Irgendetwas stimmt hier nicht.«

Mara bekam einen trockenen Mund. Der freudige Schrecken, als sie die Fürstin in Peters Haus wiedergefunden hatte! Und nun sollte etwas nicht stimmen?

Sinje reichte ihr eine Lupe und ließ sie die Proben in Ruhe vergleichen. Der Unterschied war deutlich zu sehen. Gegen das grobe Leinen aus Kalbach wirkte das Tuch der Fürstin beinahe wie Fabrikware.

»Du hast recht. Dieser Stoff ist niemals zweitausendfünfhundert Jahre alt.«

»Hast du bei der Bergung auf die Schichten geachtet?«, fragte Sinje.

Die Erdschichten. Ich habe die Erdschichten nicht gründlich genug untersucht.

Gleichmäßige Erdschichten über einem Skelett waren der Beweis, dass es jahrhundertelang im Boden geruht hatte. Unterbrochene Schichten hingegen wiesen auf eine neuere Bestattung hin, denn Spatenstiche hinterließen Spuren im Boden.

»Mir ist weiter nichts aufgefallen«, gestand Mara. »Ich habe mich ganz auf die Grabbeigaben konzentriert.«

»Ich verstehe. Und der Bronzespiegel, den sie bei sich hatte, ist auch tatsächlich aus der La-Tène-Zeit. Aber der Stoff hier … Der ist keinesfalls zweitausendfünfhundert Jahre alt.«

»Aber wie kann das sein?«, fragte Mara verzweifelt.

»Ich habe keine Erklärung dafür. Was sagen denn die Anthropologen?«

»Von denen habe ich noch keine Rückmeldung. Ich habe meine Mails heute schon durchgesehen.«

Sinje warf einen Blick auf ihre Armbanduhr. »Ruf sie doch einfach mal an. Vielleicht wissen sie inzwischen mehr.«

Maras Hände zitterten, als sie in ihrem Büro die Nummer der Mainzer Universität wählte. Es dauerte eine Weile, bis sie jemanden am Apparat hatte, der ihr Auskunft geben konnte. Die Sekretärin verband sie schließlich mit einem Mitarbeiter, den Mara flüchtig kannte.

»Haben Sie schon ein vorläufiges Ergebnis?«, fragte sie. »Können Sie mir irgendetwas sagen?«

Der Anthropologe schwieg eine Weile. »Frau Dr. Jordan«, sagte er endlich. »Es ist furchtbar, was auf Ihrer Grabung passiert ist. Peter Gruber … Viele von uns kannten ihn, haben bei dem einen oder anderen Projekt mit ihm zusammengearbeitet. Wir sind alle schockiert.«

»Ja«, bestätigte Mara. »Es ist schrecklich.«

»Wurde er tatsächlich an der Stelle enthauptet, wo Sie das Skelett gefunden haben?«

»Das stimmt«, sagte Mara einsilbig. Sie brannte darauf, etwas über das Skelett zu erfahren, mochte aber auch nicht pietätlos sein.

Schließlich kam der Anthropologe selbst aufs Thema. »Es ist etwas kompliziert …«, sagte er und machte eine Pause. »Wir mussten die Polizei einschalten.«

»Wie bitte?« Mara konnte ihr Blut pochen hören, so fest drückte sie den Hörer an ihr Ohr. »Was ist denn mit dem Skelett?«, fragte sie mit belegter Stimme.

»So genau kann ich Ihnen das auch noch nicht sagen, aber … Ihre Leiche ist höchstens zwanzig Jahre alt, Frau Dr. Jordan.«

Wieder herrschte Stille in der Leitung.

»Zwanzig Jahre?«, fragte Mara ungläubig. »Sind Sie wirklich sicher?« Der Hörer in ihrer Hand fühlte sich feucht an.

»Leider ja«, erwiderte der Anthropologe. »Nachdem wir sie gereinigt hatten, sahen wir gleich, dass sie niemals so alt sein können, wie Sie annahmen. Dazu sind sie viel zu hell.«

Mara stockte das Blut in den Adern. Natürlich! Knochen wurden mit der Zeit immer dunkler, das wusste sie auch. Aber sie hatte sie nie ohne die Erde gesehen, die daran haftete. Und Sinje hatte offensichtlich auch nicht auf die Farbe geachtet, sie war viel zu sehr mit dem Tuch beschäftigt gewesen.

»Sie werden das doch mit einer C14-Bestimmung überprüfen?«, fragte sie.

Die C14-Datierung war kompliziert, aber ziemlich sicher. Menschen tauschten mit der Atmosphäre ständig Kohlenstoff aus. In ihrem Organismus befand sich daher zeitlebens die gleiche Zusammensetzung von Kohlenstoffisotopen wie in der Atmosphäre. Trat der Tod ein, kam der Kohlenstoffaustausch zum Stillstand, und das C14-Isotop begann zu zerfallen. Das Alter von Knochen ließ sich anhand des Zerfalls des C14-Isotops ziemlich exakt bestimmen.

»Das wird nicht mehr nötig sein. Die Langknochen und den Schädel haben wir schon in die Frankfurter Rechtsmedizin geschickt. Und den Torso wird man bald bei Ihnen abholen, Frau Dr. Jordan.«

Mara fühlte, wie ihr das Blut in den Kopf stieg. Kaum durfte sie ihre erste Notgrabung leiten, da ging auch schon alles schief.

Wie konnte ich mich nur so irren?

Aber nicht nur sie, auch Peter Gruber hatte sich geirrt. Denn wenn er erkannt hätte, dass die Fürstin nicht echt war … hätte er sich dann die Mühe gemacht, ihr den Fund zu stehlen?

»Nehmen Sie es sich nicht so zu Herzen.« Der Anthropologe hatte ein Lächeln in der Stimme. »Sie sind nicht die Erste, der so etwas passiert. Ihr Archäologen bestimmt eure Funde schließlich anhand der Grabbeigaben.«

Mara nahm seinen Trost nur zögernd an. »Ich habe mich tatsächlich nach den Grabbeigaben gerichtet. Ein Bronzespiegel ist noch vorhanden, er wurde schon untersucht. Er stammt aus der La-Tène-Zeit.«

»Das meine ich ja. Ihr habt es eben mit den Grabbeigaben. Die Knochen seht ihr euch doch gar nicht näher an. Dafür habt ihr ja uns Anthropologen.«

Mara atmete tief durch. »Was haben Sie noch herausgefunden?« Sie fürchtete sich vor der Antwort.

»Wie Sie schon ganz richtig vermutet haben, war die Tote eine junge Frau. Wir haben den Zahnstatus dokumentieren können. Besonders auffällig war ihr Gebiss nicht. Aber die Weisheitszähne waren noch nicht vollständig durchgebrochen.«

»Dann war sie also noch ziemlich jung.«

»Ganz richtig. Etwa um die zwanzig.«

»Haben Sie sonst noch etwas?«

»Noch etwas? Sie sind gut! Ich finde, das ist in der kurzen Zeit schon eine ganze Menge. Schließlich haben wir die Untersuchung auf Ihren Wunsch vorgezogen. Nun ermittelt die Polizei. Wir sind draußen.«

Als Mara das Gespräch beendet hatte, war ihr vor Aufregung ganz heiß. Auf ihrer Stirn bildeten sich feine Schweißperlen, und ihre Hände zitterten. Sie brauchte eine Pause. Etwas Zeit, um über diese Ungeheuerlichkeit nachzudenken.

Ein junges Mädchen. Keine Fürstin.

Der Spott der Kollegen würde nicht lange auf sich warten lassen. Benommen verließ sie das Schloss. Sie überquerte die Uferstraße und wanderte zum Rhein hinunter. Hier setzte sie sich auf die harten Steine der Uferbefestigung, zog die Beine an und schlang ihre Arme darum. Sie starrte lange auf das Wasser. Der mächtige Fluss wälzte sich träge durch sein Bett. Über dem Wasser kreisten die Möwen, ein Dampfer zog flussabwärts vorbei und hinterließ diagonale Wellenmuster. Übermütige junge Leute standen auf dem Deck an der Reling, schwenkten ihre Kappen und grölten.

Die Tote, die ich gefunden habe, war vor zwanzig Jahren noch genauso lebendig.

Ihr war, als hätte ihr jemand den Boden unter den Füßen fortgezogen, so unheimlich war ihr nun der Fund vom Glauberg. Für gewöhnlich trennten sie Jahrhunderte von den Leichen aus den Grabfunden. Sie hatte sie immer mit Respekt behandelt, sie aber dennoch als historische Dokumente angesehen und nicht so sehr als Menschen.

Und nun eine Tote aus den neunziger Jahren.

Warum hatte man sie wie eine keltische Fürstin bestattet? Und wie war sie gestorben? Ob sie ermordet worden war? Warum sonst sollte man sie im freien Feld verscharrt haben?

Es gab nur einen, der ihr jetzt noch helfen konnte. Jemand, der ebenfalls Antworten auf diese Fragen suchte.

Ich muss Daniel anrufen.

***

Zweieinhalb Tage verstrichen, bis Mara in Friedberg vor der Polizeistation vorfuhr. Sie saß in ihrem Caddy, drehte den Rückspiegel zu sich und warf einen Blick hinein.

Ich sehe furchtbar aus.

Ihre Lider waren geschwollen, ihre Lippen aufgesprungen. Sie hatte mit Fieber im Bett gelegen, unfähig, einen klaren Gedanken zu fassen. Eine Sommergrippe der schlimmsten Sorte. Vielleicht auch eine Stressreaktion. Ihr Körper hatte der Aufregung nicht standgehalten, hatte einfach rebelliert. Erst seit heute Mittag konnte sie sich wieder auf den Beinen halten.

Sie kramte in ihrer Handtasche und fuhr mit einem dunkelroten Lipgloss über ihre Lippen. Als sie fertig war, hatte ihr Mund die Farbe von reifen Kirschen, doch die spröde, rissige Haut ließ sich nicht verstecken. Sie betrachtete sich skeptisch. Dann holte sie aus dem Handschuhfach ein feuchtes Tuch und wischte sich den Lippenstift wieder ab.

Ist auch besser so. Sonst denkt er noch, ich hätte mich seinetwegen aufgetakelt.

Sie freute sich darauf, Daniel zu sehen. Vor allem aber wollte sie wissen, wie es um die Ermittlungen am Glauberg stand. Am

Telefon war er kurz angebunden gewesen, aber er hatte sie in sein Büro gebeten, weil er ihr etwas zeigen wollte.

Wusste er schon, wer das Mädchen war, dessen Grab sie gefunden hatte? Warum hatte Peter Grubers Leiche dort gelegen?

In ihrem Fieberwahn hatte sie die erschreckenden Bilder immer wieder vor sich gesehen. Grubers kopflosen Körper in seinem Blut. Die Knochen des Mädchens in dem blauen Müllsack.

Als sie sein Büro erreichte, stand Daniel schon in der Tür und bat sie mit einer einladenden Geste hinein.

»Hallo«, sagte er freundlich. »Nimm Platz. Kaffee?«

Hier an seinem Arbeitsplatz wirkte er förmlicher, als sie ihn bisher kannte. Zwar trug er wie immer lässige Kleidung, aber die Atmosphäre in der Polizeistation erinnerte sie daran, dass er ein Hauptkommissar im Dienst war.

»Nein danke. Nett von dir, aber …« Sie schüttelte den Kopf. Bevor sie Kaffee trank, musste sie wissen, was los war.

Daniel setzte sich an seinen Schreibtisch. »Gut, dass du mich angerufen hast«, sagte er warm. »Dass du keine Fürstin gefunden hast, sondern ein junges Mädchen, das weißt du ja mittlerweile.«

Mara seufzte leise. »Und dass sie nun in der Rechtsmedizin liegt«, ergänzte sie.

Als sie vom Rhein in die Restaurationswerkstatt zurückgekommen war, hatten Polizisten gerade den Torso der Fürstin eingepackt, um ihn nach Frankfurt in die Rechtsmedizin und zu den übrigen Knochen zu bringen. Sinje hatte das Skelett gar nicht hergeben wollen. Sie hielt die Abholaktion für einen schlechten Scherz der Polizei und wollte unbedingt ihre Arbeit beenden. Doch die Beamten hatten sich nicht beirren lassen.

Daniel kam um den Schreibtisch herum und drehte den Monitor seines Computers so, dass sie die dreidimensionale Darstellung auf dem Bildschirm gut sehen konnte. Sie stellte das Skelett dar, das sie gefunden hatte. Ohne Erdspuren und ordentlich zusammengesetzt, kam es ihr ganz fremd vor. Zudem hatte jemand eine rote Linie in das Skelett hineinprojiziert. Sie sah aus wie ein Laserstrahl, der durch die Knochen drang.

»Schau dir das mal genau an«, sagte Daniel. »Die rote Linie, die du hier siehst, markiert den Schusskanal.«

»Den Schusskanal?«, fragte Mara verwirrt. »Soll das heißen …«

Daniel nickte. »Genau, Mara. Deine keltische Fürstin wurde erschossen.«

Eine Weile war es ganz still in Daniels Büro. Draußen auf dem Flur setzte jemand eine Bohnermaschine in Gang. Ein Polizeiwagen mit eingeschaltetem Martinshorn fuhr vom Hof.

»Weiß man, wer sie ist?«, fragte Mara.

»Über den Zahnstatus, den die Mainzer Anthropologen dokumentiert haben, konnten wir das recht schnell in Erfahrung bringen. Sie steht in einer Vermisstendatei, auf die alle Polizeistationen zugreifen können«, erklärte Daniel. »Wir führen vermisste Personen neunzig Jahre lang in dieser Datei. Die Suche wird also nicht aufgegeben. Sie wird aber mit der Zeit immer schwieriger und schleppender. Die Spuren verwischen, die Erinnerung der Zeugen verblasst. Wenn wir nicht weiterkommen, lassen wir die Fälle ruhen und warten auf neue Erkenntnisse. Und nicht selten tauchen die Vermissten dann wie von selbst wieder auf.«

Er öffnete eine Datei, und das Porträt eines jungen Mädchens erschien auf dem Bildschirm.

»Du hast eine junge Frau gefunden, die seit sechzehn Jahren vermisst wird. Sie hieß Anna Hillen. So sah sie mit zwanzig aus.«

Sprachlos starrte Mara auf den Monitor. Er zeigte eine junge Frau, deren langes dunkles Haar zu einer Außenwelle geföhnt war. Sie hatte einen durchdringenden Blick, und ihr Lächeln wirkte leicht spöttisch.

Ganz schön selbstbewusst. Sie hat tatsächlich etwas Majestätisches an sich.

Daniel klickte eine andere Datei an und scrollte nach unten. »Das ist eines der Untersuchungsprotokolle von damals. Anna Hillen verschwand spurlos von einem Tag auf den anderen.«

»Spurlos?« Mara schob ihren Stuhl zurück, die Stuhlbeine quietschten unangenehm auf dem Linoleum. »So ein junger Mensch wird doch nicht einfach von der Erde verschluckt.«

»Jeden Tag verschwinden Menschen«, sagte Daniel. »Die meisten kommen nach zwei, drei Tagen zurück. Es sind Kinder, die in der Schule nicht zurechtkommen oder sich daheim nicht mehr wohlfühlen, weil die Eltern sich streiten. Sie reißen aus und werden von uns gefunden. Andere trampen in den Süden, lernen dort jemanden kennen, verlieben sich und finden zur Normalität zurück.«

Maras Gedanken blieben für einen Moment an dem Wort Süden hängen. Sie lächelte wehmütig. »Aber in diesem Fall endete der Ausflug mit dem Tod«, sagte sie.

Daniel holte erneut die Bildbearbeitung des Skeletts auf den Bildschirm und deutete auf die rote Linie, die es auf Höhe der Rippen durchkreuzte.

»Das Projektil hat zwei Rippen gestreift und beim Austritt das Schulterblatt durchschlagen. Sieht so ziemlich nach einem 9-Millimeter-Kaliber aus. Nach Lage des Schusskanals hat sie sich die Verletzung auf keinen Fall selbst beigebracht. Sie wurde erschossen.«

»Und anschließend im Acker verscharrt.« Mara wischte sich nervös über die Stirn. »Weißt du noch mehr über die Tote?

»Anna Hillen bewohnte in Frankfurt ein Zimmer, wollte an der Goethe-Universität Philosophie studieren und jobbte als Kellnerin in einem Café im Nordend. Der Vater hat seinerzeit ausgesagt, sie habe eine Freundin in Mainz besuchen wollen. Dort ist sie aber nie angekommen.« Daniel griff nach dem Päckchen Zigaretten, das auf seinem Schreibtisch lag, drehte es in der Hand hin und her und legte es wieder zurück. »Das Mädchen ist in Büdingen zur Schule gegangen«, fuhr er fort, »das liegt nicht sehr weit weg vom Glauberg. Der Vater lebt immer noch in einem Dorf in der Nähe.«

Er drehte den Monitor wieder zu sich. Als er dabei ihren Arm berührte, zuckte Mara zusammen. Seine unmittelbare Nähe war auf einmal schwer zu ertragen. Sie hatte längst angefangen, etwas für ihn zu empfinden, das war ihr bewusst. Aber ihre Beziehung zu ihm war völlig unklar. War er inzwischen schon ein vertrauter Freund? Oder in diesem Moment doch eher ein korrekter Beamter?

Sie stand auf und ging ein paar Schritte in seinem Büro auf und ab.

Das Schicksal des verschwundenen Mädchens berührte sie; die junge Frau und ihre Angehörigen taten ihr leid. Und doch war etwas an der Toten merkwürdig.

Abrupt blieb sie stehen und sah Daniel fast vorwurfsvoll an.

»Warum trug das ermordete Mädchen eine keltische Tracht?«, rief sie. »Und wie kann es sein, dass sie zweitausendfünfhundert Jahre alte Grabbeigaben bei sich hatte? Der Bronzespiegel ist echt, das hat unser Labor zweifelsfrei festgestellt.«

»Das ist der Punkt«, sagte Daniel. »Du hast mir gesagt, dass der Mord an Peter Gruber keltisch inszeniert sein könnte. Für mich sieht der Mord an Anna Hillen, sieht man mal von der Schusswunde ab, mindestens genauso keltisch aus. Die Frage ist, ob es eine Verbindung zwischen den beiden Morden gibt.«

»Obwohl so viel Zeit dazwischenliegt?«

»Könnte doch sein. Zu den Grabbeigaben kann ich nichts sagen. Das ist dein Fachgebiet. Was die Tracht angeht …« Daniel schob ein paar Unterlagen auf seinem Schreibtisch beiseite und warf einen kurzen Blick auf einen Bericht. »Das Gewebe wurde im Labor untersucht. Es ist ein Leinenstoff aus den neunziger Jahren. Die Näharbeit ist den Stichen nach handgefertigt, höchstwahrscheinlich von einem Laien.«

Das überraschte Mara nun nicht mehr, ihre Kollegin hatte ja schon etwas Ähnliches gesagt. »Sie könnte sich ihr Kleid selbst genäht haben«, überlegte sie. »Denk doch mal an den Druiden und seine Anhänger in der Scheune. Die hatten alle keltische Kostüme an. Und die sahen auch selbst gemacht aus.«

»Das wäre möglich.«

»Es würde aber nicht die Grabbeigaben erklären.«

»Oder vielmehr ihre Herkunft. Die Frage ist ja, wo Annas Mörder sie herhatte beziehungsweise warum er sie ihr ins Grab gelegt hat. Vielleicht war es eine Art Abschiedsgeste. Kann sein, dass der Mörder eine besondere Beziehung zu ihr hatte.«

»Ich denke, er hat versucht, sie für die Anderswelt herzurichten. Für ein Leben im Jenseits. Weißt du schon mehr über den Mord an Peter Gruber?«

»Nein.« Daniel stützte sich auf seinen Schreibtisch. »Ich habe mich in den letzten Tagen hauptsächlich auf deine Fürstin konzentriert. Ich denke nämlich, dass sie uns zu seinem Mörder führen wird. Es kann kein Zufall sein, dass Gruber ihre Gebeine gestohlen hat und an genau derselben Stelle später selbst den Tod fand.«

Mara unterdrückte ein Stöhnen. »Hattest du mir nicht vorhin einen Kaffee angeboten?«

Daniel stellte einen Becher unter die Kaffeemaschine und drückte eine Taste. »Möchtest du Milch und Zucker?«

»Danke, schwarz.«

Mara nahm den Kaffee entgegen. Daniel legte ein neues Kaffeepad ein und stellte einen anderen Becher unter den Auslauf.

»Normalerweise sind die Kelten doch nicht so sorgsam mit ihren Toten umgegangen«, sagte er, als die Maschine erneut ansprang. »Man hat sie in irgendwelche Gruben geworfen, und das war's.«

Mara sah ihn überrascht an.

Interessiert er sich neuerdings für mein Fachgebiet?

»Richtig, man hat zum Beispiel in Vorratsgruben für Weizen Skelette gefunden. Die Opfer sind kopfüber hineingestoßen worden«, sagte Mara, »ob tot oder lebendig – das weiß bis heute niemand so genau.«

»Anna Hillen ist in einer grausamen Gegend aufgewachsen …«

»… und gestorben«, ergänzte Mara bitter.

Daniel begleitete Mara hinaus, vor ihrem Wagen blieben sie schweigend stehen. Sie lehnte sich gegen den Caddy, legte den Kopf in den Nacken und schaute in den blauen Mittagshimmel. Daniel rauchte eine Zigarette und legte beim Inhalieren immer längere Pausen ein.

»Ein harter Schlag, nicht wahr? Du dachtest, du hättest eine archäologische Rarität entdeckt.«

»Ja«, sagte Mara leise. Sie suchte seinen Blick.

»Aber uns hast du geholfen«, sagte Daniel. »Vielleicht wird

der Fall Anna Hillen nun endlich gelöst. Für die Angehörigen ist es immer besser, wenn sie Gewissheit haben, anstatt jahrelang zu hoffen.«

Mara nickte dankbar. Sie begriff, dass er sie trösten wollte. Er nahm einen letzten Zug an seiner Zigarette und trat sie aus.

»Ich fahre morgen zu Anna Hillens Vater. Kannst du mich begleiten?«

»Das mache ich gern. Und ich verspreche dir, dass ich nichts Keltisches übersehe«, sagte Mara.

»Schade, dass wir dem Druiden nichts anhängen konnten. Was meinst du als Wissenschaftlerin, gibt es tatsächlich so etwas wie druidische Mächte? Oder ist das alles nur Hokuspokus und Hypnose?«

Mara unterdrückte ein Lächeln.

Irgendetwas ist ihm durch den Kopf gegangen.

»Ich bin zwar Wissenschaftlerin«, sagte sie. »Aber man kann und darf sich nicht allen unerklärlichen Dingen verschließen. Fast jeder Mensch hat schon einmal etwas Mysteriöses erlebt. Einen unheimlichen Zufall. Eine Vorahnung, die tatsächlich eintrat. Nur unsensible Menschen gehen ohne jeden Zweifel an ihrer Wahrnehmung durchs Leben.«

***

Felix Kaltwasser beobachtete die Blasen, die zwischen seinen Beinen emporstiegen. Das Blubbern des Wassers hatte eine einschläfernde Wirkung auf ihn. Langsam rutschte er tiefer, bis sein Kopf gerade noch über den Rand des Whirlpools ragte. Er genoss den weiten Blick über die Landschaft, die sich vor der Terrasse seines Hauses ausbreitete. Farbwechselnde Spots unter der Wasseroberfläche tauchten das Becken abwechselnd in Gelb, Violett und Grün. Die Sonne war vor wenigen Minuten untergegangen und ließ die Wolken am Himmel glühend rot aufleuchten. Dahinter zeigte sich noch das intensive Blau des ausklingenden Sommertages, während von der anderen Seite des Horizonts allmählich die Schwärze der Nacht heraufzog.

Was für ein Farbenspiel, fast wie in den Tropen.

Die Hitze hatte nachgelassen, und hier oben in den Hügeln war die Luft lau und angenehm. Für einen kurzen Moment stellte er sich vor, er wäre in einem Luxushotel irgendwo zwischen Bali und Bora-Bora, weit weg vom Glauberg.

Seit Bertrand vor vier Tagen sein Haus verlassen hatte, war er fahrig und nervös. Ob sein Freund schon in Frankreich war? Vermutlich. Es hatte nicht den Eindruck gemacht, als würde er auch nur einen Tag länger in der Wetterau bleiben wollen.

Vielleicht musste er aber auch noch irgendeinen Hokuspokus mit seinen Anhängern veranstalten, bevor er das Weite suchen konnte.

Der mysteriöse graue Transporter war nicht mehr aufgetaucht. Kaltwasser glaubte nun doch an einen Handwerker, der in der Nachbarschaft zu tun hatte. Trotzdem konnte es kein Zufall sein, dass Peter wie ein Keltenfeind am Grab der Fürstin hingerichtet worden war. Und solange niemand wusste, wer dahintersteckte, schwebte auch er in Gefahr.

Vor zwei Tagen hatte er Maywood und Reeves zum Frankfurter Flughafen begleitet und zugesehen, wie die beiden für ihren Flug nach Toronto eincheckten. Er wusste, dass sie es hassten, unverrichteter Dinge nach Hause fliegen zu müssen. Sie waren enttäuscht, aber er konnte nichts für sie tun. Das Molybdän-Projekt am Glauberg musste ruhen, bis die Polizei ihre Ermittlungen im Mordfall Peter Gruber abgeschlossen hatte. Danach kamen die Archäologen noch einmal an die Reihe und dann, irgendwann, würde Carolina Resources mit den Abraumarbeiten beginnen können.

Wenn Maywood und Reeves bis dahin überhaupt noch Interesse an dem Projekt haben.

Mitten in Deutschland die Erde aufzureißen und einen ganzen Landstrich zu verändern, war etwas anderes, als in der kanadischen Weite Millionen Tonnen von Gestein umzuschichten. Dort, wo keine Menschenseele lebte, war es leicht, nach Rohstoffen zu suchen, ohne die Presse oder die Bevölkerung aufzuschrecken.

Vor allem, wenn man gar nicht vorhatte, etwas zu finden.

Kaltwasser seufzte. Er würde die Meldungen über Carolina Resources noch eine Weile am Leben erhalten, bevor die

Anleger Wind davon bekamen, dass die Firma nicht mehr als ein Luftschloss war. Dann würde die Aktie von seiner Empfehlungsliste verschwinden.

Auf dem Rückweg vom Flughafen hatte er sein Frankfurter Depot aufgelöst und das Geld in bar abgehoben. Nun lag es in seinem Tresor im Wohnzimmer. Morgen würde er es persönlich in die Schweiz bringen und es auf sein Konto bei einer Kantonalbank mit sehr erfreulichen Zinsen unter einer angenehmen Steuerpolitik einzahlen.

Vielleicht sollte er sich danach tatsächlich erst mal eine Pause gönnen, irgendwo am Strand, mit Ölmassagen unter schattigen Palmen und bunten Cocktails, die er nur noch lächelnd entgegennehmen musste. Er könnte von Zürich aus eine Maschine nehmen, direkt in die Karibik. Trinidad und Tobago, das klang doch gut.

Kaltwasser schloss die Augen. Er meinte fast, die sanften Schritte eines Hotelboys zu hören, der sich ihm mit einem Tablett näherte, auf dem ein kühler Long Island Ice Tea stand.

Tap, tap, tap.

Kaltwasser schreckte auf und schob sich ein wenig am Beckenrand hoch. War es bloße Einbildung, oder hatte er tatsächlich Schritte gehört? Knackte der Holzboden unter der schwindenden Wärme des Tages, oder hatte jemand seinen Fuß auf die Terrasse gesetzt?

Du siehst Gespenster. Du bist überreizt, nervös, überempfindlich. Beruhige dich.

Bertrand hatte recht, es gab keinen Grund, in Panik zu verfallen. Was machte es schon, dass die Fürstin nun nicht in der Krypta von Notre-Dame ruhte? Sollte sich die Polizei doch an ihrem Skelett austoben. Der Mörder war tot. Bertrand und er würden sich nie wieder sehen, keinen Kontakt miteinander aufnehmen und mit keiner Menschenseele über Anna reden. Niemand wusste, was vor sechzehn Jahren in der Nacht an Samhain geschehen war, und dabei sollte es bleiben.

Kaltwasser sah dem Wechsel der Farben im Wasser zu und entspannte sich. Wenn er auf etwas vertrauen konnte, war es die Festigkeit von Bertrands Charakter. Warum sollte er sich also unsicher fühlen? Das Geld lag im Tresor, und die Überwachungsanlage würde jeden Einbrecher fernhalten.

Die Überwachungsanlage!

Als er vorhin nach Hause gekommen war, hatte er sofort den erloschenen Bildschirm am Eingang bemerkt. Es war leider nicht das erste Mal, dass die Anlage gestört war. Gleich morgen früh wollte er sich bei der Sicherheitsfirma beschweren.

Aus dem Augenwinkel nahm Kaltwasser eine schattenhafte Bewegung war und fuhr herum. Aber es war zu spät. Eine kräftige Hand drückte seinen Kopf unter Wasser und hielt ihn dort unerbittlich fest. Er strampelte mit den Beinen und schlug mit dem Knöchel hart gegen den Beckenrand. Mit nacktem Grauen spürte er einen eisernen Griff an seiner Schulter, der ihm jedes Entwinden unmöglich machte. In seiner Not bog er den Rücken durch und schlug mit den Armen um sich, aber sein Kopf wurde nur noch tiefer ins Becken gepresst. Ein letzter Atemvorrat entwich seinen Lungen. Der übermächtige Drang, Luft zu holen, überrollte sein Bewusstsein.

Dann kam er frei.

Keuchend und japsend setzte sich Kaltwasser auf. Er hustete und würgte und war dankbar für die Luft, die in seine Lungen strömte. Hastig wischte er sich das Wasser aus den Augen, um zu sehen, wer ihn so brutal untergetaucht hatte.

»Wie die Zeit vergeht, mein lieber Felix«, sagte der Mann, der wie ein Torwächter vor ihm aufragte und auf ihn hinabschaute. »Ich nehme nicht an, dass du noch weißt, wer ich bin.«

Mit verschleiertem Blick betrachtete Kaltwasser die kräftige Statur des Eindringlings. Er hatte Mühe, das Gesicht des Fremden zu erkennen, das Wasser lief ihm noch immer in die Augen.

Wer, um Himmels willen, ist das?

Kaltwasser war wie paralysiert, gleichzeitig zogen vor seinem inneren Auge Gesichter aus der Vergangenheit an ihm vorbei. Keines davon passte auf den Mann, der da vor ihm stand. Irgendetwas an ihm kam Kaltwasser bekannt vor, aber sein Gehirn sträubte sich, die schwache Ahnung zur Gewissheit werden zu lassen. Dann jedoch durchfuhr ihn die Erkenntnis wie ein Blitz.

»Sie haben … überlebt?« Es war weniger eine Frage als eine entsetzte Feststellung.

»Knapp, sehr knapp«, antwortete der Mann. Seine Miene war zu einem spöttischen Lächeln verzogen.

»Was wollen Sie von mir?« Kaltwasser hatte sich wieder gefasst.

Der Mann stützte sich mit beiden Armen auf den Rand des Whirlpools und beugte sich vor. »Zunächst einmal: Wo ist das Geld?«

»Welches Geld?«

Der Mann seufzte und richtete sich wieder auf, während das Lächeln auf seinen Lippen erstarb. »Meine Tasche voller Geld. Eine dreiviertel Million. Kleine, gebrauchte Scheine in schönen, ordentlichen Päckchen.«

»Hören Sie, es tut mir schrecklich leid, was damals passiert ist«, wich Kaltwasser aus. »Ich werde versuchen, den Schaden wiedergutzumachen.« Langsam fühlte er seine Lebensgeister zurückkehren. War es nicht so, dass man mit einem Angreifer reden sollte, eine Beziehung zu ihm aufbauen, und sei sie auch noch so kurz? Dieser Mann wollte ihn anscheinend gar nicht umbringen, sondern nur Geld. »Leider habe ich eine solche Summe nicht im Haus, aber wenn Sie mir ein paar Tage Zeit …«

Mit einem Ruck war Kaltwasser wieder unter Wasser. Der Mann umklammerte seine Fußgelenke und zerrte seine Beine nach oben, sodass sein Oberkörper auf dem Boden des Beckens zu liegen kam. Ihm blieb nicht einmal Zeit, die Augen zu schließen. Über sich sah er den Schemen seines Angreifers im Licht der wechselnden Farben.

Gelb, violett, grün. Gelb, violett, grün. Wie lange noch?

Endlich ließ der Mann los. Kaltwasser tauchte wieder auf und schnappte erneut nach Luft. Er versuchte das Zittern zu beherrschen, das jetzt seine Beine erfasste.

»Ich weiß, dass du Geld im Haus hast«, sagte der Mann bestimmt. »Komm da raus. Los, beeil dich.«

Schlotternd vor Furcht stieg Kaltwasser aus dem Becken und bedeckte sein Geschlecht mit den Händen. Durch seine Blöße fühlte er sich doppelt schutzlos und ausgeliefert. Instinktiv griff er nach dem Handtuch, das er auf einem der Deckchairs abgelegt hatte. Doch der Mann versetzte ihm einen Stoß in den Rücken und trieb ihn nackt vor sich her ins Innere der Villa.

»Los, mach schon!«

Er stieß ihn durch den Wohnraum, dorthin, wo das Blumenbild hing, hinter dem der Tresor verborgen war.

Wie kann er das wissen?

Er war hier. Hat mich beobachtet. Die ganze Zeit.

Als Kaltwasser das kleine Ölgemälde von der Wand nahm, spürte er, wie wenig Kraft er noch in den Armen hatte. Das Bild erschien ihm zentnerschwer, und er stellte es langsam neben die Biedermeierkonsole. Wasser tropfte von ihm herab, es hatte sich bereits eine kleine Lache auf dem Parkettboden gebildet, und er überlegte, wie er aus dieser Situation herauskommen konnte.

Gegenwehr ist zwecklos, am besten gebe ich ihm alles, was ich habe. Die kompletten zweihundertsechsundfünfzigtausend Euro von heute. Und die dreißigtausend, die vorher schon drin waren.

»Aufmachen!«, herrschte ihn der Mann von hinten an. Doch sosehr sich Kaltwasser auch anstrengte, ihm wollte die Kombination seines eigenen Tresors nicht mehr einfallen.

6-6-8-3? Oder 6-8-6-3? Um Gottes willen, streng dich an! Er wird dir nicht glauben, dass du die Zahl vergessen hast.

Er musste Zeit gewinnen. Vielleicht konnte er das Ganze auf eine geschäftliche Basis bringen, den Deal nüchtern und sachlich durchziehen. Zitternd wandte er sich zu dem Mann um.

»Siebenhundertfünfzigtausend Mark. Das wären heute dreihundertfünfundsiebzigtausend Euro, nicht wahr?«

Der Mann gab keine Antwort. Kaltwasser drehte wieder an den Knöpfen des Tresors.

6-8-3-3. Das muss es sein.

Die Tür sprang auf.

Dem Himmel sei Dank.

Der Mann stieß ihn zur Seite und griff gierig in die Öffnung. Aus seiner Hosentasche zerrte er eine Plastiktüte und warf die Bündel mit den Geldscheinen hinein.

Kaltwasser sah sich rasch im Raum um. Irgendetwas musste es doch geben, mit dem er sich zur Wehr setzen konnte. Der Mann war um Jahre älter als er, kräftig, aber nicht unbesiegbar. Wenn er ihm überraschend etwas Hartes, Schweres in den Nacken donnern würde, ginge der Kerl sicher zu Boden.

Sein Blick fiel auf die beiden einarmigen Kerzenleuchter, die den Kaminsims zierten. Seine Kobras aus Messing.

Jetzt! Tu es! Nur zu, er ist abgelenkt durch das Geld.

Mit einem Satz war er am Kamin, schnappte sich einen der Leuchter und sprang zu dem Mann zurück. Noch in der Bewegung holte er aus und ließ den Kerzenleuchter auf ihn niedersausen.

Ungerührt fing der Mann Kaltwassers Hand ab und umklammerte mit eisernem Griff sein Handgelenk. Er ließ die Plastiktüte mit dem Geld fallen und drehte Kaltwasser den Arm auf den Rücken. Mit der anderen Hand entriss er ihm den Messingleuchter und schleuderte ihn quer durch den Raum. Dann griff er in Kaltwassers Haare und riss seinen Kopf nach hinten.

Kaltwasser schrie auf vor Schmerz und Enttäuschung.

»Du Scheißkerl«, zischte der Mann ihm wütend ins Ohr. »Du legst dich nicht noch einmal mit mir an, glaub mir.«

Unnachgiebig schob er ihn nach draußen und drängte ihn zu dem Wasserbecken. Bog seinen Arm schmerzhaft nach oben und verpasste ihm einen Tritt in die Kniekehlen. Kaltwasser sackte zusammen, sein Oberkörper prallte auf den Beckenrand. Sein Kopf befand sich jetzt wenige Zentimeter über der Wasseroberfläche, nur gehalten von dem harten Griff in seinen Haaren.

»Bitte«, rief er, »tun Sie das nicht. Sie können alles Geld haben. Nehmen Sie, so viel Sie wollen, aber lassen Sie mich los!«

Der Mann griff fester zu und tauchte seinen Kopf unter Wasser. Das laute Gurgeln des Whirlpools dröhnte in seinen Ohren. Sein Herz raste, namenlose Furcht machte sich in seinen Eingeweiden breit. Mit letzter Kraft versuchte er, nach hinten auszutreten, doch er traf nur die Trittleiter, die seitlich von ihm über dem Beckenrand hing. Die scharfe Kante einer Stufe schlitzte ihm die Wade auf, und der Schmerz ließ ihn fast ohnmächtig werden.

Der Mann schwang sich auf seinen Rücken und nahm ihn wie einen störrischen Gaul zwischen seinen Oberschenkeln in die Zange. Kaltwassers nackter Hintern ragte in die Luft. Aus seiner Wade floss Blut, er spürte, wie es warm über seinen Knöchel rann. Sein Puls pochte in seinen Adern. Sein Kinn schlug mehrmals an die Beckenwand, und bei jeder noch so kleinen Gegenwehr drückte der Mann sein Gesicht in den Whirlpool.

Es gab kein Entrinnen.

Endlich zerrte der Mann seinen Kopf aus dem Wasser und ließ ihn keuchend zu Atem kommen.

»Du wolltest mich also schon wieder erschlagen, so wie damals, als ihr mich beinahe umgebracht habt!«, brüllte er wutentbrannt.

»Es tut mir alles furchtbar leid«, beteuerte Kaltwasser. »Wir wollten Sie nicht töten, das müssen Sie mir glauben. Wir wollten Sie nur ruhigstellen.« Die Lüge kam ihm leicht über die Lippen, wie schon so viele andere in seinem Leben.

»Dann habt ihr mich wohl in den See geworfen, um mich wieder aufzuwecken, was?«

Kaltwasser konnte nicht antworten, die Angst schnürte ihm die Kehle zu. Ja, der Mann sprach die Wahrheit. Sie hatten gewusst, dass er nicht tot war, und ihn ins eiskalte Wasser des Sees geworfen, um ihm den Rest zu geben.

Mein Gott, warum ist der Kerl damals nicht einfach ersoffen?

»Fünfzehn Jahre hab ich euretwegen abgesessen. Fünfzehn lange Jahre, in denen ich auf den Tag gewartet habe, an dem ich mich auf die Suche nach euch Mistkerlen und meinem verdammten Geld machen kann.«

Kaltwasser zitterte am ganzen Leib, er konnte das Schlottern seiner Beine nicht mehr kontrollieren. Der Schmerz in seiner Wade hatte sich ins Unerträgliche gesteigert. Erst jetzt erkannte er die ganze Wahrheit. Dieser Typ hatte Peter umgebracht, hatte ihn auf bestialische Weise getötet. Gezielt und absichtsvoll. Er würde auch ihn nicht verschonen.

Kaltwasser verlegte sich aufs Betteln. »Ich schwöre Ihnen, dass ich zutiefst bereue, was wir Ihnen angetan haben«, jammerte er. »Bitte töten Sie mich nicht. Wenn Ihnen das Geld nicht reicht, kann ich noch mehr beschaffen. So viel Sie wollen, bis Sie genug haben.«

»Ich habe noch lange nicht genug«, knurrte der Mann böse.

Bertrand wird auch noch dran glauben müssen. Trotz seiner druidischen Kräfte.

Wieder drückte sein Peiniger seinen Kopf brutal unter Wasser. Kaltwasser spürte, wie seine geistige und körperliche Widerstandskraft schwand. Zu seiner Angst kam die schiere Wut über die Ungerechtigkeit, der er jetzt zum Opfer fiel. Schließlich war dieser Kerl derjenige gewesen, der den Schuss abgegeben hatte. Er hatte Anna getötet, und keiner von ihnen.

Er ist der Mörder.

Kaltwasser bäumte sich auf und bog den Kopf in den Nacken, um sein Gesicht über die Wasseroberfläche zu bekommen.

Doch der Mann hielt ihn unerbittlich fest. Kaltwassers Drang zu atmen stieg ins Unermessliche, nur noch wenige Sekunden, und er würde Luft holen und stattdessen Wasser atmen.

Die Augen weit aufgerissen, starrte er auf die Beckenlichter, die schillernd die Farbe wechselten.

Gelb, violett, grün.

Dann gab es nur noch eine Farbe für ihn.

Schwarz.

***

Am Himmel türmten sich schwere Wolken, das Korn auf den Feldern wiegte sich im Wind. Das kleine Haus lag hinter einer Böschung. Die Schindeln waren mit Moos bedeckt, ein Fensterladen schlug. Von dem hölzernen Lattenzaun, der den Vorgarten umgab, blätterte die Farbe ab. Das Gartentor stand offen.

Daniel stieg aus dem Wagen. Den Blick auf das Haus gerichtet, ließ er die Fahrertür einschnappen. Fast im gleichen Moment hörte er, wie Mara die Beifahrertür zuwarf. Er wandte sich zu ihr um. Sie stand reglos da und ließ den Anblick auf sich wirken.

»Dass hier überhaupt noch jemand wohnt …«, sagte sie verwundert.

Sie standen vor dem Haus von Cornelius Hillen, dem Vater des Mädchens, das vor sechzehn Jahren spurlos verschwunden war. Daniel bedeutete ihr, ihm zur Eingangstür zu folgen.

»Die Befragung ist wichtig«, sagte er. »Wir müssen herausfinden, warum der Täter die Leiche des Mädchens wie eine Keltin bestattet hat.«

»Und ob ihr Tod mit dem Mord an Peter Gruber zusammenhängt«, ergänzte sie.

Er lächelte ihr aufmunternd zu. Dass Mara ihn heute begleitete, war eine angenehme Abwechslung für ihn. Normalerweise nahm er Thomas Kempen oder einen anderen Kollegen zu den Befragungen mit.

Er schellte, und ein älterer Herr öffnete die Haustür. Er war groß und hager, doch sein Haar war noch dunkel und nur an den Schläfen ergraut. Er trug ein schwarzes Gewand mit zwei breiten weißen Bändern am Kragen. Ein Pfarrer.

»Cornelius Hillen?«, fragte Daniel.

»Ja. Worum geht es denn?«

»Hauptkommissar Daniel Richter, Polizei Friedberg. Wir haben miteinander telefoniert. Das ist meine wissenschaftliche Mitarbeiterin, Frau Dr. Jordan.«

Cornelius Hillen schaute an seinem Gewand herab. »Ich komme soeben von einer Beerdigung und wollte mich gerade umziehen. Aber bitte … kommen Sie herein.«

Er wich in den Flur zurück und machte ihnen den niedrigen Eingang frei. Daniel musste den Kopf einziehen, als er über die Schwelle trat.

Im Haus war es eng, aber gemütlich. Es war nicht zu übersehen, dass Hillen allein hier wohnte. Der Küchentisch war so ans Fenster gestellt worden, dass nur eine Person davor sitzen konnte. Im Wohnraum standen Bücherregale und ein Schreibtisch mit zwei Sesseln davor.

»Nehmen Sie doch Platz. Darf ich Ihnen etwas anbieten?«

Ohne eine Antwort abzuwarten, verschwand Hillen in der Küche. Wenig später hörte Daniel eine Kühlschranktür auf- und zuklappen.

»Du hast mir gar nicht gesagt, dass der Mann Pfarrer ist«, flüsterte Mara ihm zu.

»Er ist schon pensioniert«, gab Daniel leise zurück. »Ich wusste nicht, dass er noch Bestattungen abhält. Außerdem … was macht es schon für einen Unterschied, ob er ein Pfarrer ist oder nicht? Seine Tochter wurde ermordet. Denkst du, einen Geistlichen trifft so etwas weniger schlimm?«

»Nein, natürlich nicht. Ich bin nur überrascht und …« Mara verstummte, weil Annas Vater zurückkam. In einer Hand trug er eine Tüte Apfelsaft, in der anderen zwei Gläser. Er stellte sie auf dem Schreibtisch ab und goss ein.

»Bitte schön«, sagte er freundlich. Dann nahm er hinter dem Schreibtisch Platz und schaute Daniel ruhig an. Er schien darauf zu warten, dass er das Gespräch eröffnete.

Den dunklen Blick hatte Anna von ihm.

»Meine Kollegen haben Ihnen ja schon mitgeteilt, dass wir die Leiche Ihrer Tochter gefunden haben«, begann Daniel.

Hillen nickte ernst. »Nach all den Jahren habe ich nicht mehr geglaubt, dass sie noch gefunden wird. Es hat so viel Kraft gekostet, sie endlich loszulassen.« Er legte die Hand über die Augen und schwieg.

Daniel gab ihm Zeit. Er wusste, was in Eltern vorging, wenn die Leichen ihrer vermissten Kinder nach Jahren gefunden wurden. Die Angst, dass sie irgendwo hilflos herumirrten oder von Psychopathen gefangen gehalten wurden, war vorbei. Doch nun kamen die alten Alpträume hoch. Die Jahre der Suche. Der ganze Schmerz.

Ich möchte nicht in der Haut der Kollegen gesteckt haben, die ihm die Todesnachricht überbringen mussten.

Mit einem Seitenblick versuchte Daniel herauszufinden, was Mara dachte. Doch sie schaute auf die Hände in ihrem Schoß.

»Aber was hat sie denn am Glauberg gewollt?«, rief Hillen anklagend. »Ohne mich zu besuchen? Warum hat sie sich heimlich hier draußen herumgedrückt, nur wenige Kilometer von meinem Haus entfernt?« Er verstummte und erinnerte sich. »Wie hat sie getobt und geschrien, dass sie endlich in die Welt hinauswill, eigene Erfahrungen machen. Kaum hatte sie ihr Abitur, da hat sie sich einen Job und ein Zimmer in Frankfurt gesucht. Und dann wird sie vor meiner Haustür getötet und verscharrt …« Er hob verzweifelt die Hände und ließ sie kraftlos wieder sinken.

»Auch wir möchten gern wissen, wieso sie am Glauberg starb«, sagte Daniel. »Dem gehen wir gerade nach, deswegen sind wir hier.«

»Warum habe ich Anna nicht daheim halten können? Habe ich mein Kind nicht richtig behandelt, habe ich es nicht genug geliebt? Diese Selbstvorwürfe sind so zermürbend.«

Das Leben danach. Die meisten Eltern packen es nicht.

»Ich hatte meine Ruhe fast schon wiedergefunden. Wenn man denn jemals von Ruhe sprechen kann, beim Verlust des einzigen Kindes. Doch jetzt … Es ist nur tröstlich zu wissen, dass ich sie endlich anständig beerdigen kann.«

Daniel verstand, dass Hillen Mühe hatte, das nüchterne Gespräch zu überstehen. Er hielt sich an den praktischen Dingen fest, wollte eine Beerdigung organisieren, eine Trauerfeier.

Das Ungeheuerliche lässt sich so lange leugnen, wie man etwas tun kann.

»Ich gebe Ihnen Bescheid, sobald die Leiche Ihrer Tochter freigegeben wird«, sagte Daniel und lenkte das Gespräch vorsichtig in eine andere Richtung. »Wir haben noch ein paar Fragen an Sie. Fragen, denen wir nachgehen müssen, um herauszufinden, was damals geschah.«

»Wenn meiner Tochter etwas Furchtbares zugestoßen ist, wenn sie leiden musste …« Annas Vater fuhr sich mit dem Handrücken über die Augen. »Dann werde ich an der Güte des Herrn zweifeln müssen. Verstehen Sie, was das für mich bedeutet? Ich bin Geistlicher.«

»Annas Tod war schmerzlos«, sagte Daniel beruhigend. »Davon können wir bei der Art der Schusswunde ausgehen.«

Was sie vorher erlebt hat, wissen wir nicht.

Er zog sein Notizbuch aus der Tasche und blätterte darin. Die wichtigsten Fakten hatte er sich notiert.

»Ihre Tochter verschwand vor sechzehn Jahren, am 31. Oktober. Die Vermisstenanzeige haben Sie aber erst gegen Weihnachten aufgegeben?«

»Das stimmt. Wir hatten nur noch selten Kontakt, aber nachdem Anna sich wochenlang nicht mehr gemeldet hatte, bin ich nach Frankfurt gefahren, um sie zu suchen. Das war kurz vor Weihnachten.«

»Und niemand hat Ihre Tochter eher vermisst? Hat der Vermieter nicht auf seine Miete gewartet?«

»Die Miete habe ich für sie überwiesen. Per Dauerauftrag.«

»In dem Café, in dem Anna ausgeholfen hat, erzählte sie Ende Oktober, sie wolle Freunde besuchen und vielleicht länger fortbleiben. Freunde …« Daniel ließ das Wort in der Luft hängen. »Wer könnte das sein?«

»Damit konnte sie nur ihre Freundin Nele in Mainz meinen«, sagte Hillen bestimmt. »Nele hat am 31. Oktober Geburtstag. Den haben die Mädchen immer zusammen gefeiert. Als sie jünger war, habe ich Anna jedes Jahr persönlich dorthin gebracht und wieder abgeholt.«

»Verstehe. Hat Ihre Tochter denn darüber hinaus irgendjemandem ausdrücklich gesagt, dass sie zu ihrer Freundin fährt?«

»Nein, aber das habe ich fest angenommen. Und Nele hat sie auch erwartet.«

»Nele hat aber auch ausgesagt, dass sie Anna nicht ausdrücklich eingeladen hat …«

»Das war gar nicht nötig. Auf dem Land braucht man unter guten Freunden keine Geburtstagseinladung. Man schaut einfach vorbei. Das war auch bei den Mädchen so.«

Daniel begriff langsam, warum man Anna Hillen damals zwischen Frankfurt und Mainz gesucht hatte – und nirgendwo anders.

Hätte man dem Mädchen noch rechtzeitig beistehen können, wenn man sich nicht so sehr auf die Geburtstagseinladung in Mainz versteift hätte?

Er blätterte erneut in seinem Notizbuch. »Nele hat bei einer aktuellen Befragung einem Kollegen gegenüber ausgesagt, dass die Mädchen sich zu dem Zeitpunkt nicht mehr so oft sahen. Dass Anna sich verändert hatte und dass sie nicht mehr so gut mit ihr klarkam.«

Hillen überlegte. »Junge Leute entwickeln sich weiter, Freundschaften verändern sich … Schon möglich, dass Nele ein bisschen Abstand von Anna gesucht hat. Als junge Frau wurde Anna schwierig.«

»Was meinen Sie mit schwierig?«, wollte Mara wissen.

»Sie hatte sich von der Kirche losgesagt.« Hillen seufzte leise. »Sie sagte, in ihr brenne ein anderes Feuer, eines, das mit unserem Herrn Jesus Christus nichts zu tun habe. Sie spüre den Geist der Ahnen in sich. Die Natur sei ihre Kirche und der Wald ihre Kathedrale, behauptete sie. Sie meinte sogar, die christlichen Rituale hätten unsere ursprüngliche Religion ausgelöscht. Sie konnte nicht verstehen, dass wir den Sohn Gottes anbeten, der für uns am Kreuz gestorben ist.«

»Nun, das ist für viele Menschen ein recht grausames Bild«, sagte Mara. »Aber hat Ihre Tochter auch gesagt, was sie mit dem Geist der Ahnen meinte?«

Annas Vater ging nicht auf ihre Frage ein. »Der Tod am Kreuz ist nicht das einzige Bild, das wir uns von Christus machen. Er war nicht nur das Opfer, sondern auch der Hirte, der Lehrer und sogar der Revolutionär. Ich hatte immer gehofft, Anna würde eine Facette in seinem Leben finden, der sie nacheifern könnte. Aber sie wollte in ihm einfach kein Vorbild erkennen.«

»Wie haben Sie auf Annas Ansichten reagiert?«, fragte Daniel weiter.

»Zunächst habe ich sie gewähren lassen. Sie wissen schon: Jugendliche suchen die Konfrontation, das ist bei Pfarrersleuten nicht anders als bei den meisten Eltern. Dann hatte ich irgendwann die Befürchtung, sie könnte sich einer Sekte angeschlossen haben. Trotz ihrer Abkehr von unserer Kirche war Anna ja auf der Suche nach einer spirituellen Weisung. Und man weiß doch, welche Gehirnwäsche diese angeblichen Gurus und Heiligen bei ihren Anhängern vornehmen. Aber Anna beruhigte mich immer wieder.«

»Sie hat Sie beruhigt? Wie muss ich mir das vorstellen?«

»Sie sagte, sie hätte den Entschluss, unsere Kirche zu verlassen, selbst gefasst. Ich solle genau hinschauen, dann würde auch ich erkennen, dass es nicht nur einen Gott gebe.«

»Das klingt fast so, als hätte Anna versucht, Sie zu bekehren«, merkte Mara an.

Hillen lächelte. »Ja, durchaus. Aber als Pfarrer bin ich in dieser Beziehung ziemlich gefestigt.«

»Wann kam es zum Bruch zwischen Ihnen?«, fragte Daniel, um wieder auf den Punkt zu kommen.

Das Lächeln auf den Lippen des Pfarrers erstarb. »Annas Veränderung wurde immer drastischer. Sie züchtete Kräuter und Pflanzen, um meine Frau zu heilen, die schwer an Krebs erkrankt war. Ihre heidnische Medizin hat natürlich nicht geholfen.« Er atmete schwer aus. »Aber das war noch nicht alles. Obwohl es meiner Frau schon sehr schlecht ging, war Anna nicht bereit, noch ein letztes Mal Weihnachten mit uns zu feiern. Stattdessen beging sie ein paar Tage zuvor das Fest der Wintersonnenwende.«

Mara nickte. »Eine keltische Zeremonie.«

Hillen erhob sich von seinem Stuhl und drehte ihnen kurz den Rücken zu. »Ostern war meine Frau dann schon nicht mehr am Leben.« Er wandte sich wieder zu ihnen um. »Aber anstatt mit mir das Fest der Wiederauferstehung zu feiern, fieberte Anna auf die Nacht zum 1. Mai hin. Verstehen Sie? Das ist der Hexensabbat!«

»Die Nacht zum 1. Mai ist nicht unbedingt etwas Teuflisches«, sagte Mara. »Es ist das keltische Fest Beltrane, das Frühlingsfest. Ein bedeutendes Ereignis im keltischen Leben, ebenso wie Samhain. In der Samhain-Nacht steht den keltischen Sagen zufolge das Tor zur Welt der Geister offen.«

Daniel warf Mara einen Blick zu, der ihr davon abraten sollte, dem Mann noch mehr keltisches Gedankengut zu präsentieren.

Es wird ihn nicht trösten.

»Das weiß ich alles, das hat sie mir auch erklärt«, sagte der Pfarrer. »Aber wenn man zusehen muss, wie die eigene Tochter zur keltischen Priesterin wird …«

»Geben Sie Ihrer Tochter die Schuld am Tod Ihrer Frau?« Die Frage war Daniel spontan eingefallen.

»Nein, das tue ich nicht.« Hillen setzte sich wieder hinter den Schreibtisch. »Aber ich *habe* es getan«, gestand er leise.

Sie warteten, bis er sich wieder gefasst hatte und weitersprach.

»Ich habe ihr gesagt: Du hast deine Mutter ins Grab gebracht. Die Sorgen um dich haben ihr die Lebenskraft geraubt. Deine selbst gebraute Medizin hat alles nur schlimmer gemacht, und dein Unglaube hat sie umgebracht.«

Harter Stoff. Wie lebt ein junger Mensch mit solchen Vorwürfen?

»Kurz danach ist Anna ausgezogen. Sie brach den Kontakt zu mir ab. Ich brauchte etwas Zeit, um über den Tod meiner Frau hinwegzukommen, und rührte nicht daran. Aber ich hatte mir vorgenommen, Anna in Frankfurt zu besuchen. Ich hatte ihr ja längst verziehen. Doch bevor es dazu kam, war Anna verschwunden. Noch heute würde ich alles dafür geben, ihr sagen zu können, dass ich es damals nicht so gemeint habe.«

Es fiel Daniel schwer, nach diesem Geständnis zu nüchternen Fragen zurückzufinden. »Können Sie uns sonst noch etwas von ihrer Tochter erzählen?«,bat er sanft.

Hillen brauchte lange, bis er antwortete.

»Sie können sich selbst ein Bild machen. Ich habe oben ein Zimmer für Anna hergerichtet. Es sollte bereitstehen, für den Fall, dass sie zurückkehren will.«

Daniel und Mara ließen sich von ihm ins Dachgeschoss führen. Das große Zimmer war früher vielleicht einmal ein Heuboden gewesen. Poster von Filmstars und Rockbands hingen an den Holzdecken, ein Matratzenlager diente als Bett. Ein altes Türblatt auf zwei Böcken ersetzte den Schreibtisch.

»Das war ihr Zimmer«, sagte Annas Vater bewegt. »Nach meiner Pensionierung musste ich aus dem Pfarrhaus ausziehen. Annas Sachen habe ich alle mitgenommen.« Er hob ein gerahmtes Foto, das auf dem Schreibtisch stand. Es hatte Postkartenformat und zeigte zwei fröhliche Teenager. »Das sind Anna und Nele.« Er lächelte. »Das Bild ist schon älter«, fügte er entschuldigend hinzu.

Daniel besah sich die Bücher und Zeitschriften, die auf dem Schreibtisch lagen. Er erkannte Titel wie »Die Buddenbrooks« und »Im Westen nichts Neues«, vermutlich hatte Anna das für die Schule lesen müssen. Aber auch »Walden« lag da, das berühmte Werk des Naturphilosophen Thoreau. Er sah, wie Mara das Buch in die Hand nahm und darin blätterte.

Hier finden wir nichts, was uns weiterhilft.

Der Pfarrer hatte Annas Teenager-Zimmer wiederhergestellt. So hatte ihr Zimmer ausgesehen, *bevor* sie zur Keltenanhängerin wurde.

Er musste an Grubers Haus denken, an all den Krempel und an die Katzenskelette. Die Echse mit dem Schädel eines menschlichen Fötus fiel im wieder ein und jagte ihm einen Schauer über den Rücken.

Was für Museen die Menschen sich einrichten.

Er wollte sich zum Gehen wenden, als Mara einen kleinen Laut der Überraschung ausstieß. Zwischen den Buchseiten lag noch ein anderes Foto. Es schien etwa zum selben Zeitpunkt aufgenommen worden zu sein wie das Fahndungsfoto der Polizei, Anna trug darauf dieselbe Frisur. Doch diesmal stand ein junger Mann neben ihr, beide lächelten entspannt und glücklich in die Kamera.

Daniel zog scharf die Luft ein.

»Und wer ist das?« Er tippte mit dem Zeigefinger auf das Foto.

»Das ist Anna«, sagte der Pfarrer ruhig.

»Das sehe ich. Aber wer steht neben ihr?«

Hillen machte eine abwehrende Handbewegung. »Ein Klassenkamerad aus einem Nachbardorf.«

»Ist Anna mit diesem jungen Mann gegangen?«, fragte Mara. »War das ihr Freund?«

»Anna ›ging‹ mit niemanden.« Hillen nahm ihr das Foto ab und legte es mit dem Bild zuunterst auf den Tisch. »Sie hing mit einer Clique herum, in der auch Jungs waren. Das war alles.«

Mara nahm das Foto wieder auf. »Können Sie sich an den Namen dieses Klassenkameraden erinnern?«, fragte sie. »Wenn Anna ein Bild von ihm als Lesezeichen benutzte, stand sie ihm doch sicher nahe. Dann hat sie seinen Namen doch mal erwähnt?«

»Natürlich erinnere ich mich an seinen Namen.« Hillen seufzte. »Er stammte aus einfachen Verhältnissen, die Eltern hatten einen Bauernhof. Anscheinend ist er in der Finanzbranche gelandet. Ich habe ihn wiedererkannt, als er vor Kurzem ein Interview im Fernsehen gab.«

»Und weiter?« Daniel tastete nach seinem Notizbuch.

»Er heißt Kaltwasser. Felix Kaltwasser.«

NEUN

Daniel lief um die Villa herum, um zu sehen, ob sich hinter einem der Fenster etwas regte.

»Herr Kaltwasser, sind Sie da?« Er hatte bereits an der Haustür geschellt, doch niemand hatte aufgemacht.

Mara folgte ihm auf dem Fuß. »Vielleicht macht er nur rasch ein paar Besorgungen.«

Daniel nickte. »Dann sollte er sich besser beeilen.«

Es war ein Kinderspiel gewesen, einen Finanzberater namens Kaltwasser in Frankfurt zu finden. Er hatte sein Smartphone gezückt und ruck, zuck die Nummer des Büros gehabt. Die Sekretärin erzählte ihm, dass der Chef sich zwei Tage freigenommen hatte. Daraufhin hatte er sich die Privatadresse geben lassen.

Nun sind wir hier, und der Vogel ist ausgeflogen.

Während der Fahrt hatte er mit Mara überlegt, welche Rolle Felix Kaltwasser in Annas Leben gespielt haben mochte. Das Foto war diesbezüglich nicht ganz eindeutig zu interpretieren. Wann und wo war es aufgenommen worden? Zeigte es zwei gute Freunde oder zwei junge Verliebte, die in die Kamera strahlten?

Sie hatten nun die Rückseite der Villa erreicht und standen unter der Terrasse, die von mehreren Säulen getragen wurde. Vor ihnen lag das große, steil abfallende Grundstück, die weite Rasenfläche war nur hier und da von Beeten und Büschen durchbrochen. Alles sah sehr gepflegt aus.

Der Typ hat bestimmt einen Gärtner für diesen Park.

»Da rauscht doch irgendetwas«, sagte Mara.

Sie hatte recht. Irgendetwas brodelte rhythmisch über ihren Köpfen.

»Klingt wie sprudelndes Wasser.« Er blickte zur Terrasse hoch, von wo das Geräusch kam. »Komm, wir sehen mal nach.«

Er stellte sich neben eine der Säulen und verschränkte seine Hände zur Räuberleiter. Mara zögerte einen Moment, dann streifte sie ihre Sneaker ab und setzte einen Fuß hinein. Sie zog sich am Terrassengeländer hoch und schwang sich über die Brüstung.

Kurz darauf hörte er ihren Schrei. Mit einem Sprung kriegte er den Terrassenabschluss zu fassen, hangelte sich hoch und kletterte hinter ihr her.

Auf der Terrasse stand ein Whirlpool, in dem kleine Strahler wechselnde Farben erzeugten. Rötliches Gelb, rötliches Violett, rötliches Grün. Ein Mann lag nackt im Wasser. Sein feines, dünnes Haar glitzerte wie Nylonfäden, während um ihn herum dicke Blasen aufstiegen.

Es roch nach Eisen.

Blutschorle. Dieser verdammte Geruch verfolgt mich.

Er spürte, wie sein Magen rebellierte, und verfluchte sich. Um weniger von dem Blutgeruch mitzukriegen, atmete er unauffällig durch den Mund.

Jetzt nur nicht schlapp machen.

Der Mann, der in dem bunten Wasser lag, war tot. Seine verquollenen Augen starrten auf einen Punkt am Himmel. Gesicht und Lippen waren aufgedunsen, die Haut blaurot unterlaufen, dennoch waren die Gesichtszüge noch gut zu erkennen.

»Das muss Kaltwasser sein«, sagte Mara. Sie zitterte und schlang die Arme um ihren Oberkörper.

Daniel nickte. »Wir kommen zu spät.«

Sie wandte den Blick ab. »Wie lange liegt er schon dadrin?«

»Höchstens vierundzwanzig Stunden. Gestern Nachmittag hat er noch mit seiner Sekretärin telefoniert.«

Er tastete nach seinem Handy und ging ein paar Schritte über die Terrasse, während er die SOKO informierte. Die Bewegung tat ihm gut, sein Kreislauf kam wieder in Schwung, und der Blick in die grüne Landschaft war angenehm beruhigend.

Was für eine Aussicht der Kerl hatte. Und was für einen Palazzo.

Die Terrassentür war angelehnt. Vielleicht war der Mörder noch im Haus?

Daniel entsicherte seine Waffe und stieß die Tür ein kleines Stück auf, überlegte es sich dann aber anders.

Es war zu gefährlich, ohne die Kollegen hineinzugehen, außerdem wollte er Mara nicht allein bei dem Toten lassen. Er steckte die Waffe weg, ging zu ihr zurück und stellte sich so neben den Pool, dass er die Balkontür beobachten konnte.

»Die Kollegen sind unterwegs.«

Sein Blick fiel auf ihre nackten Füße. Die Abdrücke von Sandalen hoben sich weiß von der braungebrannten Haut ab.

Daniel fasste wieder den Pool und die Terrasse ins Auge. Der Holzbelag war sauber, die beiden Deckchairs ordentlich zum Garten hin ausgerichtet. Auf einem lag ein hingeworfenes Handtuch. Nirgends standen leere Flaschen herum, die auf Alkoholkonsum hindeuteten. Das Gesicht des Toten war aufgedunsen und seine Lippen blau angelaufen, aber das war typisch für eine Wasserleiche, und die sommerliche Hitze beschleunigte den Verwesungsprozess.

Blieb die Frage, woher das Blut im Pool kam. Der Tote musste eine größere Verletzung am Körper haben, aus einer kleinen Wunde würde niemals so viel Blut austreten.

Ob er sich die Pulsadern aufgeschnitten hat?

Mit angehaltenem Atem beugte sich Daniel über den Pool. Er überwand seinen Ekel und hob den Arm der Leiche am Handgelenk aus dem Wasser. Die Venen sahen sauber aus. Er ließ den Arm wieder ins Wasser gleiten. »Warten wir auf die Rechtsmediziner.«

»Glaubst du, dass er ermordet wurde?« Mara rieb ihre nackten Füße aneinander.

»Ich weiß es nicht«, sagte Daniel. »Aber etwas ist seltsam. Gruber hat Annas Leiche an sich genommen, und Kaltwasser kannte Anna. Die beiden stehen dadurch ebenfalls in irgendeiner Verbindung zueinander.«

Er tastete in der Brusttasche seines Hemdes nach seinen Zigaretten. Enttäuscht musste er feststellen, dass er sie im Wagen liegen gelassen hatte. Dann sah er, wie Mara sich die Hände vor Mund und Nase hielt. Ihre Geste machte ihm bewusst, dass der Whirlpool, in dem Kaltwasser in seinem Blut schwamm, noch immer vor sich hin brodelte.

»Kann man den Pool nicht ausstellen?«, fragte Mara auch schon. »Da muss doch irgendwo ein Schalter oder ein Stecker sein.«

»Keine Spuren verwischen. Die Kollegen kommen jeden Moment. Lass uns ein Stück zur Seite gehen.«

Er nahm Mara leicht am Arm und führte sie an das andere Ende der Terrasse. Sie atmete tief durch.

»Es ist grauenvoll«, sagte sie. »Anna Hillen wurde wie eine keltische Fürstin begraben, Grubers Kopf nach keltischem Brauch an die Wand einer Scheune genagelt, und Kaltwasser …«

Sie brach ab, weil nun mehrere Polizeiwagen vor der Villa hielten. Motoren brummten, Türen klappten. Ein Kollege rief einem anderen etwas zu.

»Hier haben wir es wenigstens mit einem ganz normalen Mord zu tun.« Daniel versuchte, den Lärm zu übertönen. »Ertrinken im Whirlpool hat ja nun wirklich nichts Keltisches an sich.«

»Da wäre ich mir nicht so sicher«, sagte Mara düster.

***

Der Druide war froh, wieder in seinem Nemeton zu sein. Der alte Bauernhof im Herzen von Burgund, den er vor sechzehn Jahren für die Bewegung erworben hatte, wurde schon lange nicht mehr bewirtschaftet. Auf dem Hof gab es keine Tiere mehr, das Scheunentor schlackerte in den Angeln, und das Stroh, das vor Jahren auf dem Boden des Stalls ausgelegt worden war, zerfiel in der Hitze des Sommers zu Staub. Doch Bertrand verband etwas Ideelles mit dem Hof. Das alte Anwesen war für ihn ein Symbol der Zeiten, in denen die Menschen noch von ihrer eigenen Hände Arbeit gelebt hatten. Alles, was sie konsumieren wollten, hatten sie der Erde erst abringen müssen. Dazu bedurfte es Anstrengung und Mühe, Ausdauer, Wissen und Geschicklichkeit. Ein jeder war angewiesen auf die Gemeinschaft der Mitmenschen, alle mussten zueinander stehen. Jeder Einzelne wiederum musste sich unterordnen unter die Urkräfte der Natur: die Sonne, den Regen, den Winter, die Nacht. Nur im Einklang mit den Naturgewalten war ein Überleben der Sippe möglich.

Ehrlich und schlicht.

Nicht mehr erjagen, als man essen kann. Nicht mehr besitzen, als man bewirtschaften kann. Nicht mehr verlangen, als man erwarten darf.

Er saß draußen in der Mittagshitze, den Rücken an das warme Holz des Scheunentors gelehnt, und sah den Schatten der Wolken zu, die über das Land gingen. Er lauschte dem Zirpen der Grillen und fühlte sich mit der Natur im Gleichgewicht. Spürte sich selbst.

Dieses Gefühl hatte er zuletzt als Kind gehabt, auf dem Hof seiner Eltern in der Wetterau. Er hörte wieder das Gackern und Scharren der Hühner, die friedlich zwischen den Gebäuden umherstelzten. Er erinnerte sich an die feine Säure eines Apfels, die seinen Rachen hinunterrann, und an die angebissene Frucht, die in seiner Hand lag, noch warm von der Sonne.

Wie sich die Bilder gleichen! Wer zählt die Jahrhunderte, die Generationen, die Völker ...

Vor zweieinhalbtausend Jahren hatten die Kelten große Teile Europas besiedelt, den Glauberg genauso wie Burgund, das alte Gallien.

Hatten die Kelten nicht auch schlicht gelebt, von ihrer Hände Arbeit und von dem, was die Erde ihnen schenkte? Über Raum und Zeit hinweg fühlte er sich in diesem Moment mit seinen Ahnen verbunden. Das stimmte ihn glücklich. Nun sollte sein Hof die Keimzelle für ein druidisches Europa werden. Ein neues Keltenreich am alten Platz.

Genüsslich und träge ließ er seine Gedanken wandern.

Er hatte den Hof von dem Geld erstanden, das sie dem Fremden weggenommen hatten. Aber er hatte es gereinigt, indem er es einer guten Sache zuführte.

Transformation. Aus Schlechtem soll Gutes erwachsen.

Lange hatte er nicht mehr an den Fremden gedacht. Die Samhain-Nacht vor sechzehn Jahren war in seinem Gedächtnis wie ausgelöscht gewesen. Erst das Auftauchen von Annas Leichnam hatte ihn wieder an alles erinnert.

Bertrand stand auf und ging in die Scheune hinein. In dem großen Raum herrschte eine angespannte Stille, ab und zu schien das Holz der alten Dachsparren unter der Hitze zu stöhnen. Es knackte unerwartet, und man wusste nie, von wo genau das Geräusch kam. Die Luft stand still, kein Windhauch rührte sich. Es war hier drinnen drückend und dämmrig, lediglich durch ein paar verrutschte Schindeln fiel Licht. In den Sonnenstrahlen sah Bertrand Spreu und Mücken tanzten.

Ein Feind könnte sich hier leicht verstecken.

Vor seiner Abreise hatte Bertrand viel Zeit in der Scheune verbracht. Voller Genugtuung betrachtete er die Skulptur, an der er seit Monaten arbeitete. Er hatte sie auf den Boden gelegt, wo sie sich wie ein überlebensgroßes Wesen aufbäumte. Als wollte sie allen Raum ausfüllen. Prüfend drückte er auf das Gebilde. Es war filigran und trotzdem beständig, nicht wirklich leicht, aber elastisch. Eine Puppe aus Weidenruten, dreimal so groß wie er selbst. Bertrand würde sie feierlich abbrennen, wenn sich an Lughnasadh, dem Erntefest, verschiedene Stämme auf seinem Hof versammelten. Wie eine druidische Fackel sollte die lodernde Skulptur die Nacht erleuchten.

Das Feuer wird sie noch lange an die Versammlung erinnern.

Liebevoll fuhr seine Hand über die Weidenruten, die neben der Puppe standen und noch eingeflochten werden mussten.

Lange wird es nicht mehr dauern.

Draußen war es kühler geworden, die Sonne hatte ihren Zenit überschritten. Bertrand schaute prüfend zum Himmel. Ein paar Schritte würden ihm guttun. Zufrieden verließ er die Scheune und wanderte hinter den Hof. Hier hatte er ein rechtwinkliges Becken angelegt. Den Boden hatte er mit großen Steinen ausgelegt, auf denen sich mittlerweile Algen entwickelten. Das Bassin fing den Regen auf, der reichlich über den Mont Beuvray herunterkam.

So haben es unsere Vorfahren seit Jahrhunderten gemacht.

Die Schwebeteilchen, die das Regenwasser mit sich führte, hatten sich gesetzt, und Bertrand konnte in dem Becken bis auf den Grund sehen. Eine hellblaue Libelle sirrte über die Wasseroberfläche. Ruckartig flog sie imaginäre Landeplätze an, um blitzschnell wieder in die Luft zu schweben.

Bertrand ging in die Hocke und beugte sich über das Wasser. Er konnte sein Spiegelbild sehen, sein langes Haar, seinen blonden Bart. Mit einem Mal verschwammen seine Züge, und er sah Annas Gesicht in seinem. Sie trug das blaue Leinentuch, das sie ihr so feierlich umgelegt hatten. Ihre großen Augen schauten ihn fragend an.

»Anna«, flüsterte Bertrand. »Wir hätten dir nie wehgetan, das weißt du doch. Du warst unsere Fürstin Aideen. Alle drei haben wir dich geliebt, jeder auf seine Weise. Ich wünschte, die Kugel hätte damals mich getroffen und nicht dich.«

Er streckte die Hand aus, um Annas Gesicht zu streicheln. Doch die Fürstin lachte hell auf. Sie lachte ihn aus, und ihre Züge verzerrten sich, als er das Wasser berührte.

***

»Der Mann wurde ertränkt. Das beweisen die Druckspuren in seinem Nacken und die Blutergüsse an seinem Oberkörper. Sie stammen vom Beckenrand. Er muss vor dem Whirlpool gekniet haben, als der Mörder seinen Kopf unter Wasser drückte.« Die Rechtsmedizinerin hatte Kaltwassers Leiche untersucht und machte noch rasch ein paar Fotos. Die Haut der Leiche hatte sich bereits seltsam verfärbt, das Gewebe war schon leicht aufgedunsen, und die Gesichtszüge fingen an, sich weich und schwammig aufzulösen. »Das warme Wasser im Whirlpool und nun die sengende Sonne …« Es klang, als wollte sie das Aussehen des Toten entschuldigen. Sie zuckte bedauernd mit den Achseln und ließ den Fotoapparat sinken.

Mara wunderte sich, wie gelassen die resolute ältere Dame den Fall anging. Offensichtlich ließ sie sich durch nichts aus der Ruhe bringen.

»Woher kommt das viele Blut im Wasser?«, fragte Daniel.

»Ich zeige es dir.« Eva Nikolay ging auf die andere Seite des Pools und hob Kaltwassers rechtes Bein in die Höhe. Eine hässliche Schnittwunde klaffte an der Wade, Wasser und Blut tropften herab. »Der Mann hat sich gewehrt, vermutlich hat er um sich getreten und sich dabei verletzt. Das Unterbein ist regelrecht aufgerissen. Er muss an einer scharfen Kante der Poolleiter entlanggeschrammt sein, an den Stufen und auf dem Boden ist Blut.«

»Dann wurde er post mortem im Pool positioniert?«

»Möglicherweise. Zumindest hat er sich die Verletzung außerhalb des Pools zugezogen. Ich schaue ihn mir in der Rechtsmedizin noch einmal gründlicher an.«

Zwei Männer griffen in den Pool, um die Leiche herauszuziehen. Sie packten sie an Armen und Beinen, und zusammen mit einem Schwall Wasser klatschte der leblose Körper auf die Terrasse, das Glied des Mannes schlackerte zwischen den dürren Beinen.

Mara schluckte hart. Sie wollte sich abwenden, aber ein Zeichen auf dem Oberarm der Leiche erregte ihre Aufmerksamkeit.

Die keltische Triskele.

»Moment mal, das kenne ich doch«, sagte Daniel im gleichen Moment. Auch er starrte auf die Tätowierung, während Eva Nikolay bereits in die Hocke ging, um sie genauer zu untersuchen.

»Ist es das gleiche Zeichen, das wir bei dem toten Peter Gruber gefunden haben?«, fragte sie.

»Sieht ganz so aus«, sagte Daniel. Er machte Mara Platz. »Was hältst du davon?«

»Dasselbe Zeichen. Eine Triskele, das keltische Symbol für die Dreieinigkeit.« Mara war sich nun sicher: »Auch Kaltwasser wurde auf keltische Weise getötet.«

Eva Nikolay runzelte die Stirn. »Das müssen Sie mir bitte genauer erklären.«

»Dr. Mara Jordan ist Archäologin«, erklärte Daniel, »ihr Fachgebiet sind die Kelten.«

»Die Kelten. Jagt ihr jetzt Gespenster, oder was?« Eva Nikolay packte kopfschüttelnd ihre Fototasche. »Wegen zwei kleiner Tattoos wird ein Mord im Pool doch noch lange nicht keltisch. Wer weiß, was für einem Club die toten Männer angehört haben.«

Daniel wollte etwas erwidern, doch Mara fasste ihn beruhigend an der Schulter. Sie überlegte, wie sie Eva Nikolay am besten überzeugen konnte. Sie hatte keine knallharten Fakten an der Hand. Sie konnte nur Mythen anbieten, Vergleiche und logische Schlüsse.

»Haben Sie schon einmal etwas vom Kessel von Gundestrup gehört?«, begann sie.

Eva schüttelte den Kopf.

»Das Gefäß stammt aus der La-Tène-Zeit, es ist also zweieinhalbtausend Jahre alt. Man hat es vor hundert Jahren in einem Torfmoor in Dänemark gefunden. Keiner weiß, wer es hergestellt hat, vielleicht Handwerker aus Burgund. Jedenfalls ist es aus Silber und mit vielen Darstellungen verziert.«

»Darstellungen welcher Art?«, fragte Daniel.

»Sie zeigen Opferrituale der Kelten. Unter anderem ist ein Mann abgebildet, der kopfüber in den Kessel getaucht wird.«

»Und darin sehen Sie eine Parallele zu dem Toten hier?« Eva Nikolay sah sie ungläubig an.

»Also wurde der Mann auf der Abbildung in dem Kessel ertränkt?«, kam Daniel ihr zu Hilfe.

Mara nickte. »Keltische Mythen erzählen, dass verstorbene Krieger aus einem Kessel wiederauferstanden sind. Stehende Gewässer gelten in den Sagen als Eingang zur Anderswelt. Man kann durch das Wasser hindurch ins Jenseits gelangen und auch wieder zurückkommen.«

»Wieder zurückkommen?« Eva Nikolay lächelte spöttisch. »Na, ich weiß nicht.« Sie warf Daniel einen vielsagenden Blick zu. »Jedenfalls bin ich hier fertig. Bringst du mich noch zum Wagen?«

Er nickte wortlos, und sie verabschiedete sich mit einem kräftigen Händedruck von Mara.

»Ihre Theorie vom keltischen Ritualmord werde ich mir in der Gerichtsmedizin durch den Kopf gehen lassen.«

Sie glaubt mir nicht.

Enttäuscht sah Mara den beiden hinterher.

Die Männer packten den toten Kaltwasser in einen schwarzen Plastiksack, dann trugen sie ihn durch das Haus davon. Der Whirlpool war nun ausgestellt, das Wasser hatte sich beruhigt und eine einheitliche rosa Farbe angenommen. Ein leiser Wind wehte über die Terrasse und ließ Mara frösteln.

In was für einen Alptraum bin ich da bloß hineingeraten?

Daniel kam mit einem Kollegen an seiner Seite zurück, der

ihre Sneaker in der Hand hielt. Mara erkannte den Mann gleich wieder. Nachdem sie Peters Kopf in der Scheune gefunden hatte, war er ebenfalls vor Ort gewesen und hatte die Untersuchung geleitet, während Daniel die Zeugen befragte. Der hochgewachsene, jungenhafte Beamte lächelte Mara freundlich zu. Auch er schien sich an sie zu erinnern.

»Hallo. Sie sind doch die Archäologin, die …«

»Dr. Mara Jordan. Thomas Kempen«, stellte Daniel sie einander vor. »Dr. Jordan arbeitet als Keltenforscherin, und aus gegebenem Anlass gehört sie zum Team.«

Kempens Lächeln wurde breiter. »Aha. Und welcher wäre das?«

»Die Morde, mit denen wir es zu tun haben, scheinen einen keltischen Hintergrund zu haben«, berichtete Daniel. »Die Kelten haben die Köpfe ihrer Feinde zum Beispiel an ihre Scheunenwände gehängt, um böse Geister abzuschrecken.«

»Seen, Tümpel und Bassins gelten in keltischen Sagen außerdem als Eingänge zur Anderswelt«, fuhr Mara fort. »Darin wurden die Gegner ertränkt. Und …«

»Oje, das klingt ja schlimm.« Thomas Kempen hielt immer noch unschlüssig ihre Schuhe in der Hand. Daniel nahm sie ihm ab und stellte sie auf den Boden.

Mara warf ihm einen dankbaren Blick zu und schlüpfte hinein. Es tat gut, nicht mehr mit nackten, kalten Füßen herumstehen zu müssen.

»Felix Kaltwasser hat in letzter Zeit verstärkt Aktien der Firma empfohlen, die am Glauberg den Erzabbau plant«, berichtete Kempen, ohne näher auf ihre Eröffnung einzugehen.

»Aktien für den Molybdän-Abbau der Kanadier?«, fragte Mara. »Wegen dieser Firma haben wir das Gelände untersucht. Vielleicht ist zwischen den Kanadiern und Kaltwasser etwas schiefgelaufen.«

»Das könnte gut sein. Wir haben aber auch in der Villa ein paar interessante Sachen gefunden.« Kempen führte sie ins Wohnzimmer und deutete auf einen matt schimmernden dunklen Gegenstand, der dort am Boden lag. Es war ein schwerer Kerzenleuchter aus geschwärztem Messing. Er hatte die Form einer Kobra. Ein Mitarbeiter der Spurensicherung war gerade dabei, ihn von allen Seiten zu fotografieren. »Es könnte bereits hier zum Kampf gekommen sein. Möglicherweise hat sich das Opfer mit dem Leuchter gewehrt.«

»Wie kam der Täter ins Haus?«, fragte Daniel.

»Wir haben bis jetzt keine Einbruchsspuren gefunden, die Haustür und die Fenster im Erdgeschoss sind unbeschädigt.«

»Dann hat Kaltwasser ihn hereingelassen. Oder er ist über die Terrasse gekommen. So wie wir«, sagte Daniel. Mara betrachtete den Geldschrank in der Wand, dessen Tür sperrangelweit aufstand. »Der Tresor ist leer«, stellte sie fest.

Kempen nickte. »Der Täter könnte über die Balustrade geklettert sein. Er traf auf Kaltwasser, der gerade im Pool lag.« Er deutete auf die Spur getrockneter Wasserflecken, die direkt zur Wand mit dem Tresor führte. »Kaltwasser ist – nass wie er war – mit ihm zum Tresor gegangen und hat ihm gegeben, was darin war. Dafür spricht, dass der Geldschrank aufgesperrt wurde, es gibt keine Spuren von Gewalteinwirkung.«

Mara betrachtete die Fußabdrücke auf dem Parkett. Man konnte die Schritte bis zur Terrasse einzeln zurückverfolgen.

»Also, für mich sieht das nach einem Raubmord aus«, sagte Kempen. »Der Täter wollte in die vermeintlich leere Villa einbrechen und fand stattdessen den badenden Kaltwasser auf der Terrasse vor. Er bedroht ihn und zwingt ihn, seinen Tresor zu öffnen. Kaltwasser wehrt sich in dem Moment, als der Dieb das Geld an sich nehmen will – und zieht den Kürzeren. Der Kampf endet vor dem Pool, wo der Täter Kaltwasser ertränkt.«

»Aber ein Einbrecher müsste doch das Rauschen des Pools gehört haben, bevor er auf die Terrasse stieg«, warf Mara ein. »Er hätte merken müssen, dass der Besitzer zu Hause ist.«

Kempen zuckte mit den Schultern. »Nicht alle Einbrecher schreckt so etwas ab.«

Mara drehte sich langsam um die eigene Achse und sah sich in dem großen Wohnraum um, in dem die Mitarbeiter der Spurensicherung ihrer Arbeit nachgingen. Daniel war in den Flur gegangen, nun kam er mit großen Schritten zurück, einen braunen Umhang über dem Arm.

»Seht, was ich an der Garderobe gefunden habe!«

»Die Kutte des Druiden!«, rief Mara erstaunt.

Daniel hielt den groben Stoff in die Höhe. »Damit ist er herumgelaufen. Der Druide war also hier. Er ist vielleicht sogar der Letzte, der Kaltwasser lebend gesehen hat.«

»Deswegen muss er aber nicht sein Mörder sein«, wandte Kempen ein, der ein Gesicht machte, als würde er befürchten, dass Mara und Daniel daraus ein absurdes druidisches Mordkomplott machen könnten. »Wir wissen nicht, wann und warum dieser Druide hier war.«

»Vielleicht war Kaltwasser ja sein Anlageberater«, meinte Daniel zynisch.

Mara ballte die Fäuste, die Aufregung schnürte ihr die Kehle zu. »Ich bin sicher, dass wir es hier mit einem weiteren Mord nach keltischem Vorbild zu tun haben«, sagte sie heftig. »Gruber wurde enthauptet, er war mit einer Triskele tätowiert. Kaltwasser wurde ertränkt, auch er hatte eine Triskele am Oberarm. Anna Hillen wurde wie eine keltische Fürstin bestattet. Außerdem hatte sie als Jugendliche mit Kaltwasser Kontakt. Und der wiederum kannte den Druiden.«

»Du hast recht, es ist merkwürdig«, sagte Daniel. »Alle Fäden laufen auf deiner Grabung zusammen. Kaltwasser stammte aus der Gegend. Anna Hillen lag dort begraben, wo Gruber enthauptet wurde, der Druide hielt sich zur selben Zeit ganz in der Nähe auf. Wir müssen herausfinden, wann er bei Kaltwasser aufgetaucht ist.« Er wandte sich an Kempen. »Habt ihr die Überwachungsanlage schon überprüft? Kann man sehen, wer hier ein und aus gegangen ist?«

»Die Kollegen sind gerade dabei, die Festplatte sicherzustellen.«

Daniel schaute Mara an. »Du könntest mir helfen, sie zu sichten«, bat er. Sie hatte nichts dagegen.

Über Kempens Gesicht huschte ein amüsiertes Grinsen. »Gute Idee. Vier Augen sehen bekanntlich mehr als zwei.«

***

Daniels Wohnung lag im ersten Stock. Von den Fenstern aus hatte man eine idyllische Aussicht auf die Hauptstraße mit ihren alten Fachwerkhäusern. Doch die schien Daniel nur selten zu genießen. Auf der Fensterbank im Wohnzimmer türmten sich Akten, und im Schlafzimmer hing eine schäbige Wolldecke vor dem Fenster, um den Raum abzudunkeln.

Daniel riss den Schrank auf, durchsuchte mehrere Kleidungsstücke, zog einen Schlüsselbund aus einer Jackentasche und hielt ihn ihr hin. »Für den Videoraum in der Polizeistation. Da fahren wir jetzt hin.«

Mara nickte stumm.

Der Tag war anstrengend gewesen. Als Archäologin freute sie sich über ein Grab aus dem Mittelalter oder der Eisenzeit. Sie war es gewohnt, Skelette zu reinigen und menschliche Knochen zu sortieren. Zu den Toten aus längst vergangener Zeit hatte sie inneren Abstand. Der Tod von Personen der Gegenwart hingegen machte ihr zu schaffen. Und doch schienen die Leichenfunde kein Ende nehmen zu wollen.

Als hätte ich mit meiner Routinegrabung eine Kettenreaktion ausgelöst.

Sie fühlte sich ausgelaugt und erschöpft, am liebsten hätte sie ein paar Stunden geschlafen. Mit einem sehnsüchtigen Blick betrachtete sie Daniels breites Bett. Als sie merkte, dass er ihrem Blick gefolgt war, wurde sie verlegen.

»Kingsize. Französisch«, sagte Daniel und fügte schnell hinzu: »Ich meine natürlich das Bett.«

»Was wir wohl auf den Überwachungsvideos finden?«, fragte sie angelegentlich, um vom Thema abzulenken.

»Das werden wir bald erfahren.«

Im Videoraum schloss Daniel die Festplatte aus Kaltwassers Überwachungsanlage an ein passendes Abspielgerät an. Es dauerte nicht lange, und ein Monitor zeigte eine in vier Bilder unterteile Aufzeichnung verschiedener Kameras. Man sah den Eingangsbereich bis zur Straße hin, die Terrasse mit Blick in den Garten und die beiden Seitenstreifen des Grundstücks. Daniel spulte die Aufnahme zurück und wieder vor.

Er fluchte leise.

»Was ist denn los?«, wollte Mara wissen.

»Die Aufzeichnungen enden gestern um 20:34 Uhr. Keine Ahnung, warum.«

»Vielleicht ist die Überwachungsanlage kaputt gegangen?«

»Oder jemand hat sie mutwillig kaputt gemacht. Lass mal sehen, was wir bis dahin haben.«

Daniel ging in den schnellen Rücklauf. Sowie sich etwas auf einem der vier Bilder bewegte, stoppte er, und sie betrachteten die jeweilige Szene genauer. Ein Timecode am oberen Bildrand zeigte das Datum und die Zeit an. Gestern, 20:10 Uhr: Eine Katze schlich durch den Garten. 15:35 Uhr: Ein Prospektverteiler steckte ein paar Flyer in Kaltwassers Briefkasten. 14:40 Uhr: Drei Kinder mit Schulranzen trödelten auf der Straße vorbei.

Mara spürte, wie die Müdigkeit sie in dem dunklen, warmen Raum überfiel. Sie unterdrückte ein Gähnen und blickte auf den Timecode. »Nicht viel los in Kronberg, wie mir scheint.«

»Ruhige Wohngegend«, meinte Daniel und erhöhte die Geschwindigkeit des Rücklaufs.

Dann kamen interessantere Szenen. 8:31 Uhr: Kaltwasser verließ das Haus und ging zügig zur Straße.

»Fällt dir etwas auf?«, fragte Daniel.

Sie schüttelte den Kopf. »Nein. Anzug, Aktentasche, ein Mann auf dem Weg ins Büro.«

»Das heißt, Kaltwasser ist gestern noch seinen Geschäften nachgegangen«, sagte Daniel.

Im Schnelldurchlauf verstrichen die Stunden. Auch die Nacht und der vorherige Abend boten keine Besonderheiten. Eine der Kameras hatte aufgenommen, wie Kaltwasser auf seiner Terrasse ein Glas Wein trank. Eine andere, wie er kurz zuvor nach Hause gekommen war. Aus den Aufzeichnungen ergab sich, dass er auch an diesem Morgen das Haus verlassen hatte.

»Verrückt, allein ein so großes Haus zu bewohnen, wenn man doch nur zum Schlafen heimkommt«, sagte Mara.

»Da hast du recht«, stimmte Daniel zu. »Mir genügen meine zwei Zimmer. Dafür bin ich mitten im Leben.«

Sie betrachtete ihn von der Seite. Konzentriert blickte er auf den Monitor.

»Du hast wohl nie Besuch?«, fragte sie.

Er stoppte den Rücklauf und sah sie an. »Du meinst, über Nacht?«, fragte er ernst. »Um ehrlich zu sein, kann ich keiner Frau eine Nacht mit mir zumuten. Ich schlafe nämlich äußerst schlecht.«

»Du schnarchst also«, sagte sie belustigt.

»Ich leide unter Alpträumen und Schlaflosigkeit. Machen wir weiter?«

Mara nickte. Sie wollte noch etwas sagen, aber sie spürte, dass er schon mehr preisgegeben hatte, als ihm lieb war.

Eine weitere Nacht strich auf dem Bildschirm vorüber, gefolgt von einem weiteren Tag. Außer Kaltwasser, der morgens das Haus verließ und abends zurückkehrte, war nur einmal kurz der Postbote zu sehen. Dann begann das Spiel von vorn. Und wieder wurde es Nacht.

Die dunkle Rückseite der Villa war zu sehen, plötzlich fiel ein Lichtschein von Kaltwassers Wohnzimmer auf die Terrasse.

»22:54 Uhr«, sagte Daniel. »Kaltwasser war zu Hause und ging um kurz vor elf ins Bett.«

»Das war vor fünf Tagen«, stellte Mara fest.

Da war ich noch in dem Glauben, dass die Fürstin echt ist.

An jenem Tag hatten sie vormittags das Skelett in Grubers Keller entdeckt und den Fund nach Wiesbaden gebracht. Und noch am selben Tag den Anthropologen in Mainz einen Teil der Knochen zur Untersuchung zukommen lassen.

Erneut kam Leben in die Aufnahme vom Eingangsbereich. Wie immer stoppte Daniel die Aufzeichnung, um die Szene in Ruhe anzusehen. Ein Mann schritt die Stufen hinab. Er drehte sich noch einmal um, die Hand zum Gruß erhoben.

»Der Druide!«, riefen Daniel und Mara gleichzeitig.

Sie sahen, wie der große Mann sich nach rechts und links umschaute und davonging. Er trug enge lange Hosen und derbe Stiefel; mit einer kämpferischen Geste warf er sein langes Haar zurück. Dann war er aus dem Blickfeld verschwunden. Der Timecode zeigte 15:25 Uhr.

Erst um 14:28 Uhr regte sich wieder etwas. Daniel fuhr die Szene zurück und wieder vor. Kaltwasser kam mit dem wie gewohnt in seine Kutte gekleideten Schamanen den Weg entlang.

Es gab keinen Zweifel. Kaltwasser hatte den Druiden in sein Haus eingelassen wie einen alten Bekannten.

»Fällt dir jetzt etwas auf?«, fragte Daniel erneut.

Mara nickte. »Der Umhang, den du im Haus gefunden hast, ist tatsächlich der des Druiden.«

»Richtig. Er hat ihn bei Kaltwasser liegen lassen. Aber sieh dir mal die Bewegungen der beiden an. Diese Hektik.«

Daniel fuhr die Aufnahme wieder zurück und ließ sie noch einmal in Echtzeit ablaufen. Nun sah Mara einen wild gestikulierenden Kaltwasser auf sein Haus zustürmen, der wütend seinen Hausschlüssel aus der Hosentasche zerrte. Dabei redete er heftig auf den Druiden ein. Der hingegen verzog keine Miene, sondern wartete mit verschränkten Armen, bis Kaltwasser die Tür aufgeschlossen hatte.

»Sie haben sich gestritten«, sagte Mara.

»Kurze Zeit später waren sie wieder versöhnt.« Daniel sprang noch einmal zu der Stelle, wo der Druide das Haus mit kurzem Gruß verließ. »Das war etwa eine Stunde später. Was ist in der Zwischenzeit geschehen?«

Mara zuckte mit den Schultern. »Sie haben sich wieder vertragen, vermute ich. Vielleicht hat Kaltwasser dem Druiden das Geld gegeben.«

»Und dann lässt er seinen Tresor fünf Tage offen stehen?«

»Ich weiß es nicht.« Mara sah ihn ratlos an. Dann fragte sie: »Wo ist der Druide denn jetzt?«

»Gute Frage. Wenn er Kaltwasser auf dem Gewissen hat, ist er sicherlich schon längst über alle Berge, zurück nach Frankreich. Aber auch da kriegen wir ihn.« Daniel lehnte sich in seinem Bürosessel zurück. »Fassen wir einmal zusammen: Kaltwasser kannte Anna Hillen. Er kannte aber auch den Druiden.«

»Und möglicherweise kannten die beiden oder alle drei auch Peter Gruber.«

»Zumindest waren sie vor sechzehn Jahren alle etwa im

gleichen Alter und schwärmten für die Kelten. Gruber und Kaltwasser trugen beide die keltische Triskele am Oberarm.« Er rieb sich müde die Augen und setze düster hinzu: »Ich wette, auch der Druide hat so ein Tattoo.«

»Vielleicht hat einer von ihnen damals Anna getötet«, sagte Mara. »Aus Eifersucht, das könnte doch sein. Und der andere hat ihm geholfen, sie zu begraben.«

»Du denkst an Rache als Motiv?«

»Warum nicht? Mal angenommen, der Druide wusste all die Jahre nicht, was mit Anna geschehen war. Als ich sie fand und die Sache durch die Medien ging, wurde ihm klar, wo und von wem sie umgebracht worden war. Er kam zum Glauberg zurück, allerdings nicht, um die Celtoi zu unterstützen, sondern um seine damalige Freundin zu rächen.«

Wenn es wirklich so war, hat Peter dabei geholfen, eine Gleichaltrige unter die Erde zu bringen. Vielleicht war er sogar ihr Mörder.

»Na ja, mag sein.« Daniel stand von seinem Stuhl auf und schaltete das Abspielgerät aus. »Reden wir aber mal nicht von Rache, sondern von Fanatismus. Das scheint mir vom Kult, dem die Celtoi anhängen, nicht weit entfernt zu sein. Der Druide erfuhr vielleicht von seinen keltischen Freunden von deiner Grabung und eilte von Frankreich hierher zum Glauberg. Dort stahl er bei Nacht und Nebel den Grabfund, weil er seiner Meinung nach in keltische Hände gehört. Gruber kam irgendwie dahinter und wollte den Fund retten. Er suchte den Druiden auf, forderte den Fund zurück und deponierte ihn in seinem Keller. Für den Druiden war er dadurch ein Feind, der beseitigt werden musste. Er enthauptete ihn und positionierte seinen Kopf wie eine keltische Siegestrophäe in der Scheune der Celtoi. Dann erinnerte er sich an seinen alten Freund Kaltwasser. Von ihm erhoffte er Geld für die keltische Sache. Kaltwasser weigerte sich, ihm auch nur einen Cent zu geben, doch Bertrand gab nicht auf. Er suchte Kaltwasser erneut auf, als dieser auf seiner Terrasse badete, und zwang ihn, den Tresor zu öffnen. Als Kaltwasser sich mit dem Kerzenleuchter wehrte, kam es zum Kampf.«

»Und welche Bedeutung hat Annas keltische Beisetzung?«

»Das werden wir erst wissen, wenn wir ihn vor uns sitzen haben. Sollte sich die Beweislage verdichten, werde ich einen europäischen Haftbefehl erwirken und den Druiden persönlich in Frankreich abholen.«

»Ich fahre mit«, entschied Mara spontan.

»Das geht nicht«, erwiderte Daniel. »Viel zu gefährlich. Ich kann nicht riskieren, dass dir etwas passiert.«

Sie setzte ihr charmantestes Lächeln auf. »Was soll mir passieren? Ich bin doch unter Polizeischutz.«

Daniel zögerte. »Musst du nicht arbeiten?«

»Du hast die Grabung immer noch nicht wieder freigegeben, schon vergessen? Ich könnte im Amt Bürokram erledigen, doch dazu fehlt mir im Moment die Geduld, deshalb habe ich Urlaub genommen.«

Daniel schaute sie an und schwieg.

»Du willst es mit einem keltischen Druiden aufnehmen«, sagte Mara. »Ohne mich kommst du dabei nicht weit.«

ZEHN

Er hatte von Kaltwasser geträumt. Hatte ihn leblos in seinem Pool schwimmen sehen. Dann änderte sich das Bild, und er lag wieder in dem Betonschacht, in den ihn die Jugos damals geworfen hatten. Er spürte den harten Boden unter seinem Körper. Als er von irgendwoher Wasser rauschen hörte, brüllte er panisch um Hilfe. Im selben Moment stürzten Unmengen von Wasser in den Schacht, sie drückten ihn mit aller Wucht nieder. Nur Sekunden später kämpfte er bereits mit dem Tod. Er rang nach Luft, doch in seinen Mund und in seine Nase drang nur Wasser.

Mit einem gellenden Schrei war er aufgewacht.

Voller Entsetzen schaute er sich im Zimmer um. Das Licht des frühen Morgens drang durch die Fasern der Wolldecke, es kam ihm vor, als könnte er Fratzen darin erkennen.

Verfluchte Träume.

Die Seelenklempnerin hatte ihn damals gefragt, ob mehr hinter seinen Ängsten steckte als die Nächte im Schacht. Daniel hatte nur den Kopf geschüttelt. Er fand es sinnlos, in der Vergangenheit herumzuwühlen. Das machte seine Schwester nicht wieder lebendig.

Die Familie hatte mitten im Frankfurter Bahnhofsviertel gewohnt, sein Vater war Polizist im 4. Revier. Mit siebzehn geriet Simone an diese Clique, lauter durchgeknallte Typen. Sie hing mit ihnen in Bars herum, gab sich in ihrer Gesellschaft die Kante. Die Eltern hatten keine Ahnung, aber er überraschte sie eines Tages, als sie sich einen Schuss setzte. Er war vierzehn, als er sich von da an nachts davonschlich, um sie zu suchen. Er durchstreifte die Spelunken, suchte den Bahnhof ab und fragte überall nach seiner Schwester. Immer wieder brachte er sie vor Tagesanbruch nach Hause, damit die Eltern nichts merkten. Ein Jahr lang ging das so, dann flog alles auf. Der Vater tobte, warf Simone aus dem Haus. Daniel suchte noch ein paarmal nach ihr, brachte ihr Essen und Zigaretten. Eines Tages fand er sie in einem verfallenen Hinterhaus. Ihre Leiche lag auf einer versifften Matratze.

Hätte doch nur jemand die Dealer rechtzeitig eingebuchtet …

Während er in der Küche einen Pulverkaffee aufgoss, sortierte Daniel seine Gedanken. Drei Tage war es nun her, dass sie Kaltwasser im Pool gefunden hatten. Drei Tage, seit er mit Mara eine halbe Nacht in der Polizeistation vor Kaltwassers Videoaufzeichnungen verbracht hatte.

Mara.

Seither war er in Frankfurt in der Rechtsmedizin gewesen, und Eva Nikolay hatte ihm ihren Bericht ausgehändigt. Die Erkenntnisse darin gingen nicht sehr weit über die Vermutungen hinaus, die sie bereits am Tatort geäußert hatte. Kaltwasser war hart auf den Beckenrand gestoßen worden, das bewiesen Hämatome auf dem Oberkörper, dann hatte sein Mörder seinen Kopf unter Wasser gedrückt. Beweise für ein keltisches Ritual hatte die Rechtsmedizinerin nicht finden können. Außer der Triskele auf dem Oberarm gab es keinen Bezug zu den Kelten.

Auch eine zweite Begehung der Villa hatte nichts Neues gebracht, ebenso wenig wie all die kleinen Puzzleteile an Informationen, die die SOKO täglich zusammentrug. Die Fußabdrücke im Wohnzimmer waren Kaltwassers eigene, doch es gab Spuren von den Stiefeln eines Fremden. Wenn sie bei dem Druiden solche Stiefel finden würden, wären sie vielleicht bald einen Schritt weiter.

Kaltwassers Nachbarn hatten nichts gehört und gesehen.

Kein Wunder, bei den großen Grundstücken, die diese Leute haben.

Noch in T-Shirt und Boxershorts, nippte Daniel an seinem Kaffee.

Was muss ich heute alles erledigen? Und in welcher Reihenfolge?

Sein Handy läutete. Leise fluchend tappte er zurück ins Schlafzimmer, wo sein Handy auf dem Nachttisch lag.

»Richter.«

»Guten Morgen. Ich hoffe, ich bin nicht zu früh dran.«

»Nein, keine Sorge.« Daniel versuchte, die fremde Stimme jemandem zuzuordnen. »Was kann ich für Sie tun?«

»Hier spricht Cornelius Hillen. Der Vater von Anna. Ich … Seit Ihrem Besuch finde ich keine Ruhe.«

»Das tut mir leid.« Daniel nahm das Handy mit in die Küche, um seinen Kaffee auszutrinken.

»Ich mache mir schwere Vorwürfe, dass ich so sicher war mit Annas Besuch bei ihrer Freundin Nele«, sagte Hillen bekümmert. »Hätte man damals nur etwas weitläufiger gesucht …«

»Sie dürfen sich keine Vorwürfe machen. Selbst wenn die Polizei damals anders reagiert hätte. Da, wo sie starb, hätte niemand Ihre Tochter vermutet.«

»Das ist ja das Schreckliche«, sagte Hillen tonlos. »Sie starb so ganz in meiner Nähe. Und ich habe nichts davon gespürt.«

»Es tut mir wirklich leid«, wiederholte Daniel. Er hätte den alten Mann gern getröstet, aber ihm fielen so schnell keine passenden Worte ein.

»Heute Nacht habe ich Annas Sachen durchsucht, all die Hefte, Bücher und Unterlagen, die ich noch von ihr habe. Und da habe ich tatsächlich etwas Interessantes gefunden. Das würde ich Ihnen gern zeigen.«

Daniel schaute rasch auf die Uhr. Es war Viertel vor sieben. Die tägliche Lagebesprechung mit den Kollegen war erst um elf. »Ich kann in einer halben Stunde bei Ihnen sein«, sagte er und leerte seine Tasse. Dann stand er auf, um sich anzuziehen.

Die Morgensonne brannte bereits unangenehm heiß, als Daniel wenige Minuten später in seinen BMW stieg. Er schaltete die Klimaanlage an und fuhr aus der Stadt heraus. Die ersten Felder waren abgeerntet, sie lagen stumpf und staubig in der Sonne, grau wie vertrocknetes Brot.

Er zappte sich im Autoradio planlos durch ein paar Sender und schnappte den Beginn der Sieben-Uhr-Nachrichten im Regionalprogramm auf.

»Keine weiteren Erkenntnisse im Mordfall am Glauberg. Die Polizei sucht nach wie vor …«

Dann war der Sender nicht mehr zu empfangen, Rauschen und Wortfetzen drangen aus dem Radio. Daniel drückte eine CD von AC/DC in das Laufwerk, und der mächtige Glockenschlag von »Hells Bells« dröhnte durch das Auto. Er liebte das Gitarrenspiel von Angus Young. Der kraftvolle Rhythmus des Stücks erfüllte ihn jedes Mal mit Zuversicht.

Wir werden diesen verdammten Keltenmörder bald fassen.

Er drückte seine Zigarette im Autoaschenbecher aus, und seine Gedanken wanderten zu Mara. Eine Einzelgängerin, die die Stille der Einsamkeit auf einem Grabungsfeld aushalten konnte. Bestimmt musste man dazu einen besonderen Charakter haben. Zu gern hätte er mehr über sie gewusst. Aber er war vorsichtig gewesen und hatte sich an die Regeln gehalten. Keine Beziehungskisten im Job. Deshalb hatte er sie nichts Persönliches gefragt.

Vielleicht war es an der Zeit, die alten Vorsätze über den Haufen zu werfen.

Als er den Wagen vor dem Haus des Pfarrers abstellte, war er wieder ganz auf die Mordfälle konzentriert. Er trat vor die Tür, straffte die Schultern und schellte.

»Ach, da sind Sie ja schon.« Freundlich hielt Hillen ihm die Tür auf. »Kommen Sie herein.«

Daniel ließ sich ins Wohnzimmer führen. Wie beim letzten Besuch nahm der Hausherr hinter dem Schreibtisch Platz und bot ihm den Stuhl gegenüber an. Daniel setzte sich.

»Haben Sie schon jemanden in Verdacht?«, fragte der Pfarrer.

»Nein, aber die Ermittlungen laufen auf Hochtouren.«

Er hätte dem alten Mann gern gesagt, dass er Annas Mörder gefunden hatte. Aber er hatte nichts Gesichertes in der Hand. Stattdessen mussten sie immer neue Morde aufklären.

Hillen nickte dankbar. »Ich hoffe, Anna hat ihre Ruhe gefunden. Ich bin sicher, Gott hat ihr vergeben. Für mich war das Schlimmste an Annas Lebenswandel, dass sie dadurch von Gott getrennt war. Fern von seiner Güte und Allmacht. In früheren Zeiten hätte ein Mann wie ich sie in der Hölle gewähnt, in der ewigen Verdammnis. Aber Gott empfängt uns alle, egal in welchem geistigen Zustand wir vor ihn treten.«

»Anna ist also nicht in der Hölle?« Daniel war für einen Moment verwirrt.

»Nein, ich glaube nicht an die Hölle. Wenn überhaupt,

tragen wir die Hölle in uns selber, während unseres irdischen Daseins. Die Hölle auf Erden.«

»Und wenn unser Dasein endet …«

»Dann wird unsere Seele dahin gehen, wo sie ihren Ursprung hat. In Gottes Einheit, die größer ist als all unsere Vernunft. Mich tröstet, dass ich Anna in diesem unendlichen Sein wiedersehen werde.«

Daniels Blick fiel auf das schlichte Kreuz, das an der Wand hinter dem Schreibtisch hing.

Seine Enttäuschung muss maßlos gewesen sein, als seine Tochter sich vom christlichen Glauben abwandte.

Anna war sein einziges Kind gewesen. Er hatte sie geliebt und alle Hoffnungen in sie gesetzt. Doch dann waren ihre Weltanschauungen aufeinandergeprallt, und die Fronten zwischen Vater und Tochter waren verhärtet.

Ein Trauerspiel.

»Können Sie mir sagen, was Sie unter Annas Sachen gefunden haben?«, kam Daniel auf den Grund seines Besuchs zurück.

Hillen zog aus einem dicken Heft einen Briefumschlag hervor, holte eine handgeschriebene Seite heraus und reichte ihm das Blatt Papier.

»Bitte, lesen Sie.«

Daniel schaute auf die schrägen, ungelenken Buchstaben, die mit blauer Tinte aufs Papier gesetzt waren. An einigen Stellen war der Text mit einem Löschstift bearbeitet worden, um Schreibfehler auszubessern. Insgesamt hatte sich der Schreiber dieser Zeilen jedoch um ein akkurates Schriftbild bemüht. Gespannt widmete sich Daniel dem Inhalt.

»O schöne Frau, kommst du mit mir in mein wunderbares Land? Schöne Menschen ohne Makel leben dort. Ihre Haare sind blond, und weiß wie Schnee sind ihre Körper. Das Rot des Fingerhuts liegt auf ihren Wangen. Jung sind sie und werden niemals alt. Der Anblick der Felder und Blumen ist so schön. Süße, warme Flüsse von Met und Wein durchziehen das Land. Niemand kennt Kummer und Leid. Wir sehen die anderen, doch sie können uns nicht sehen.
So schön die Ebenen Irlands auch sein mögen, sie können den unseren

nicht standhalten. Euer Ale mag stark sein, unseres ist stärker. O schöne Frau, geh mit mir zu meinem stolzen Volk. Du wirst das beste Fleisch zur Speise, das beste Ale und die beste Milch zum Trank bekommen. Jeder Tag wird ein Festtag sein, und dir, schöne Frau, werden sie die goldene Krone aufs Haupt setzen!«
In Liebe, Felix

Daniel ließ den Brief sinken.

Er bemerkte, wie der Pfarrer hinter seinem Schreibtisch unruhig wurde. Nervös strich er mit den Händen über das Buch, in dem der Brief gelegen hatte.

»Nun, was halten Sie davon?«

»Es ist eine Beschreibung der Anderswelt«, sagte Daniel. »Und gleichzeitig eine Liebeserklärung von Felix Kaltwasser an Ihre Tochter.«

»Dieser Felix war also in Anna verliebt. Bislang hatte ich keine Ahnung davon. Ob sie seine Gefühle wohl erwidert hat?«

»Schwer zu sagen. Der Text zeugt jedenfalls von großem Respekt ihr gegenüber. Felix verspricht ihr ein Dasein als Königin in der Anderswelt, im keltischen Jenseits. Dort würden die beiden in Hülle und Fülle leben, unsichtbar für die anderen, aber als Personen weiterhin existent. Er schreibt vom diesseitigen Irland, also könnten die Sätze nicht von ihm direkt, sondern vielleicht aus einer irischen Sage stammen. Mit ihnen wollte er wohl seine Gefühle für Anna ausdrücken. Diese Mythen gehen auf keltische Überlieferungen zurück.« Er lächelte, weil er sich insgeheim wunderte, wie viel er in so kurzer Zeit von Mara gelernt hatte.

Keltische Mythen – vor drei Wochen wusste ich nicht mal, was das ist.

»Anna und dieser Felix waren wohl ganz in der Welt der Kelten versunken.« Hillen seufzte und starrte auf das Buch, das vor ihm auf der Tischplatte lag.

»Was haben Sie denn da?«, fragte Daniel. »Lag der Brief darin?«

Hillen schaute erst Daniel und dann wieder das Buch an, als sähe er es zum ersten Mal. »Ach das. Das ist Annas Abi-Buch. Das haben die Schüler ihres Jahrgangs zum Abitur gemacht.«

Daniel ließ sich das Buch geben und blätterte es aufmerksam durch. Junge Gesichter, mal verschlossen und ernst, mal mit provokant verzogener Miene, mal lachend und ausgelassen. Es gab Gruppenaufnahmen von Leistungskursen und Klassenfahrten, Schnappschüsse von Schulpartys und dem obligatorischen Abi-Streich. Dazwischen Zitate, auf die sich ein Außenstehender kaum einen Reim machen konnte. Er überflog die Texte. Neben Erinnerungen aus dem Unterricht hatte jeder Schüler und jede Schülerin ein paar Gedanken hineingeschrieben, oft waren es Dankessprüche.

»›Ich danke meinem Vater, ohne den ich meine halbe Schulzeit verpennt hätte‹«, las er. Er konnte sich gut vorstellen, wie der arme Vater seinen Jungen jeden Tag aus dem Bett gezogen hatte, damit er zur Schule ging.

Schließlich fand er Annas Seite. Das Foto darauf war ein Schnappschuss, vielleicht von einer Klassenfahrt. Anna stand vor einem Kirchenportal, bekleidet mit Jeans, Blouson und dickem Schal. Jemand war hinter sie getreten und formte mit ausgestreckten Fingern zwei Teufelshörnchen über ihrem Kopf. Die Texte darunter waren freundlich, eine Mitschülerin bedankte sich dafür, dass sie bei Anna hatte abschreiben dürfen, jemand anderes wünschte ihr alles Gute für ihr Philosophiestudium.

»Haben Sie viele von Annas Klassenkameraden gekannt?«, fragte Daniel.

Hillen verneinte. »Seit Anna in der Zehnten sitzen geblieben war, kannte ich kaum noch jemanden, die neuen Mitschüler hat sie mir nicht mehr vorgestellt. In der Oberstufe waren die Schüler dann in allen möglichen Kursen zusammengewürfelt, da gab es keine Klassengemeinschaft mehr, zumindest nicht in dem Sinn, wie unsereins das noch kannte.«

Daniel hatte angefangen, das Abi-Buch systematisch durchzusehen. Seine Fingerspitzen kribbelten. Irgendetwas sagte ihm, dass dieses Heft noch eine Überraschung barg.

»›Wenn man uns trennen wollte, so wäre das, als würde man Geschwister auseinanderreißen oder Leib und Leben scheiden‹«, las er halblaut.

Eine Unterschrift unter den Zeilen fehlte, dafür gab es drei große, nebeneinander positionierte Fotos der Personen, um die es auf dieser Seite ging. Drei Jungs in Feierlaune, mal zu zweit, mal zu dritt, die sich lachend die Arme um die Schultern gelegt hatten. Bilder von einer Kursfahrt nach Paris. Eine Seite weiter stieß Daniel auf das Gruppenfoto aller Reiseteilnehmer. Nach und nach ging er die Namen durch, die unter dem Foto aufgelistet waren. In einer Gruppe von Mädchen entdeckte er Anna Hillen, mit dem gleichen Lächeln wie auf dem Foto mit Nele, das der Vater eingerahmt hatte. Direkt dahinter in der Reihe stand Felix Kaltwasser. Neben ihm Peter Gruber und noch eine Reihe weiter ein Junge namens Christian Bertram. Daniel sah wieder den französischen Pass vor sich, den er zu Beginn der Vernehmung des Druiden überprüft hatte.

Christian Bertram, Künstlername Bertrand.

Kaltwasser hatte schon als Abiturient einen spärlichen Haarwuchs gehabt. Auch Peter Gruber war gut wiederzuerkennen. Aber dass der blonde Junge mit dem Milchbart und dem abwesenden Blick nun ein Sektenanführer war, fand Daniel doch erstaunlich.

»Ich muss dieses Abi-Buch mitnehmen.« Er stand abrupt auf. »Ich bringe es Ihnen später zurück. Geht das?«

»Wenn es denn nötig ist.«

Sie wechselten noch ein paar Worte, dann verabschiedete Daniel sich eilig.

Das Trio ist komplett, jetzt muss ich ihre alten Lehrer finden.

***

Vor dem Schulgebäude standen die Schüler in kleinen Gruppen im Schatten. Sie schwätzten, spielten mit ihren Handys und hörten Musik aus ihren iPods. Zwei Mädchen teilten sich einen Kopfhörer, sie hatten sich dicht aneinandergedrängt, und jede hatte einen der beiden Knöpfe ins Ohr gesteckt. Sanft bewegten sie ihre Körper zu einer für die anderen nicht hörbaren Musik. Ein Junge stampfte eine herumliegende Coladose platt.

Daniel strebte durch den Pulk der Jugendlichen hindurch auf

den Eingang zu. Niemand beachtete ihn, keiner machte ihm Platz. Er fand das Sekretariat und wurde ins Büro der Rektorin geschickt.

Ruth Berger trug eine Tunika über einer weiten Hose. An ihrem Hals baumelte eine riesige Perlenkette, und ihr Haar war mit einem bunten Tuch zusammengebunden.

Daniel stellte sich vor, und sie bat ihn, an einem kleinen Besprechungstisch Platz zu nehmen.

»Sie haben Glück, dass Sie mich antreffen«, sagte sie, während sie noch ein paar Unterlagen auf ihrem Schreibtisch sortierte. »Ich bin gerade auf dem Sprung ins Schulamt. Was kann ich für Sie tun?«

»Ich habe ein paar Fragen zu einer ehemaligen Schülerin von Ihnen. Anna Hillen.« Daniel zog Annas Abi-Buch unter dem Arm hervor und reichte es ihr. Sie betrachtete es erstaunt, dann setzte sie sich zu ihm und blätterte es durch.

»Anna Hillen hatte ich sehr lange als Schülerin. Sie war in meinem Leistungskurs. Ich gebe Französisch und Biologie, wissen Sie? Auf dem Abi-Ball haben wir bis in die frühen Morgenstunde getanzt.« Sie lächelte bei der Erinnerung daran.

»Dann können Sie sich ja sicherlich noch gut an jeden Schüler erinnern.«

Er versuchte, ihr Alter zu schätzen. Ende fünfzig vielleicht. Dann musste sie damals Anfang vierzig gewesen sein.

»Natürlich erinnere ich mich an so einige.« Sie hatte Annas Seite gefunden und wurde ernst. »Anna Hillen ist vor vielen Jahren spurlos verschwunden. Niemand weiß, was ihr zugestoßen ist. Ich hoffe immer noch, dass sie einfach nur durchgebrannt ist und irgendwo glücklich in einer Künstlerkommune lebt. Zwei andere Schüler aus dieser Klasse, Peter Gruber und Felix Kaltwasser, sind erst kürzlich unter mysteriösen Umständen gestorben.« Sie schaute ihn fragend an. »Aber das wissen Sie doch bestimmt alles. Deswegen sind Sie hier, nicht wahr?«

Daniel nickte. »Ja, das stimmt. Wir glauben, dass die Fälle in irgendeinem Zusammenhang stehen.«

»Und Sie hoffen, ich könnte Ihnen da weiterhelfen?«

»Ja. Was können Sie mir über Ihre Schüler erzählen?«

»Wissen Sie, wir haben an dieser Schule weit über tausend Schüler und nur einen Sozialpädagogen. Natürlich kommen einige mit ihren privaten Problemen zu uns. Aber wir müssen unterrichten, und das geht nur, wenn wir professionellen Abstand zu den Schülern und ihrem Leben halten.«

Daniel schluckte hart.

Etwas Ähnliches hatte ihm die Vertrauenslehrerin an seiner eigenen Schule erklärt, als seine Schwester damals an Drogen geraten war. Er hatte die Lehrerin angebettelt, seiner Schwester zu helfen. Aber sie erklärte ihm nur ganz ruhig, dass Simone schon achtzehn sei, also volljährig, und dass niemand sie in eine Klinik einweisen könne, wenn sie selbst nicht bereit dazu wäre.

Ein paar Wochen später hatte er sie gefunden.

Wut und Ohnmacht kamen wieder in ihm hoch, wenn er daran dachte.

Was für ein beschissenes Schulsystem.

Daniel riss sich zusammen und konkretisierte seine Frage: »Woran können Sie sich bei Anna Hillen, Peter Gruber und Felix Kaltwasser erinnern?«

Sie schloss die Augen und sammelte sich. »Es ist natürlich sehr viel Zeit vergangen seitdem. Die Jungen waren auch nicht mehr bei uns, als ich von Annas Verschwinden erfuhr, sie haben alle gemeinsam Abitur gemacht.«

Daniel nickte.

»An Felix erinnere ich mich ziemlich gut«, fuhr die Rektorin fort. »Er konnte für sein Alter sehr analytisch denken, war gut in Mathematik. Seine rasche Auffassungsgabe stand im krassen Gegensatz zu seinem … nun ja, bäuerlichen Elternhaus. Vier Kinder auf einem Hof, der die Familie kaum ernährte. Der Vater sagte einmal ganz offen, dass ihm eifrige Arbeitskräfte auf dem Feld wichtiger wären als akademische Streber. Ich hatte manchmal den Eindruck, dass Felix sein Licht unter den Scheffel stellte, so, als wäre er es gewohnt, seine Intelligenz zu verbergen. Zum Glück gelang es ihm, sich von seinem Vater zu lösen und seinen eigenen Weg zu gehen. Soweit ich weiß, war er in der Finanzbranche untergekommen.«

»Das stimmt, er war Börsenexperte für Rohstoffaktien. Wissen Sie, ob er damals mit Anna Hillen befreundet war?«

»Ach ja, Anna.« Ruth Berger blickte angespannt auf ihre Armbanduhr. »Das Schulamt wartet, könnten Sie ein anderes Mal wiederkommen?«

»Ich brauche die Informationen ziemlich dringend«, sagte Daniel.

»Also gut, machen wir weiter.« Sie legte das Abi-Buch vor sich auf den Tisch. »Von einer Freundschaft zwischen Anna und Felix weiß ich nichts, die Beziehungen unter Schülern ändern sich ja recht häufig. Außerdem stieß Anna Hillen erst in der Zehnten zur Klasse, sie musste ein Jahr wiederholen, gehörte also eigentlich schon in die Elfte. Ich halte es für eher unwahrscheinlich, dass sich eine Schülerin in diesem Alter einen jüngeren Freund nimmt. Meist schauen sie nach denen, die ein, zwei Klassen über ihnen sind.«

»Was wissen Sie noch von Anna?«

»Sie war ein sehr stolzes, verschlossenes Mädchen. Sie war intelligent, las viel und blieb meist für sich. Sie ging nicht in die Disko wie die anderen und trug eine Zeit lang ziemlich düstere Kleidung.« Ruth Berger griff nach ihrer schweren Perlenkette und ließ sie durch die Finger gleiten. »Ich weiß noch, wie ich mir Sorgen gemacht habe. Ihr Vater war Pfarrer, und ich dachte, er hätte sie in einen religiösen Wahn hineingetrieben.«

»Und? War das so?«

»Nein, ich erfuhr, dass Annas Mutter schwer an Krebs erkrankt war, und führte ihr Verhalten darauf zurück. Es dauerte nicht lange, da war Frau Hillen unter der Erde. Die Klasse nahm großen Anteil, wir versuchten, Rücksicht auf Annas Trauer zu nehmen. Wir packten sie mit Samthandschuhen an, und sie fand immer jemanden, der ihr bei den Referaten half. Irgendwann war sie aber über den Tod ihrer Mutter hinweg und machte ein ganz gutes Abitur. Ich glaube, sie wollte in Frankfurt Philosophie studieren. Etwa ein Jahr später las ich zufällig die Meldung, dass Anna Hillen vermisst wurde. Aber ich war mir sicher, dass sie bald wieder auftauchen würde.«

Daniel hatte das Gefühl, auf der Stelle zu treten. Ruth Berger kannte zwar die Familienverhältnisse ihrer Schüler, aber bis in ihre Gedankenwelt war sie nicht vorgedrungen. Was die jungen Leute wirklich bewegt hatte, davon hatte sie keine Ahnung.

»Kommen wir zu Peter Gruber. Was können Sie mir über ihn sagen?«

»Peter, ach der …« Sie seufzte. »Der machte mir Angst.«

»Wieso denn das?«

Ruth Berger schaute sich in ihrem Büro um, als suchte sie etwas. »Irgendwo muss ich hier noch einen Artikel über seinen Vater haben. Die ›Zeit‹ hat neulich ein Porträt über ihn gebracht.« Sie gab die Suche auf und winkte ab. »Peters Vater war wissenschaftlicher Mitarbeiter am Institut für Friedens- und Konfliktforschung in Frankfurt, die Mutter Violinistin an der Frankfurter Oper. Beide Eltern waren beruflich sehr engagiert, hielten sich öfter im Ausland auf, und Peter und seine ältere Schwester waren oft allein.«

»Und das tat den beiden nicht gut?«

Sie schüttelte den Kopf. »Es ist egal, ob Sie einfache oder gebildete Familien haben, wenn sich die Eltern nicht um die Kinder kümmern, ist es immer derselbe Schlamassel. Die Schule soll das dann auffangen, aber das ist nicht möglich.«

»Was war denn nun mit Peter Gruber?«, fragte Daniel.

Sie beugte sich ein wenig vor. »In der Unterstufe neigte Peter zur Gewalt. Er war leicht aufbrausend und geriet öfter mal in Schlägereien. Meistens suchte er sich ein Opfer aus und drangsalierte es bis aufs Blut. Mehrmals schlug er auf Schüler ein, stieß sie an Bänke und Heizkörper, es gab blaue Flecken und sogar Platzwunden. Wir bestellten die Eltern ein, aber sie versicherten uns, Peter sei zu Hause ein ganz braver Junge. Wir hatten Geduld mit ihm, doch es fehlte ihm an Empathie, an Mitgefühl, da konnte auch der Psychologe nichts ausrichten, den die Eltern mit ihm aufsuchten. Es wurde zwar besser. Und manchmal wächst sich so ein Verhalten aus, das weiß ich aus Erfahrung. Aber bei Peter hatte ich immer die Befürchtung, seine Aggressionen könnten jederzeit wieder ausbrechen. Man sah ihm an, wie sehr er sich beherrschen musste. Später hatte ich ihn im Leistungskurs Biologie, und er konnte nicht genug bekommen von wissenschaftlichen Experimenten. Wenn sie nicht im Lehrplan vorgesehen waren, dachte er sich selbst welche aus. Die waren immer irgendwie …«

»Merkwürdig?«

Sie zögerte. »Ich weiß nicht, wie ich es beschreiben soll. Er ging so abgeklärt an die Dinge heran. Er wollte wissen, wie Lebewesen funktionieren, aber er hatte keine Gefühle für sie. Felix brachte einmal einige Gewölle aus der Scheune seiner Eltern in den Biologieunterricht mit und fragte mich, was das sei.«

»Gewölle? Kenne ich auch nicht.«

»Eulen und Greifvögel schlucken Mäuse mit Haut und Haaren, später würgen sie die unverdaulichen Reste hervor, das nennt man dann ein Gewölle. Es sieht aus wie ein kleines Fellknäuel, und darin befinden sich sämtliche Knochen der Maus. Peter hatte als Einziger in der Klasse die Geduld, mit diesen Gewöllen fertig zu werden. Er nahm sie auseinander und klebte die Skelette der Mäuse wieder zusammen. Er wollte gar nicht damit aufhören, saß noch lange nach dem Unterricht da und ließ sich erst nach Hause schicken, als ein vollständiges Gerippe vor ihm stand. Natürlich habe ich ihm dafür eine Eins gegeben.«

»Eine Eins, natürlich«, murmelte Daniel.

Seine eigenen Schulleistungen waren miserabel geworden, nachdem er seine Schwester verloren hatte. Sein Abi hatte er nur mit Ach und Krach geschafft.

»Andere Experimente von Peter haben mich allerdings schockiert«, setzte Ruth Berger hinzu. »Er hat tatsächlich einmal eine junge Katze und eine Ratte gemeinsam in einen Käfig gesperrt und den Tieren kein Futter gegeben. Er wollte sehen, wer wen am Ende auffressen würde.«

Daniel spürte, wie ihm übel wurde. Abwehrend hob er die Hände. »Das Experiment kenne ich mit einem Menschen und einem Hund«, sagte er düster.

Ruth Berger hörte gar nicht hin, sie sah wieder auf ihre

Armbanduhr. »Also, wenn Sie keine weiteren Fragen haben …«

»Doch, einen Namen habe ich noch auf der Liste. Christian Bertram.«

Ruth Berger überlegte kurz und schüttelte dann den Kopf. »Nein, an den kann ich mich nicht erinnern. Das ist alles schon so lange her, ich habe in der Zwischenzeit Hunderte von Schülern gehabt.«

»Christian Bertram nennt sich heute Bertrand und lebt in Frankreich«, versuchte es Daniel weiter. »Können Sie damit etwas anfangen?«

Er sah, wie die Rektorin die Stirn runzelte und konzentriert aus dem Fenster schaute, als würden ihre Erinnerungen dort draußen spazieren gehen.

»Wenn Sie den Muttersprachler meinen, den ich in Französisch hatte …«, sagte sie nachdenklich, »der Vater Deutscher, die Mutter Französin?«

»Ja, das kommt hin.«

Die Rektorin überlegte, sie schien nach einem Bild aus der Vergangenheit zu suchen.

»Christian Bertram«, wiederholte sie. »Ich möchte wissen, was aus dem geworden ist.«

»Ein keltischer Druide.«

Ruth Berger sah ihn mit hochgezogenen Augenbrauen und einem amüsierten Lächeln um die Mundwinkel an.

»Das wundert mich ehrlich gesagt nicht. Er war der einzige Sohn dieses Paares aus Glauburg, das damals mit viel Aufwand einen alten Bauernhof restaurierte. Anthroposophen aus tiefster Überzeugung. Sehr liebevolle Eltern, aber auch ein bisschen weltfremd. Christian stand bei seinen Mitschülern am Anfang wie ein Trottel da, ohne Fernsehen zu Hause und in selbst gestrickten Pullovern. Die anderen akzeptierten ihn mit der Zeit, aber er blieb ein Außenseiter. Ich habe bewundert, wie gelassen er die Rolle des Einzelgängers annahm, er schien regelrecht in sich zu ruhen.«

»Keine Konflikte mit Mitschülern?«, bohrte Daniel.

»Nein, nicht einmal mit Peter Gruber, für den er das passende

Opfer gewesen wäre. Aber auch der ließ ihn in Ruhe und suchte sich andere aus.«

»Wie erklären Sie sich das?«

»Ich weiß es nicht, vielleicht war es die Unabhängigkeit, die er ausstrahlte. Man spürte, dass er anders war, aber er versuchte niemals, seine Mitschüler von irgendetwas zu überzeugen.«

»Das hat sich geändert. Heute versucht er, Anhänger für seine keltische Bewegung zu finden.«

Ruth Berger zuckte mit den Schultern. »Es ist doch so: Ein angepasster, unauffälliger Schüler fordert nicht so sehr unsere Aufmerksamkeit. Wir sind insgeheim froh, wenn es in der Klasse einige von ihnen gibt, denn verhaltensauffällige Kinder haben wir schon genug. Christian war still, aber aufmerksam. Da ist man als Lehrer schon zufrieden.«

Daniel nahm das Abi-Buch vom Besuchertisch und blätterte zu den Seiten mit den Fotos von der Paris-Fahrt.

»In diesem Buch haben wir einen Liebesbrief von Felix an Anna gefunden, und hier sind Peter, Felix und Christian als gute Freunde zu sehen.« Er deutete auf die Bildunterschrift. »Hier steht: ›Wenn man uns trennen wollte, so wäre das, als würde man Geschwister auseinanderreißen‹. Wissen Sie wirklich nichts von einer Verbindung zwischen diesen Schülern?«

»Nein, das sagte ich Ihnen doch.« Ruth Berger nahm Daniel das Buch aus der Hand, um sich die drei Schnappschüsse anzusehen. Sie schienen keine besondere Erinnerung anzustoßen. Sie blätterte weiter und hielt plötzlich inne. »Das hier ist Anna vor dem Portal von Notre-Dame in Paris. Ich erinnere mich, dass sie zu diesem Bauwerk ein Referat hielt, und zwar vor Ort. Dabei hatten ihr Felix und Christian geholfen. Christian vor allem deshalb, weil der Vortrag in Französisch gehalten werden musste. Wie auch immer, die drei sprachen fast nur über die keltischen Wurzeln der ›Ile de la Cité‹. Und über die Gallier und ihren Untergang durch die römischen Truppen. Von der Kirche war keine Rede mehr. Ich tadelte sie, sie hätten das Thema verfehlt, da schaltete sich Peter ein und verteidigte den Vortrag. Es entwickelte sich eine rege Diskussion, sie wollten nicht von ihrem Standpunkt lassen. Ich beendete damals den

Disput, und wir zogen weiter durch die Stadt. Aber wenn Sie mich heute fragen: Ja, damals hatte ich schon das Gefühl, diese kleine Gruppe würde eng zusammengehören.«

***

Als Daniel das Schulgebäude verließ, war die Sonne hinter hohen Gewitterwolken verschwunden. Die Häuser hoben sich hell vor dem schwarzen Himmel ab, es war nur eine Frage von Minuten, bis ein Sturzregen niederging.

Wo kommt das denn auf einmal her?

Er erreichte den Parkplatz und konnte gerade noch in seinen Wagen springen, bevor der Himmel seine Schleusen öffnete. Zuerst Regen, dann kam Hagel dazu. Er trommelte auf das Autodach, und Daniel sah stoisch zu, wie sich die Hagelkörner an den Scheibenwischern sammelten. Sie waren groß genug, um damit einen Drink zu mixen.

Das Wetter ist so verrückt wie diese keltischen Morde.

Das Gespräch mit der Rektorin hing ihm nach, allmählich konnte er sich die vier jungen Leute vorstellen. Ein Mädchen und drei Jungen: Anna Hillen, Felix Kaltwasser, Peter Gruber und Christian Bertram. Doch das Bild war noch nicht vollständig genug, um daraus Schlüsse auf die Morde zu ziehen. Noch fehlten zu viele Steine im Puzzle.

Während der Unterhaltung mit der Lehrerin war ihm ein Gedanke gekommen, den er schon im Zimmer von Anna Hillen gehabt hatte. Er hatte dort das Gefühl gehabt, dass die Anna, nach der er suchte, diesen Raum nie benutzt hatte. Dass der Vater alles so hergerichtet hatte, wie es vor ihrer Wandlung zur keltischen Priesterin aussah. Und dieser Eindruck verstärkte sich jetzt.

Wo waren die schwarzen Klamotten, von denen die Rektorin geredet hatte? In Annas Zimmer gab es weder Bücher über die Kelten noch Poster oder Bilder. Angeblich hatte sie für ihre Mutter Kräutertinkturen gemixt, aber er hatte keinerlei Kräuter oder anderes Zubehör in ihrem Zimmer gesehen.

Nicht mal einen vertrockneten Mistelzweig.

Er ließ den Motor an und fuhr im strömenden Regen noch einmal zum Glauberg.

Als er das Haus des Pfarrers erreichte, goss es immer noch wie aus Kübeln. Daniel sprang aus dem Wagen, rannte durch den Vorgarten und suchte Schutz unter dem kleinen Vordach. Er schaffte es nicht, ohne dass seine Haare und sein Hemd nass wurden.

Er schellte, und Cornelius Hillen öffnete die Tür. Der Pfarrer trug ausgebeulte Cordhosen und ein kariertes Hemd. Er sah gar nicht mehr wie ein Priester aus, eher wie ein älterer Bauer aus der Gegend.

Ein müder alter Mann, der seine Kraft verloren hat.

»Entschuldigen Sie, dass ich so spontan vorbeikomme«, sagte Daniel, »aber mir ist noch etwas eingefallen. Kann ich das Zimmer Ihrer Tochter noch einmal sehen?«

Hillen nickte. Er ließ ihn ins Haus ein und ging vor ihm die Treppe hoch ins Dachgeschoss.

Er drehte sich um. »Möchten Sie sich vielleicht abtrocknen?«

»Danke, es geht schon.«

Daniel blieb auf der Schwelle stehen und ließ seine Blicke erneut durch das Zimmer wandern. Es war aufgeräumt und unberührt wie beim letzten Mal. Auf dem Schreibtisch stand ein frischer Strauß mit Kornblumen und Gräsern.

Ein Museum. Eine Gedenkstätte.

Er hörte, wie der Regen auf das Dach prasselte.

»Sie haben mir erzählt, dass Anna hier nicht mehr gewohnt hat. Sie haben ihr dieses Zimmer eingerichtet für den Fall, dass sie zu Besuch kommt.«

»Für den Fall, dass sie zu mir zurückkommt«, sagte Hillen.

»Wie sah Annas Zimmer aus, als sie noch bei Ihnen gewohnt hat?«

Hillen sah ihn an und schwieg.

»Herr Hillen. Das hier ist das Zimmer einer braven Schülerin. Es ist nicht das Zimmer einer jungen Frau, die wie eine keltische Druidin leben möchte.«

»Da haben Sie recht.« Annas Vater ging auf das Bett zu,

bückte sich schwerfällig und zog einen schwarzen Koffer darunter hervor. »Schauen Sie ruhig selbst.«

Daniel ging vor dem Koffer in die Hocke und ließ die Schlösser aufschnappen. Er hob den Deckel an.

Der Koffer war voller Bücher. Er nahm ein paar in die Hand und las die Titel.

»Die Nebel von Avalon«, »Eine andere Wirklichkeit«, »Das Feuer von innen«. Sogar »Der gallische Krieg« von Julius Caesar war dabei.

»Aber das ist doch nicht alles, oder?«, sagte Daniel.

Hillen schüttelte den Kopf. »Anna hatte Kostüme, Schmuck, Spiegel und Tücher. Zeug, das aus einem Theaterfundus hätte stammen können. Sie besaß Runen und Pendel. Mörser, um Pflanzen zu zerreiben. Getrocknete Substanzen, die ich nicht kannte.« Er seufzte. »Ich habe eines Tages alles in den Müll getan. Nur die Bücher konnte ich nicht wegwerfen, das habe ich nicht über mich gebracht. Bücher wirft man nicht weg.«

Daniel nahm ein Buch nach dem anderen zur Hand und blätterte es durch in der Hoffnung auf einen Brief, einen Zettel oder einen sonstigen Hinweis. Aber da war nichts. Er legte die Bücher zurück, klappte den Koffer zu und schob ihn wieder unter das Bett. Dann ging er die Treppe hinunter in die Küche. Hillen folgte ihm schweigend und setzte sich auf den Stuhl, der vor dem Tisch stand. Daniel blieb am Fenster stehen und schaute auf die Felder und Wiesen hinaus, über die dichte Regenschauer niedergingen.

»Nun möchte ich mal die ganze Geschichte hören«, sagte er ruhig.

»Einiges habe ich Ihnen ja schon erzählt«, begann Hillen nach einer Weile. »Alles fing an, als wir noch im Pfarrhaus wohnten und meine Frau noch lebte. Anna suchte nach sich selbst, das war normal für ihr Alter. Aber sie suchte auch nach einem neuen Glauben. Meiner war ihr wohl nicht faszinierend genug.« Er rieb sich müde über die Augen. »Zu Beginn schien mir alles ganz harmlos zu sein. Anna führte mich eines Tages unter eine Eiche, sie bat mich, die Augen zu schließen, mich ganz nah an den Stamm zu stellen und den Kopf zu heben.

Dann sollte ich die Augen aufmachen. Es war ein schönes Bild, all die Äste, die sich beschützend über mir ausbreiteten. Nach oben hin wurden sie kleiner, der Baum schien endlos in den Himmel zu wachsen. Anna freute sich, dass es mir gefiel. Erst als sie ein paar Tage später davon sprach, dass jeder Baum eine Himmelsleiter zu den Göttern sei, wurde ich hellhörig.«

»Sie meinen, weil sie von Göttern sprach und nicht von Gott?«

»Sicher. Sie suchte nach fremden Göttern, nicht nach meinem. Nächtelang las sie keltische Mythen und Sagen. Diese Welt faszinierte sie.« Hillen ballte die Fäuste, er kämpfte um seine Fassung.

Daniel wartete, bis er weitersprach.

»Als Anna die Klasse wiederholen musste, traf sie auf diese drei Jungen. Denen konnte sie mit ihren Geschichten imponieren. Bald machten sie Nachtwanderungen im Wald, saßen nächtelang draußen auf dem Feld und starrten in den Vollmond. Christian Bertram kam aus einem esoterischen Elternhaus, das war im Dorf bekannt. Einmal hatte er Fieber, da hat er sich von den anderen bis zum Hals in der Erde eingraben lassen, das hat Anna mir erzählt. Er meinte, die Erde würde das Fieber aus seinem Körper ziehen.«

»Was haben Sie da gedacht?«

Hillen lächelte traurig. »Ich hoffte, dass sie irgendwann genug von all dem Unsinn hätten und von selbst aufhören würden.«

»Und Felix?«

»Nun, bei Felix hatte ich immer den Eindruck, dass er eigentlich nur mitmachte, um in Annas Nähe zu sein.«

»Sie wussten also, dass er in Anna verliebt war?«

»So, wie er sie anschaute, war das nicht zu übersehen.«

»Und warum haben Sie mir das alles bislang verschwiegen?« Daniel konnte den Vorwurf in seiner Stimme nicht unterdrücken.

Hillen stand auf und ging in seiner Küche auf und ab. Der Wind trieb die Regentropfen jetzt ans Fenster, das Wasser lief in breiten Bahnen die Scheiben hinunter.

»Ich habe mich in Grund und Boden geschämt, verstehen

Sie? Ich war der Herr Pfarrer, und meine Tochter betete Götzen an. Können Sie sich vorstellen, was das auf dem Dorf bedeutet? Wenn ich unfähig war, meinen Glauben an mein Kind weiterzugeben, wie sollten mir dann die Gemeindemitglieder vertrauen?«

Daniel überlegte. Der Konflikt zwischen Vater und Tochter war weit über ein privates Beziehungsproblem hinausgegangen.

Ein Glaubenskrieg in der Familie.

»Was haben die Jugendlichen denn noch angestellt?«, fragte er.

Hillen war stehen geblieben, er lehnte sich an den Türpfosten und schaute Daniel an.

»Einmal bin ich Anna heimlich in den Wald gefolgt«, gestand er. »Da standen sie zu viert auf einer Lichtung. Anna trug ein langes blaues Kleid, sie drückte eine Schale an ihre Brust und betete laut: ›Gelobt seist du, Mutter Erde.‹ Als sie die Schale abstellte, konnte ich sehen, dass tatsächlich Erde darin war. Christian reckte ein Schwert in die Luft und rief: ›Gelobt seist du, Bruder Luft.‹ Peter und Felix trugen karierte Hosen und grobe Kittel. Sie reichten ein Füllhorn mit Wasser herum. ›Gelobt seist du, Schwester Wasser‹, ging es weiter, begleitet von Worten der Verehrung. Anna beschwor das Feuer, indem sie einen Holzstab schwang, auf dem ein dämonischer Drachenkopf saß. Es war zutiefst heidnisch.«

»Luft, Erde, Wasser und Feuer. Die vier Elemente«, überlegte Daniel laut.

Hillen nickte. »Richtig. Ihre Gebete erinnerten an den ›Sonnengesang‹ des heiligen Franziskus von Assisi. Aber Franziskus hat Gott dem Herrn für die Erschaffung der Elemente gedankt. Diese Kinder hingegen verehrten nur die Elemente, nicht den Schöpfer.«

»Für Sie war das also eine Art Götzendienst?«

Der Pfarrer hob hilflos die Hände. »Anna stellte mit ihrem Verhalten nicht nur meinen Glauben auf die Probe, sie stellte mich auch bloß und trat meine Berufung mit Füßen.« Er schwieg und schien nachzudenken, wie viel er preisgeben sollte. Dann sprach er leise weiter. »Nachdem Anna nicht mehr da war, hatte ich große Schuldgefühle, weil ich mir oft gewünscht hatte, sie verschwände aus meinem Leben.«

Daniel sah Annas Vater lange an. »Sie wollten sich nicht länger für Ihre Tochter schämen, wollten ein ehrbarer Pfarrer sein.«

»Ich habe mich lange an die Vorstellung geklammert, dass sie noch irgendwo lebt, in irgendeinem mystischen Landstrich. In ihrer Welt eben. Nur so konnte ich sie loslassen, und der Kampf mit ihr hatte endlich ein Ende.«

Cornelius Hillen weinte nun.

***

Daniel schaffte es gerade noch rechtzeitig zur Lagebesprechung. Nach und nach trudelten die Kollegen der SOKO ein, ein gutes Dutzend war es schließlich. Stühlerücken und Gemurmel. Die Beamten begrüßten sich untereinander, einige tauschten kurz ein paar Neuigkeiten aus. Jemand öffnete die Fenster und ließ schwere, feuchte Regenluft herein.

Daniel setzte sich an seinen Platz. Er dachte an das Gespräch mit der Rektorin und an die Begegnung mit dem Pfarrer. Vor allem aber dachte er an Simone, seine Schwester. Ausgerechnet jetzt tauchte sie wieder in seinen Gedanken auf. Er spürte, wie die Verzweiflung von damals in ihm hochkroch, das Gefühl der Schuld. Ein leichter Schwindel packte ihn, die Gesichter der Kollegen erschienen ihm fremd, und ihre Stimmen wurden zu einer dumpfen Geräuschkulisse.

Reiß dich zusammen, du bist Daniel Richter, Hauptkommissar, und du schaffst das.

Das fehlte noch, dass ihm vor lauter Erinnerungen der klare Blick für den Fall abhandenkam.

Als sich der Geräuschpegel ein wenig gelegt hatte, gab Klaus Harms das Startzeichen.

»Guten Morgen, allerseits. Wer möchte beginnen?« Der smarte Endvierziger leitete die SOKO Glauberg. Dass er sich so gut gehalten hatte, verdankte er seinem Hobby, dem Radsport. Es verging kein Tag, an dem er nicht zig Kilometer durch die Wetterau strampelte.

Eine junge Kollegin meldete sich zu Wort. Corinna Bloth war noch nicht lange bei der Polizei, sie rang noch um die Anerkennung der Kollegen. Ihr dunkles Haar trug sie adrett und kurz, ihre Hosenanzüge saßen immer perfekt. »Ich bin der Frage nachgegangen, wieso Anna Hillen am Glauberg gefunden wurde, obwohl man sie damals ganz woanders vermutete. Niemand, der damals befragt wurde, schien sie in der Gegend zu wähnen. Ich habe daher die Polizeiberichte aus der Zeit herausgesucht, vielleicht steht ja irgendeine andere Straftat in der Region mit dem Verschwinden von Anna Hillen in Zusammenhang.«

Harms nickte Corinna anerkennend zu. Die junge Kollegin blätterte in einer Akte und fasste die Ereignisse zusammen.

»Also … am 31. Oktober wurden in Stockheim mehrere Pkw mutwillig beschädigt. Reifen zerstochen, Kratzer im Lack. Die Täter wurden nie ermittelt. Glück hatten wir dagegen im Fall eines Raubmords an einem Frankfurter Juwelier. Ein junges Paar entdeckte einen Verletzten am Ufer des Hungener Sees. Wie sich herausstellte, hatte der Mann den Juwelier ausgeraubt und getötet. Er bekam lebenslänglich. In der Nacht zum 1. November brach in Büdingen in einer Kneipe Feuer aus, Brandstiftung und Versicherungsbetrug, Fall geklärt. Und … Moment, bitte.« Sie schlug einige Seiten um. »In der gleichen Nacht musste die Polizei einschreiten, weil es in einer Friedberger Diskothek eine Schlägerei gab.«

»Ich fürchte, nichts davon hat mit dem Mord an Anna Hillen zu tun«, sagte Harms. »Trotzdem vielen Dank.« Er wandte sich wieder an die große Runde. »Wer hat was Neues zu unserem jüngsten Fall?«

»Felix Kaltwasser war ein sogenannter Börsenguru, der als Rohstoffexperte durch die Medien geisterte.« Carl Mirus, ein älterer, erfahrener Polizeibeamter, warf einen Blick auf seinen Laptop. »Wir haben sein letztes Projekt zurückverfolgt. Der ganze Molybdän-Abbau ist ein einziger Schwindel, aufgezogen von der kanadischen Firma Carolina Resources. Die gehörte ursprünglich einem Koch aus Edmonton in Kanada. Er behauptete, auf einem Grundstück Gold gefunden zu haben. Das

Grundstück hatte er von seiner Tante geerbt, und die hieß Carolina.«

Die Kollegen lachten.

»Mit einem kleinen Betrag gründete dieser Mann eine sogenannte Explorationsfirma«, fuhr Mirus fort. »Das sind Unternehmen, die sich auf die Suche nach Rohstoffen spezialisiert haben. Freunde und Bekannte beschafften Geld für die Gründung einer Aktiengesellschaft und traten als Aktionäre auf. Bei dem Startkapital von Carolina Resources handelte es sich um ungefähr sechsundvierzigtausend kanadische Dollar, also etwa fünfunddreißigtausend Euro. Das genügte, um an der Börse in Toronto im freien Handel gelistet zu werden. Nach dem Börsengang gaben alle Pseudo-Aktionäre dem Koch, der jetzt als Vorstandsvorsitzender fungierte, die Anteile zurück. Er verkaufte die Firma an Douglas Maywood, Bergbauspezialist, und Alexander Reeves, Geschäftsführer von Carolina Resources. Maywood ist sogar promovierter Geologe. Doch die beiden betätigten sich eher als Werbemanager. Weil es schon so viele Goldminenfirmen gab, stiegen sie um auf Molybdän, einen seltenen und eher unbekannten Rohstoff. Im In- und Ausland warben sie für ihr Molybdän-Projekt, zeigten Fotos von brachem Gelände, auf denen der Abbau angeblich bald vonstattengehen sollte. Die nötigen Bodenproben fälschten sie selbst, und damit die Anleger auch wirklich beruhigt waren, simulierten sie sämtliche Vorbereitungen für einen Tagebau.«

»Und wie war Kaltwasser darin verwickelt?«, fragte Daniel.

»Kaltwasser lancierte in seinem Börsenbrief die angebliche Exklusiv-Nachricht, man habe Molybdän in hoher Konzentration in deutschen Mittelgebirgen gefunden. Seine Anleger rief er zum verstärkten Kauf der Carolina-Aktien auf.«

»Ich ahne schon, wie es weitergeht«, sagte Harms. »Wer als Erster die Aktie kauft und rechtzeitig aussteigt, kann sich über satte Gewinne freuen. Wer zu spät kommt … na ja, den Spruch kennt man ja. Kommen die Kanadier als Täter in Frage?«

»Definitiv nicht«, antwortete Kempen. »Maywood und Reeves waren zwar kürzlich in Deutschland, zum Zeitpunkt von Kaltwassers Tod aber bereits wieder in Toronto. Die kanadischen Kollegen haben uns ihre Einreise bestätigt.«

Harms klopfte mit den Fingerknöcheln auf den Tisch. »Ich danke euch. Was gibt es Neues aus dem Labor?«

»Die Ergebnisse habe ich hier«, sagte Thomas Kempen. »Es gibt keine Einbruchspuren, keine aufgehebelten Fenster oder Türen. Im ganzen Haus finden sich nur Fingerabdrücke des Opfers, auf den Türen, den Möbelstücken und auf dem Tresor. Mit einer Ausnahme … Am Tatort lag ein schlangenförmiger Kerzenleuchter am Boden. Massives Messing, 19. Jahrhundert. Darauf waren brauchbare Teilabdrücke und Blutspuren. Weiterhin hing ein Umhang aus grob gewebter Wolle an der Garderobe, an dem ein paar Haare sichergestellt wurden. Und was soll ich sagen: Die DNA von Blut und Haaren ist identisch. Der Mann, der diesen Umhang trug, war höchstwahrscheinlich mit dem Opfer in einen Kampf verwickelt.«

Daniel lehnte sich zurück und verschränkte die Arme vor der Brust.

Der Druide. Ganz, wie ich vermutet habe.

»Der Umhang gehört aller Wahrscheinlichkeit nach Christian Bertram alias Bertrand, der Druide«, sagte er dann. »Der Mann ist fünf Tage vor Kaltwassers Ermordung in dessen Villa zu Besuch gewesen, das haben die Aufnahmen der Überwachungsanlage gezeigt. Als die beiden das Haus gemeinsam betraten, waren sie in ein Streitgespräch vertieft. Der Streit schien beigelegt, als der Druide das Haus ohne seinen Umhang wieder verließ.«

Thomas Kempen machte eine auffordernde Handbewegung, um ihm zu signalisieren, dass er mit seinem Bericht am Ende war, und Daniel stand auf und ging zur Pinnwand, die am Kopfende des Konferenzraums an der Wand hing. Schwungvoll heftete er vier Bilder an. Es waren vergrößerte Kopien aus Annas Abi-Buch.

»Vor sechzehn Jahren war Felix Kaltwasser nicht nur mit Anna Hillen befreundet, sondern er ging auch mit diesen beiden jungen Herren in eine Klasse. Mit Peter Gruber und Christian Bertram. Alle vier stammen aus der Gegend am Glauberg. Sie gingen in Büdingen aufs Gymnasium und waren gemeinsam auf einer Kursfahrt in Paris. Wie lange ihre Freundschaft da schon bestand oder ob sie erst durch die Reise entstand, konnte ich nicht in Erfahrung bringen. Aber wenn ich ihre Lehrerin richtig interpretiere, haben sie sich leidenschaftlich mit der Geschichte der Kelten beschäftigt.«

Im Konferenzraum wurde leise gemurmelt, jemand ließ einen Kuli fallen.

»Wenn ich das hinzunehme, was ich von Annas Vater erfahren habe, interessierte sich das Quartett vor allem für die religiösen Vorstellungen der Kelten. Christian Bertram engagiert sich heute für eine europaweit agierende keltische Religionsbewegung. Er ist …« Daniel suchte einen Moment nach Worten. Seine Vernehmung des Druiden fiel ihm wieder ein. Die Halluzinationen, die er gehabt hatte. »Er ist ein Fanatiker und manipuliert seine Anhänger mental«, schloss er.

»Vom Bauernburschen zum Hexenmeister«, warf jemand ein und löste eine Welle der Heiterkeit aus.

Daniel wartete, bis alle wieder aufnahmebereit waren, dann wandte er sich erneut der Pinnwand zu.

»Als Anna Hillens Leiche von Dr. Mara Jordan entdeckt wurde, begann meines Erachtens eine Kette von Ereignissen, die mit zwei Morden endete.« Daniel zeigte nacheinander auf die Fotos von Gruber und Kaltwasser. »Der Archäologe Gruber wurde enthauptet auf der Grabung gefunden, der Finanzberater Kaltwasser in seinem Pool ertränkt. In beiden Fällen könnte es sich laut Dr. Jordan um keltische Tötungsarten handeln.«

Er ignorierte die skeptischen Blicke, die er nun von einigen Kollegen erntete.

Maras Erkenntnisse sind nicht von der Hand zu weisen.

Sein Finger landete auf dem Bild von Christian Bertram. »Da der Druide der Einzige ist, der noch lebt und zudem seine Kutte an einem der Tatorte hinterlassen hat, ist er unser Hauptverdächtiger«, schloss er. »Sein Motiv könnte religiöser Wahn sein. Meine Theorie: Er hat die Grabbeigaben an sich genommen, weil sie für seine Bewegung einen ideellen Wert haben. Felix Kaltwasser hat er erpresst, möglicherweise mit Kenntnissen über dessen illegale Geschäfte. Und als er dessen Geld hatte – der Tresor war schließlich gründlich ausgeräumt –, hat er ihn im Pool ertränkt, um ihn als Zeugen zu beseitigen. Aus demselben

Grund musste wohl auch schon Gruber sterben. Jetzt hofft der Druide, in Burgund seine religiöse Vision verwirklichen zu können. Er hat nun genug Geld, um seine religiöse Bewegung entsprechend zu unterstützen.«

Er sah, wie Corinna Bloth die Hand hob.

»Bitte, Kollegin«, erteilte ihr Harms das Wort.

»Daniel sagte eben, dass die Mordserie begann, als Mara Jordan die Überreste von Anna Hillen fand. Der Skelettfund war demnach der Auslöser für die aktuellen Morde. Also muss es eine Verbindung zwischen dem Mord an Anna Hillen und denen an Gruber und Kaltwasser geben.«

»Ganz meine Meinung«, sagte Daniel. »Und ebendiese Verbindung gilt es zu finden.« Er wandte sich an Klaus Harms. »Ich denke, wir haben genug für einen Haftbefehl.«

Harms erhob sich von seinem Konferenzstuhl. »Dann veranlassen Sie alles Notwendige, Kollege Richter. Meine Damen, meine Herren …«

Die Besprechung war beendet.

In der Teeküche goss Daniel einen Pulverkaffee auf, der Automat hatte den Dienst quittiert. Er nippte an dem dampfenden Kaffee und verbrannte sich beinahe die Zunge. Die Brühe schmeckte bitter. Zu heiß aufgebrüht. Verärgert ging er auf die Herrentoilette, schüttete den Kaffee dort ins Waschbecken und machte sich in der Teeküche einen neuen. Diesmal ließ er das Wasser kurz abkühlen, bevor er es auf das Pulver goss, und probierte direkt im Stehen.

Geht doch, warum nicht gleich so?

In seinem Büro machte er sich an den Papierkram. Er rief Staatsanwalt Ott an und beschwor ihn, den Ermittlungsrichter zur Eile zu drängen und den Haftbefehl auf den europäischen Raum auszuweiten, damit er bei der Verhaftung des Druiden dabei sein konnte. Bis der Fahndungsaufruf in die europaweite Datei ging und das gemeinsame Zentrum der deutsch-französischen Polizei in Kehl ihn zur Gendarmerie in Autun weiterleitete, würde mindestens ein Tag vergehen, aber er konnte die Franzosen schon einmal vorwarnen.

Zu seiner Erleichterung sprach Kommissar Serge Gaspard fließend Deutsch. Sein Schulfranzösisch, von dem bis auf ein *»Voulez-vous coucher avec moi«* nicht viel hängen geblieben war, konnte er also stecken lassen.

Gaspard schlug eine gemeinsame Lagebesprechung in der Gendarmerie in Autun vor, und Daniel stimmte zu.

Dann wählte er Maras Nummer. Als er ihre Stimme hörte, fühlte er sich beschwingt. Ohne große Umstände kam er zur Sache.

»Ich werde morgen nach Burgund fahren, um mit den Franzosen den Druiden zu verhaften. Falls du immer noch mitfahren willst, solltest du ein paar Sachen zusammenpacken.«

ELF

Die Sonne ging über den Hügeln der Côte d'Or auf, als Mara auf der Höhe von Beaune von der Autobahn abfuhr. Sie ließ die Seitenscheibe herunter, suchte in ihrem Portemonnaie nach den passenden Münzen und reichte sie der Frau, die in der Kabine der Mautstation saß.

»Bonjour, Madame.«

Müde nahm die junge Frau das Geld entgegen.

»Merci, bonne route.«

Dann öffnete sich die Schranke vor Mara.

Es war vier Uhr morgens. Anderthalb Tage hatte es gedauert, bis sie den Haftbefehl in Händen gehalten hatten, erst gestern Abend waren sie losgekommen. Nun waren sie zu früh dran.

»Die Franzosen erwarten uns doch noch gar nicht«, sagte Mara. »Wir hätten genug Zeit, uns schon mal auf dem Hof des Druiden umzusehen.« Sie schaute zu Daniel hinüber, der schläfrig auf dem Beifahrersitz saß, und deutete sein Schweigen als Zustimmung. Den ersten Teil der Fahrt hatte er am Steuer gesessen, dann hatten sie die Plätze gewechselt. Nun war es nicht mehr weit bis zu ihrem Ziel.

Vielleicht hat der Druide die Grabbeigaben auf seinem Hof versteckt.

Sie wollte zurückholen, was ihr gestohlen worden war. Aber das war nur die halbe Wahrheit. Die keltischen Morde beschäftigten sie so sehr, dass sie an nichts anderes mehr denken konnte. Bevor sie nicht aufgeklärt waren, würde sie nicht zur Ruhe kommen. Sie wollte dabei sein, wenn alles zu Ende ging.

Zügig steuerte sie den Wagen über die menschenleeren Landstraßen. Bald befanden sie sich inmitten von Weinfeldern. Ein Schild kündigte die »Route des Grands Crus« an. Die Weinberge waren hier von Mauern umgeben und mit Toren verschlossen, so wertvoll waren die Reben.

Paradiesgärten, in die niemand eindringen darf.

Daniel hatte ihr von seinem erneuten Besuch bei Cornelius Hillen erzählt.

»Kannst du dir vorstellen, dass jemand sich wünscht, dass das eigene Kind von der Bildfläche verschwindet?«, fragte er.

Mara überlegte.

»Wenn es Drogen nimmt oder auf andere Weise eine unerträgliche Belastung ist, könnte das sein.«

»Oder wenn es krank ist und die Pflege zu viel Kraft erfordert«, sagte Daniel.

Mara zuckte unmerklich zusammen und schwieg.

Sie musste an ihre eigenen Eltern denken und an ihren kleinen Bruder. Wie viel Kraft hatte es gekostet, den kranken Bruder zu pflegen? Ihre Eltern hatten sie weggegeben, weil ihre Kräfte nicht für zwei Kinder reichten, das wusste sie heute.

Sie kamen an etlichen Weingütern vorbei und dann in ein kleines Dorf. Die alten Häuser aus hellem Sandstein wirkten solide, ihre weiß gestrichenen Fensterläden machten einen freundlichen Eindruck. Eine hohe schmiedeeiserne Laterne reckte sich über die Straße, eine alte Kirche markierte das Zentrum des Dorfes. Dann führte der Weg durch eine endlos erscheinende hügelige Landschaft, über gewundene Straßen, vorbei an bewaldeten Schluchten.

Es ist bestimmt kein Zufall, dass sich Bertrand in diese verlassene Gegend zurückgezogen hat.

Für einen Druiden war Saint-Léger-sous-Beuvray ein heiliger Ort. Auf dem Berg Beuvray lag Bibracte, die einstige Hauptstadt des Keltenstamms der Haeduer. Damals ein Handelszentrum, in dem sogar Münzen geprägt wurden. Von dort verschifften die Kelten ihre Waren über die Flüsse, die Seine, die Yonne und die Saône. Bibracte lag also geradezu ideal.

Mara sah zu Daniel rüber. Seine Gesichtszüge waren entspannt und gelöst. Er war auf dem Beifahrersitz eingeschlafen. Sie wunderte sich, wie leicht es ihr fiel, mit einem Mann, den sie kaum kannte, stundenlang unterwegs zu sein. Aber Daniel erwartete nichts von ihr, sie musste weder gut aussehen noch besonders witzig sein, um ihm zu imponieren. Und dass er sie mochte, spürte sie schon seit einiger Zeit. Er hatte sie intensiv in die Mordermittlungen einbezogen, hörte sich ihre Vorträge über die Kelten an und nahm sie auf eigene Faust mit nach

Frankreich. Es konnte nur bedeuten, dass er gern mit ihr zusammen war, wenn er dafür über die Grenzen seiner Befugnisse ging. Warum fiel es ihr nur so schwer, einen Schritt auf ihn zuzugehen?

Sie war zu müde, um darüber nachzudenken. Eine Weile hielt sie sich wach, indem sie versuchte, sich die entgegenkommenden Fahrzeuge zu merken. Ein Citroën, ein Moped, ein Kleinlaster. Ab und zu nahm sie den Blick von der Fahrbahn und richtete ihn kurz auf den Horizont. Doch irgendwann reichten ihre Tricks nicht mehr, um die Müdigkeit zu überlisten.

»Daniel?«

Er war sofort wach. »Soll ich dich ablösen?«

»Nein«, wehrte sie ab. »Es reicht, wenn du mit mir redest.«

Er lachte leise. »Worüber soll ich denn sprechen? Soll ich dir etwas vorlesen?«

Er zog seine Tasche vom Rücksitz und kramte ein Büchlein heraus. Aus den Augenwinkeln konnte Mara erkennen, dass es ein Reclam-Heft war.

»Ich habe mich vorbereitet und mir den ›Gallischen Krieg‹ von Julius Caesar besorgt«, sagte er stolz.

Sie unterdrückte ein Lachen. »Schwierige Lektüre. Die Römer haben mächtig angegeben und die Kelten viel furchterregender dargestellt, als sie waren, damit ihre eigenen Taten eindrucksvoller wirkten. Außerdem brauchte Julius Caesar eine Rechtfertigung für den Gallischen Krieg. Dass er die barbarische Seite der Kelten herausstellte, war Teil seiner Taktik. Aber darüber brauchen wir jetzt nicht zu reden.«

»Nur eines noch.« Daniel suchte eine bestimmte Stelle in seinem Reclam-Heft. »Hier steht zum Beispiel, dass die Kelten sich untereinander oft spinnefeind waren. Die einzelnen Stämme führten gegeneinander Krieg und machten Gefangene.«

Mara nickte, den Blick auf die Straße gerichtet. »Der Name ›Kelten‹ ist nur ein Oberbegriff für viele, sehr verschiedene Volksstämme. Sie alle betrieben ein ähnliches Kunsthandwerk und hatten eine ähnliche Sprache, aber das war es auch schon. Einige Stämme kooperierten mit den Römern, andere bekämpften sie. Ihre letzte große Hoffnung war der Keltenfürst

Vercingetorix, der alle Stämme zum Kampf gegen die Römer einen wollte.«

Daniel holte eine Isolierkanne hinter seinem Sitz hervor und öffnete sie. Sofort breitete sich ein wohliges Kaffeearoma im Auto aus. Er schüttete etwas in den Schraubbecher und reichte ihn Mara. Sie trank einen Schluck, dann gab sie den Becher an Daniel zurück.

»Diese Morde machen mir Angst«, sagte sie. »Ich habe noch nie so etwas Schreckliches erlebt.«

»Ich schon«, sagte Daniel.

»Möchtest du mir davon erzählen?«

»Ich weiß nicht.«

Die Landschaft, durch die sie nun fuhren, sah aus wie ein gespenstischer Park. Zwischen den Bäumen waberte Nebel, Wassertropfen fielen aus den Baumkronen und klatschten auf die Windschutzscheibe.

Das Klima ist umgeschlagen.

Je höher sie kamen, desto diesiger wurde das Licht, und Mara spürte, dass es kühler geworden war. Sie tastete nach ihrem Seidenschal auf der Rückbank, und Daniel reichte ihn ihr.

»Kannst du dir vorstellen, wie es ist, die eigene Schwester an Drogen zu verlieren?«, sagte er.

Sie verstand, dass er keine Antwort erwartete, und schwieg.

»Ich habe sie gedeckt, unser Vater sollte nichts erfahren. Sie hat jedes Mal geschworen, sie hört damit auf, wenn ich nur noch einmal den Mund halte. Irgendwann hab ich sie gefunden, mit der Nadel im Arm.«

»Tut mir leid, das ist schrecklich.« Mara blickte weiter auf die Straße. Wie sie ihn einschätzte, würde er ihr nie mehr etwas erzählen, wenn sie ihn jetzt in Mitleid einpackte. Dennoch wagte sie, mit einer Hand nach seiner zu tasten. Zu ihrer Überraschung zog er sie näher an sich heran und hielt sie in seinen Händen fest. Sie fühlten sich warm und gut an.

»Wie bist du damit fertig geworden? Kommen daher deine Alpträume?«

»Nein, die stammen von einer anderen Geschichte.« Daniel ließ ihre Hand los. »Ich habe damals Rache geschworen. Ich war erst fünfzehn und wusste, ich bin noch zu jung. Aber ich wollte die Schweine kriegen, die meine Schwester kaputt gemacht hatten. Tja, und so bin ich Polizist geworden, erst bei der Drogenfahndung und jetzt bei der Mordkommission. Du siehst ja, Schweine sterben niemals aus.«

Mara starrte durch die Windschutzscheibe.

Sag jetzt nur nichts Falsches.

Sie wich einem Kaninchen aus, der Wagen kam kurz ins Schlingern, aber sie fing ihn geschickt wieder auf.

»Gemeinsam werden wir mit dem Druiden fertig«, sagte sie. »Wir müssen jeden Moment da sein.«

Sie umrundeten eine Anhöhe und hatten freien Blick auf einen Bauernhof. Etwa fünfzig Meter von der Straße entfernt lagen zwei schlichte, lang gestreckte Gebäude auf einer großen Wiese.

»Was ist da los?«, schrie Mara entsetzt auf. »Da brennt es doch!«

Aus dem Nebengebäude des Gehöfts drang Rauch.

»Das ist die Scheune des Druiden, die da abfackelt«, rief Daniel.

Mara trat das Gaspedal durch und hielt auf den brennenden Hof zu, während Daniel den Notruf wählte.

»There is a fire at Saint-Léger-sous-Beuvray«, versuchte er es auf Englisch.

»Un grand feu«, rief Mara dazwischen. *»Dans la ferme de Monsieur Bertrand.«*

»And we also need the police here, the police of Autun.«

Die Bremsen quietschten, als Mara fünfzig Meter vom Hof entfernt anhielt.

»Du bleibst im Wagen und wartest auf die Feuerwehr«, befahl Daniel und fasste sie am Arm. »Vergiss nicht, der Mann hat mindestens zwei Menschen auf dem Gewissen, er ist ein Mörder. Und du hast keine Waffe.«

Fast gleichzeitig sprangen sie aus dem Auto und rannten auf die Gebäude zu. Das Feuer schien im oberen Bereich der Scheune ausgebrochen zu sein. Dem dunklem Qualm nach, der sich langsam über das Anwesen senkte, brannte der Heuboden.

Eine Flamme schlug bereits aus dem Dachstuhl, es war nur eine Frage der Zeit, bis die ersten brennenden Balken herunterkrachen würden.

»Mara, komm hierher!« Daniel hatte das große Scheunentor geöffnet. Außer Atem lief sie in seine Richtung. Je näher sie kam, desto deutlicher spürte sie die Hitze, die aus der Scheune drang. »Da liegt jemand. Wir müssen ihn rausholen. Schnell.«

Daniel schob sie in die Scheune. Sie brauchte einen Moment, um sich in der Dunkelheit zu orientieren. Vor ihnen lag ein dunkles Gebilde. Eine große Figur. Doppelt so groß wie sie selbst. Ein menschliches Stöhnen drang daraus hervor.

»Pack schon an«, schrie Daniel.

Sie griff zu und fühlte Äste und Zweige.

Plötzlich verstand sie. Vor ihr lag eine Skulptur aus zusammengesteckten Weidenzweigen.

Eine keltische Opferpuppe.

»Ziehen wir das Ding raus!«, schrie Daniel erneut.

Mit vereinten Kräften zerrten sie an der Weidenpuppe, Meter für Meter zogen sie sie ans Tageslicht. Am Scheunentor verhakte sich das Gebilde und blieb hängen.

»Wir schaffen es nicht«, rief Mara verzweifelt. Die Hitze des nahen Feuers war jetzt unerträglich, sie hörte das schaurige Knacken der Balken und das Prasseln der Flammen über dem ausgetrockneten Holz. Der Qualm reizte ihre Lunge und brachte sie zum Husten. Tränen der Anstrengung rannen über ihr Gesicht. Sie fuhr zusammen, als das menschliche Stöhnen erneut erklang.

»Bieg die Zweige auseinander«, befahl Daniel.

Sie gab sich alle Mühe, doch die Äste und Zweige waren zu fest ineinander verwoben. Wo war die Öffnung? Irgendwo musste es doch eine Öffnung geben!

Daniel rannte zurück in die Scheune und kam kurz darauf mit einer Axt zurück. Er ließ sie über dem Gebilde schweben, traute sich aber nicht zuzuschlagen und schleuderte die Axt schließlich zur Seite. Mara verstand, warum. In der Weidenpuppe steckte ein Mensch, dessen Position sie nicht erkennen konnten.

Noch einmal zerrten und zogen sie an dem Gebilde aus Ästen und Zweigen. Und tatsächlich löste es sich nun mit einem Ruck aus seiner Verankerung. Als es endlich vor der Scheune lag, konnten sie erkennen, was geschehen war: Jemand hatte den Druiden in die Skulptur eingeflochten. Er lag zusammengekrümmt in ihrem Bauch.

»Verdammte Scheiße.« Nun griff Daniel doch zur Axt und hackte der Weidenpuppe den Kopf ab. Gemeinsam zogen sie den stöhnenden Druiden heraus.

»Können Sie mich hören, Bertrand?«, fragte Mara. »Sind Sie verletzt?«

Der Druide richtete sich hustend auf. Sein linker Arm blutete, seine Stirn war aufgeschürft.

»Danke«, flüsterte er tonlos und sog mit gierigen Atemzügen frische Luft ein.

Mara wickelte den Seidenschal ab, den sie um den Hals trug. Sie wollte seinen blutenden Arm verbinden, doch der Druide nahm ihr den Schal ab und zerrte ihn selbst um seinen Oberarm. Mit den Zähnen zog er ihn fest.

»Wer hat Sie überfallen?«, fragte Daniel.

Der Druide wandte sich nach seiner brennenden Scheune um.

»Ein Wahnsinniger hat mich im Schlaf überfallen. Er verlangte Geld von mir, viel Geld. Ich konnte entkommen und wollte in der Scheune Schutz suchen, aber auf dem Weg dorthin hat er mich niedergestreckt. Ich muss das Bewusstsein verloren haben.« Er hielt sich den verletzten Arm. »Als ich wieder bei Sinnen war, lag ich in meiner Weidenpuppe und habe das Feuer knistern hören.«

»Verstehe ich das richtig?«, fragte Daniel. »Die Puppe gehört Ihnen?«

»Ich wollte sie an Lughnasadh abbrennen, dem Erntefest. Es sollte der krönende Abschluss der Feier sein.« Er wollte noch etwas sagen, sank jedoch in sich zusammen.

Daniel rollte ihn auf die Seite und fühlte seinen Puls. »Er ist ohnmächtig. Kein Grund zur Sorge, die Sanitäter werden gleich da sein.« Er richtete sich auf und warf einen Blick zur Straße, dann trat er nah an Mara heran und fasste sie an der Schulter. »Was sollte das mit dieser verdammten Skulptur?«, fragte er. »War das eine Opferpuppe wie in Caesars Bericht über den Gallischen Krieg? Die haben da doch auch solche Figuren gebaut und mit Weidenruten miteinander verbunden.«

Mara nickte ernst. »Das waren Opfergebilde. Sie wurden mit lebenden Menschen gefüllt und dann angezündet. Die Menschen starben in den Flammen als Opfergabe für die Götter.«

»Dann hat der Druide die Puppe gebaut, um jemanden darin zu verbrennen?«

»Ich weiß es nicht. Möglich wäre es wohl.«

»Vielleicht ist ihm sein Opfer ja zuvorgekommen und hat den Spieß umgedreht?«

Mara fing Daniels fragenden Blick auf. Sie wollte ihm gerade antworten, als er die Hand hob, zum Zeichen, dass er ein Geräusch gehört hatte.

Hinter der Scheune wurde eine Autotür zugeschlagen, und ein Motor sprang an.

***

»Du bleibst bei dem Verletzten«, befahl Daniel, dann rannte er los.

Die Waffe in der Hand, lief er hinter die Gebäude. Von hier aus hatte er freie Sicht auf die Felder, die hinter der Scheune lagen. Er sah, wie linker Hand ein Transporter über einen Feldweg davonraste, allem Anschein nach ein Ford Transit.

Verdammt, der hat ja ein deutsches Kennzeichen.

Wem jagte er hier nach? War noch eine fünfte Person in den Fall verwickelt? Was hatte er übersehen?

Er hob die Waffe, zielte und drückte ab, der Schuss hallte in seinen Ohren. Er hatte den hinteren rechten Reifen des Transit getroffen, der Wagen geriet ins Schlingern. Daniel schoss erneut, diesmal auf den linken Hinterreifen, und vernahm kurz darauf ein dumpfes Krachen. Der Transit war keine hundert Meter Luftlinie entfernt am Rande des Feldes in einem Bewässerungsgraben gelandet. Das rechte Vorderrad war tief in den Graben gesunken, das Heck ragte ein Stück weit in die Luft. Dann war es still. Daniel ging hinter einem Strauch in Deckung. Er verwünschte sich, weil er kein Fernglas bei sich hatte. War da eine Bewegung? Der Fahrer war anscheinend ausgestiegen und hielt sich hinter dem Transporter versteckt.

»Polizei«, rief Daniel. »Treten Sie mit erhobenen Händen auf den Feldweg.«

Der Mann kam nicht hinter dem Transit hervor.

»Ich komme jetzt zu Ihnen«, rief Daniel. »Ergeben Sie sich.«

Plötzlich peitschte ein Schuss durch die Luft. Daniel zuckte zusammen und duckte sich.

Der Kerl ist bewaffnet.

Sekunden später sah er den Mann über den Feldweg davonrennen. Er nahm die Verfolgung auf und hetzte hinter dem Flüchtenden her. Bald klopften seine Schritte dumpf und rhythmisch auf den Feldweg. Er atmete stoßweise.

Gleich bin ich bei dir, dann bist du fällig!

Er bereute, keine schusssichere Weste angezogen zu haben, und dachte an Mara, die auf dem Hof allein den Druiden bewachte.

Hoffentlich sind die Kollegen schon angerückt.

Als er bei dem verunglückten Transit ankam, sah er den Flüchtenden über das freie Feld laufen.

Er gab einen Warnschuss ab.

»Bleiben Sie sofort stehen!«, schrie er. »Zum letzten Mal, ergeben Sie sich!«

Der Mann strauchelte und hielt kurz inne, rannte dann aber weiter, direkt auf ein Waldstück zu, das hinter dem Feld begann.

Warum humpelt er? Hat er sich bei dem Aufprall verletzt?

Daniel steckte die Waffe weg und setzte ihm nach. Er schwitzte, und das Blut pochte in seine Adern. Als er den Wald erreichte, war der Flüchtende wie vom Erdboden verschluckt.

Er rannte zwischen den Bäumen hindurch, wechselte die Richtung, blieb stehen und suchte schließlich hinter einer Tanne Schutz. Er atmete flach, konzentrierte sich auf jedes Knackgeräusch und jeden Schatten.

Verdammt, wo ist der Typ? Er kann sich doch nicht in Luft aufgelöst haben.

Angestrengt horchte er in den Wald hinein. Er hatte absolut keine Lust, aus dem Hinterhalt erschossen zu werden. Hinter der Tanne ging er in die Hocke. Wartete, lauschte. Nichts. Der Kerl war ihm entkommen.

Der Transit lag mit zerschossenen Reifen im Graben, ein altes Ding mit etlichen Beulen und Roststellen. Er ging einmal darum herum. Über das Kennzeichen würde er schnell herausfinden, wem der Wagen gehörte. Ein Friedberger Nummernschild. Leicht zu merken.

Irgendjemand aus der Heimat hat den Druiden bis hierher verfolgt.

Er spähte durch die Fahrertür ins Führerhaus. Weder auf der Sitzbank noch auf der Ablage war etwas, was auf die Identität des Fahrers schließen ließ. Er fand ein Tempo in seiner Hosentasche und benutzte es, um den Zündschlüssel abzuziehen, ließ ihn in seine Hosentasche gleiten. Er schaute sich weiter um. Auch im Fahrgastraum war alles leer, es gab nicht einmal Sitze.

Er wollte schon weitergehen, als er hinter dem Fahrersitz eine dunkle unifarbene Sporttasche entdeckte. Er schaffte sie ins Freie und zog den Reißverschluss auf.

In der Tasche lagen ein Armreif und ein Gefäß aus braunem Metall.

Maras keltische Kanne. Sie wird Augen machen.

Die Tasche über der Schulter, machte er sich auf den Rückweg zum Hof des Druiden. Er warf einen letzten Blick auf das Nummernschild des Transit. Wieso fuhr ein Mann aus der Wetterau Maras Grabbeigaben in Burgund spazieren? Warum hatte er von dem Druiden Geld verlangt? Wie passte das mit den Mordfällen zusammen? Das alles ergab noch keinen Sinn.

Als er an seinem eigenen Wagen vorbeikam, fasste er einen spontanen Entschluss. Er öffnete den Kofferraum und schloss die Tasche darin ein. Hier war sie erst einmal in Sicherheit.

Maras Kanne darf nicht wieder verloren gehen. Die Grabbeigaben sind ein zu wichtiges Indiz in unserem Fall.

Die einheimische Rettungsmannschaft war inzwischen eingetroffen, Polizeiwagen, Feuerwehr und ein Krankentransporter standen auf dem Hof. Die Feuerwehrmänner hatten einen Hydranten gefunden und ihre Schläuche angeschlossen, Wasser prasselte auf die brennende Scheune. Die Flammen waren schnell gelöscht, doch von dem Gebäude würde nicht viel übrig bleiben. Dort, wo einmal ein Dach gewesen war, ragten bald tropfnasse, verkohlte Balken in den Himmel.

Die Sanitäter hatten den verletzten Druiden auf eine Trage gelegt. Mara stand neben dem Notarzt, der ihn mit einer Infusion versorgte. Als sie ihn sah, kam sie auf ihn zu.

»Was war los?«, fragte sie.

»Später«, gab Daniel knapp zurück. Er war froh, dass ihr nichts passiert war.

»C'est quoi, ça?« Einer der Polizisten trat gegen die zerfetzte Weidenpuppe, dann kam er zu ihnen herüber. Ein schlanker Mann mit Halbglatze, glatt rasiert, mit tiefen Falten zwischen Mund und Nase. *»Bonjour, monsieur-dame.* Ich bin Kommissar Serge Gaspard«, stellte er sich vor und gab Daniel die Hand. »Sie sind der Kollege, der Christian Bertram nach Deutschland überführen soll?«

»Das ist richtig. Allerdings scheint unser Verdächtiger nun selbst Opfer einer Gewalttat geworden zu sein.« Daniel wies sich aus und machte Gaspard mit Mara bekannt. In knappen Sätzen schilderte er, wie sie den Druiden in seiner brennenden Scheune gefunden und gerettet hatten.

»C'est affreux.« In Gaspards Miene mischten sich Mitleid und Ratlosigkeit. »Wir werden den Verletzten auf schnellstem Wege in die Klinik von Autun einliefern.«

Daniel zögerte. »Der Mann steht im Verdacht, in Deutschland zwei Menschen brutal hingerichtet zu haben. Er darf uns nicht entkommen.«

»Machen Sie sich keine Sorgen. Ich werde ihn begleiten und im Krankenhaus bewachen lassen.«

»Das wird auch nötig sein. Ob zu unserem oder zu seinem Schutz, kann ich allerdings nicht mehr mit Sicherheit sagen.«

Nun berichtete Daniel von dem geflohenen Brandstifter und

dem verunglückten Transit. Gaspard schien das alles nicht sehr aufzuregen.

»Wir werden eine Fahndung ausschreiben. Sicher können Ihre deutschen Kollegen den Halter des Wagens feststellen.« Er lächelte gewinnend. »Amtshilfe, so sagt man doch. Den Transit werde ich später abholen und der Spurensicherung übergeben. Wenn Sie bitte außerdem im Laufe des Tages eine Aussage auf dem Revier machen könnten …«

»Geht klar, das mache ich natürlich gern.« Daniel sah ein, dass er den Druiden vorerst dem Franzosen überlassen musste. Er bedankte sich für Gaspards Hilfe und gab ihm die Schlüssel für den Transporter.

Die Sanitäter schoben den Druiden auf der Trage in den Krankenwagen, ein uniformierter Polizist stieg mit ein, und sie fuhren davon. Auf dem Hof verstauten die Feuerwehrleute ihre Geräte im Mannschaftswagen. Gaspard und seine Begleiter gingen zu ihren Einsatzfahrzeugen.

»Was werden Sie machen, bis der Gefangene vernehmungsfähig ist?«, rief Gaspard über die Schulter zurück. »Darf ich Sie zum Mittagessen einladen?«

Daniel tauschte einen Blick mit Mara und winkte ab. »Das ist nett von Ihnen, aber wir finden uns zurecht.«

Nach und nach rollten die Fahrzeuge davon. Daniel schaute ihnen eine Weile nach, dann sah er sich auf dem Hof um.

»Der Druide hat wohl allein gelebt. Eine neukeltische Wohngemeinschaft ist das hier jedenfalls nicht.«

»Vielleicht soll die erst noch entstehen? Oder seine Anhänger kommen nur zu bestimmten Veranstaltungen hierher, wie auf dem Hof von Kronberger.«

»Schon möglich.« Er bückte sich und hob einen Ast auf, der sich aus der Weidenpuppe gelöst hatte. »Zu dumm, dass ich den Brandstifter nicht mehr erwischt habe. Aber dafür habe ich in seinem Auto etwas sehr Interessantes entdeckt.«

Er nahm sie an der Hand und zog sie zu seinem Wagen.

»Mach die Augen zu«, bat er, als er den Deckel des Kofferraums anhob.

Sie gehorchte widerstrebend.

»Okay. Du darfst schon mal blinzeln.«

»Eine Sporttasche?«, fragte sie verwundert. »Kann ich sie aufmachen, oder müssen wir auf die Spurensicherung warten?«

Daniel zuckte mit den Schultern. »Ich habe sie auch schon angefasst. Mach sie einfach vorsichtig auf.«

Mara beugte sich über die Tasche und zog langsam den Reißverschluss auf. Sie strahlte, als sie die Grabbeigaben entdeckte.

»Wo hast du die denn her?«

In ihrer Freude fiel sie ihm um den Hals.

Er spürte ihren warmen Körper, fühlte ihre glatte Wange an seiner. Ihr Nacken war verschwitzt, ihr Haar zerzaust.

Wie kann sie sich über diesen heruntergekommenen alten Kram so sehr freuen?

Als sie sich von ihm löste und die Kanne aus der Tasche holte, warf er einen genaueren Blick auf das antike Stück. Obwohl sie Grünspan angesetzt hatte, sah die Kanne sehr schön aus. Sie hatte einen zarten Griff und einen langen, schmalen Ausguss. Der Länge nach waren feine Rippen eingearbeitet, und am Henkel hatte man kleine Figuren angebracht.

»Was ist so etwas überhaupt wert?«, fragte er.

Mara verzog bedauernd das Gesicht. »Genau kann ich das auch nicht sagen. Dreißigtausend Euro vielleicht?« Sie drückte ihm die Kanne in den Arm und griff nach dem Armreif.

»Warte mal.« Daniel legte die Kanne in den Kofferraum zurück. Ihm war aufgefallen, dass die Tasche innen kleiner war, als es von außen den Anschein hatte. Sie musste einen doppelten Boden haben. Geschickt zog er den Einsatz heraus.

»Na, da schau her.«

Vor ihnen lagen jede Menge Geldbündel.

ZWÖLF

In Autun war im »Logis de la tête noir« um die Mittagszeit alles ruhig. Eine schläfrige Stille hatte sich im Hotelzimmer ausgebreitet. Das Tageslicht drang nur gedämpft durch die hellen Vorhänge und tauchte die Dinge ins Unwirkliche, alle Konturen verschwammen.

Die Herberge zum schwarzen Kopf. Seit ich Peter Grubers Kopf gefunden habe, lebe ich in einem Alptraum.

Sie hatte kurz gezögert, als sie hörte, dass es nur noch ein freies Doppelzimmer unter der Dachschräge gab. Aber sie war zu müde gewesen, um noch ein anderes Quartier zu suchen. Außerdem gefiel ihr das Hotel. Die Fenster reichten bis zum Boden, es standen Blumen davor. Die Wände der Empfangshalle waren in warmen Gelbtönen gestrichen, die Paneelen leuchteten in frischem Grün.

»Lass uns das Zimmer nehmen«, hatte sie zu Daniel gesagt. »Wir müssen uns ein wenig ausruhen, sonst überstehen wir den Tag nicht. Ich bin vollkommen erschlagen von der langen Nachtfahrt.«

Er war sofort einverstanden gewesen. »Dann sind wir wieder fit, wenn wir im Krankenhaus nach dem Druiden sehen. Ich wette, er weiß genau, wer ihn überfallen und seine Scheune angezündet hat.«

Mara hatte den Anmeldeschein ausgefüllt und den Schlüssel entgegengenommen, dann waren sie in das Zimmer hinaufgestiegen, die Sporttasche mit den Grabbeigaben und den Geldbündeln im Gepäck.

Daniel war sofort auf dem schmalen Doppelbett neben ihr eingeschlafen.

Er lag entspannt auf dem Rücken, den Mund leicht geöffnet. Sein Atem ging ruhig. Auf seinem Gesicht zeichnete sich der Schatten eines Bartes ab.

Mara schloss ebenfalls die Augen und erschrak vor dem Kaleidoskop an Bildern, das hinter ihren Lidern vorbeitanzte.

Sie sah Peters Kopf in der Scheune des Keltenanführers hängen, umgeben von Fliegen. Kaltwasser badete in seinem eigenen Blut im Whirlpool, und Daniel beugte sich noch einmal mit erhobenem Beil über die Weidenpuppe und schlug ihr den Kopf ab.

Eine Weile warf sie sich unruhig hin und her, dann holte sich ihr Körper den Schlaf, den er brauchte.

Irgendwann drangen Stimmen in ihr Bewusstsein. Draußen vor dem Haus verabschiedeten sich Hotelgäste voneinander.

Wie lange habe ich geschlafen?

Mara schaute auf ihre Armbanduhr. Erst zwei Stunden waren vergangen, seit sie sich hingelegt hatten. Sie warf einen Blick unter das Bett.

Die Sporttasche stand noch dort, wo Daniel sie hingeschoben hatte.

Vorsichtig streckte sie eine Hand nach ihm aus. Sie hatte ihn noch nicht berührt, als er von allein aufwachte und ihr sein Gesicht zuwandte. Vermutlich hatte er ihre Bewegung gespürt.

Eine Weile schauten sie sich an, ohne etwas zu sagen.

»Daniel?«, fragte sie leise. »Glaubst du, wir haben den Fall gelöst?«

Er verschränkte die Arme hinter dem Kopf und starrte die Decke an. »Ich denke, wir sind kurz davor. Wir haben den Druiden, die Grabbeigaben und eine Tasche voll Geld. Alles, was er in Deutschland geraubt hat. Jetzt wird er bald zugeben, dass er Gruber und Kaltwasser umgebracht hat. Dann erfahren wir vermutlich auch, wer der Brandstifter auf seinem Hof war.«

Mara ließ sich in ihr Kissen sinken. »Ich hoffe wirklich, dass der Schrecken bald ein Ende hat. Diese Morde sind schlimmer als alles, was ich je gesehen und erlebt habe. Ich kannte Peter persönlich, das weißt du ja, und sein grauenvoller Tod verfolgt mich bis in den Schlaf. Aber auch die tote Anna Hillen ist mir in gewisser Weise nah. Ich wünsche mir sehr, dass wir ihren Mörder finden.«

»Das wünsche ich mir auch«, sagte Daniel. »Ich glaube, so

viele Opfer in so kurzer Abfolge gab es nicht einmal zur Keltenzeit.«

Mara lächelte traurig. »Die keltischen Opfer hatten wenigstens die Aussicht auf ein Weiterleben in der Anderswelt.« Sie richtete sich ein wenig auf. »Glaubst du eigentlich an ein Leben nach dem Tod?«

»Irgendwie schon.«

»Irgendwie?«

»Ich weiß nicht.« Er wurde verlegen. »Ich habe mir über diese Dinge nie den Kopf zerbrochen. Wenn du ständig mit Leichen zu tun hast, ist die Vorstellung tröstlich, dass es nach dem Tod noch ein wenig weitergeht. Dass für die, die leiden oder früh sterben mussten, noch ein Ausgleich kommt. Auch wenn man nicht weiß, ob das nur eine Illusion ist.«

Mara setzte sich auf, zog die Beine an und schlang die Arme um ihre Knie.

»Und du?«, fragte Daniel.

»Ich stelle mir vor, dass Moleküle von mir weiterleben, wenn sich mein Körper aufgelöst hat. In einer Pflanze. Oder in einem Insekt. Vielleicht frisst ein Vogel dann das Insekt und fliegt damit durch die Lüfte und über das Meer.«

Sie sah, wie ein Lächeln über sein Gesicht huschte. »Im Tod durch die Lüfte fliegen. Als kleines Teilchen nie verloren gehen. So etwas habe ich mir noch nie überlegt. Dann wäre die ganze Welt mein Zuhause.«

»Es ist eine universelle Vorstellung. Sie beinhaltet allerdings, dass dein Bewusstsein mit dem Tod vergeht. Dass deine Persönlichkeit irgendwann nicht mehr existiert.«

Daniel seufzte. »Aber das ist es doch, wovor die Menschen sich fürchten. Die Auslöschung der eigenen Seele. All die Erinnerungen und die Emotionen – verloren für immer. Ein unerträglicher Gedanke. Meiner Meinung nach liegt hier der Ursprung aller Religionen.«

»Das denke ich auch«, sagte Mara. »Jede Religion versucht, den Menschen diese Angst zu nehmen. Die Kelten stellten sich eben vor, dass ihr normales Leben nach dem Tod weiterging. Das Leben als Bauern und Krieger, das sie kannten.«

»Ob sie geglaubt haben, dass auch ihre Feinde in der Anderswelt weiterleben? Vielleicht konnten sie deshalb so grausam zu ihnen sein. Als Brandopfer zu sterben war in ihren Augen vielleicht nur eine kurze Unterbrechung des Lebens.«

Daniel stand auf, ging zu seiner Reisetasche und zog ein frisches Hemd heraus.

»Etwas muss ich noch wissen«, sagte er heftig. »Was hatten die Kelten sonst noch für Opfermethoden? Ich möchte gern vorbereitet sein, wenn ich vor der nächsten Leiche stehe.«

»Oh nein.« Mara hob abwehrend die Hände. »Wir werden in diesem Fall hoffentlich keinen weiteren Mord mehr erleben.«

Daniel warf das Hemd über einen Stuhl und trat ans Waschbecken. Er klatschte sich kaltes Wasser ins Gesicht. Während er sich abtrocknete, sprach er weiter. »Den Schädelkult kenne ich inzwischen. Das Bassin zum Abtauchen in die Anderswelt auch. Zuletzt hatten wir das Opfergebilde aus Weidenruten.«

Mara saß noch immer mit angezogenen Beinen auf dem Bett. Langsam beugte sie sich vor, senkte den Kopf zwischen die Knie und schob die Arme unter den Beinen hindurch. So zusammengekauert bildete ihr Körper ein kleines, rechteckiges Paket.

»In dieser Haltung haben die Kelten ihre Feinde in Holzkisten gezwängt«, sagte sie gepresst. Sie lockerte ihre Stellung ein wenig, um weitererzählen zu können. »In Acy-Romance, im Norden Galliens, lebte der Stamm der Remer. Sie haben ihre Feinde auf diese Art in Kisten gezwängt und in Brunnen versenkt, bis sie all ihre Körperflüssigkeit verloren und ihre Kleider sich aufgelöst hatten. Dann haben sie sie wieder herausgezogen und an der Luft getrocknet. Die Behandlung diente der Mumifizierung. Anschließend wurden die Skelette in quadratische Gruben gesetzt und begraben, mit dem Gesicht zur aufgehenden Sonne.«

Daniel stand nun mit verschränkten Armen vor dem Fenster. Ein Windhauch bewegte den Vorhang, durch das Muster des Stoffs warf das Tageslicht bizarre Schatten an die Wand. Für Sekunden sah es aus, als tanzten Geister durchs Zimmer.

»Aber die Opfer haben von der Tortur nichts mehr mitgekriegt«, sagte Daniel. »Sie waren schon tot, nicht wahr?«

»Ganz im Gegenteil«, sagte Mara dumpf. »Man nimmt an, dass die Opfer noch lebten, als man sie in den Kisten herabließ.«

Daniel lachte verzweifelt auf. »Das ist ja furchtbar. Bitte, Mara, steh auf, ja? Ich kann nicht mit ansehen, wie du so dasitzt. Wenn ich mir vorstelle, dass du in so eine Kiste gepresst würdest ...«

Ehe sie sich versah, war er bei ihr. Seine Hände strichen über ihren Rücken, dann über ihre Beine. Sie war sich bewusst, dass sie immer noch in dieser grotesken Stellung auf dem Bett hockte, aber sie war unfähig, sich daraus zu lösen, so sehr zitterte sie auf einmal am ganzen Körper.

Dann waren seine Hände überall, sein Mund traf ihren Hals, er hob ihren Kopf, fasste ihre Arme und zog sie unter ihren Beinen hervor.

»Nein, nein«, flüsterte er heiser. »Dir darf nichts passieren.«

Mara wollte ihn beruhigen, aber sie war selbst außer sich vor Anspannung. Sie ließ sich zurückfallen, riss ihn an sich, packte ihn mit Armen und Beinen und suchte seinen Mund mit dem ihren. Sein Körper war hart und warm, und sie roch den Schweiß der langen Nachtfahrt, seinen männlichen Geruch. Sie küsste seinen Hals, ihre Hände wanderten über seinen Rücken und unter seine Jeans.

Er löste sich von ihr, und seine Küsse bedeckten ihren Bauch, während seine Hände ihr T-Shirt nach oben schoben. Sie half ihm und öffnete den Verschluss ihres Büstenhalters. In Windeseile waren sie ausgezogen und warfen sich auf die Matratze.

Daniel lag jetzt nackt unter ihr und zog sie zu sich herab. Ihre Brüste berührten seinen Oberkörper, sein Brusthaar kitzelte sie, und sie fühlte seine Hand in ihrem Nacken. Er drückte seinen Mund auf ihre Lippen, ihre Zungen berührten sich, und Mara wurde langsam ruhiger. Die Verbindung zu ihm war da, sie waren zusammen, eine unschlagbare Einheit. Sie verlängerten den Kuss und drehten sich, bis Mara auf dem Rücken lag und sein Gewicht auf sich spürte. Daniel strich ihr die Haare aus dem Gesicht und schaute sie abwartend an, wartete auf ihr Einverständnis. Sie schloss die Augen, hob den Kopf und saugte sich gierig an seinem Mund fest.

Die Bilder der vergangenen Nacht suchten sie noch einmal

heim. Die nebligen Wälder von Burgund. Die lodernde Scheune des Druiden. Etwas in ihr schrie danach, all diese Eindrücke loszuwerden. Sie konzentrierte sich darauf, Daniels Bewegungen mit ihrer eigenen Lust zu vereinen. Wie gut sie zusammenpassten, Mara fühlte, wie sie immer nachgiebiger wurde und sich von ihm steuern ließ. Sie öffnete noch einmal die Augen, und ihre Blicke trafen sich, dann ließ sie sich von ihm erlösen.

Danach lagen sie im Bett und schwiegen. Daniel hätte gern eine Zigarette geraucht, aber er nahm an, dass Mara das nicht recht war, hier im Zimmer.

»Woher hast du diese komischen Narben?«, fragte sie und streichelte über seinen Unterarm.

»Von der Begegnung mit einem Hund.«

»Wie ist das passiert?«

Er drehte sich zu ihr auf die Seite. »Ich war hinter ein paar Typen her und habe nicht gut genug aufgepasst. Sie haben mich erwischt und in einen Betonschacht geworfen. Den Kampfhund schmissen sie hinterher. Der hätte mich beinahe zerfetzt.«

Mara sah ihn lange an und schwieg. »Und daher …«

»Richtig, die Geschichte ist der Grund für meine Alpträume.«

»Wie bist du da rausgekommen?«

»Die Kollegen haben mich nach fünf Tagen gefunden. Den Köter konnte ich töten. Aber dann lag er da und stank vor sich hin. Der Geruch der Verwesung verfolgt mich. Wenn ich zu einer Leiche gerufen werde, rieche ich den Tod.«

»Das ist ja schrecklich.«

Daniel verzog den Mund zu einem spöttischen Lächeln. »Vor allem unpassend für einen Ermittler der Mordkommission.«

Mara umarmte ihn lächelnd.

Er strich ihr die Haare aus dem Gesicht und küsste sie.

»Du bekommst einen ziemlich kaputten Typen«, flüsterte er in ihr Ohr.

Nach einer Weile stand Daniel auf und duschte sich. Danach ging Mara in das kleine Badezimmer, während er sich anzog. In ein Badetuch gewickelt, kam sie wieder heraus und setzte sich auf das Bett. Sie hatte ihr feuchtes Haar streng zurückgekämmt, was ihre regelmäßigen Gesichtszüge und ihren schlanken Hals gut zur Geltung brachte.

Daniel zog die Sporttasche unter dem Bett hervor, hievte sie auf die Matratze und zog den Reißverschluss auf. Ohne weitere Worte zu verlieren, begannen Mara und er, das Geld zu zählen. Bald saßen sie sich auf dem schmalen Bett gegenüber, zwischen ihnen lagen ordentlich aufgeschichtet die Geldbündel.

Daniel konnte seine Augen nicht von Mara lassen. Sie hatte sich so gut in seinen Armen angefühlt, dass er sie gern erneut an sich gezogen hätte. Aber er musste seinen Job machen.

Ich muss zuerst den Kerl mit dem Transit kriegen. Alles andere sehen wir später.

Seine Hand glitt über die Geldbündel.

»Zweihundertsechsundachtzigtausend Euro«, stellte er fest. »Eine Menge Geld. Wir sollten es im Hotelsafe deponieren, bis wir abreisen.«

Mara nickte. »Das ist eine gute Idee. Glaubst du, das Geld stammt aus Kaltwassers Tresor?«

»Da bin ich mir ziemlich sicher«, antwortete Daniel. »Der Umhang des Druiden an Kaltwassers Garderobe, seine DNA-Spuren an Kaltwassers Kerzenleuchter, der offene Tresor … das alles spricht doch Bände. Vermutlich hat der Druide sich mit dem Geld und den Grabbeigaben nach Frankreich abgesetzt, ohne zu ahnen, dass ihm jemand auf den Fersen war, um ihm den Schatz wieder abzujagen.«

»Ein Raubmörder, der sich die Mühe macht, den Druiden gleichsam druidisch zu beseitigen?« Mara schüttelte den Kopf. »Ich weiß nicht.«

»Vielleicht hat der Räuber ja auch einen keltischen Hintergrund. Hast du mir nicht selbst erzählt, wie verfeindet die Kelten oft untereinander waren? Stämme, die Krieg gegeneinander führten, Gefangene machten und sie ihren Göttern opferten?«

»Das ist über zweitausend Jahre her. Die heutigen Neo-Kelten sind im Allgemeinen sehr friedfertig.«

Daniel lachte auf. »Bist du dir da so sicher? Wen wollte denn der Druide in seiner Puppe verbrennen?«

»Möglicherweise niemanden«, entgegnete Mara. »Es klang für mich so, als wollte er die Figur am Erntefest in einem symbolischen Akt für die Götter anzünden.«

»Das hat er gesagt«, stimmte Daniel zu. »Aber wie es aussieht, ist ihm jemand zuvorgekommen. Jemand, der *ihn* opfern wollte.«

»Wie gut konntest du den Täter sehen? Könntest du ihn beschreiben?«

»Beschreiben ist zu viel gesagt, dazu war er zu weit weg. Er hinkt ein wenig und ist bewaffnet. Und sein Auto, ein Ford Transit, hat ein Friedberger Kennzeichen.«

Mara nahm ein Geldbündel auf, wog es in der Hand und legte es wieder zu den anderen. »Also jemand ganz aus der Nähe? Aus der Wetterau, meine ich.«

Daniel nickte. »Entweder wusste dieser Kerl von der Tasche mit dem Geld und den Grabbeigaben und ist Bertrand bis hierher gefolgt – oder es ist die Tasche des Transitfahrers, und die Morde an Gruber und Kaltwasser gehen auf sein Konto.«

»Mein Gefühl sagt mir, dass der Brandstifter der Schlüssel zu allem ist«, sagte Mara. »Er hat Bertrand in die Weidenpuppe gesteckt und wollte mit ihm ein Menschenopfer zelebrieren. Das ist genauso brutal wie die Morde an Peter und Kaltwasser. Sein Motiv muss sehr stark sein, ob er nur für diesen Vorfall verantwortlich ist oder für alle drei. Wenn wir auch nur eine Stunde später eingetroffen wären, wäre es zum dritten keltisch ausgeführten Mord gekommen.«

»Du hast recht. Wer zum Teufel ist dieser Typ?«

Daniel nahm sein Handy vom Nachttisch und wählte die Nummer von Thomas Kempen.

»Thomas? Ich brauche den Halter eines grauen Ford Transit mit Friedberger Kennzeichen …« Die Augen auf Mara gerichtet, schilderte er seinem Kollegen die Vorfälle der letzten Stunden. Berichtete von der brennenden Scheune und dem verletzten Druiden. Von dem Mann, der nach ihrem Eingreifen geflohen war und auf ihn geschossen hatte. Und von der Tasche mit dem Geld und den Grabbeigaben.

»Ihr lebt da unten ja ganz schön gefährlich«, witzelte Kempen. »Den Kerl haben wir ganz schnell gefunden. Wie lautet das Kennzeichen?«

Daniel nannte es ihm.

»Ich rufe dich an, sowie ich etwas habe«, versprach Kempen. »Wir haben übrigens die Kontobewegungen dieses Börsengurus ein wenig unter die Lupe genommen.«

»Und? Was habt ihr gefunden?«

»Ein Konto in der Schweiz und zwei Aktiendepots in Deutschland. Er hat kurz vor seinem Tod etliche Aktien von Carolina Resources abgestoßen und den Erlös in bar abgeräumt. So an die zweihundertsechsundfünfzigtausend Euro.«

Das kommt hin. Zu Hause im Tresor lag bestimmt noch mehr. Einer wie der hält immer ein kleines Taschengeld zu seiner Verfügung bereit.

»Alles klar, Thomas. Ich danke dir. Ruf mich an.«

Während er telefoniert hatte, war Mara aufgestanden und hatte die Geldbündel wieder in die Sporttasche geschichtet. Jetzt war sie fertig und ließ das Badetuch fallen, in das sie sich eingewickelt hatte. Für einen Moment stand sie nackt vor ihm, dann schlüpfte sie in ihre Wäsche. Er verfolgte ihre Bewegungen mit dem angenehmen Gefühl schläfriger Erfüllung. Er wusste nicht, was ihn mehr beeindruckte, die ungezwungene Art, mit der sie sich vor seinen Augen anzog, oder ihre lila Spitzenunterwäsche. Kurz darauf steckte sie auch schon in Jeans und T-Shirt und zog den Reißverschluss der Sporttasche zu.

»Fertig. Ich denke, wir machen es wie geplant. Wir fragen an der Rezeption, ob es hier einen Safe gibt, dann stellen wir die Tasche dort ab.«

Daniel nickte. Er knöpfte sein Hemd zu und öffnete Mara die Tür. Gemeinsam gingen sie die Treppen zum Empfang hinunter.

Der Hotelmanager warf einen prüfenden Blick auf die Tasche, nachdem Mara ihre Bitte geäußert hatte. Daniel fragte sich, ob die Sporttasche für den Safe womöglich zu groß war. Aber dann strahlte der freundliche ältere Mann sie an und nahm die Tasche entgegen. Unter dem Tresen öffnete er einen geräumigen Tresor, dort stellte er die Tasche hinein und schloss ab. Er sagte etwas auf Französisch zu Mara, und sie übersetzte es für Daniel. »Er meint, bei ihm sei der Gast König. Unser Wunsch ist ihm Befehl.«

»Er soll lieber nicht zu viel versprechen«, sagte Daniel. »Ich komme auf sein Angebot zurück.« Er zwinkerte Mara zu. »Wenn mir jemand Nettes die Hand reicht, nehme ich gern den ganzen Arm.«

***

»Wir hatten viel Mühe mit dem Auto«, klagte Serge Gaspard. Der Kommissar sprach mit einem charmanten französischen Akzent. »Wir konnten es nicht ohne Weiteres bewegen. Es musste abgeschleppt werden. Jemand hat beide Hinterreifen zerschossen.«

»Das war ich«, gestand Daniel.

»Das nächste Mal, wenn Sie in Frankreich einen Verbrecher verfolgen, schießen Sie bitte nur auf *einen* Reifen«, sagte Gaspard. »Dann können wir den Reservereifen aufziehen und ganz normal weiterfahren.« Wie zur Entschärfung seiner Worte begann er, versöhnlich zu lachen, und Daniel fiel in sein Lachen ein.

Mara schaute amüsiert von einem zum anderen. Gaspard hatte den Ford Transit auf den Hinterhof des Polizeipräsidiums in Autun schleppen lassen. Nun standen sie zu dritt vor dem hellgrauen Transporter.

»Was sagt Ihre Spurensicherung?«, fragte Daniel.

Gaspard wiegte den Kopf. »Wir haben kaum etwas von Interesse gefunden. Das Fahrzeug ist alt, aber das sehen Sie selbst, es hat viele Kilometer – wie sagen Sie in Deutschland? – auf dem Buckel. Die Wagenpapiere werden vermisst, sie waren nicht an Bord. Es gab nur ein altes Bundeswehrfernglas im Handschuhfach und auf dem Beifahrersitz ein …« Er verzog angewidert das Gesicht. »Ein Sandwich aus Schwarzbrot, schon angebissen. Wie kann man so etwas nur essen?« Er schüttelte betrübt den Kopf. »Dann haben wir noch eine Straßenkarte von Burgund gefunden und einen Zettel mit der Adresse vom

Hof des Druiden in St. Léger, handgeschrieben.« Er zuckte mit den Schultern und legte eine kleine Pause ein. »Aber da ist noch etwas, oder besser: Es fehlt etwas.« Gaspard machte es spannend. »Es gibt nirgends Fingerabdrücke. Der Fahrer muss Handschuhe getragen haben. Er war ein Profi.«

Ein Profi worin? In keltischen Ritualmorden?

Mara ging langsam um den grauen Transporter herum und betrachtete ihn genau, als könnte sie ein Detail finden, das der Polizei bisher entgangen war. Das Auto war so schäbig und nichtssagend, dass es beinahe schon wieder auffällig war.

In Gedanken ging sie alle Autos durch, die sie in der letzten Zeit gesehen hatte. Da waren Daniels betagter 3er BMW, ihr eigener Caddy, der Mitsubishi-Van der Archäologen, Grubers alter Mercedes, diverse Einsatzfahrzeuge und nicht zuletzt die beiden Leichenwagen, die Kaltwasser und Gruber abtransportiert hatten.

Sie seufzte.

Dann fiel ihr etwas ein.

»Ich glaube, ich weiß, wem dieses Auto gehört«, sagte sie zögernd.

Überrascht wandten sich Daniel und Kommissar Gaspard zu ihr um.

»Tatsächlich?«, fragte der Franzose verblüfft.

»Während der Grabung am Glauberg tauchte eines Morgens ein Mann auf. Er wollte als Fahrer für uns arbeiten. Wir hatten schon einen Helfer und brauchten ihn nicht, daher habe ich abgelehnt. Aber ich erinnere mich genau an ihn.«

»Wieso?« Daniel sah sie gespannt an.

»Als er sich vorstellte, dachte ich, ich sehe nicht recht. Der Mann hatte nämlich einen Gipsfuß.«

Kommissar Gaspard nickte ernst. »Das habe ich auch schon erlebt. Leute, die sich mit gebrochenem Bein oder verbundenem Arm ans Steuer setzen. Sehr fahrlässig, so etwas. Die Versicherung übernimmt keinen Cent bei einem Unfall.«

»Was weißt du noch über diesen Mann?«, fragte Daniel.

Mara dachte an den skurrilen Anblick, als der Mann auf einem Bein im Kreis herumgehüpft war, um ihr zu beweisen, dass er auch mit Gips Auto fahren konnte. »Als ich ihm erklärte, dass wir niemanden mit einem Gipsfuß einstellen können, war er schnell wieder verschwunden. Ein paar Tage später traf ich ihn in der Dorfkneipe. Da sprach ihn jemand mit Namen an, ich glaube, er hieß Laub oder so ähnlich. Sein Gips war ab, und er hätte immer noch gern für uns gearbeitet, aber da war die Grabung schon geschlossen und das Grab ausgeraubt.«

Daniels Handy klingelte. Es war sein Kollege Kempen.

»Hallo, Thomas«, begrüßte er ihn. Dann hörte er sich an, was Thomas Kempen zu berichten hatte. Es war anscheinend ziemlich viel, was er über den Fahrer des Transit in Erfahrung gebracht hatte. Sie sah, wie Daniel hin und wieder mit ernster Miene nickte und ihr und Kommissar Gaspard einen aufmerksamen Blick zuwarf.

Nach ein paar Minuten war das Gespräch beendet, und Daniel teilte ihnen die Erkenntnisse seines Kollegen mit.

»Der Halter des Ford Transit ist ein gewisser Albrecht Laux, wohnhaft in Glauburg. Er betreibt ein kleines Transportunternehmen, quasi als Ein-Mann-Betrieb.«

»Das ist er«, bestätigte Mara. »Laux. Ich hatte den Eindruck, dass er dringend einen Auftrag brauchte, als er zu uns auf die Grabung kam.«

»Das ist aber noch nicht alles«, sagte Daniel. »Laux hat fünf Jahre im Knast gesessen.«

»Laux war im Gefängnis? Er ist ein verurteilter Verbrecher?« Mara hatte das Gefühl, dass der Boden unter ihr ins Wanken geriet. »Dann hat er sich nur bei mir beworben, um Zugang zu meiner Grabung zu haben. Er hatte es von Anfang an auf die Grabbeigaben abgesehen.«

Womöglich hat er sich die ganze Zeit über wie ein unsichtbarer Schatten in meiner Nähe aufgehalten.

Daniel winkte ab. »Laux ist wegen Urkundenfälschung vorbestraft. Sein Spezialgebiet waren gefälschte Pässe.«

»Ein Passfälscher?«, fragte Gaspard ungläubig. »Ich bitte Sie! Passfälscher sind stille Typen, die sich auf Bastelarbeiten verstehen, aber keine Gewalttäter oder Mörder.« Er lockerte seinen Hemdkragen. »Nun, ich werde natürlich trotzdem umgehend eine Fahndung veranlassen. Dazu brauche ich eine Personenbeschreibung. Ihre deutschen Kollegen sollen uns bitte ein Foto von Albrecht Laux faxen. Ich schlage vor, wir nehmen noch kurz Ihre Aussage auf und fahren dann als Nächstes ins Krankenhaus. Aus Erfahrung weiß ich, dass Menschen, die gerade einen Mordanschlag überlebt haben, oft sehr gesprächsbereit sind. Wollen Sie beide bei mir mitfahren? Ihren Wagen können Sie hier stehen lassen.«

»Das ist eine gute Idee«, stimmte Daniel zu.

Mara fasste ihn am Arm und zog ihn ein Stück von Gaspard weg.

»Daniel«, flüsterte sie. »Fahr du allein mit Gaspard ins Krankenhaus. Ich nehme den Wagen und sehe mich ein wenig in der Stadt um. Ich muss mal kurz abschalten. In den letzten Stunden ist so viel passiert.«

Daniel schien einen Moment nachzudenken. »Es hat hoffentlich nichts mit uns zu tun? Ich meine, wegen vorhin im Hotel.«

Sie sah ihn prüfend an. War das für ihn etwa nur ein Ausrutscher gewesen? Er wich ihrem Blick aus.

»Was hast du?«, fragte sie.

Gleich sagt er, dass er es bereut. Oder dass es nichts zu bedeuten hat.

Er schaute verlegen auf seine Hände. »Das vorhin war nicht geplant, und ich möchte nicht, dass du denkst …«

»Ist schon klar«, schnitt sie ihm das Wort ab. »Ich verstehe.«

»Nein. Du verstehst gar nichts. Ich wollte sagen … Es bedeutet mir sehr viel.« Er zog den Autoschlüssel aus der Jeanstasche und reichte ihn ihr. »Sei vorsichtig. Geh nicht in einsame Gassen, bleib da, wo viele Leute sind. Wir wissen nicht, wo Laux sich jetzt aufhält. Vielleicht ist er schon wieder auf dem Weg nach Deutschland. Vielleicht ist er aber auch noch in der Nähe. Gaspard wird ihn suchen lassen, aber bis er geschnappt ist, musst du auf der Hut sein. Er weiß, wer du bist.«

Mara pustete sich eine Haarsträhne aus der Stirn. »Versprochen. Wir treffen uns später im Hotel.«

Er drückte warm ihre Hand. »Okay, bis später.«

DREIZEHN

»Bonjour! Votre déjeuner«, sagte der Pfleger, der das Mittagessen brachte. »Sie dürfen etwas zu sich nehmen. Ich habe mit dem Arzt gesprochen.«

Bertrand hatte sich schlafend gestellt. Nun schlug er die Augen auf und betrachtete den jungen Mann, der dem Akzent nach aus dem Süden Frankreichs stammte. Sein blütenweißer Kittel und seine weiße Hose ließen seine braune Haut noch dunkler wirken. Er hielt ein Tablett in den Händen, das mit einer großen Haube abgedeckt war.

»Wie spät ist es?«, wollte Bertrand wissen.

»Es ist fünfzehn Uhr. Die Essenszeit ist eigentlich schon vorbei, aber ich habe Ihnen etwas aufgehoben«, erklärte der Pfleger in verschwörerischem Tonfall.

»Das ist nett von Ihnen.« Bertrand richtete sich im Bett auf. »Was gibt es denn?«

»Gemüsesuppe, Baguette … und einen kleinen Kuchen.«

»Nein, nein«, wehrte Bertrand ab. »Ich will nichts Zerkochtes zu mir nehmen. Ich brauche etwas Frisches.« Er leckte sich die Lippen. »Haben Sie Obst da? Bringen Sie mir doch bitte einen Apfel.«

Der Pfleger murmelte etwas, machte dann aber klaglos mit dem Tablett kehrt und ging, um das Bestellte zu holen.

Bertrand ließ sich in die Kissen zurücksinken.

Wie lange bin ich schon hier?

Ich muss hier raus, bevor er mich findet.

Der Anblick des Mannes, der ihn auf seinem Hof im Schlaf überfallen hatte, war ihm noch allzu gegenwärtig. Er war in sein Schlafgemach eingedrungen und hatte seine schlimmsten Alpträume zum Leben erweckt.

»Rück das Geld raus!«, hatte er geschrien, während er rittlings auf ihm saß und ihn mit beiden Händen würgte. Ihm ins Gesicht spuckte.

»Welches Geld?« Bertrand hatte hilflos röchelnd unter dem

Angreifer im Bett gelegen und gespürt, wie ihm der fremde Speichel über die Wange rann.

»Das Geld, das ihr mir gestohlen habt, stell dich nicht dumm. Ihr habt es genommen, nachdem das Mädchen verscharrt war.«

Panisch hatte er versucht, sich aus dem Griff seines Peinigers zu befreien, aber der Fremde umklammerte seinen Hals und drohte, ihm den Kehlkopf einzudrücken.

»Und? Weißt du noch, wer ich bin? Deine Freunde haben mich nicht gleich erkannt. Ich musste ihrem Gedächtnis nachhelfen.«

Bertrand hatte versucht zu nicken, doch sein Peiniger hinderte ihn daran, indem er erneuten Druck auf seinen Kehlkopf gab. Er konnte die Gesichtszüge des Fremden nicht zuordnen, doch die Frage nach dem gestohlenen Geld und die Bemerkung über das Mädchen weckten schreckliche Erinnerungen in ihm.

Samhain. Die Anderswelt. Vor sechzehn Jahren.

Seine Erkenntnis kam schlagartig. Er wusste, wer der Angreifer war. Mit aller Kraft bäumte er sich auf und stieß den Mann von sich. So schnell er konnte, flüchtete er aus dem Zimmer und stolperte die Treppe herunter. Rannte mit nackten Füßen aus dem Haus. Er musste die Scheune erreichen. Dort würde er seinen Gegner erwarten. Bewaffnet mit einer Sense, würde er sich zur Wehr setzen.

Keuchend und mit schmerzenden Füßen war er in der Scheune angekommen.

Im nächsten Moment hatte ihn sein Verfolger eingeholt und ihn gegen die Egge gestoßen. Er fiel zwischen die Messer, sein Arm schmerzte höllisch, er fasste danach und fühlte etwas Feuchtes.

Blut. Er wird mich umbringen. Wie die anderen.

Da schlug der Fremde zu. Bertrand konnte nicht sehen, womit. Er hörte die dumpfen Schläge, die auf seinen Leib und auf seinen Kopf einwirkten, bevor er sie spürte.

Das ist das Ende.

Die Welt um ihn herum versank.

Als er wieder zu sich gekommen war, hatte er unter Ästen und Zweigen gelegen, im körperlichen Sinn in die Enge getrieben. Es hatte noch einen Moment gedauert, bis er begriff, dass er in der Weidenpuppe steckte, die er selbst geflochten hatte.

Er lag in seiner eigenen Opferpuppe wie ein hilflos gefesselter Feind der Kelten, der jeden Moment einem Brandopfer zugeführt wurde.

Welch eine Schmach.

Bertrand konnte sich nicht erinnern, wie sein Peiniger ihn in die Puppe hineinmanövriert hatte. Es gab nur eine schmale Öffnung im Rücken, aus der ein Mensch trotz einiger Mühe kaum entkommen könnte. Der Schmerz, der in ihm brannte, war so groß, dass er sich nicht bewegen konnte. Nicht einmal den Kopf konnte er drehen und sich umsehen.

»Denk noch mal nach«, hörte er die Stimme seines Folterknechts sagen. »Wo ist dein Anteil?«

Bertrand zuckte in der Puppe an allen Gliedern, seine Hände zitterten, sein Atem ging pfeifend.

Er hat uns beobachtet. Er ist es. Er ist von den Toten auferstanden.

»Ich habe nichts mehr«, flehte er. »Lassen Sie mich hier raus, ich werde Wiedergutmachung leisten.«

»Pass mal auf, mein Junge. Ich werde nicht lange fackeln. Als Erstes zünde ich deinen verfluchten Stall an. Es wird nicht lange dauern, dann brennst auch du lichterloh, dann bist du dein eigenes Brandopfer. Wie gefällt dir das?«

Bertrand hatte sich den Schmerz verbissen und seine letzten Kräfte zusammengerafft. »Ich habe alles in diesen Hof gesteckt«, verteidigte er sich. »Er wird das Zentrum einer neuen keltischen Bewegung werden. Es wird etwas Gutes entstehen.«

In das höhnische Gelächter seines Mörders hinein mischte sich das erste Knistern der Flammen.

Der Fremde hatte tatsächlich Feuer gelegt.

Irgendwann musste die Rache der Götter ja über mich kommen.

Bertrand hatte die Schwärze, die über ihn fiel, fast erleichtert zur Kenntnis genommen.

»Ich habe in der Küche tatsächlich noch einen Apfel für Sie gefunden.«

Der Pfleger war zurückgekehrt. Voller Stolz zeigte er

Bertrand, was er erbeutet hatte, wie ein Jongleur balancierte er die Frucht auf den Fingerspitzen.

»Bitte«, bat Bertrand höflich. »Schließen Sie doch die Tür. Im Gang riecht es nach Küche. Ich kann diesen Geruch nach geschmortem Fleisch und heißem Fett nicht ertragen. Mir wird übel davon.«

»Wie Sie möchten.« Der Pfleger zog fürsorglich die Tür zu. »Kann ich sonst noch etwas für Sie tun? Brauchen Sie ein Schmerzmittel?«

»Ich fürchte, mein Kopfverband sitzt nicht richtig«, sagte Bertrand leidend. »Er ist viel zu eng und drückt. Ob Sie ihn ein wenig lockern können?«

»Wir tun alles, damit unsere Patienten schnell gesund werden«, versprach der Pfleger. Lächelnd trat er an Bertrands Bett und besah sich den Verband. »Aber der sitzt doch ganz gut.«

Bertrand schoss vor, ehe der Pfleger seine Hände nach ihm ausstrecken konnte. Mit voller Wucht setzte er einen gezielten Hieb auf das Kinn des jungen Mannes. Sekunden später lag dessen bewusstloser Körper neben seinem Bett. Bertrand betrachtete ihn einen Moment von oben, dann fiel sein Blick auf seinen eigenen Handrücken, in dem die Infusionskanüle steckte. Er musste sie loswerden.

Entschlossen löste er das Pflaster, mit dem der Arzt die Kanüle fixiert hatte, und zog die lange Nadel vorsichtig heraus. Er tastete sich zum Nachtisch vor, öffnete die Schublade und holte daraus den kleinen ledernen Beutel hervor, den er stets bei sich trug. Die Sanitäter hatten seine persönlichen Sachen freundlicherweise in Reichweite gelegt.

Die Ahnungslosen.

Er zog ein paar Mistelblätter aus dem Beutel, roch daran und lächelte. Er war auf eine hohe Eiche gestiegen, um sie zu ernten, denn der Untergrund der Pflanze wirkte sich auf ihre Inhaltsstoffe aus. Und nur Misteln, die auf Eichen wuchsen, entfalteten ihre wahren Heilkräfte.

Er nahm die bitteren Blätter in den Mund und zerkaute sie. Vermischte sie mit seinem Speichel rasch zu einem geschmeidigen Brei.

Das ist besser als sämtliche Tabletten und Nadeln hier im Krankenhaus.

Er wickelte seinen Kopfverband ab und trug die Paste auf die Wunde auf, die quer über seiner Stirn verlief.

Dann packte er den Pfleger unter den Armen und zerrte ihn auf das Krankenbett. Zog ihm die weiße Kleidung aus und schlüpfte selbst hinein. Sein Nachthemd riss er in Streifen und fesselte den jungen Mann damit ans Bett. Dann steckte er ihm den Apfel so weit es eben ging in den Mund und band ihm das Kinn hoch.

Aballa, so nannten die Kelten den Apfel, erinnerte er sich. Sie liebten den Apfel so sehr, dass sie sich Avalon erträumten: eine Insel voller Apfelbäume in der Anderswelt.

»Hier hast du was Gutes«, flüsterte er, »weil du so nett zu mir warst.«

Er drehte den Bewusstlosen auf die Seite und deckte ihn zu. Er vergewisserte sich, dass der Pfleger genug Luft bekam, dann war sein Werk vollbracht.

Bertrand hasste Gewalt, die druidischen Lehren verpflichteten ihn zur Friedfertigkeit. Ein einziges Mal hatte er als junger Mann bei einer Untat zugesehen, ohne einzugreifen. Hatte die Dinge in Ohnmacht geschehen lassen, ohne dem Opfer zu helfen. Alpträume und Gewissensbisse plagten ihn seither. Jahrelang war er bemüht gewesen, sein Verfehlen von damals durch Freundlichkeit gegenüber seinen Mitmenschen zu sühnen.

Ihm war jedoch schmerzlich bewusst, dass er sich nicht länger an seine guten Vorsätze halten konnte.

Ich muss eine Ausnahme machen. Mich wehren. Dem Mörder zuvorkommen.

Er saß in einer Zwickmühle. Er konnte die Polizei nicht um Hilfe bitten, ohne das Gras abzureißen, das über die schlimme Geschichte gewachsen war. Und selbst wenn die Polizei seinen Feind verhaftete, irgendwann käme er frei und würde seinen Rachefeldzug fortsetzen. Er würde keine Ruhe finden, solange der Fremde lebte.

Es hilft alles nichts, ich muss kämpfen. Die Sache zu Ende bringen.

Er schnappte sich den Infusionsständer, öffnete die Tür einen Spaltbreit und schaute nach draußen auf den Gang. Das Krankenhaus lag in träger Nachmittagsruhe. Der Polizist, der ihn bewachen sollte, saß auf einem Stuhl und las Zeitung. Weit und breit waren weder Patienten noch Pflegepersonal zu sehen. Bertrand ließ sein Haar ins Gesicht fallen, damit man die Salbe auf seiner Stirn nicht bemerkte, und marschierte los. Vorbei an der Wache, den offenen Zimmertüren und der Schwesternstation bis hin zu den Aufzugtüren am Ende des Gangs. Den Infusionsständer schob er auf seinen Rollen vor sich her, den Blick gesenkt, als wäre er in die Arbeit vertieft. Im Aufzug ließ er ihn zurück.

Die letzten Meter waren ein Spaziergang. Die Hände in den Kitteltaschen, schlenderte Bertrand durch die helle geräumige Empfangshalle auf die Straße. Er hatte die Lippen gespitzt und pfiff leise die »Marseillaise« vor sich hin.

Der Kampf konnte beginnen.

***

Mara stellte Daniels BMW auf dem Hotelparkplatz ab, dann machte sie sich zu Fuß in die Oberstadt von Autun auf.

Hier war es bedeutend wärmer als in der Region des Mont Beuvray, wo der Bauernhof des Druiden lag. Zwar war der Himmel bedeckt, aber die Luft war mild, und man konnte ohne Jacke durch die Straßen spazieren.

Auf dem Weg kam sie an vielen Restaurants vorbei, an Cafés und Bistros. Zahlreiche Antiquitätenläden boten Trödel feil. Auf antik getrimmte Vogelkäfige, von denen die Farbe abblätterte, Rankgitter für den Garten, die mit künstlicher Patina versehen waren, Vasen und Töpfe, auf denen der Kalk blühte. All das war in den Auslagen und auf den Gehsteigen zu farbenfrohen, idyllischen Bildern arrangiert, sodass man zwangsläufig stehen blieb und hinschaute.

Vor der Kathedrale standen Touristen und bewunderten die Figuren über dem Portal. Mara gesellte sich zu ihnen und schaute sich die Darstellungen genauer an. Eingehauen in ewigen Stein, zeigten die Bilder, wie die Seelen der Verstorbenen gewogen wurden, um anschließend in den Himmel oder die Hölle geschickt zu werden. In der Mitte des Geschehens saß der auferstandene Christus auf seinem Thron, umgeben von Maria, den Aposteln, Engeln und Heiligen. Zu seinen Füßen kauerten die Verdammten in schrecklicher Angst. In beeindruckender Detailtreue hatten die mittelalterlichen Handwerker schmerzvoll verzerrte Gesichter in den gelben Sandstein gemeißelt, Licht und Schatten ließen sie plastisch wirken und erweckten sie zum Leben.

Als Mara die Figuren eine Weile betrachtet hatte, schweiften ihre Gedanken ab.

Warum hatte der Fahrer des Ford Transit den Druiden töten wollen? Die Tasche mit dem Geld und den Grabbeigaben hatte er da schon in sein Auto geladen, darum konnte es also nicht gehen.

Gab es noch etwas, was er von ihm wollte?

Mara hatte das Gefühl, dass Daniel etwas übersah.

Warum war dieser Laux auf ihrer Grabung aufgetaucht? Er hatte vorgegeben, einen Job zu suchen, damit er sie ausspionieren konnte, davon war sie überzeugt. War er die ganze Zeit in der Nähe der Grabung gewesen? War er in Wirklichkeit derjenige gewesen, der Annas sterbliche Überreste von der Grabung weggeschafft hatte?

Wenn dem so ist, hat er mit Peter unter einer Decke gesteckt.

Und wenn Peter ihm das vermeintliche Skelett der Fürstin wieder abgejagt hatte und deswegen ermordet worden war? Vielleicht wollte er es der Polizei übergeben, doch sein Mörder war ihm zuvorgekommen.

Ach, Peter.

Sie hielt ihn für einen skrupellosen Egomanen und gemeinen Dieb. Aber womöglich war er weder das eine noch das andere.

Vielleicht hatte sie sich ja *ihm* an den Hals geworfen, in jener Nacht in seinem Haus. Betrunken, wie sie war. Und er hatte verletzt reagiert, weil sie ihn zurückgestoßen hatte, sowie sie wieder nüchtern gewesen war.

Und was Annas Leichnam anging … was, wenn er ihn an

sich genommen hatte, um ihn zu behüten? Möglicherweise ging es dabei gar nicht um sie, nicht um den Grabungserfolg, den er ihr nicht gönnte.

Sie wussten inzwischen, dass Peter, der Druide und der Börsenmakler als Jugendliche mit Anna befreundet waren. War es da nicht wahrscheinlich, dass Peter von Anfang an gewusst hatte, wer die frisch entdeckte keltische Fürstin in Wirklichkeit war?

Was war damals zwischen den Jugendlichen geschehen?

Ob Daniel inzwischen mehr wusste? Hatte der Druide schon ausgepackt?

Mara warf einen letzten Blick auf die Darstellung des Jüngsten Gerichts.

Wäre Peters Seele gewogen worden, wäre sie als zu leicht befunden worden?

Sie folgte der Straße, die den Berg hinaufführte. Oberhalb der Kathedrale hatte man einen großartigen Blick auf die Stadt und das Tal. Die Hügel in der Ferne schimmerten dunkelgrün, ein gelbgrauer Himmel lag über der Landschaft. Er hatte die gleiche Farbe wie die Häuser aus Sandstein, die sich bis weit ins Tal hineinzogen. Mara nahm die Atmosphäre der Kleinstadt in sich auf, das unaufgeregte Alltagsleben beruhigte ihre Nerven. Sie war sicher, dass dieser Alptraum nun bald ein Ende hatte. Bestimmt hatte die Polizei Laux schon gefasst, wahrscheinlich saß er in diesem Moment auf dem Polizeirevier.

Sie riss sich von der Aussicht los und entdeckte auf der anderen Straßenseite einen Antiquitätenladen, der etwas gediegener wirkte als die Souvenirläden, die sie unterwegs gesehen hatte. Interessiert steuerte sie darauf zu.

Die Tür des Ladens stand weit offen. Beim Übertreten der Schwelle ertönte eine elektronische Glocke, und Mara betrat einen Verkaufsraum, der sich etliche Meter nach hinten zog. Die alten, schweren Mauern des Gebäudes hielten ihn kühl, ein Geruch von Staub und alten Kleidern lag in der Luft. Bis auf das große Schaufenster gab es kaum Lichtquellen, Maras Augen mussten sich erst an das Dämmerlicht gewöhnen.

Die Frau hinter der Theke lächelte ihr kurz zu. Sie war

wie für einen Bühnenauftritt geschminkt, ihr Mund leuchtete blutrot, ihre Augen waren schwarz umrahmt. Sie hatte die dunklen Locken hochgesteckt, zwischen ihren Lippen steckte eine brennende Zigarette. Sie war in eine Broschüre vertieft und schenkte Mara kaum Beachtung.

Auch gut. Ich werde mich in Ruhe umsehen.

Neugierig stöberte sie in den Waren herum, hob hier etwas auf und sah dort nach einem Preisschild. In dem Laden gab es antiquarische Bücher, Lederkoffer, Strohhüte, hölzerne Spinnräder, alte Zinkwannen und verrostete Blumenständer. Manches schien direkt vom Speicher verstorbener Großmütter in den Laden gewandert zu sein.

Fasziniert blieb Mara vor einer Vitrine stehen. Hier hatte jemand keltischen Schmuck nachgearbeitet. An einem Lederband waren Perlen aus Ton und kleine Kupferspiralen befestigt. Daneben lag eine Kette aus gelben Glasperlen mit einer blau glasierten Tonperle in der Mitte. Ein paar Schmuckstücke erinnerten sie an den Armreif aus Anna Hillens Grab. Sie war überrascht, als sie im unteren Teil der Vitrine eine fast vollständige römische Amphore entdeckte, und wandte sich zu der Ladeninhaberin um.

»Entschuldigen Sie, ist das echt?«, vergewisserte sie sich.

Die Frau schaute von ihrer Broschüre auf. »Den Schmuck macht eine Freundin von mir. Sie ist Goldschmiedin. Ich kann Ihnen die Adresse geben. Sie hat eine Werkstatt, nicht weit von hier. Dort finden Sie noch mehr in der Art.«

Mara schüttelte den Kopf. »Ich meine nicht den Schmuck. Ich spreche von der Amphore.«

»Ach, die Amphore.« Die Frau winkte gelangweilt ab. »Hier in Autun gibt es so viel von den Römern. Sie müssen nur aufs Feld gehen und sich bücken, dann finden Sie etwas.«

»Ganz ähnlich wie bei uns«, sagte Mara.

»Woher kommen Sie?«

»Aus Deutschland. Ich wohne in Wiesbaden, in der Nähe von Mainz.«

Sie lachte gurrend. »Ah, *Mayence*, auch eine römische Stadt. Die Römer haben Autun gegründet, und es kam zu so einer

Art … sagen wir ›freundlichen Übernahme‹ von Bibracte, der alten Keltensiedlung. Waren sie schon oben am Museum?«

»Nein, bis jetzt noch nicht«, sagte Mara. »Mir gefällt Autun, eine nette Stadt.«

»Interessieren Sie sich für unsere Geschichte?«, fragte die Frau.

»Ja. Ich bin Archäologin.«

Die Ladenbesitzerin nahm einen tiefen Zug von ihrer Zigarette.

»Das ist gut. Die keltische Oberschicht ist damals hierhergezogen, weil Autun so modern war. Bibracte wurde nach und nach aufgegeben, dabei war es einmal die Hauptstadt der Haeduer, der Feurigen, wie sie sich nannten.« Sie drückte ihre Zigarette auf einem kleinen Tellerchen aus. »Wussten Sie, dass in Bibracte etwa zwanzigtausend Menschen lebten? Fahren Sie einmal hoch, und sehen Sie sich an, was davon noch übrig ist. Die Haeduer haben sich von den Römern vereinnahmen lassen.« Sie verzog geringschätzig ihren Mund.

»Gekämpft hat nur Vercingetorix«, bestätigte Mara. »Er hat in Bibracte die Führer aller Keltenstämme zu sich gerufen. Gemeinsam wollten sie sich gegen die römische Besetzung wehren. Ein vereintes Gallien, das war seine Vision und der Traum vieler Kelten. Doch leider wurden die Stämme besiegt.«

Die Frau zuckte mit den Schultern und wollte sich wieder ihrer Broschüre widmen.

»Das ist wirklich sehr bedauerlich, finden Sie nicht?«, fragte Mara, um das Gespräch am Laufen zu halten.

»Kein Traum ist für immer ausgeträumt.« Die Ladeninhaberin lächelte. »Es gibt hier genug Leute, die sich für ihre keltischen Wurzeln interessieren. Ich selbst gehöre zu einer Gruppe, die sich nicht damit abfinden will, dass die keltische Kultur keine Bedeutung mehr haben soll. Die Sprache, die Lieder, die Mythen unserer Vorfahren – das alles wird bald wieder lebendig werden.« Sie machte eine Pause und setzte verschwörerisch hinzu: »Das alte Gallien wird wiederauferstehen.«

Unter der Theke zog sie ein Plakat hervor, damit ging sie zum Eingang ihres Ladens. Sie schloss die Tür und begann, das Plakat von innen auf die Glasscheibe zu kleben. Während sie die Ecken befestigte, erzählte sie weiter. »Wir wollen ein spirituelles Zentrum in Saint-Léger-sous-Beuvray errichten, einen magischen Ort der Kraft. Bald wird es ein großes Fest geben, mit Freunden aus ganz Europa. Vielleicht haben Sie ja Lust, zu kommen?«

Zögernd trat Mara an die Tür und wartete, bis die Frau fertig war. Als sie die Tür wieder öffnete, konnte Mara das Plakat lesen. *»Magie et Mythe des Aieux«* – Magie und Mythos der Ahnen, stand in großen Lettern darauf. Es kündigte ein keltisches Spektakel für den 15. August an, ein Spätsommerfest für die ganze Region. Darunter entdeckte Mara ein Foto. Ein Mann in einer braunen Kutte sah ernst in die Kamera. Seine langen Haare und der kurze blonde Bart ließen keinen Zweifel zu. Es war der Druide.

»Kennen Sie diesen Mann?« Mara tippte mit dem Zeigefinger auf das Plakat.

»Oh ja, das ist Bertrand, unser Anführer. Er ist wie Sie in Deutschland aufgewachsen, aber da haben früher auch Kelten gelebt, das hat er uns erzählt. Bertrand befasst sich seit vielen Jahren mit der Geschichte und der Magie unserer Vorfahren, er ist ein großer Lehrer. Ich habe an seinen Seminaren teilgenommen. Ich konnte spüren, wie weit er schon auf dem druidischen Weg gegangen ist, er ist uns allen voraus.«

»Das ist wirklich interessant.« Mara hatte Angst, dass die Frau zu reden aufhörte. Doch ihre Furcht war unbegründet.

»Bertrand lebt auf einem alten Hof vor den Toren von Bibracte. Dort soll nun auch das spirituelle Zentrum entstehen. Aber die Leute sind hier ja so konservativ. Leider. Sie bekämpfen, was sie nicht kennen. Können Sie sich vorstellen, was sie unserem Druiden angetan haben? Sie haben ihm die Scheune angezündet, erst heute Nacht.« Sie befestigte eine Haarsträhne, die sich aus ihrer Hochsteckfrisur gelöst hatte. Während sie an ihren Haaren nestelte, hielt sie die Haarnadel zwischen den Lippen fest. »Aber wir werden ihm helfen, die Scheune wieder aufzubauen. Das wird die Bewegung noch mehr zusammenschweißen.«

»Ganz bestimmt. Es klingt ganz so, als wäre dieser Bertrand Ihr neuer Vercingetorix.«

Die Frau lächelte und schwieg.

»Haben Sie schon einmal den Namen Albrecht Laux gehört?«, fragte Mara.

Die Ladenbesitzerin zog eine neue Zigarette aus dem Päckchen und zündete sie an. »Laux?«, wiederholte sie. »Nein, der Name sagt mir nichts. Was ist mit ihm?«

Mara wies auf die römische Amphore in der Vitrine. »Er handelt vermutlich illegal mit antiken Funden.«

»*O, là, là*, so etwas gibt es natürlich. Dazu müssen Sie allerdings ein paar Fäden ziehen, so etwas kauft man in einem dunklen Hinterhof, nicht in einem Geschäft wie meinem.«

»Könnte es sein, dass Monsieur Bertrand versucht hat, ihm keltische Grabfunde zu verkaufen?«

»Niemals.« Die Frau schüttelte energisch den Kopf. »Wenn etwas Keltisches an Leute wie uns gerät, behalten wir das. Wir geben so etwas nicht ohne Weiteres her. Das hat nichts mit Geld zu tun. Es ist für uns von ideellem Wert.«

***

»Gab es irgendwelche Vorkommnisse?« Kommissar Gaspard baute sich vor der Wache auf, die vor Bertrands Krankenzimmer saß. »Hat jemand versucht, zu dem Kranken ins Zimmer vorzudringen?«

Der Polizist sprang von seinem Stuhl hoch. »Nein, es war alles ruhig.« Er machte eine Kopfbewegung zur Tür hin. »Bis auf das Krankenhauspersonal ist niemand in sein Zimmer gegangen oder herausgekommen.«

»Danke«, sagte Gaspard knapp. Er wandte sich an Daniel, der dem französischen Wortwechsel mit Mühe gefolgt war, und sprach nun Deutsch. »Jetzt wollen wir mal sehen, was uns Monsieur Bertrand zu sagen hat«, meinte er, während er ihm schwungvoll die Tür aufhielt. »Haben Sie schon einmal einen Druiden verhört?«

»Das Übersinnliche ist nicht so sehr meine Welt«, wich Daniel aus. Mit Unbehagen dachte er an die Vernehmung zurück, in deren Verlauf sich der nüchterne Vernehmungsraum in einen leuchtend grünen Druidenwald verwandelt hatte. Bis heute wusste er nicht, was diese Illusion ausgelöst hatte. Eine Zeit lang war er davon ausgegangen, dass Bertrand heimlich ein Halluzinogen auf den Tisch geträufelt hatte, an dem sie beide saßen. Die ätherischen Dämpfe musste er eingeatmet haben. Später hatte er den Tisch untersucht und keinerlei verdächtige Rückstände gefunden. Es musste ein anderer Trick gewesen sein. Wahrscheinlich Hypnose. Er hatte es danach vermieden, Unbekannten zu tief in die Augen zu sehen.

»Monsieur Bertrand!«, rief Gaspard mit kräftiger Stimme. Der Kommissar schien voller Energie zu sein, ganz, als freute er sich auf die bevorstehende Befragung.

Ein paar Schritte, und sie standen vor Bertrands Bett.

»Monsieur Bertrand, wachen Sie auf, wir haben ein paar Fragen an Sie.«

Im Bett des Kranken rührte sich nichts. Der Druide fühlte sich wohl noch zu matt, um sich mit der realen Welt auseinanderzusetzen. Er hatte die Bettdecke bis über die Ohren gezogen.

»Nun ist es gut«, schimpfte Gaspard. »Wir wollen Sie vernehmen, Monsieur Bertrand, bitte wenden Sie sich uns zu und sehen Sie uns an.«

Unter der Bettdecke drang ein gedämpftes Stöhnen hervor.

»Das reicht mir jetzt«, polterte Gaspard. »Hören Sie mit dem Theater auf.« Mit einem Griff zog er dem Kranken die Decke vom Leib.

Daniel traute seinen Augen nicht.

Der junge Mann mit dem dunklen Teint, der da zusammengekrümmt vor ihm im Bett lag, war keinesfalls Monsieur Bertrand. Sein verschwitztes Haar klebte an der Stirn, die dunklen Augen starrten Daniel angstvoll an. Seine Hände waren ans Bettgestell gefesselt. Er trug nur eine Unterhose und zitterte am ganzen Körper. Wie bei einem gepökelten Schweinekopf, der bei einer bäuerlichen Gesellschaft aufgetafelt werden sollte, steckte ein Apfel in seinem Mund. Ein Stoffstreifen, der ihm um den Kopf zu einer Schleife gebunden war, hielt den Apfel im Gesicht fest. Daniel unterdrückte ein unpassendes Grinsen, während er den Mann befreite.

»Sie sind nicht Christian Bertram, genannt Bertrand«, stellte Gaspard mit bürokratischem Ernst fest. »Wer also sind Sie?«

»Ich bin sein Pfleger, ich arbeite hier im Krankenhaus«, sagte der junge Mann. Er rieb sich die Handgelenke. »Er hat mich überrascht und bewusstlos geschlagen.«

»Wie hat er das geschafft?«, fragte Gaspard interessiert. »Er war verletzt und trug einen Kopfverband, als ich ihn zuletzt sah.«

»Er bat mich, seinen Verband zu richten. Als ich ihm den Gefallen tun wollte, überrumpelte er mich.« Der Pfleger schaute sich hilflos um. »Wo sind meine Kleider? Ich werde bei den Kranken gebraucht. Ich muss weiterarbeiten.«

Daniel folgte seinen Blicken. Auf einem Stuhl lag ein einfaches Krankenhausnachthemd, daneben stand ein Plastiksack. Er nahm ihn auf und blickte hinein. In dem Sack befanden sich eine schmutzige derbe Schlafanzughose und ein verdreckter Leinenkittel. Es war die Kleidung, die der Druide getragen hatte, als sie ihn aus der Weidenpuppe befreit hatten.

Damit ist er ins Krankenhaus eingeliefert worden.

Gaspard hatte inzwischen nach dem Krankenhauspersonal geläutet. Ein Arzt und eine Krankenschwester stürzten ins Zimmer. Nach einem Moment der Verwirrung und einem kurzen Wortwechsel mit Gaspard kümmerten sie sich um ihren Kollegen. Der Arzt untersuchte den Pfleger, und die Schwester eilte wieder hinaus, um ihm etwas zum Anziehen zu holen.

Auch Gaspard verließ das Zimmer. Obwohl er die Tür sorgfältig hinter sich schloss, hörte Daniel, wie er der Wache auf dem Gang eine Standpauke hielt.

Später saßen sie in Gaspards Büro. Der französische Kollege nippte an seinem schwarzen Kaffee. Daniel hatte von der Sekretärin einen Milchkaffee serviert bekommen, dazu ein großes Stück Gugelhupf. Gaspard drehte den Monitor auf seinem Schreibtisch so, dass auch Daniel das Konterfei des Transitfahrers sehen konnte, das Kempen per Mail geschickt hatte.

»Unser Brandstifter sieht aus wie der nette Nachbar von nebenan«, sagte er kopfschüttelnd. »Warum will so jemand den Druiden auf dem Scheiterhaufen brennen sehen?«

»Das möchte ich auch gern wissen«, sagte Daniel.

»Wir werden es erfahren, wenn wir unseren Monsieur Bertrand wiederhaben.« Gaspard rieb sich die Hände. »Sicher gibt es einen guten Grund. Warum sollte er aus dem Hospital fliehen, wenn er unschuldig ist?«

Daniel stellte den leeren Kuchenteller weg. »Im Krankenhaus fühlte er sich vielleicht nicht sicher.«

Gaspard warf ihm einen grimmigen Blick zu, doch bevor er antworten konnte, läutete das Telefon.

Während Gaspard telefonierte, ging Daniel zum Fenster und schaute hinaus. In Autun war Feierabendstimmung eingekehrt. Auf der gegenüberliegenden Straßenseite versuchte jemand, einen nagelneuen Citroën einzuparken, und rammte dabei einen steinernen Pfosten. Das Autoblech gab ein ekliges Geräusch von sich, das man bis in Gaspards Büro hören konnte. Daniel sah, wie der Fahrer gelassen ausstieg und sich den Schaden ansah. Der Mann strich mit der Hand kurz über die Delle, dann ging er seines Weges.

So entspannt kann man sein.

Er überlegte, wie es nun weitergehen sollte. Solange der Druide im Krankenhaus gelegen hatte, hatte er wenigstens das Gefühl gehabt, ihn jederzeit mitnehmen zu können. Nun war ihm der Kerl durch die Lappen gegangen, und er musste die Fahndung den Franzosen überlassen. Am besten, er fuhr gleich morgen nach Deutschland zurück und kümmerte sich um diesen Laux.

Immerhin war sein Ausflug nach Burgund auf privater Seite sehr erfreulich gewesen. Als er daran dachte, dass er noch eine Nacht im Hotel mit Mara vor sich hatte, besserte sich seine Laune.

»Jemand hat ein Auto als gestohlen gemeldet.« Gaspard hatte das Gespräch beendet. »Nur ein alter Renault, aber die Leute klauen eben, was sie bekommen. Wir haben nie Feierabend.«

Daniel lachte. »Das geht uns in Deutschland nicht anders.«

Er verabschiedete sich, und Gaspard schüttelte ihm ausgiebig die Hand. »Wir werden sie finden«, versprach er, »den Druiden und auch Ihren Herrn Laux.«

Auf dem Heimweg ins Hotel dachte Daniel über Albrecht Laux nach. Der Mann hatte eine zweifelhafte Karriere gemacht – vom Passfälscher zum Grabräuber und schließlich zum Mörder. Daniel wusste, dass Menschen mit krimineller Energie sich schnell unangreifbar fühlten. Sie hielten die Polizei für machtlos und die Ermittler für träge. Außerdem legten sie sich selbst Gründe zurecht, um ihr Tun zu rechtfertigen. So fühlten sie sich immer auf der sicheren Seite.

Doch Laux sollte sich täuschen.

Er dachte flüchtig an die Tasche mit den Grabbeigaben und dem Geld. Er hatte sie ganz impulsiv an sich genommen, weil die Beweisstücke zu *seinen* Fällen gehörten und weil er Mara mit den Grabbeigaben überraschen wollte. Er hatte sich dabei nicht an die Regeln gehalten. Nun lag die verdammte keltische Kanne mitsamt dem Geld im Hotelsafe, und die Franzosen hatten keine Ahnung.

Er nahm sich vor, Gaspard die Tasche bei ihrem nächsten Treffen zu übergeben. Bis dahin würde ihm eine plausible Erklärung einfallen, warum er sie bislang noch nicht erwähnt hatte.

Hoffentlich hält er den Ball flach, wenn ich ihm die Beute nachliefere.

***

Bertrand erschrak, als er seinen Hof wiedersah. Der Ort, an dem eine neue religiöse Bewegung geboren werden sollte, glich einer Stätte der Verwüstung. Seine Scheune erinnerte ihn mit ihren nackten, in den Himmel ragenden Dachbalken an das verkohlte Gerippe eines Vogels. Durch ihr Dach hindurch konnte er den Himmel sehen. Alles, was Bertrand anfasste, war nass und klamm, voller Ruß und Schwärze. Die Weidenpuppe, die er mit so viel Inbrunst geflochten hatte, glich einem jämmerlichen Reisighaufen.

Auch das Wohnhaus war von dem Feuersturm nicht verschont geblieben. Schwarze Schwaden zogen sich über die Hauswand und gaben dem Gebäude ein abstoßendes Aussehen.

Als er sein Haus betrat, empfing ihn eine stickige, schwüle Luft. Auf den ausgetretenen Stufen der hölzernen Treppe entdeckte er Wasserpfützen. Das Dachfenster hatte offen gestanden, als das Feuer ausbrach, Löschwasser war ins Haus gedrungen.

So etwas darf nie wieder passieren. An einem Platz, der nicht sicher ist, kann ich nicht lehren. Wie soll ich Stärke ausstrahlen an einem Ort der Gefahr?

Er tastete nach seinem schmerzenden Arm. Seit die Sonne gestern untergegangen war, hatte er nichts gegessen. Er war hungrig und müde. Im Krankenhaus hatte er nach der Behandlung wach gelegen, aus Sorge, erneut überfallen zu werden.

Die Wache vor meiner Tür hätte den Fremden niemals aufgehalten.

Nach seiner Flucht aus dem Krankenhaus hatte er auf dem Marktplatz von Autun einen Bauern aus St. Léger getroffen. Er durfte auf seinem Pick-up mitfahren. Bertrand war froh darüber, er hätte gar nicht gewusst, wie er den langen Marsch bis zu seinem Hof bewältigen sollte. Die Schrecken der Nacht hatten an seinen Kräften gezehrt, und er trat nun allmählich in jenes Stadium der Erschöpfung ein, in dem Müdigkeit und Hunger ihn hellsichtig werden ließen. Die Welt um ihn herum wurde unwirklich, er selbst jedoch fühlte sich feenleicht und körperlos. Ihm war, als würde sein Verstand aus seinem Kopf herausquellen und über seinen Schädel wachsen wie Moos, das einen Stein überwuchert.

Nur die Götter können mir noch helfen. Ich muss sie befragen.

Er ging hinter das Haus, zu einer Stelle, die voller Brennnesseln stand. Er streifte die Kleidung des Pflegers ab, zog alles aus, was er am Leib trug. Dann sammelte er sich, holte mehrmals tief Luft, hielt den Atem an und ging in die Hocke. Langsam bettete er sich auf die Pflanzen.

Zunächst spürte er nur ein leichtes Kribbeln auf der Haut, die Pflanzen kitzelten ihn zärtlich. Doch bald ergriffen sie ihn mit aller Macht. Ein höllisches Feuer durchfuhr ihn. Das Gift der Pflanzen drang in ihn ein, brannte in ihm und ließ ihn schier wahnsinnig werden. Er konnte seinen Atem kaum kontrollieren. Wilde Phantasien jagten durch seinen Geist, seine Hände rasten über seinen Leib, in dem Bemühen, das Feuer zu stillen, aber durch jede Berührung wurde es nur noch mehr entfacht.

Er wand sich.

Hörte sich schreien.

Dann spürte er, wie sein Geist aus seinem Körper trat, wie er in die Lüfte aufstieg und im Nichts schwebte. Er blickte auf seinen am Boden liegenden Körper hinab. Sah, wie er vor Erregung am ganzen Leib zitterte, bis die Anstrengung übermächtig wurde. In einer dunklen Ohnmacht gab sein Wille nach, und sein Geist fiel wieder mit seinem Körper in eins.

Als er das Bewusstsein wiedererlangte, kroch Bertrand auf allen vieren aus dem Brennnesselfeld hinüber zu dem Bassin, in dem er das Regenwasser sammelte. Er warf sich hinein, um Kühlung zu finden. Doch die Pflanzen hatten ihr Gift in seine Haut abgegeben, sein Körper brannte weiter, obwohl er nun im Wasser lag.

Der Schmerz wird die bösen Geister vertreiben. Er wird mich mit seinem Feuer stärken, für das, was vor mir liegt.

Bäuchlings trieb er dahin, die Arme im rechten Winkel auf der Wasseroberfläche. Er riss die Augen auf und blickte auf den Grund des Bassins. Unter ihm wucherten Algen. Er erkannte die großen Steine, die er selbst hierhergeschafft hatte, um den Boden des Wasserreservoirs zu befestigen.

Er wünschte sich sehnlich, noch einmal Annas Antlitz zu sehen, aber dieses Mal weigerte sie sich, ihm zu erscheinen.

Anna, liebe Anna, ich habe noch nie jemanden getötet. Niemand hat das Recht, einen Menschen zu töten. Doch wie kann ich meinem Vorsatz treu bleiben? Wenn ich den Fremden nicht töte, tötet er mich – und damit stirbt die Bewegung.

Doch sosehr er sich auch bemühte und Anna anflehte, er bekam keinen Kontakt zu der Fürstin.

Unsterblicher Teutates, lass mich wissen, was ich tun soll. Schenke mir eine Eingebung, sende mir ein Zeichen.

Er spürte, wie seine Glieder schwerer wurden, er hatte kaum noch Kraft, sich an der Oberfläche des Bassins zu halten. Seine

Stirnhöhlen schmerzten unter dem Druck des kalten Wassers. Er hob den Kopf und rang nach Luft, um gleich darauf wieder ins Wasser zu starren. Die leichte Wellenbewegung, die er dadurch erzeugte, ließ ihn schwindlig werden.

Er riss seinen Körper herum und wollte das Ritual gerade enttäuscht beenden, als er von Ferne her das Schnattern der Gänse hörte. Ein vertrautes Geräusch in der bäuerlichen Idylle, doch nun ein Signal von großer Bedeutung.

Mit einem unerwarteten Gefühl neuer, unbezwingbarer Kraft erhob sich Bertrand. Er stand noch immer im kalten Wasser, doch seine Schmerzen waren verflogen.

Teutates hatte ihm eine klare Botschaft geschickt.

Der Krieger kehrt sicher nach Hause zurück.

VIERZEHN

Erst auf der Straße fiel Mara auf, wie kühl es in dem Antiquitätenladen gewesen war. Nun spürte sie, wie ihr eine warme Welle entgegenschlug. Die windstille Luft hatte sich zu einer unangenehmen Schwüle gestaut, die drückend in den Gassen stand.

Wie gut, dass sie in den Laden gegangen war. Zwar hatte sie nichts über Albrecht Laux erfahren, aber sie wusste nun, dass in dieser Gegend Geschäfte mit archäologischen Funden abgewickelt wurden. Außerdem verstand sie jetzt, welche besondere Rolle Bertrand als Druide unter den Neukelten spielte.

Sie warf einen raschen Blick auf ihre Armbanduhr. Ihr kam es vor, als verflöge die Zeit hier schneller als in Deutschland. Über Mittag hatten sie auf Kommissar Gaspard gewartet, den frühen Nachmittag mit ihm auf dem Gelände der Polizei verbracht. Nun ging es schon auf den Abend zu.

Vor einem kleinen Café machte Mara halt. Der Anblick der prall gefüllten Theke mit den herrlichen Kuchen und Sandwichs brachte ihren Magen zum Knurren. Ihr fiel ein, dass sie seit dem Morgengrauen im Auto nichts mehr gegessen hatte. Sie ließ sich auf einen der Stühle sinken, die am Straßenrand standen, und bestellte bei dem herbeieilenden Kellner einen Milchkaffee und ein »Croque Monsieur«.

Etwas Zeit hatte sie noch, Daniel war sicherlich noch bei Bertrand im Krankenhaus oder bei Gaspard auf der Gendarmerie. Sie würde ihn nachher im Hotel wiedersehen.

Der Kellner brachte das überbackene Sandwich und den Milchkaffee, Mara rückte die Tasse zurecht und rührte zwei Löffel Zucker hinein. Dann nahm sie einen ersten vorsichtigen Schluck von dem hellen schaumigen Getränk. Sie streckte die Beine von sich, atmete tief durch und widmete sich ihrem Imbiss. Der warme Käse war sanft über dem würzigen Schinken verlaufen, eine frische Tomate lag obenauf. Sie wollte gerade genüsslich zubeißen, als ihr Handy summte.

Das wird Daniel sein!

Ein flüchtiger Blick auf das Display sagte ihr, dass sie die Nummer nicht kannte. Neugierig nahm Mara das Gespräch an.

»Frau Dr. Jordan?«, sagte eine Männerstimme.

»Ja, bitte?«

Mara kam die Stimme bekannt vor.

»Hier ist Max. Erinnern Sie sich noch an mich? Von der Grabung ...«

»Max!«, rief Mara erfreut. »Wie schön, von Ihnen zu hören. Wie geht es Ihnen?«

»Mir geht es gut, danke.« Er senkte verschwörerisch die Stimme. »Ich stehe nämlich gerade auf keltischem Boden.«

Sie lachte amüsiert. »Ach, wo denn? Arbeiten Sie wieder auf einer Grabung?«

»In Bibracte.«

»Nein, was für ein Zufall, da sind Sie ja ganz in meiner Nähe! Ich sitze in Autun im Café.«

»Sie sind auch in Frankreich?«, fragte Max erstaunt.

»Ja, vielleicht fünfundzwanzig Kilometer von Ihnen entfernt. Wollen wir uns irgendwo treffen?« Im nächsten Moment hätte Mara sich am liebsten auf die Zunge gebissen. Der Vorschlag war ihr so rausgerutscht, ohne dass sie wusste, ob es sich überhaupt einrichten ließ. Daniel wartete im Hotel auf sie, und sie hatte keine Ahnung, was er heute noch vorhatte.

»Das wäre schön«, sagte Max dankbar. Er klang erleichtert. »Vielleicht können Sie nach Bibracte rüberkommen? Ich kann Ihre Hilfe gebrauchen.«

»Worum geht es denn?«, wollte Mara wissen.

»Erinnern Sie sich an den Fahrer des grauen Ford Transit, den ich Ihnen neulich vorstellte?«, fragte Max. »An Albrecht Laux?«

»Ja sicher.« Mara richtete sich wie elektrisiert auf ihrem Stuhl auf und legte ihr Sandwich auf den Teller zurück. »Wieso kommen Sie jetzt ausgerechnet auf den?«

Max legte eine kleine Pause ein. »Nun ja. Ich weiß nicht, wie ich es Ihnen sagen soll, es ist eine unschöne Geschichte. Albrecht Laux ging es bei seiner Bewerbung nicht darum, für Sie zu fahren. Er wollte nur an Ihre Grabbeigaben herankommen, an

Ihre archäologischen Funde. Er wollte Ihnen nicht helfen, er wollte Sie ausrauben.«

Also doch!

Mara atmete tief durch. »Erzählen Sie weiter.«

»Laux dachte, er könnte die Grabbeigaben unter der Hand an ein Museum verkaufen. Deshalb hat er sie gestohlen. Manche Museen gehen darauf tatsächlich ein, aus Angst, die Funde würden zerstört oder in falsche Hände geraten.«

»Woher wissen Sie das alles?«, fragte sie angespannt.

»Weil ich Kunstdetektiv bin, liebe Mara.« Sie glaubte, ein Lächeln in seiner Stimme zu hören.

Der Kellner trat an Maras Tisch und räumte ihre leere Kaffeetasse ab. Er musste sie zweimal fragen, bevor sie ihm mit einer Handbewegung bedeutete, dass sie nichts mehr zu trinken haben wollte.

Deshalb war Max freiwilliger Helfer bei der Grabung.

Er hatte Laux' Pläne gekannt, hatte ihm auflauern und ihn überführen wollen. Und sie war so blind gewesen, nichts davon zu bemerken.

Wortlos presste sie ihr Handy ans Ohr.

»Ich beobachte Laux schon seit einiger Zeit«, fuhr Max fort. »Er lebt davon, dass er alles Mögliche aus Grabungen stiehlt und es dann verschiedenen Museen anbietet. Erinnern Sie sich an die Himmelsscheibe von Nebra? Solche Deals strebt er an.«

»Ja, aber …« Mara hatte das Gefühl, dass nun alles zu schnell ging. Sie versuchte, sich zu konzentrieren, aber Max redete schon weiter.

»Trotz allem ist es uns bisher nicht gelungen, ihn zu überführen. Wir konnten ihn weder auf frischer Tat ertappen noch gestohlene Ware bei ihm sicherstellen. Deshalb habe ich ihn als Helfer auf Ihrer Grabung vorgeschlagen, ich wollte Laux' Vertrauen gewinnen, ihn beschatten und ihm das Handwerk legen.«

»Aber er hat die Grabbeigaben dann doch gestohlen«, wandte Mara ein.

Max schien einen Moment nachzudenken. »Ja, das war sehr ärgerlich. Ich habe einen Fehler gemacht, und er konnte mich austricksen. Seitdem bin ich ihm auf der Spur, sie hat mich hierhergeführt.«

»Wo sind Sie genau?«, fragte Mara.

»Ich bin an dem Ort, an dem er seine Schätze versteckt. Ich habe so einiges gefunden, was er über die Jahre gestohlen und noch nicht veräußert hat. Laux hat sich nach Deutschland abgesetzt. Das weiß ich, weil ich den Polizeifunk abhöre. Und Sie, Mara, brauche ich hier, damit Sie mir helfen, die Fundstücke angemessen zu bergen.«

Am Nebentisch begann ein Kind zu weinen, die Mutter schalt es, statt es zu trösten, und das Geheul wurde umso schlimmer. Mara warf einen flüchtigen Blick hinüber. Das Kind hatte sein Glas umgeworfen, und die Limonade floss über den Tisch auf das Kleid der Mutter.

»Max, wo um Himmels willen stecken Sie?«

Mara gab dem Kellner ein Zeichen, dass sie zahlen wollte.

»Können Sie mich vor dem Keltenmuseum in Bibracte treffen?«, fragte Max. »Setzen Sie sich in Ihr Auto, und kommen Sie her, dann führe ich Sie zu Laux' Lager.«

»Ich bin schon unterwegs.« Mara sprang von ihrem Stuhl auf. Sie legte dem Kellner einen Zehn-Euro-Schein hin und beschwerte ihn mit dem Aschenbecher, schnappte sich ihr Sandwich und schlang es im Gehen hinunter.

Während sie zum Hotelparkplatz zurückeilte, dachte sie über das Gespräch mit Max nach. Laux hatte das Diebesgut von ihrer Grabung vollkommen achtlos verfrachtet, er war mit anderen Stücken vermutlich nicht sorgsamer umgegangen. Nicht auszudenken, welche Schäden die Fundstücke genommen hatten. Es würde schwer sein, alle Fundorte und Zusammenhänge zu rekonstruieren.

Mara beschleunigte ihre Schritte, während sie in ihrer Handtasche nach Daniels Autoschlüssel tastete.

Er wird nichts dagegen haben, wenn ich seinen BMW nehme. Ich muss retten, was zu retten ist.

***

Ermattet ging Bertrand zu seinem Hof zurück.

Der Fremde muss sterben, es ist das Beste so. Die Götter haben es entschieden. Die Verantwortung für seinen Tod liegt nicht bei mir.

In seiner Scheune sah er sich nach der Kiste mit gebranntem Kalk um, den er hier gelagert hatte. Er füllte etwas davon in einen Eimer und trug ihn ins Haus. In der Küche rührte er Wasser in den gebrannten Kalk, dann ließ er das Gebräu eine Weile stehen. Er zog einen grobzinkigen Kamm durch das Kalkwasser und strich sich vor dem kleinen Spiegel, der über der Spüle hing, das Haar zurück – ganz nach der Sitte der Ahnen. Peinlich achtete er darauf, dass er nur dass Deckhaar befeuchtete, dass er die Kopfhaut nicht berührte und dass ihm kein Tropfen des Kalkwassers in die Augen rann.

Als er fertig war, setzte er sich vor der Scheune in die Sonne und ließ das Kalkwasser in seinem Haar trocknen. Er wiederholte die Prozedur einige Male.

Ohne Hast griff er schließlich zum Rasiermesser und nahm seinen Bart ab. Er ließ nur einen Schnurrbart stehen und tränkte ihn ebenfalls mit Kalkwasser. Mit stahlblauer Farbe malte er sich auf jeder Körperseite entlang der Rippen drei Striche auf die Brust.

Sein Haar war nun trocken. Es war fest und starr geworden. Wild und weiß stand es um seinen Schädel herum ab und gab ihm das Aussehen eines Satyrn.

Auf dem Speicher hortete Bertrand eine Sammlung keltischer Waffen. Nicht, dass er Großes damit vorgehabt hätte. Als Philosoph und friedliebender Mensch waren Gedanken und Worte stets seine liebsten und schärfsten Waffen. Die Lanzen, Speere, Schilde, Bogen, Steinschleudern und Schwerter waren mehr oder weniger hübsche Attrappen. Einige waren echt, andere nur schöner Schein. Bertrand hatte sie für das bevorstehende Erntefest zurechtgelegt, in der weisen Einsicht, dass die meisten Menschen bei einem Keltenfest gern auch ein wenig Hokuspokus erleben und einen schönen Kampf sehen wollten.

Brot und Spiele.

Wenn die Volksmassen erst begeistert feierten, war es seine

Aufgabe, ihre Augen und Herzen zu öffnen und die wahren Gedanken der Ahnen in ihre Seelen zu pflanzen.

Bertrand ergriff ein hölzernes Schild. Es hatte einen Buckel aus Metall in der Mitte, der die haltende Hand schützte. Dazu suchte er sich ein Kurzschwert aus, ein Gladius. Bewundernd betrachtete er es. Diese keltischen Schwerter ließen sich so vortrefflich handhaben, dass die Römer sie nachgebaut und mitsamt ihrem keltischen Namen übernommen hatten.

Er fand noch einen Gürtel mit einer schönen Scheide, steckte das Schwert hinein und band es um. Das Schild in der Hand, straffte er seinen bemalten Körper.

Jetzt muss ich nur noch den Fremden finden.

Bertrand war zuversichtlich. Ein Zeichen hatte Teutates ihm schon geschickt, die schnatternden Gänse, und er würde ihm auch ein zweites senden. Wenn er nur angestrengt in sich hineinhorchte, würde ihm seine innere Stimme sagen, wo er den Fremden fand.

Ich muss in mich kehren, meditieren.

Ein heiliger Ort war dazu nötig, und Bertrand kannte keinen heiligeren als Bibracte. Dort wehte der Geist der Ahnen und Götter. Auf dem Plateau des Mont Beuvray würde er seine Eingebung empfangen.

Nur mit einer Lederhose und Stiefeln bekleidet, das Kurzschwert um die Hüften gebunden, das hölzerne Schild in der Hand, streifte Bertrand durch den Wald. Seine gekalkte Mähne wippte bei jedem Schritt, die harten Enden seiner Haare kratzten auf den bloßen Schultern. Er hatte Kräfte gesammelt, seine Sinne waren hellwach. Sein Körper schien eine Verwandlung durchgemacht zu haben, es war, als gehörte er nicht länger ihm selbst. Bertrand fühlte sich stark und erholt. Er hatte seinen Rhythmus gefunden; ohne außer Atem zu geraten, lief er leichtfüßig vor sich hin.

Sein Herz weitete sich, als er über eine Lichtung kam. Ein weißer Nebel hatte sich auf die Erde gelegt. In seinem gespenstischen milchigen Licht konnte er nur die bizarren Stämme und Äste der Bäume sehen, die nahe am Rande der

Lichtungen standen. Alles, was tiefer im Wald lag, war vom Nebel verhüllt.

Mit einem wohligen Gruseln tauchte Bertrand in den undurchsichtigen Forst ein. Das Laub glänzte in der Feuchtigkeit des Nebels, feine Tropfen berührten ihn und kühlten seinen erhitzten Körper.

Zwischen den Baumstämmen hindurch suchte er sich seinen Weg, das Unterholz knackte unter seinen Stiefeln. Nach einer Weile tauchte das Grabungsgelände von Bibracte vor ihm auf.

Es war menschenleer.

Bertrand blickte zum Himmel, wo die Sonne fahl durch die Wolken drang. Ihrem Stand nach musste es etwa achtzehn Uhr sein. Um diese Zeit schloss das Museum.

Ich habe mein Nemeton für mich allein.

Er ließ das Museumsgebäude rechts liegen, den modernen Komplex aus Glas und Stein, und folgte der bewaldeten Straße, die den Berg hinaufführte. Als er am alten Wasserreservoir von Bibracte vorbeikam, schickte er einen Gruß an Teutates und erreichte endlich das Plateau, seinen Kraftort.

Hier hatte Vercingetorix einst die keltischen Stämme versammelt.

Bertrand trat an den Rand der Hochebene. Vor seinen Füßen fiel der Steilhang in die Tiefe, und wenn er geradeaus schaute, blickte er schnurstracks in den Himmel. Diesen Blick vor Augen, fühlte er sich wie ein Vogel, der in den Lüften schwebte. Mehr noch: Er wurde zu einer reinen Seele, die in den Himmel auffuhr.

Schwer atmend nahm er knapp vor dem Abgrund auf der Erde Platz und versuchte, zur Ruhe zu kommen. Die Füße vor sich angezogen, die Hände auf die Knie gelegt, schloss er die Augen und wartet auf die Eingebung der Ahnen.

***

Mara stellte Daniels Wagen direkt vor dem Museum ab. Der große Parkplatz war bis auf einen alten Renault mit französischem Kennzeichen völlig leer, niemand schien mehr hier zu sein. Sie hatte die Autotür kaum geschlossen, als zu ihrer Überraschung Max aus dem Renault ausstieg und auf sie zukam, einen Spaten in der Hand.

»Max!« Mara umarmte ihn herzlich. »Das ist ja eine unglaubliche Geschichte, die Sie mir da am Telefon erzählt haben.«

Max sah sie ernst an und nickte. Dann hob er den Spaten, und ein Strahlen ging über sein Gesicht. »Ich finde, es ist eine tolle Geschichte. Wir werden einen Schatz heben. Und diesmal wird niemand kommen und ihn uns stehlen. All die Grabbeigaben und Antiquitäten, die der gute Albrecht Laux in letzter Zeit geraubt hat, befinden sich hier im Wald am Mont Beuvray. Wir müssen sie nur ausgraben, abtransportieren und der Polizei übergeben.«

»Oder ihren rechtmäßigen Besitzern.« Mara spürte, wie ihre Wangen vor Aufregung glühten. »Nun erzählen Sie mir endlich alles genauer. Sie sind also Kunstdetektiv. Arbeiten Sie für eine Versicherung oder für die Polizei?«

»Ach, das ist jetzt wirklich nicht so wichtig.« Max tat ihre Frage bescheiden ab. »Schauen Sie sich lieber die erbeuteten Stücke an, und sagen Sie mir, wie wir sie bergen können. Folgen Sie mir einfach. Wir müssen zum Plateau hoch.«

Mara nickte. »Sie fahren ein französisches Auto?«

Max zuckte mit den Schultern. »Der ist geliehen. Typisch für meinen Job.«

Er wies auf die kleine Straße, die vom Parkplatz in den Wald führte, und marschierte los.

Mara folgte ihm schweigend.

Der Nebel hatte sich verdichtet. Uralte, mächtige Buchen reckten ihre Äste in den Himmel. Ihre Umrisse erinnerten an wilde Tiere und tanzende Kobolde, und in ihren schrumpeligen Rinden glaubte Mara Fratzen zu erkennen. Sie hätte sich nicht gewundert, wenn einer der Bäume sich plötzlich bewegt und ihr den Weg verstellt hätte.

Immer tiefer ging es in den Wald hinein, Max legte Tempo zu, und sie hatte Mühe, mit ihm Schritt zu halten.

»Max, wo gehen wir hin? Wo sind wir?«

Als sie an einem Grabungsfeld vorbeikamen, blieb sie stehen. Helle Zeltdächer schützten die Grabungsstätte. Davor standen großen Behälter aus kräftigem Draht. In diesen Käfigen waren die Funde gestapelt – Scherben und Ziegel aus gallo-römischer Zeit. Eiserne Gitterstege lagen über einzelnen Gruben, damit die Archäologen darüberlaufen konnten, ohne etwas zu beschädigen. Mara warf einen sehnsüchtigen Blick auf die Anlage. Für einen Moment wünschte sie sich in ihren Archäologenalltag am Glauberg zurück.

Max, der bemerkt hatte, dass sie stehen geblieben war, drehte sich ungeduldig zu ihr um. »Nun kommen Sie schon, wir müssen das Diebesgut bergen, bevor Laux zurückkommt.«

Er bog in den Wald ab, und Maras Füße versanken fast in dem modernden Laub, das die Buchen über die Jahre abgeworfen hatten. Ein würziger Duft stieg von dem weichen dunklen Boden auf.

»Sind wir da?«, rief sie aufgeregt. »Ist es hier?«

Max antwortete nicht.

Plötzlich erfasste Mara eine beklemmende Angst, die sie sich nicht erklären konnte. Sie erreichten einen kleinen Abhang, der mit einer Natursteinmauer gesichert war. Eine Treppe führte zu drei flach ummauerten Wasserbecken mitten im Wald. Max reichte Mara die Hand und half ihr die rutschige Steintreppe hinunter. »Kommen Sie, kommen Sie«, spornte er sie an.

Dann stand sie vor dem ersten großen Becken. Still und starr stand das Wasser in seinen Mauern. Blätter, Pflanzenreste und Moos dümpelten darauf herum und bedeckten es fast ganz.

»Die Fontaine Saint-Pierre«, sagte Max. »Das Quellwasser fließt ganz langsam von Becken zu Becken und versickert schließlich im Wald. Im Moment werden die Fundamente geprüft.«

Er wies auf das dritte Becken, und Mara trat näher an die Ummauerung heran. In diesem Becken befand sich kein Wasser. Die Quelle war mit einem dicken, flexiblen Rohr aus dem zweiten Becken direkt in den Wald geleitet worden, um das dritte Becken tief ausschachten zu können. Unwillkürlich wich sie einen Schritt zurück. Der Schacht, vor dem sie nun stand, war mindestens drei Meter tief. Nun entdeckte sie auch den Aushub, der sich in ein paar Metern Entfernung auftürmte, und dahinter einen kleinen gelben Bagger.

Im selben Moment fühlte Mara einen Stoß zwischen ihren Schulterblättern, so heftig, dass sie um ihr Gleichgewicht kämpfen musste. Erschrocken und aufgebracht drehte sie sich um.

»Max!« Sie blickte verstört in sein teilnahmsloses Gesicht und auf den Spaten, den er mit dem Griff nach vorn gerichtet umklammert hielt, bereit, ein zweites Mal zuzustoßen. Jegliche Güte und Freundlichkeit war aus seinen Augen verschwunden, sein Blick war so gleichgültig wie der eines Raubtiers beim Verspeisen der Beute.

Schlagartig begriff Mara, in welcher Situation sie sich befand, und reagierte. Sie packte den Griff des Spatens und versetzte Max einen kräftigen Stoß. Mit Entsetzen stellte sie fest, dass der bullige Mann sich kaum rührte und sie nur ungläubig anstarrte. Sie zögerte keine Sekunde länger, drehte sich zur Seite und rannte los.

Er ist wahnsinnig geworden. Komplett verrückt. Alles, was er erzählt hat, ist eine Lüge.

So schnell sie konnte, lief Mara in den Wald hinein, sprang über Wurzeln und Steine, immer bergab in Richtung der großen keltischen Mauer. Dahinter lag der Parkplatz, auf dem Daniels BMW stand. Die einzige Rettung. Noch im Laufen tastete sie nach dem Fahrzeugschlüssel.

Alles klar, ich hab ihn. Ich werde es schaffen.

Sie wagte nicht, sich umzudrehen, aber sie wusste genau, woher das dumpfe Pochen auf dem Waldboden kam.

Max war hinter ihr her.

Schon glaubte sie, seinen schweren Atem zu hören, fühlte, dass er nicht mehr weit entfernt war. Sie sah die schmale Straße, auf der sie hochgekommen waren, durch die Bäume hindurchschimmern. Auf dem Asphalt würde sie schneller vorankommen, dann könnte er sie nicht mehr einholen.

Ein harter Griff in ihre Haare riss sie mit aller Gewalt zurück. Sie versuchte sich wegzudrehen, packte die Hand, die sie am Kopf festhielt und krallte ihre Finger hinein. Aber Max zog sie zu Boden, trat ihr in die Kniekehlen und brachte sie zu Fall.

Schreiend schlug sie auf dem Waldboden auf, ein spitzer Stein bohrte sich in ihren Rücken. Der Schmerz nahm ihr für ein paar Sekunden die Luft zum Atmen.

Oh Gott, steh mir bei, er wird mich töten!

Max zerrte sie an ihren Haaren und Kleidern über die Erde, rücksichtslos schleifte er sie über Blätter und Wurzeln durch den Wald.

»Aufhören!«, schrie sie. »Lassen Sie mich los!«

Sie strampelte mit den Beinen, versuchte, sich an einer Wurzel festzuhalten, griff nach einem heruntergefallenen Ast. Sie wollte damit zuschlagen, Max' Hände treffen, damit er sie losließ. Zweimal, dreimal schlug sie zu, aber sie spürte, dass nicht genug Kraft in ihren Schlägen steckte. Schließlich blieb Max stehen, riss ihr das Stück Holz aus den Händen und schleuderte es in den Wald. Dann zerrte er sie weiter, beharrlich wie ein Bulldozer, der einen Stamm aus dem Weg räumt.

Ihre Kopfhaut brannte wie Feuer, so sehr zog er an ihren Haaren. Ihr Oberkörper schwebte unter seinem Griff ein Stück weit in der Luft, ihre Füße pflügten durch den weichen Boden. Unerbittlich schleppte er sie weiter, und sie sah die Straße, die sie fast erreicht hatte, hinter den Bäumen verschwinden.

Hier hört mich niemand schreien, er wird tun, was er tun muss. Ich bin ihm ausgeliefert.

Ihre Panik wich einem Gefühl der Hoffnungslosigkeit. Übelkeit stieg in ihr auf und verursachte Brechreiz. Sie würgte und wand sich, bis sie von einem Schmerz in ihrem Unterarm eingeholt wurde. Max hatte sie brutal an einem Stein vorbeigeschleift, dessen scharfe Kante ihr das Fleisch aufgeschnitten hatte.

Als sie wieder bei den Wasserbecken ankamen, fühlte sich Mara von allen Lebensgeistern verlassen. Sie machte sich schwer, aber Max stellte sie auf die Beine und trieb sie bis an den Rand des Brunnenschachts.

Sie fühlte nichts als Angst. Zitternd drehte sie sich zu Max um. »Bitte, was wollen Sie von mir?«

»Sie hätten nicht davonlaufen sollen, Mara. Jetzt muss ich Ihnen leider wehtun.«

Er nahm den hingeworfenen Spaten und holte aus.

FÜNFZEHN

Im Hotel duftete es dezent nach Gewürzen. Daniel wurde bewusst, dass er außer dem Stück Gugelhupf den ganzen Tag nichts gegessen hatte. Mara musste auch hungrig sein. Rasch lief er auf den Empfangstresen zu, um zu fragen, wann das Restaurant öffnete.

»Heute gibt es ›Coq au vin‹«, erklärte ihm der junge Mann an der Rezeption freundlich. »Hühnchen in Rotwein von der Côte d'Dor, die Spezialität der Region. Wollen Sie für heute Abend einen Tisch bestellen?«

Daniel warf einen raschen Blick in den Speisesaal. Einladend sah es da aus, all der weiße Damast, die Blumen und die Gläser. Ob man ihn in seinem Räuberzivil in das Restaurant lassen würde? Vielleicht musste man sich aber auch adrett anziehen, um etwas zu essen zu bekommen? Mara würde es wissen.

Aufgeräumt bestellte er einen Tisch am Fenster für zwei Personen.

Er wollte den Aufzug ins Dachgeschoss nehmen, aber als er sah, wie eng die Kabine war, verließ ihn der Mut. Der kleine, enge Raum löste einen Schauer in ihm aus.

Verdammt, ich hab's immer noch nicht überwunden.

Hastig rannte er die Treppen hoch.

Im Hotelzimmer angekommen, stellte er fest, dass Mara nicht da war. Er klopfte an die Badezimmertür.

»Mara?«

Auch das Bad war leer.

Er warf sich aufs Bett und starrte an die Decke.

Wo bleibt sie nur? Ich sterbe vor Hunger.

Mit der flachen Hand strich er über Maras Kopfkissen. Es roch nach ihrem Shampoo, dessen Duft er nun schon so gut kannte, und eine warme Welle der Sehnsucht überfiel ihn. Das Läuten seines Handys riss ihn aus seinen Gedanken. Rasch zog er es aus der Hosentasche.

»Bring mir sofort die Tasche mit dem Geld und dem Trödel, dann passiert deiner Freundin nichts.«

Daniel richtete sich auf, er war sofort hellwach.

»Herr Laux? Sind Sie das?«

Ein Lachen dröhnte an Daniels Ohr. »Also, wie ist es, wollen Sie die Kleine nun wiederhaben, oder was?«

»Wo ist sie?«

»Sicher versteckt und verwahrt. Sie kriegen Sie unversehrt zurück, wenn Sie mir die Tasche bringen. Und keine Extratouren! Kommen Sie allein, ich kann Sie sehen, wenn Sie sich dem Treffpunkt nähern.«

Daniel schnaubte. »Wo muss ich hin? Wo stecken Sie?««

»Wo *ich* bin, spielt keine Rolle. *Sie* fahren zum Keltenmuseum von Bibracte. Es ist ausgeschildert. Dann gehen Sie ins Museum hinein. Allein. Mit der Tasche.«

Daniel schaute auf die Uhr. »Ist das Museum denn noch offen?«

»Es wird offen sein, vertrauen Sie mir.«

»Sagen Sie …« Er kam nicht mehr dazu, noch etwas zu fragen. Der Anrufer hatte aufgelegt.

Daniel ließ einen kräftigen Fluch los und trat gegen den Bettpfosten. Dann sprang er auf, schnallte seine Dienstwaffe um und rannte die Treppe hinunter.

Der junge Mann an der Rezeption zog die Brauen hoch, als Daniel schon wieder vor ihm stand. »Ist mit Ihrem Zimmer etwas nicht in Ordnung?«

Daniel schlug vor Anspannung mit der flachen Hand auf die Theke. »Ich brauche sofort den Hotelmanager!«, verlangte er. »Bitte bringen Sie ihn her.«

Aus dem Raum hinter der Rezeption trat der Empfangschef mit fragender Miene an den Tresen.

Daniel zückte seinen Dienstausweis und hielt ihn dem Mann hin. »Ich brauche die Tasche, die Sie für mich in den Safe gestellt haben.«

»Kein Problem, Monsieur le Commissaire.« Der Hotelmanager öffnete den Tresor und reichte ihm die Sporttasche. Daniel nahm sie entgegen und umklammerte den Griff so fest, dass seine Fingerknöchel hervortraten und weiß schimmerten. Ein Blick aus dem Fenster zeigte ihm, dass der BMW nicht auf dem Hotelparkplatz stand.

»Noch etwas. Können Sie mir Ihren Wagen leihen?«

Der Hotelmanager schaute ihn sprachlos an.

»Heute Mittag haben Sie noch gesagt, der Kunde sei bei Ihnen König«, legte Daniel nach.

Der Hotelmanager überlegte.

»Meine Frau fährt einen kleinen Citroën, mit dem bin ich heute zur Arbeit gekommen. Ich denke, Sie können den Wagen kurz haben.«

Ungeduldig beobachtete Daniel, wie der Mann im Büro verschwand und eine gefühlte Ewigkeit brauchte, bis er mit dem Autoschlüssel zurückkam.

»Bitte sehr. Der Citroën steht auf der anderen Seite der Straße, direkt gegenüber dem Hotel.«

»Wie komme ich zu diesem Keltenmuseum?«

»Oh, Sie meinen das Musée de Bibracte? Das Auto meiner Frau hat leider keinen *navigateur*, aber warten Sie …« Umständlich begann der Mann, in einer Schublade hinter dem Tresen nach einer Straßenkarte zu suchen.

Nun mach schon, sag mir ganz einfach den Weg!

»Okay, ich finde schon hin«, sagte Daniel knapp und warf sich die Tasche über die Schulter. Dann eilte er zum Ausgang.

»Fahren Sie nach Saint-Léger, von da an ist es ausgeschildert«, rief ihm der Hotelmanager nach.

Seine Hände zitterten, und er musste an sich halten, als er den Citroën aus der engen Parklücke navigierte. Am liebsten hätte er den kleinen Wagen vor Wut dem Auto vor ihm ins Blech gerammt.

Wenn nur Mara nichts passiert! Warum habe ich sie allein in die Stadt fahren lassen? Wäre sie doch nur bei mir geblieben.

Jetzt hatte er keine Ahnung, in welcher Verfassung sie war.

***

Als Mara wieder zu sich kam, lag sie zusammengekauert am Boden des ausgeschachteten Beckens. Um sie herum waren die Wände der engen, nassen, kalten Grube, der Himmel war nur noch ein kleines, helles Karree ziemlich hoch über ihr.

Sie versuchte sich zu regen, doch sie hatte keine Macht mehr über ihren Körper. Sie spürte ihn nicht einmal mehr, es schien ihn nicht zu geben. Es war, als hätte sie sich aufgelöst, als hätte sie keine Muskeln mehr und keine Nerven.

Habe ich mir das Rückgrat gebrochen?

Vorsichtig bewegte sie ihre Zehen und stellte erleichtert fest, dass das Gefühl in ihren Körper zurückkehrte. Ebenso wie der Schmerz, der sich auf ihrer linken Gesichtshälfte ausbreitete. Ihr aufgerissener Unterarm brannte ebenfalls wie Feuer, obwohl das Blut schon getrocknet war.

Verdammt, tut das weh!

Der Schlag mit der Schaufel hatte ihr das Bewusstsein geraubt, den Aufprall in der Grube hatte sie schon gar nicht mehr mitbekommen. Erst jetzt erkannte sie, dass sie nicht nur auf dem nackten Boden lag. Um sie herum war ein Drahtgitter, das sie gefangen hielt.

Ich liege in einem Behälter für Fundstücke.

Plötzlich tauchte Max' Gesicht neben ihr auf. Mit routinierten Handgriffen befestigte er ein Vorhängeschloss an der Drahtkiste und ließ es einrasten.

Mara begriff, dass er alles gut geplant und vorbereitet hatte. Auf der nahen Grabung hatte er einen Behälter für Ziegel und Scherben ausgeleert und in die Grube geschafft. Als Käfig für sie. An der Wand lehnte steil eine Leiter, die Max den Aufstieg aus der Grube ermöglichte.

Mara tastete nach ihrem Handy.

»Suchst du das hier?« Grinsend hielt Max ihr das Telefon hin. Dann steckte er es in seine hintere Hosentasche.

Mara fuhr sich mit der Zunge über die spröden Lippen. Sie versuchte, ihre Angst zu beherrschen und einen klaren Satz an ihn zu richten.

»Was wollen Sie von mir?«, presste sie schließlich hervor.

»Ich will nur zurück, was mir gehört.«

»Was sollte das sein? Und was habe ich damit zu tun?«

»Ich brauche dich als Geisel. Dein feiner Freund muss mir die Tasche aus dem Transit wiederbringen.«

»Das wird er niemals tun, die Tasche ist bereits bei der französischen Polizei.«

Max lachte. »Nein, mein Schatz. Er hat sie geklaut. Hat sie aus dem Transit genommen und in sein Auto gestellt. Ich bin doch nicht blöd und lasse die Tasche aus den Augen. Die Franzosen wissen überhaupt nichts von dem Geld. Das wolltet ihr euch nämlich unter den Nagel reißen, stimmt's?«

Mara krallte ihre Hände in den Draht des Käfigs und richtete sich ein wenig auf. »Dann haben *Sie* also Bertrand in die Weidenpuppe gesteckt und seine Scheune angezündet?«

»Das geht dich gar nichts an. Du bleibst jetzt brav hier, und wenn die Sache reibungslos über die Bühne geht, kommst du wieder frei.«

Er wandte sich zum Gehen.

Ein paar vertrocknete Buchenblätter segelten zu Mara in den Schacht herab.

Wenn er nur endlich weg wäre. Sie wollte lieber allein in einem Käfig im Wald sein, als noch eine Minute mit diesem gewalttätigen Irren verbringen zu müssen.

Los, hau ab, ich komme schon klar, verschwinde!

»Im Übrigen hat der Druide den Tod genauso verdient wie die beiden anderen.« Max hatte es sich offenbar anders überlegt. Er kam zurück und befestigte ein zweites Vorhängeschloss am Deckel des Drahtbehälters. Dann verfiel er in Schweigen, und Mara hoffte, dass er nun nichts mehr sagen würde. Je mehr sie wusste, desto eher würde er sie umbringen, das war ihr klar.

Warum geht er nicht endlich?

»Alle drei waren Räuber und Mörder«, sagte Max verbittert. »Sie haben mir mein Geld abgenommen und versucht, mich umzubringen. Jugendliche, die sich einen Spaß daraus machten, Menschen zu quälen. Jemanden töten und ausrauben, das war ihr Plan. Ja, Mara, auch dein ehrenwerter Kollege Gruber war dabei.«

Mara schwieg. Sie hatte Angst, Max durch eine unbedachte Wortwahl aus der Fassung zu bringen.

»Peter starb auf keltische Weise«, sagte sie vorsichtig.

»Die einzig angemessene.« Max ließ ein ordinäres Lachen hören. »Er schwärmte damals so von der Anderswelt, in die sie alle eingehen würden. Aber zunächst sollte *ich* dem Jenseits einen Besuch abstatten.«

»Was ist passiert?«, fragte Mara nun doch.

»Ich war mit dem Wagen unterwegs, hatte meine ganzen Ersparnisse dabei. Dann blieb die Karre mitten in der Pampa stehen. Einige Jugendliche kamen in einem flotten Golf die Straße entlang, hielten an und nahmen mich mit. Wie nett, habe ich mir gesagt. Schwein gehabt. Später könnte ich mir ihr Auto ausleihen und weiterfahren. Sie waren gut drauf, wollten feiern und luden mich ein. Ein Picknick im Wald sollte es geben, mitten in der Nacht. Von mir aus, dachte ich, Hauptsache, ich komme an den Golf. Zunächst war die Stimmung klasse, dann wurden die vier komisch.«

»Die vier?«

»Ja, ein Mädel war auch dabei. Sie trugen alle keltische Gewänder, aber das wusste ich damals noch nicht. Eine wiederauferstandene keltische Fürstin wollte das Mädchen sein, die Jungen haben sie hofiert, ganz schön abgefahren war das. Dann sprachen sie von dem Opfer, das sie bringen wollten, an Samhain, in der Nacht der Toten. Verstehen Sie? Das Opfer war ich!«

Mara wagte nicht zu reagieren.

»Aus heiterem Himmel wurden sie gewalttätig«, fuhr Max aufgebracht fort. Er trat gegen den Käfig, der Draht gab einen dröhnenden Laut von sich. Mara spürte die Vibrationen schmerzhaft in ihrem Körper. »Sie packten mich, legten mir einen Strick um den Hals und versuchten, mich an einer Eiche aufzuhängen.«

»Sie wollten Sie erhängen?« Mara biss sich auf die wunden Lippen, sie hatte keine Frage mehr stellen wollen. Sie überlegte, welches keltische Opferritual die Jugendlichen damals hatten nachspielen wollen. Sie wusste es nicht.

Max lachte auf. »Aber das ging schief, komplett daneben. Die hatten sich mit dem Falschen angelegt. Selbst am Strick baumelnd nahm ich es noch mit allen drei Jungs gleichzeitig auf. Als mir dann jedoch die Luft wegblieb, musste ich meine Taktik ändern. Ich gab den Widerstand auf und besann mich auf meine eigentlichen Qualitäten.« Max lachte laut und böse. »Da war das Geschrei groß! Ich hätte sie alle fertiggemacht, wenn mich nicht einer von ihnen bewusstlos geschlagen hätte. Im Auto kam ich kurz zu mir. Da redeten sie gerade darüber, dass sie das Mädchen im Acker gegenüber dem Wäldchen begraben wollten. ›Wie eine Keltenfürstin.‹« Max verzog spöttisch den Mund. »Als ich mich rührte, zog mir der Kerl neben mir auf dem Rücksitz gleich noch eins über. Das war übrigens Peter Gruber, der Schlimmste von allen. Der Druide saß am Steuer und neben ihm der Börsenfuzzi.«

Mara beobachtete mit nackter Verzweiflung, wie Max sich aufrichtete und die Schlüssel für die Vorhängeschlösser in seine Hosentasche steckte. Sie musste ihn aufhalten. Er durfte nicht einfach mit den Schlüsseln verschwinden.

Rede mit ihm, rede.

»Und dann? Was geschah weiter?«

»Im eiskalten Wasser bin ich wieder zu Bewusstsein gekommen. Sie dachten wohl, sie hätten ganze Arbeit geleistet und ich läge tot auf dem Grund des Sees. Doch ich krabbelte ans Ufer, spuckte eine Badewanne voll Wasser aus und schwor Rache. Jahrelang habe ich alles über die verdammten Kelten gelesen. Über Archäologie und über ihre Mythen. Das Buch Ihres aufgeblasenen Dozenten ist mir dabei auch irgendwann in die Hände gefallen, das mit seinem Foto auf dem Buchdeckel. Der seriöse Herr Doktor. Gar nicht mehr der Junge in den keltischen Klamotten. Aber immer noch mit Zopf. Felix Kaltwasser erkannte ich ein paar Jahre später in einer Fernsehsendung. Nur der Dritte war wie vom Erdboden verschluckt. Ich übte mich in Geduld. Fand alles über die beiden heraus, deren Verbleib ich kannte. Las Börsenzeitschriften, in denen Kaltwassers Name auftauchte. Abonnierte ein Magazin über Archäologie, um mich über laufende Projekte zu informieren. Eine Tages stand da etwas von einer Grabung am Glauberg. So war ich schließlich zur richtigen Zeit am richtigen Ort.«

Mara schluckte, ihre Kehle schmerzte, und ihr Mund war

trocken. Das Sprechen fiel ihr schwer. »Sie haben mein Vertrauen missbraucht, um Rache zu nehmen.«

»Wie können Sie das sagen?«, empörte sich Max. »Ich wollte nur wiederhaben, was mir gehörte. Das Geld, das sie mir gestohlen hatten.«

»Sie haben mich zu Annas Grab geführt.« Verschwommen stiegen die Bilder in ihr auf. Die ersten Tage der Grabung. Max, der sie freudig zu der Stelle rief, an der eine Vertiefung im Acker einen Fund versprach.

»Sie waren so scharf darauf, eine keltische Fürstin zu finden. Ich habe nur ein wenig nachgeholfen. Mittlerweile wusste ich genug über Archäologie, um eine markante Stelle im Boden zu erkennen. Der Acker, das Wäldchen … es konnte nur das Grab des Mädchens sein. Schon bevor Sie zu buddeln anfingen, wusste ich, was Sie finden würden.«

»Und dann riefen Sie Gruber an.«

»Er schien sich allein um das Skelett kümmern zu wollen. Also befasste ich mich zunächst mit ihm. Sorgte dafür, dass er den Kopf verlor. Danach behielt ich Kaltwasser im Blick, der verließ vor lauter Angst kaum noch sein Haus. Und endlich kam auch der Druide in seiner elenden Kutte bei ihm angerauscht.« Max' Stimmung schlug um, schiere Wut sprach jetzt aus ihm. »Was hattet ihr überhaupt auf dem Hof zu suchen?«, schrie er aufgebracht. »Du und dein Bulle, ihr taucht da so einfach auf. Mein Werk war fast vollendet. Nun fehlt mir der scheinheilige Druide. Das ist allein eure Schuld.«

Abrupt drehte sich Max von ihr weg und stieg die Leiter hoch.

»Lassen Sie mich frei«, flehte Mara, »bitte!«

Statt einer Antwort zog er die Leiter aus der Grube und warf sie zur Seite.

»Und Anna?«, rief sie zu ihm empor. »Was geschah mit Anna? Sagen Sie es mir!«

Er ging nicht darauf ein. »Wenn dein Freund sich beeilt, wird dir nichts geschehen«, rief er und verschwand aus ihrem Blickfeld.

Mara wusste, dass das nicht die Wahrheit war.

Sie hielt den Atem an und lauschte nach oben, aber sie hörte nur das Rauschen der Baumkronen.

***

Daniel lenkte den Wagen aus der Stadt heraus. Das letzte Mal hatte es eine halbe Stunde gedauert, bis sie von Bertrands Hof in Saint-Léger-sous-Beuvray nach Autun gefahren waren. Wenn das verdammte Museum hinter dem Ort lag, war er in etwa vierzig Minuten an dem Treffpunkt, an den der Kerl ihn bestellt hatte. Vierzig lange Minuten, in denen sich Mara in den Händen ihres Kidnappers befand.

Angespannt jagte er den Wagen über die enge Landstraße, überholte einen Traktor und raste an alten Bauernhöfen vorbei. In einem Dorf sah er Männer, die auf einem Sandplatz Boule spielten, und junge Frauen, die mit ihren Kinderwagen zusammenstanden. Am Ortsausgang beschleunigte er wieder, fuhr an Wiesen und Feldern vorbei, bis sich die Straße langsam durch die Hügel von Burgund schlängelte.

Er lenkte mit einer Hand, riss sein Handy aus der Hosentasche, drückte sich den Stöpsel ins Ohr und wählte die Nummer von Thomas Kempen in Deutschland.

Er war froh, Thomas' Stimme zu hören, es gab ihm das Gefühl, im Kampf um Maras Leben nicht ganz allein zu sein.

»Mara ist entführt worden«, sagte er knapp. »Der Kidnapper hat sich mir nicht vorgestellt, aber es muss Albrecht Laux sein. Der Mann mit dem grauen Transit, der den Druiden abfackeln wollte. Er hat mich zum Museum von Bibracte bestellt. Ich bin gerade auf dem Weg dorthin.«

»Hast du die französischen Kollegen informiert?«

»Der Kidnapper will, dass ich allein komme. Und das tue ich auch.«

»Bist du verrückt? Du musst sofort Verstärkung anfordern.« Thomas klang aufgebracht.

»Nein, ich gehe kein Risiko ein«, sagte Daniel bestimmt. »Maras Leben ist in Gefahr. Ich gebe dem Kerl seine Tasche zurück und hole Mara da raus. Ich brauche jetzt die Infos über Laux.«

»Hör zu …«, begann Kempen. Der Empfang wurde schlechter. Als er ihn wieder verstehen konnte, traute er seinen Ohren nicht. »… Laux mittlerweile angetroffen und aufs Präsidium gebracht. Er sitzt gerade in der Vernehmung.«

»Ihr habt Laux? Wieso erfahre ich das erst jetzt?«

»Mein Gott, Daniel, wir sind ja noch gar nicht fertig mit ihm«, verteidigte sich Kempen.

Daniel schlug vor Wut aufs Lenkrad. Er dachte an das Foto von Laux in der Mail, die Kempen geschickt hatte. Eine dunkle Angst überkam ihn.

Wenn dieser Laux bei Thomas im Büro sitzt … Wer zum Teufel hat dann Mara?

Er riss sich zusammen.

»Okay, was hat er bis jetzt gesagt?«

»Also, pass auf«, fuhr Thomas fort. »Albrecht Laux ist der Besitzer des grauen Transporters, den ihr in Frankreich sichergestellt habt. Das ist so weit klar. Aber er hat ausgesagt, dass er den Wagen an einen guten Kumpel verliehen hat. Mehrmals sogar, ohne Fragen zu stellen.«

»Wer ist dieser Kumpel? Ihr müsst ihn sofort fragen, wer seinen Wagen fährt.«

»Langsam, langsam. Das wissen wir schon. Der Mann heißt Max Beck und war mit Laux im Knast. Die beiden haben sich fast zwei Jahre lang eine Zelle geteilt. Beck hatte da schon fast seine ganze Haftstrafe abgesessen, fünfzehn Jahre wegen schweren Raubs und Totschlags an einem Juwelier. Von der Beute fehlt bis heute jede Spur.«

»Meinst du, Laux hat sie für ihn versteckt?«

»Eher nicht, er hat ausgesagt, dass er für Beck nach dem Knast nur ein paar Gefälligkeiten erledigt hat. Unter anderem hat er ihm einen irischen Pass gebastelt.«

»Wofür brauchte er den?«

»Keine Ahnung. Vielleicht wollte er nach Irland auswandern. Interessant ist nämlich, dass sich Beck im Gefängnis für die irische Geschichte und auch sonst alles Historische interessiert hat. Römer, Germanen, Kelten. Er las haufenweise Bücher über Vorgeschichte und Archäologie.«

»Archäologie? Thomas, auf welchen Namen lautete der Pass?«

»Max Dwyer. Sagt dir der Name was?«

»Und ob, das ist der Kerl von Maras Grabung!«

In seiner Erinnerung sah Daniel den älteren Grabungshelfer vor sich sitzen. Er hatte ihn nach dem Mord an Peter Gruber vernommen. Ein ruhiger, unauffälliger Typ. Den irischen Pass hatte Daniel nur flüchtig angeschaut. Mara hatte den Mann geschätzt, vielleicht hatte ihn das leichtsinnig werden lassen. Zur Tatzeit war er angeblich in der Dorfkneipe gewesen, das hatte die Wirtin bestätigt.

»Was sonst noch?« Daniel nahm die nächste Kurve zu schnell, die Reifen quietschten, und der Wagen rutschte leicht zur Seite.

»Man hat Beck damals auf kuriose Art geschnappt. Erinnerst du dich an die Polizeiberichte, die Corinna Bloth bei der Lagebesprechung ausgegraben hat? Spaziergänger hatten einen halb ertrunkenen Mann am Ufer eines Sees gefunden und die Polizei alarmiert. Sah übel aus, der Junge, ganz schön zugerichtet, wenn man sich die Fotos von damals betrachtet. Dann stellte sich raus, dass er einige Tage zuvor den Juwelier ermordet hatte. Seinen Wagen fand man kilometerweit entfernt.«

»Was hat er denn in dem See gewollt? War das ein misslungener Suizid, wurde er mit seiner Tat nicht fertig?« Daniel konzentrierte sich auf die Straße, die nun immer enger wurde.

»Das weiß niemand«, hörte er Kempen sagen. »Beck selbst hat ausgesagt, es sei ein Unfall gewesen. Er habe angetrunken einen Spaziergang am See gemacht.«

»Corinna hatte das im Zusammenhang mit Anna Hillens Verschwinden recherchiert. Wann ist die Sache denn passiert?«

»Im Herbst vor sechzehn Jahren.«

»Wann genau?«

»Am 31. Oktober.«

»Ich schätze, da hat sie einen Treffer gelandet. Danke dir, Thomas.«

»Daniel?«

»Ja?«

»Du musst umgehend die französischen Kollegen einschalten.«

»Du hast recht«, wich Daniel aus. »Ich melde mich später wieder bei dir.«

Als er Saint-Léger erreichte, war er in Schweiß gebadet. Sein Adrenalinspiegel musste das obere Limit erreicht haben, sein Schädel drohte zu platzen, seine Pumpe pochte. Er ging vom Gas, als er den Marktplatz passierte.

Ein Dorf am Rande der Welt.

Er folgte der Hauptstraße und entdeckte endlich das Schild mit dem Hinweis auf das Museum.

Nur wenige Minuten später lag der Hof des Druiden rechts des Weges. Er hatte das Gefühl, dass es eine Ewigkeit her war, seit sie die brennende Scheune entdeckt hatten. Seine Herfahrt mit Mara schien Tage zurückzuliegen, und er konnte kaum glauben, dass er erst im Morgengrauen hier angekommen war, um den Druiden festzunehmen. Stattdessen hatten sie ihn davor bewahren müssen, ein Menschenopfer zu werden.

Er dachte noch einmal über Kempens Vorschlag nach, die französischen Kollegen einzuschalten. Aber er hatte Angst um Mara. Der Kidnapper hatte gesagt, er würde ihn sehen, wenn er am Museum ankam. Demnach konnte er also auch sehen, wenn er in Begleitung von Kommissar Gaspard und seinen Leuten am Treffpunkt erschien. Gaspard musste unsichtbar bleiben – und das gelang nur, wenn er gar nicht erst am Museum auftauchte.

Max Dwyer, der unscheinbare Grabungshelfer am Glauberg, war in Wirklichkeit Max Beck. Vermutlich hatte seine Knastlektüre ihn auf die Spur der Kelten gebracht. Irgendwann war er auf ein Foto von Bertrand gestoßen und schließlich auf dem Hof des Druiden aufgetaucht, um ihn und seine Scheune abzufackeln. Es musste eine offene Rechnung geben, so viel war Daniel klar. Möglicherweise gingen auch die Morde an Gruber und Kaltwasser auf Becks Konto. Keltische Morde. Möglicherweise war alles anders, als sie gedacht hatten.

Ich muss höllisch aufpassen. Ich darf es auf keinen Fall vermasseln.

***

Bertrand öffnete die Augen und blickte in die Weite der Landschaft, die sich vor ihm ausbreitete. Er fühlte sich getröstet und gestärkt. Er hatte seine Meditation abgeschlossen, erlöst saß er nun auf Vercingetorix' Wiese am Abhang der Schlucht. Dichter Nebel versteckte den Horizont und ließ den Himmel mit der Erde verschwimmen. Zwischen dem Planeten, auf dem er saß, und dem Weltraum über ihm schien es keine Grenze mehr zu geben.

Als würden sich Diesseits und Jenseits vermählen. Alles wird eins.

Seine Gedanken wanderten zurück zu jener einen Nacht, in der alles angefangen hatte.

In der Nacht von Samhain stand nach dem Glauben der Kelten das Tor zur Anderswelt offen, und den Sterblichen war es möglich, mit ihren Ahnen im Jenseits Kontakt aufzunehmen. Das uralte Wissen war von Generation zu Generation weitergetragen worden – ein nie aufgeschriebenes Geheimnis, das dennoch nicht vergessen wurde. Feierten die Christen diese Nacht nicht noch heute und aus demselben Grund?

Andächtig besuchen sie an Allerheiligen die Gräber ihrer Lieben und stellen ihnen brennende Kerzen hin, um das Dunkel der Nacht zu erhellen. Nur wissen sie nicht mehr, warum sie es tun. Oder warum ausgerechnet in dieser Nacht.

Sie waren bereit gewesen, in die Anderswelt einzutauchen. Einer alten Sage aus Ulster zufolge spürte man den Atem der Geister, wenn man in einer Samhain-Nacht einen Erhängten berührte. Bertrand sah sich wieder in dem kleinen Wäldchen am Glauberg sitzen, vor den lodernden Flammen des Lagerfeuers. Er sah Anna lachen und fühlte, wie der Alkohol sein Blut aufpeitschte. Er hörte Peters Stimme, die in sein Ohr flüsterte.

»Wir werden den Fremden nicht töten, keine Sorge. Er wird leben, aber …«

Der Fremde ließ sich derweil ihren Wein schmecken und scherzte mit Anna. Er saß gelöst mit ihnen unter der alten Eiche mit den mächtigen Ästen.

Er hat keine Ahnung.

Bertrand beobachtete ihn durch die Flammen hindurch, die tanzenden Feuerzungen ließen sein Gesicht aufglühen.

Ein Teufel in den Flammen der Hölle.

»Es muss sein«, raunte Peter leise. »Wozu haben wir ihn sonst hierhergeschleppt?«

Der Fremde hatte an der Straße gestanden, er hatte sie darum gebeten, ihn mitzunehmen. Anna hatte gesagt, die Götter hätten ihn geschickt, er sei ein Werkzeug in ihrem unendlichen Plan.

Bertrand sah Anna durch das Flackern des Feuers voller Begehren an. Da sie das Mädchen alle drei liebten, durfte sie keinem gehören. Das hatten sie sich geschworen, um ihre Freundschaft nicht zu gefährden. Anna gefiel das. Sie war ihre edle Frau, die Königin, der sie dienten.

Wie schön sie aussah in ihrem Gewand und dem blauen Schultertuch. Sie trug den Armreif einer keltischen Fürstin, ein Artefakt aus glorreicher Zeit.

Felix hatte die keltischen Fundstücke mitgebracht, die sein Großvater als junger Mann auf einem Acker am Glauberg entdeckt hatte. Er kannte das Versteck auf dem Heuboden.

»Was ist nun?«, drängte Peter flüsternd. »Du hast doch keine Angst?«

Nein, er hatte keine Angst gehabt. Es gab nichts zu befürchten. Wenn seine sterbliche Hülle ihm den Dienst versagt hätte, ginge sein Leben in der Anderswelt weiter.

Über dem Abgrund sah Bertrand eine Krähe kreisen. Zu seiner Überraschung landete der Vogel nur einen Steinwurf von ihm entfernt auf dem Hochplateau. Er konnte fast mit den Händen nach ihm greifen. Das Tier kam sogar noch näher heran, es hüpfte geradewegs auf ihn zu.

Ob Teutates mir ein weiteres Zeichen schickt?

Der Vogel legte den Kopf schief und blinzelte ihn an. Bertrand atmete schwer. Was wollte Teutates ihm sagen?

Still saß er da und schaute der Krähe zu.

Schließlich hüpfte sie davon, ganz langsam, Meter für Meter. Bertrand folgte ihr. Mal flatterte sie ein paar Meter voraus, dann blieb sie stehen und wartete, bis Bertrand sie eingeholt hatte.

Die Krähe wird mich zu dem Fremden führen.

SECHZEHN

Daniel stoppte den kleinen Citroën vor dem Museum. Er spähte durch die Windschutzscheibe und entdeckte zwei Wagen auf dem Parkplatz, einen alten Renault und seinen BMW.

Die Autos, mit denen Mara und ihr Entführer herkamen.

Er nahm die Tasche vom Beifahrersitz, steckte die Waffe am Rücken in den Bund seiner Jeans und stieg aus. Dann öffnete er den Kofferraum und legte seine schusssichere Weste an.

Hier oben war es kühl und neblig, der angrenzende Wald sah dunkel und abweisend aus. Weit und breit waren keine Besucher mehr zu sehen, das Museum hatte längst geschlossen. Langsam näherte er sich dem großen Komplex aus Stein und Glas, er tastete nach seiner Waffe und prüfte, ob die Weste unter seiner Jeansjacke auch gut verborgen war. Beck durfte keinen Verdacht schöpfen.

Der Kerl ist bereit, mich abzuknallen.

Als Daniel den Eingang erreichte, sah er, dass die Tür weit offen stand. Er warf sich die Sporttasche über die Schulter und betrat das großzügige Foyer. Vor ihm befand sich ein Empfangstresen, das war wohl die Kasse. Rechts ging es in einen Verkaufsraum, in dem Kataloge und Bücher angeboten wurden.

Er wandte sich nach links, der Treppe zu, und nahm leise Stufe für Stufe in die obere Abteilung. Sie war offen über ein tiefer liegendes Geschoss gebaut, was dem Museum einen leichten, transparenten Charakter gab. Im ersten Stock unterteilten Trennwände den Raum. Landkarten erklärten das Ausbreitungsgebiet der keltischen Völker, in gläsernen Vitrinen lagen Schmuck und Waffen.

Daniel lauschte in das verlassene Gebäude hinein und ging langsam Schritt für Schritt voran. Er entsicherte seine Waffe und hielt sie im Anschlag, die Sporttasche baumelte an seiner Seite. Das trübe Tageslicht, das durch die große Fensterfront drang, spiegelte sich auf den gläsernen Vitrinen und warf verwirrende Reflexe in den Raum. Aus der Wand ragte der Bug eines Segelschiffes; das Deck war mit Weinamphoren aus Ton beladen.

Daniels Blick fiel auf zwei Figuren in karierten Hosen, die vor einem ausgestopften Pferd standen. Zwei Männer aus keltischer Zeit. Der eine stand neben einem großen Holzschild und reckte eine goldene Trompete in die Höhe, während er mit der anderen Hand einen langen Spieß umklammerte. Der andere Krieger hielt beiläufig einen abgetrennten Kopf in der Hand, die Finger in die pechschwarzen Haare gekrallt. Die Gesichtszüge des abgetrennten Hauptes waren verzerrt, die Augen geschlossen und geschwollen, der Hals blutig. Es war die Darstellung eines keltischen Fürsten mit seiner Trophäe.

Was für ein Wachsfigurenkabinett!

Daniel gelangte an das Ende des oberen Saals. Ein großes Foto zeigte den Kessel von Gundestrup, den Silbertrog mit dem Bild des Menschenopfers. Vorbild für Kaltwassers Ermordung. Von hier ging es wieder ins Parterre hinab. Daniel lief ein paar Stufen hinunter und blickte in das Untergeschoss. Dort war das keltische Leben rekonstruiert worden, Wohn- und Schlafräume, eine Feuerstelle, Handwerkszeug und ein Webstuhl. Er schaute sich um und kehrte nach oben zurück.

Wo steckte Beck? Allzu groß war das Museum nicht.

»Stell die Tasche ab«, sagte eine dunkle Stimme.

Daniel ging hinter der letzten Trennwand in Deckung und hielt den Atem an. Vielleicht konnte er Beck orten, womöglich verriet er sich durch ein Geräusch. Er lauschte in die Halle hinein, doch nichts tat sich.

»Zeigen Sie sich«, forderte Daniel den Mann auf.

»Stell einfach die Tasche ab und leg die Waffe hin. Das ist alles.«

Daniel fasste seine Pistole fester.

»Wo ist Mara?«

»Das erfährst du, sobald ich die Tasche habe. Nun mach schon, so schwer kann das doch nicht sein.«

Daniel überlegte fieberhaft. Wollte der Kerl wirklich nur die Tasche haben? Oder würde er ihn über den Haufen schießen, sobald er ihm die Beute ausgehändigt hatte? Würde er ihm tatsächlich sagen, wo Mara war? Oder bluffte er nur?

Ich muss Zeit gewinnen.

»Okay. Ich stelle die Tasche ab und gehe hinaus. Aber vorher bringen Sie Mara zu mir.«

»Die Waffe, ich will die Waffe sehen.«

Daniel stellte die Tasche ab und betrachtete unschlüssig seine Heckler & Koch. Er bückte sich, um sie über den Boden gleiten zu lassen. Zögerte. Nein, er musste die Kontrolle über die Lage behalten. Er brauchte einen Beweis, dass Mara lebte, vorher würde er Beck nicht gehen lassen. Daniel richtete sich wieder auf.

»Sie bekommen die Waffe, wenn ich Mara sehe«, rief er.

»Hier werden keine Bedingungen gestellt«, war die Antwort. »Ich will mein Geld zurück und sonst gar nichts.«

Die Stimme kam von weiter vorn. Daniel zog die Tasche von der Schulter und riskierte einen Blick vor die Trennwand.

Der Durchgang war frei. Er sprang um die Abtrennung herum und suchte Schutz hinter dem Boot mit den Amphoren.

Ein Schuss knallte durch das Museum. Daniel hörte die Kugel an sich vorbeizischen.

»Du willst mich wohl nicht verstehen«, schrie Beck. »Wenn du mir nicht bald mein Geld gibst, ist Mara tot.«

Ein knackendes, berstendes Geräusch drang durch den Raum. Becks Kugel hatte die riesige Glasfront durchschlagen. Linien bildeten sich auf der Oberfläche der mittleren Scheibe und vergrößerten sich schnell zu einem unregelmäßigen Mosaik. Daniel hielt den Atem an, er spürte das Vibrieren des Glases. Dann gab die Struktur nach, und ein Regen aus Glassplittern fiel krachend ins offene Untergeschoss. Das Prasseln der Splitter verursachte ein unglaubliches Getöse, und Daniel hielt sich zum Schutz beide Arme über den Kopf. Dann wurde es wieder still.

Er hechtete hinter die nächste Trennwand, in der Hoffnung, Beck in den Blick zu bekommen.

Wo ist der Kerl? Er kann sich ja nicht unsichtbar gemacht haben.

Daniel bückte sich und schaute unter der Trennwand hindurch, suchte zwischen den Gestellen der Vitrinen nach den Beinen seines Gegners, aber er konnte nichts erkennen.

Durch die offene Scheibe drang nun kühle Luft herein. Daniel spürte den Windhauch. Aus dem Augenwinkel nahm er eine Bewegung wahr, eine Unruhe an der Fensterfront.

Er wollte gerade in die Richtung zielen, als ein schwarzer Schatten auf ihn zukam, etwas Dunkles flatterte ihm entgegen. Die Schwingen eines Vogels breiteten sich vor ihm aus und nahmen ihm die Sicht. Instinktiv ging er in die Hocke und riss erneut den Arm hoch, um sich zu schützen.

Was ist das jetzt wieder, verdammte Scheiße!

Eine Krähe war durch die zerborstene Glasscheibe geflogen und durchquerte krächzend den Saal. Sie flatterte nach unten in den Vorraum, kehrte in das Obergeschoss zurück und tauchte erneut nach unten ab. Als sie schließlich wieder vor den Fenstern aufstieg, ballerte Beck dem Vogel sinnlos hinterher. Die Schüsse gingen an dem Tier vorbei und durchschlugen stattdessen die zweite riesige Scheibe.

Daniel zögerte keinen Moment. Während auch die zweite Glasscheibe donnernd zu Bruch ging, sprang er aus seiner Deckung und stürzte vorwärts.

Beck kauerte neben einer Vitrine, die Waffe schussbereit in der rechten Hand.

»Es ist aus, Beck, lassen Sie die Waffe fallen«, sagte Daniel bestimmt, die Waffe auf Becks Kopf gerichtet, und blieb breitbeinig vor ihm stehen.

Beck hob erstaunt den Blick und richtete sich langsam auf. Er nahm die Arme hoch, behielt aber seine Pistole in der Hand.

»Sie sind verhaftet. Legen Sie die Waffe vor sich auf den Boden.«

Wie in Zeitlupe ging Beck in die Hocke und legte die Pistole ab. Daniel trat einen Schritt vor und stieß sie mit einem kräftigen Fußtritt zur Seite. Scheppernd rutschte sie über den Boden, schlitterte unter dem Geländer hindurch und fiel ins Untergeschoss.

Beck erhob sich mit nach oben gestreckten Armen und leicht amüsiertem Gesichtsausdruck.

»So wirst du nie herausfinden, wo Mara ist«, sagte er mit einem spöttischen Zug um den Mund. »Weißt du, sie hat nicht mehr viel Zeit.«

»Hinlegen.« Daniel fixierte den Mann weiter, ließ keine seiner Bewegungen aus den Augen.

Beck jedoch sprang blitzartig zur Seite und riss dem Keltenfürsten das abgetrennte Haupt aus der Hand. Bevor Daniel reagieren konnte, traf ihn der künstliche Schädel mit voller Wucht am Kopf, zerbarst unter dem Aufprall und ließ ihn taumeln. Beck packte ihn an seiner schusssicheren Weste und brachte ihn zu Fall. Als er am Boden lag, trat er entschlossen auf seinen Unterarm, bis sich Daniels Finger öffneten. Seine Pistole fiel ihm aus der Hand. Er versuchte, sich zu drehen, um wieder an seine Waffe zu kommen, doch Beck war schneller. Ein Tritt in den Unterleib, ein weiterer in die Nieren. Gekrümmt vor Schmerz lag Daniel am Boden. Er atmete aus, packte Becks linkes Bein und brachte ihn zum Straucheln. Doch Beck fing sich, trat erneut zu und traf Daniel am Brustkorb. Mit einem weiteren Stoß kam er aus Daniels Umklammerung frei. Daniel konnte die Waffe vor sich am Boden liegen sehen, kaum eine Armlänge entfernt. Dann traf ihn Becks Fußtritt am Kopf.

Daniel spürte keinen Schmerz, aber er fühlte, wie in seinem Gesicht etwas aufplatzte und Blut über seine Wange rann.

Er lag nun wieder auf dem Rücken, starrte für einen Moment an die Museumsdecke.

Nicht schlapp machen jetzt. Du musst dich umdrehen. An deine Waffe kommen.

Er wandte den Kopf und sah in die Mündung seiner eigenen Dienstpistole.

***

Mara lauschte in den Wald hinein. Sie dachte, sie hätte den Ruf einer Krähe gehört, aber da war nur der Wind. Er ließ die Baumkronen rauschen und raschelte im Laub.

Ihr Hintern und ihre Füße brannten, die Streben der Drahtkiste gruben sich in ihr Fleisch. Ihr Rücken schmerzte. Sobald sie versuchte, sich ein wenig aufzurichten, stieß sie gegen den Deckel der Drahtkiste, in der Max sie gefangen hielt. Ihr blieb nichts übrig, als sich so klein wie möglich zu machen, um nicht ständig an ihren Käfig zu stoßen. Sie schlang die Arme um die angezogenen Beine und legte den Kopf auf die Knie. Bitter musste sie erkennen, dass sie nun tatsächlich eine Position eingenommen hatte wie die Opfer von Acy-Romance, die von ihren keltischen Feinden in Kisten gesteckt worden waren, um sie lebendig im Brunnen zu versenken.

Eine Weile hatte sie dagesessen und hilflos geweint, dann im Minutentakt um Hilfe geschrien.

»Hallo, hier bin ich. Ist da jemand? Hilfe!«

Bibracte war einst eine keltische Hauptstadt gewesen, nun war es ein archäologisches Grabungsgebiet, auf dem sich tagsüber Forscher und Touristen tummelten, nach Feierabend jedoch war hier alles verlassen. Das Gelände, an dessen Fuß das Museum stand, war zum größten Teil bewaldet, es war weitläufig und unübersichtlich. So laut sie auch rief, ihre Stimme verfing sich im Buchenwald. Bald blieb ihr nur noch ein Wimmern. Sie fror und schlotterte. Ihre Zähne klapperten aufeinander.

Jetzt bloß nicht durchdrehen.

Sie zerrte an den Vorhängeschlössern, mit denen Max den Deckel der Drahtkiste befestigt hatte. Aber es waren stabile Schlösser, sie hätte eine Haarnadel gebraucht oder einen anderen spitzen Gegenstand.

Sie besann sich auf ihre Atmung und begann, ihre Atemzüge zu zählen. Während des Studiums hatte sie autogenes Training gemacht, um sich besser konzentrieren zu können, und sie wusste, dass sie ihren Geist über die Atmung in Schach halten und sogar ihren Körper aufwärmen konnte. Man musste sich nur fest genug vorstellen, dass ein Arm oder ein Bein warm wurde, dann konnte man die Durchblutung beeinflussen, und einem wurde tatsächlich warm.

Einatmen, ausatmen. Meine Füße sind warm, ganz warm.

Nach einer Weile gab sie verzweifelt auf. Es half nicht. Ihre Füße blieben kalt, und sie saß noch immer in diesem verdammten Käfig im Brunnenschacht – als Geisel eines irren Mörders, in einer keltischen Siedlung mitten im Wald.

Nach einer Weile nahm das Rauschen der Bäume zu. Aber nein, das waren nicht die Bäume, das war …

Wasser! Hier läuft Wasser rein!

Im selben Moment spürte sie auch schon das eisige Wasser auf dem Boden des Brunnens. Ihr Hintern und ihre Füße brannten vor Kälte. Entsetzt starrte sie auf die feucht glitzernden Wände des Schachts. Anscheinend hatte Max das Rohr so umgeleitet, dass das Wasser wieder in das dritte Becken lief. In das Becken, in dem sie saß!

Ich werde in meinem Käfig ertrinken.

***

Daniel stöhnte. Beck stand aufrecht über ihm und richtete die Polizeiwaffe auf seine Stirn. »Für wen ist es jetzt aus?«, brüllte er wütend.

Daniel sah Becks brutalen Blick und wusste, dass der Mistkerl ernst machen würde. Rasche Gegenwehr war die einzige Lösung. Mit einem scharfen Ruck zog er die Beine an und donnerte die Füße in Becks Unterleib. Passgenau traf er ihn in den Bauch. Beck taumelte. Ein Schuss löste sich aus der Pistole, hallte durch den Saal und ließ das Glas einer Vitrine zersplittern. Mit einem Satz war Daniel wieder auf den Beinen, stürzte sich auf Beck und bekam seine Waffe zu fassen. Aber Beck umklammerte die Pistole, riss den Arm nach oben und versetzte Daniel mit der anderen Hand einen Fausthieb ins Gesicht, genau auf die blutende Wunde. Daniel biss die Zähne zusammen, packte Becks Handgelenk und drehte ihm den Arm auf den Rücken.

»Schluss jetzt«, schrie er. »Her mit der Waffe!«

Beck ließ sich fallen, und Daniel ging mit ihm zu Boden.

»Die Waffe her«, keuchte er, während er sich mit Beck auf dem Boden wälzte. Er spürte seinen Griff an der Kehle, der verdammte Typ drückte ihm die Luft ab. Daniel wehrte sich nach allen Kräften, schlug Becks Hand wieder und wieder auf den Boden, während er versuchte, seinen Hals freizubekommen. Endlich ließ der Kerl die Pistole fallen. Daniel streckte sich nach seiner Waffe, er konnte sie fast mit den Fingerspitzen berühren.

Verdammte Scheiße, das gibt 's doch nicht!

Beck war schneller und trat mit dem Fuß die Waffe durch den ganzen Raum. Daniel sah sie noch für einen Sekundenbruchteil unter dem Geländer liegen, dann landete sie mit einem dumpfen Schlag im unteren Teil der Ausstellung.

Ich muss da runter, sofort!

Er sprang auf, erreichte das Geländer und wollte sich hinüberschwingen. Da raste Beck auf ihn zu. Er hatte sich den Speer des keltischen Kriegers geschnappt und wollte ihn ihm in den Körper rammen. Daniel wich aus, weil er hoffte, Beck würde über die Balustrade stürzen. Aber der bremste rechtzeitig ab und hielt Daniel mit dem Speer in Schach.

»Du weißt wohl nie, wann du verloren hast?«, herrschte er ihn an. Mit gezielten Stößen versuchte er, Daniel zu verletzen. Richtete den Speer auf seine Kehle und Brust. Daniel wich zurück und war mit einem raschen Sprung bei dem Podest mit den keltischen Figuren.

Er schnappte sich den Holzschild, der daneben an der Wand lehnte, und griff sich ein antikes Kurzschwert aus der zerschossenen Vitrine.

Hoffentlich hält das Ding.

So stand er Beck gegenüber. Sein Gegner stieß mit hasserfüllter Miene den Speer in seine Richtung und versuchte, ihn zu dem gegenüberliegenden Geländer zu treiben. Daniel wagte einen Ausfall nach vorn und schlug mit dem Schwert nach dem Keltenspeer.

Beck erwiderte seinen Angriff sofort. Er stach heftig in den Holzschild und zog die Speerspitze mit einem Ruck wieder heraus. Daniel schwang sein Schwert in der Hand, holte aus, schlug zu, prallte an Becks Speer ab. Beck griff die Waffe nun mit beiden Händen und stach zu. Direkt in Daniels Oberschenkel.

Der Schmerz war atemberaubend, er jagte in Daniels Fußspitzen und in den hintersten Winkel seines Gehirns. Er spürte, wie das Blut langsam den Stoff seiner Jeans durchnässte. Beck zielte nun vehement auf seine Beine, humpelnd zog Daniel sich zum Geländer zurück. Von dort konnte er die Treppe sehen, die nach unten führte. Er musste die Stufen erreichen, obwohl er nicht wusste, wie er das unter diesen Schmerzen schaffen sollte.

Ich muss alles auf eine Karte setzen.

Als Beck ihn bis vor das Boot mit den Amphoren getrieben hatte, warf Daniel das Schwert und den Schild zur Seite, griff sich eine der Amphoren, schwang sie hoch über den Kopf und schleuderte sie Beck entgegen. Irritiert sprang der zur Seite, verlor dabei den langen Speer und fluchte.

»Du jämmerlicher Bulle, ich mach dich fertig. Ihr habt mir meinen Plan versaut, du und deine dumme Archäologin.«

So schnell er konnte, schleppte sich Daniel zur Treppe, stolperte und glitt mehr die Stufen hinunter, als dass er ging. Unten war alles voller Glas. Mit seinem lädierten Bein hatte er Mühe, nicht auf den Splittern auszurutschen.

Hier muss es sein, hier muss sie irgendwo liegen.

Humpelnd bewegte er sich vorwärts und erkannte einige Tongefäße, die auf einer Holzbank standen. Die Werkstatt. Vermutlich lag dort seine Pistole. Gleichzeitig hörte er, wie Beck die Treppe herunterkam, und rettete sich mit einem verzweifelten Sprung in den abgetrennten Raum, in dem unter einer Schicht von Glasscherben die rekonstruierten Werkzeuge lagen. Doch nun saß er gleichzeitig auch in der Falle.

Wo ist meine Pistole?

Von seiner Waffe fehlte jede Spur. Hektisch wühlte er zwischen den Scherben nach brauchbaren Exponaten, suchte nach einem Gegenstand für seine Verteidigung. Ein Messer, ein Hammer, irgendetwas, um gegen den Mistkerl zu kämpfen. Er bekam den Griff eines Messers zu fassen, aber als er es unter den Scherben hervorzog, war die Klinge nicht länger als die eines Kartoffelmessers.

Mit Entsetzen sah er, dass sich Beck im Eingang zur Werkstatt aufgebaut hatte. Den Speer hatte er weggeworfen, stattdessen schwang er nun eine mächtige Axt in der Hand.

»Wo ist Mara?«, fragte Daniel und wusste, dass dies womöglich die letzte Frage seines Lebens war.

»Dort, wo du jetzt auch bist«, erwiderte Beck hämisch. »Am Tor zur Anderswelt.« Er versetzte Daniel einen Tritt, sodass dieser auf dem Scherbenteppich zu liegen kam. Dann hob er die Axt über seinen Kopf.

Der Schrei, der nun ertönte, hatte nichts Menschliches an sich. Er klang eher wie ein tiefes Löwengebrüll, das sich aus der Kehle eines verletzten Tieres Bahn brach. So sehr durchdrang der unfassbare Ton die Luft, dass Beck in seiner Bewegung innehielt und wie Daniel den Kopf in Richtung der Geräuschquelle drehte. Durch das zerstörte Fenster sprang ein halb nackter Mann in den Raum. Seine weiße Mähne stand wild vom Kopf ab. Sein Oberkörper war blau bemalt. Er war mit einem Kurzschwert und einem Holzschild bewaffnet. Mit einem riesigen Satz flog er geradezu über Daniel hinweg und stürzte sich auf den verblüfften Beck. Der ließ die Axt auf seinen Angreifer niedersausen, traf aber nur dessen Holzschild. Kraftvoll wehrte der Krieger den Schlag ab und drängte sich näher an Beck heran. Der trat einen Schritt zurück und hieb mit der Axt erneut nach seinem Gegner. Daniel hörte das Klirren von Metall, als die Klinge auf den bronzenen Schildbuckel niedersauste. Er drehte sich auf alle viere und suchte weiter nach seiner Waffe. Der Schmerz in seinem Oberschenkel war wie weggeblasen, fieberhaft durchwühlte er die Glasscherben nach seiner Pistole. Endlich entdeckte er sie am Rand des zerbrochenen Fensters, kroch weiter und griff nach ihr. Kühl und vertraut lag sie in seiner Hand.

Als er sich umdrehte, um in den Kampf einzugreifen, sah er, dass Beck und der Krieger weiter den Gang entlangtaumelten. Er folgte ihnen und ging in Position. Er fasste Beck scharf ins Auge, wartete auf einen günstigen Moment, um ihn zur Strecke zu bringen. Immer wieder musste er neu zielen, um nicht den Krieger anstelle von Beck zu erwischen.

Verdammt, sie bewegen sich zu schnell.

Endlich stand Beck frei und hielt einen Moment inne, als wollte er zu einem letzten Schlag ansetzen. Daniel zielte, den

Finger am Abzug. In diesem Moment rammte der Krieger sein Schwert in Becks Brust. Wie eine Marionette, deren Fäden durchtrennt wurden, sank der Mann zu Boden. Daniel stürzte hinzu, die Waffe auf den Verletzten gerichtet.

Schwer atmend zog der Krieger sein Schwert aus Becks Leib. Jetzt konnte Daniel sein Gesicht erkennen.

Bertrand, der Druide!

Das blutige Schwert in der Hand, beugte er sich über den leblosen Körper, legte seine Wange an Becks Mund und prüfte seinen Atem.

»Er ist tot«, sagte er. Sein Gesicht nahm einen bedauernden Ausdruck an. »Welch trauriger Tag, an dem das Schwert sich rötete vom Blut.« Er schloss dem Toten die Augen und drehte sich zu Daniel um. »Ich konnte nicht zulassen, dass er noch jemanden umbringt.«

SIEBZEHN

Der Druide kniete vor Becks Leichnam und betrachtete in stummer Andacht sein Opfer.

Daniel hatte den Eindruck, dass er sich von dem Toten verabschiedete. Ihn um Verzeihung bat – dafür, dass er ihn in die Anderswelt befördert hatte.

Er fasste Bertrand an der Schulter. »Wir müssen Mara suchen. Wo kann sie sein?«

Der Druide wandte sich wie in Trance zu ihm um, dann erhob er sich langsam. Seine weißen Haare standen wie eine Löwenmähne vom Schädel ab, auf dem schweißnassen Körper war die blaue Bemalung verlaufen. Das Schwert und der Schild lagen neben dem Toten auf dem Boden.

»Das Gelände ist sehr groß.« Er beschrieb mit dem Arm einen weiten Kreis. »Der größte Teil davon liegt im Wald. Einen Menschen kann man hier überall verstecken. In einem der vielen Schächte auf der Grabung, unter einer Plane der Archäologen … Man kann jemanden im Laub verscharren. Oder bei der Quelle ins Wasser werfen.«

Daniel spürte, wie Angst in ihm aufstieg.

»Hören Sie auf! Wir dürfen keine Zeit verlieren. Maras Leben ist in Gefahr. Wir müssen das Gelände durchkämmen, ganz egal, wie groß es ist.« Noch während er sprach, zog er sein Handy hervor und wählte Gaspards Nummer.

»*Bonjour*, Monsieur Richter«, sagte der Franzose. »Was ist los? Wo sind Sie?«

»Es gab einen bewaffneten Kampf im Keltenmuseum in Bibracte, dabei wurde Max Beck getötet. Er ist unser Täter. Die Morde, die Brandstiftung, das alles geht auf Becks Konto. Er hat Mara Jordan als Geisel genommen und irgendwo hier auf dem Museumsgelände versteckt.«

»Wir sind schon unterwegs«, gab Gaspard knapp zurück.

Daniel humpelte hinter Bertrand durch das Untergeschoss, der Schmerz in seinem Oberschenkel kam zurück und brannte verheerend. Der Druide blieb stehen und nahm ein Tuch aus der Dekoration des Webstuhls. Damit verband er Daniels Bein.

»Wird es so gehen?«

Daniel nickte.

Endlich erreichten sie den Parkplatz und liefen zu dem kleinen Citroën, mit dem Daniel hergekommen war. Er riss die Heckklappe auf. Vielleicht gab es Werkzeug im Wagen. Sollte Max Beck Mara irgendwo eingesperrt haben, musste er womöglich eine Tür oder einen Verschlag aufbrechen. Doch er fand nur eine bunte Wolldecke.

Der Wagen einer Frau, natürlich.

Er nahm die Decke und klemmte sie sich unter den Arm.

»Wo würden Sie hier jemanden verstecken?«, fragte er erneut.

Der Druide schien ausführlich darüber nachzudenken.

»Überlegen Sie schneller«, sagte Daniel. »Max Beck hat behauptet, Mara sei am Tor zur Anderswelt. Was hat er damit gemeint?«

»Das bedeutet, sie steht an der Schwelle des Todes.« Bertrand sah ihn mit undurchdringlichem Blick an. »Es könnte aber auch heißen, dass sie sich an einer Stelle befindet, an der ein Tor zur Anderswelt geöffnet ist. An einem heiligen Platz.«

»Wo könnte das sein?«

Angespannt wartete Daniel auf die Antwort.

»Für die Kelten ist der gesamte Mont Beuvray ein heiliges Territorium«, erwiderte der Druide.

»Verflucht noch mal«, stieß Daniel hervor.

Dann sah er, wie Bertrands Gesicht sich erhellte. »Es gibt hier allerdings zwei besonders heilige Plätze. Das ist einmal die Chapelle Saint-Martin, eine Kapelle oben auf dem Plateau – und die Fontaine Saint-Pierre, eine Quelle im Wald.«

Ungeduldig riss Daniel den Druiden am Arm. »Wo ist das? Zeigen Sie mir sofort den Weg!«

»Nur ruhig.« Bertrand machte sich sanft von ihm frei. »Wir teilen uns auf.«

»Okay, Sie laufen zur Kapelle, ich gehe zur Quelle«, bestimmte Daniel.

»Das erste Stück gehen wir gemeinsam. Kommen Sie.«

Daniel sah, wie Bertrand mit federnden Schritten in den Wald hineinlief. Er fragte sich, wo der Druide nach dem harten Kampf so viel Kraft hernahm. Außer Atem hetzte er hinter ihm her.

Sie eilten den Berg hinauf und passierten wenig später die Ruinen der Stadtmauer von Bibracte. Sie kamen immer tiefer in den Wald. Schließlich blieb Bertrand stehen.

»Zur Kapelle geht es jetzt links hoch. Sie laufen rechts durch den Forst, immer geradeaus. Dann stoßen sie wie von selbst auf die Quelle.«

Daniel nickte und atmete tief durch. Der Druide schlug sich ins Gebüsch, seine weiße Mähne wippte bei jeder Bewegung. Dann war er zwischen den Bäumen verschwunden.

Daniel kämpfte sich durch das Unterholz. Der Boden bestand aus verfaultem Laub, er war weich und modrig. Er schien bei jedem Schritt darin zu versinken. Zwischen den Bäumen stand der Nebel, wie Watte hüllte er die Stämme ein und erstickte alle Geräusche.

»Mara? Mara!«

Immer wieder blieb er stehen und rief ihren Namen. Lauschte in den Wald hinein, ob von irgendwoher eine Antwort kam – ein Hilferuf, ein Wimmern oder sonst ein Laut. Als er Wasser rauschen hörte, beschleunigte er seine Schritte.

Er erreichte einen Brunnen, der aus drei miteinander verbundenen flachen Becken bestand. Sie waren aus groben Steinblöcken zusammengesetzt. Hastig umrundete er das Gemäuer, sein Puls raste. Dies war der Ort, den der Druide beschrieben hatte. In den beiden ersten Becken stand das Wasser bis zum Rand. Das dritte war eine Baustelle. Ein dickes Plastikrohr führte von dem zweiten Becken hier hinein, Wasser ergoss sich in einen Schacht. Ahnungsvoll spähte Daniel in die Tiefe. Am Boden erkannte er im Wasser einen Drahtbehälter. Und in diesem Käfig …

»Mara! Mara, hörst du mich?«

Die Aufregung verschlug ihm den Atem. Da war sie, da unten hockte sie in einer Drahtkiste. In einem drei Meter tiefen Schacht, in den unaufhaltsam eiskaltes Wasser lief.

»Mara!«

Er bekam keine Antwort.

Ist sie noch am Leben? Komme ich zu spät?

Fieberhaft überlegte er, wie er Mara retten konnte. Ihm blieb nicht die Zeit, den Druiden zu Hilfe zu holen, und bis Gaspard mit seinen Leuten hier draußen ankam, konnte es noch eine Weile dauern. Er musste sofort handeln.

Hektisch packte er das Plastikrohr und zog es aus dem Schacht. Das Wasser ergoss sich nun auf den Waldboden.

Er sah sich um und entdeckte eine Leiter. Vermutlich hatte Beck sie benutzt, um den Käfig und Mara in die Tiefe zu befördern.

Er wuchtete die Leiter in die Grube, und die unteren Stufen versanken im Wasser.

Mein Gott, wie tief ist das hier?

Mara verharrte still in ihrem Käfig, das Wasser hatte bereits ihre Schultern erreicht.

Es können nur drei Meter sein. Keine große Sache.

Er prüfte die Standfestigkeit der Leiter, dann kletterte er in die Grube hinein. Aber nach zwei Schritten in die Tiefe musste er zurück, weil ihm die Schussweste das Atmen erschwerte. Er stieg nach oben, schälte sich aus der Weste und warf sie auf den Waldboden. Dann atmete er tief durch und zwang sich, die Leiter Sprosse für Sprosse hinabzusteigen.

Verdammt, stell dich nicht so an.

Die verfluchte Erinnerung kam zurück. Je tiefer er stieg, desto deutlicher hatte er das Gefühl, in sein eigenes Gefängnis zu steigen. Er spürte, wie ihm der Schweiß ausbrach. Seine Handflächen wurden feucht und der Drang, wieder nach oben zu steigen, raus aus der Grube, übermächtig. Seine Beine versagten ihm beinahe den Dienst. Weigerten sich, die nächste Sprosse nach unten zu gehen.

Das ist doch lächerlich. Reiß dich zusammen, unten braucht Mara deine Hilfe.

Aber sein Herz schlug wie wild, ein leichtes Schwindelgefühl hatte eingesetzt und ließ ihn die Leiter fester umklammern. Er hörte die Jugos lachen, hörte, wie sie ihn verhöhnten.

Du kannst da unten verrecken, Bulle.

Die dunklen, nassen Wände der Grube schienen plötzlich näher zu kommen, was, wenn sie nachgaben, wenn er unten war?

Würde er mit Mara lebendig begraben werden?

Sieh auf die Leiter, konzentriere dich auf den Abstieg.

Der Schmerz in seinem Oberschenkel hatte sich von einem heißen Stechen in ein dumpfes Pochen verwandelt. Wenn nur seine Kraft ausreichte, Mara notfalls die Leiter hochzutragen. Vor allem musste er die Nerven behalten.

Er konzentrierte ich auf seine Atmung, blickte auf seine Hände und bewegte sich mechanisch weiter.

Du schaffst es, du gehst runter und wieder hinauf. Ganz einfach. Du befreist Mara und bringst sie nach oben. Sonst gar nichts.

Endlich stand er auf dem Boden des Schachts, das Wasser reichte ihm bis zu den Knien, Kälte und Nässe krochen an seinem Körper empor. Mit fliegenden Händen tastete er den Käfig ab.

Er zerrte an dem Gitter, doch der Käfig blieb geschlossen.

»Mara! Mara, wach auf!«

Sie bewegte sich ein wenig, öffnete die Augen und schaute ihn verständnislos an.

Gott sei Dank, sie lebt.

»Mara, halt durch, bitte. Ich hol dich hier raus«, versprach er mit rauer Stimme. »Mara, durchhalten, wir schaffen das. Gemeinsam können wir es schaffen.«

Dieses verdammte Schwein hatte den Drahtkäfig mit zwei Hängeschlössern gesichert.

Daniel klopfte die Taschen seiner Jeansjacke ab. Er hatte kein Werkzeug bei sich, gar nichts. Oben auf dem Waldboden lag die Wolldecke aus dem Citroën, das war alles. Er zog seine Waffe aus dem Halfter.

»Mara, ich werde jetzt die Schlösser aufschießen. Halt dir die Ohren zu.«

Sie nickte, und er suchte einen Winkel, bei dem der Schuss in das Erdreich gehen würde, einen Winkel, bei dem er Mara nicht verletzen konnte.

Jetzt nur ja kein Gestein treffen. Um Gottes willen keinen Querschläger …

Er drückte ab. Der Schuss explodierte in seinen Ohren, der Schacht warf das Echo des Schalls zurück. Er sah, wie Mara unter dem Knall der Waffe zusammenzuckte.

»Jetzt noch mal.« Er hörte seine eigene Stimme dumpf, wie in Watte gepackt.

Er gab einen Schuss auf das zweite Schloss ab, dann konnte er den Deckel des Drahtkäfigs aufklappen. Eilig half er Mara heraus und schob sie vor sich auf die Leiter.

»Los, hoch mit dir.«

Mühsam gehorchte Mara seinem Befehl, Sprosse für Sprosse zog sie sich die Leiter hinauf. Er hielt ihre Hüften umfasst, schob sie vor sich her. Sie war kalt wie Eis. Als sie die Kraft verließ, schob Daniel seine Hand unter einen ihrer Oberschenkel und setzte ihren Fuß eine Stufe höher. Dann den anderen Fuß.

»Weiter so, ich helfe dir.«

Stöhnend kletterte sie hinauf.

Als sie den Beckenrand überwunden hatten, hockte sie sich stumm auf den weichen Waldboden. Sie schlotterte, das Wasser tropfte aus ihren Kleidern.

Daniel strich ihr über das Haar, nahm sie in die Arme und drückte sie fest an sich.

»Alles wird gut«, flüsterte er.

Er stand noch einmal auf und legte Mara die Wolldecke um, dann ließ er sich neben sie fallen und nahm sie in den Arm, um sie und sich zu wärmen. Schwer atmend schauten sie einander an.

Eine warme Welle durchflutete ihn. Er wusste nicht, ob das eine Reaktion seines Körpers auf das kalte Wasser war oder was sonst mit ihm geschah. Mara lebte, sie war bei ihm, er hatte sie herausgeholt aus der Tiefe des Schachts. Das machte ihn glücklich. Ihm war, als hätte er mit den Schüssen nicht nur Mara befreit, sondern auch sich selbst.

***

Bertrand hatte die kleine Kapelle erreicht. Die Pforte war abgeschlossen, und Maras Entführer hatte bestimmt keinen Schlüssel. Doch es gab rund um die Kapelle genügend Möglichkeiten, jemanden zu verstecken – im Laub, zwischen den riesigen Baumwurzeln oder unter einer der alten Grabplatten, die vor der Kapelle lagen. Er suchte die Umgebung Meter für Meter ab und ließ sich dabei Zeit. Wenn er zu eilig vorging, war die Gefahr zu groß, dass er etwas übersah. Was gab es hier für Spuren? War jemand durchs Laub geschleift worden, wurden dabei Pflanzen zertreten oder Äste abgeknickt?

Als er im Wald Schüsse hörte, hielt er inne und horchte.

Hatte der Kommissar sich noch einmal verteidigen müssen? Oder sollten es Warnschüsse sein?

So schnell er konnte, machte er sich auf den Weg zur Quelle.

Bertrand hatte den alten Brunnen von Bibracte kaum erreicht, als er den Kommissar und die Archäologin auf dem Waldboden kauern sah. Eilig lief er auf sie zu.

»Sie haben sie gefunden«, rief er erleichtert.

Der Schrecken und die Erschöpfung standen den beiden ins Gesicht geschrieben. Die Kleidung des Kommissars war nass und starrte vor Dreck, die verschwitzten Haare fielen ihm in Strähnen in die Stirn. In den Haaren der Frau hatten sich Buchenblätter verfangen, sie sah blass aus und kauerte sich in eine Decke.

»Beck hat sie in den Brunnenschacht gestoßen und in eine Drahtkiste gesteckt«, berichtete Daniel Richter. »Der Mistkerl wollte sie ertrinken lassen.«

Bertrand setzte sich zu den beiden auf den Waldboden.

»Er hat alle Morde keltisch begangen.«

»Ja, aber wieso?« Der Kommissar schüttelte verständnislos den Kopf. »Wieso hat er sich diese verfluchte Mühe gemacht?«

Ich muss ihnen die Geschichte erzählen. Sie haben ein Recht, zu erfahren, was passiert ist.

»Es geht um eine Nacht an Samhain«, sagte er. »Sie liegt fast sechzehn Jahre zurück.«

Bertrand schloss in Erinnerung die Augen. Sah wieder das Lagerfeuer vor sich, die züngelnden Flammen und dahinter das strahlende Antlitz von Anna. Er hörte sie lachen und fühlte sich augenblicklich wieder jung.

»Wir hatten einen Bund geschlossen, Felix, Peter und ich, einen Bund fürs Leben. Alle drei liebten wir Anna, sie war etwas Besonderes. Doch unsere Liebe sollte nicht von körperlicher Art sein. Wir waren eine kleine Gemeinschaft, die im Geiste der Kelten lebte. Das war es, was wir teilten.«

Er sah, wie Daniel Richter die Wolldecke fester um Mara zog und ihr den Rücken warm rieb, ohne die Augen von ihm zu nehmen. Er schien begierig, die ganze Geschichte so rasch wie möglich zu erfahren. Bertrand aber wusste, dass mit Eile nichts gewonnen war. Um diese Geschichte zu erzählen, brauchte es seine Zeit. Der Polizist musste sich gedulden, um begreifen zu können.

»In jener Nacht wollten wir feiern. Wir waren prächtig angezogen und hatten Speisen und Getränke bei uns, so wollten wir die Götter preisen und Abschied vom Sommer nehmen«, fuhr er fort. »Samhain ist der einzige Zeitpunkt im Jahr, wo die Tore zur Anderswelt offen stehen, wo wir Kontakt zu den Verstorbenen haben können. Eine alte Sage aus Ulster beschreibt, dass man dem Geist der Ahnen am nächsten kommt, wenn man in dieser Nacht einen Gehängten berührt.«

»Was?«, rief der Kommissar ungläubig.

»Sie können sich das nicht vorstellen, ich weiß.« Bertrand kreuzte die Beine im Schneidersitz und beugte sich vor. »Es ging nicht darum, jemanden zu töten. Wir wollten nur den Ritus ausführen, die Geste. Auch das Spiel bewegt schließlich den Geist und die Kräfte.«

»Tatsächlich?« Daniel starrte ihn angewidert an.

»Auf dem Weg zu unserem Nemeton trafen wir einen Mann, dessen Auto streikte. Er hielt uns an und bat uns, ihn mitzunehmen. Höhere Mächte spielten ihn uns in die Hände.«

»Max Dwyer«, sagte Mara. »Mein Grabungshelfer.«

»Max Beck«, verbesserte Daniel. »Der Name Dwyer stand in seinem gefälschten Pass.«

Bertrand hob abwehrend die Hände. Die Sachlichkeit seiner Zuhörer drohte ihn aus seiner Erinnerung zu reißen. »Er hat sich uns nicht vorgestellt in jener Nacht. Für uns war er nur ein Fremder. Wir suchten also unser Nemeton auf, unseren Platz im Wald, und entfachten das Feuer.«

Wieder schloss er die Augen. Er sah Anna in ihrem vornehmen Kleid am Feuer stehen, das Tuch um die zarten Schultern gelegt.

»Wir tranken und feierten. Peter holte ein Seil, und alles geschah, wie wir es abgesprochen hatten. Es sollte ein symbolischer Akt sein. Nur kurz sollte er hängen, so lange, bis wir ihn alle berührt hatten. Peter und Felix überwältigten den Fremden und schleiften ihn unter den Baum. Sie zogen ihn mit einem Seil hoch und wollten ihn ein wenig zappeln lassen, das war alles. Doch dann brach die Hölle los. Der Fremde zog eine Waffe und feuerte um sich. Felix und Peter ließen das Seil fahren, und er stürzte zu Boden. Bevor er erneut schießen konnte, riss Peter einen schweren Stein hoch und schlug dem Fremden damit auf den Schädel.«

»Und Anna?«, rief Mara dazwischen. »Was war mit Anna?«

Bertrand sah in den nebligen Buchenwald. Die Erinnerung überwältigte ihn, lange verdrängte Gefühle stiegen in ihm auf, und er hatte Mühe, weiterzusprechen.

»Max Beck hatte Anna getroffen«, sagte Daniel ruhig. »Sie war in die Schusslinie geraten, nicht wahr?«

Bertrand nickte stumm.

Eine Weile sagte niemand etwas.

»Peter und Felix nahmen dem Fremden die Waffe ab«, fuhr Bertrand schließlich fort. »Und dann lag da dieser leblose Mann vor uns auf dem Boden. Er hatte Anna getötet und uns das Heiligste genommen, was wir hatten.«

Er machte erneut eine Pause und sammelte sich. Der Waldboden unter ihm fühlte sich nun hart und kalt an und entzog ihm die Energie.

»Ich dachte, der Fremde sei tot, gestorben durch Peters Hand. Daher war ich damit einverstanden, seinen Leichnam im See zu bestatten. Auf der Fahrt dorthin musste ich mitansehen, wie Peter dem Fremden, der wieder zu sich gekommen war, den Schädel einschlug. Mit dem Griff von dessen Waffe.«

Mara legte erschrocken die Hände vor ihr Gesicht, und Bertrand schaute beschämt zu Boden. »Ich bat ihn aufzuhören, aber er war wie im Wahn. Irgendwann gab der Mann keinen Laut mehr von sich. Wir fuhren zum Hungener See und warfen ihn ins Wasser. Erschlagen und tot, wie wir dachten.«

»Spaziergänger fanden ihn am nächsten Morgen bewusstlos am Ufer«, sagte Daniel. »Sie alarmierten den Rettungsdienst. Der Mann hatte einen Frankfurter Juwelier ausgeraubt oder ermordet. Die Fahndung lief bereits, als er Ihnen und Ihren Freunden begegnete. Er wanderte später für fünfzehn Jahre in den Knast. Ihr Samhain-Opfer war ein brutaler Verbrecher.«

»Das erklärt, warum er erst jetzt wieder auftauchte.«

»Erzählen Sie weiter, Bertrand«, bat Mara.

»Wir kehrten zurück und bestatteten Anna auf einem Acker bei einem Wäldchen. Wir gaben ihr alles mit ins Grab, was wir besaßen, den keltischen Armreif und die wertvolle Kanne. Dann beteten wir zu Esus und Taranis und baten die Götter, Anna eine unbeschwerte Reise in die Anderswelt zu gewähren. Wir trösteten uns damit, dass sie dort weiterleben konnte, für immer unsterblich.«

»Ich darf gar nicht an Annas Vater denken«, sagte Mara dumpf.

Bertrand suchte ihren Blick. »Was geschehen ist, tut mir unendlich leid. Wir waren jung und handelten wie im Rausch. Die Götter haben den Fremden in jener Nacht beschützt und uns davor bewahrt, einen Mord zu begehen. Doch das wussten wir damals nicht. Wir ahnten weder, dass unser Opfer unsere Misshandlungen überlebt hatte, noch, dass der Mann selbst ein Verbrecher war. Wir fühlten uns schuldig am Tod des Fremden und an Annas Tod, durch unseren Leichtsinn war sie ums Leben gekommen. Das war nicht nur ein unerträglicher Verlust, es war auch die Bürde, die jeder von uns sein Leben lang trug.«

»Nach Annas Bestattung sind Sie also brav in Ihre Elternhäuser zurückgekehrt und haben geschwiegen, als sie vermisst wurde«, stellte Daniel fest.

»Wieso sind Sie damals nicht zur Polizei gegangen und haben erzählt, was passiert war?«, fragte Mara.

Bertrand spürte, wie ihm ein Kloß den Hals zuschnürte. Jetzt, nach all den Jahren, kamen ihm seine Vergehen schäbiger und egoistischer vor denn je. Aber er musste ihnen nun auch noch das Ende der Geschichte erzählen.

Ich will mein Gewissen erleichtern.

»Die Tasche des Fremden lag noch in unserem Kofferraum. Als wir sie öffneten, war sie voller Geld. Wir wussten nicht, woher es kam, nur, dass es jetzt einem Toten gehörte. Es war eine ungeheure Summe, jedenfalls für uns Schüler von damals.«

»Geld, das Beck vermutlich bei einem Hehler für die gestohlenen Juwelen kassiert hatte. Der Juwelier hat dafür sterben müssen. Sie haben es also einfach behalten.«

»Ja, wir haben das Geld untereinander aufgeteilt«, gestand Bertrand. »Wir schworen uns, es sinnvoll zu verwalten, und das haben wir getan. Ich habe meinen Anteil für die druidische Bewegung ausgegeben, Peter hat einen Wohnsitz auf keltischem Boden erworben. Nur Felix wollte das Geld zunächst vermehren, bevor er es einem guten Zweck zuführte.«

»Was für ein Wahnsinn.« Daniel war aufgestanden und hielt sich sein verletztes Bein.

Bertrand wandte sich an Mara. »Als Sie Annas Leiche fanden, mussten wir einschreiten. Ich habe einen Platz für ihre letzte Ruhe ausgesucht, der ihrer würdig war, die Krypta der Kathedrale Notre-Dame in Paris. Felix wollte für ihre Ruhestätte spenden, und Peter sollte Annas Leichnam zu sich zu nehmen, bis ich ihn an den ausgewählten Ort bringen konnte.«

»Aber dann tauchte Beck auf. Als sei er von den Toten auferstanden.« Daniel stand nun vor ihm. Er sah ihn müde an und schüttelte ungläubig den Kopf. »Im Knast hatte er alles über die Kelten gelesen, was er nur in die Finger bekommen konnte. Er hatte fünfzehn Jahre Zeit, sich seinen keltischen Rachefeldzug zurechtzulegen.«

Bertrand nickte schwer. »Dass Peter und Felix auf so grausame Art sterben mussten, hat mich in wahrhafte Verzweiflung gestürzt.« Er blickte Mara an. »Wenn Sie beide mich nicht aus meiner brennenden Scheune gerettet hätten, wäre auch ich sein Opfer geworden. Ich habe erkannt, dass dieser Mann das Böse verkörpert. So habe ich mich zum Kämpfer gerüstet und ihn schließlich besiegt.«

Sirenengeheul klang von weither durch den Wald und beendete Bertrands Rede.

»Das wird Kommissar Gaspard mit seinen Leuten sein.« Daniel half Mara vom Boden hoch. »Lass uns zum Museum gehen, damit ich ihm alles erklären kann.«

Auch Bertrand erhob sich von dem kalten Waldboden. Unschlüssig blieb er neben dem Brunnen stehen, bereit, Daniel und Mara zu folgen. Er sah zu, wie dieser Mara die Decke noch einmal straffer umlegte, und wartete. Daniel warf ihm einen ernsten Blick zu.

»Nun hau schon ab!«, sagte er rau. »Sollen deine Götter dich richten, ich tue es nicht.«

Bertrand zögerte.

Mit einer Handbewegung scheuchte ihn der Kommissar davon. »Mach schon! Du hast mein Leben gerettet, das zählt auch etwas.«

Bertrand verließ den Platz vor der Quelle und verschwand zwischen den Bäumen. Oben auf dem Plateau, auf dem einst Vercingetorix die keltischen Stämme zum letzten Kampf aufgerufen hatte, wollte er noch einmal innehalten und den Göttern danken für diese wundersame Wendung. Von dort aus würde er dem Weg der Ahnen folgen und nach Nordwesten ziehen. Irland. Er sah die Felsen der Steilküsten vor sich, an denen hell die Gischt aufschäumte, roch die salzige Meeresluft. Auf der grünen Insel gab es keltische Stätten, die niemand kannte.

Auf halbem Weg drehte er sich um und schaute hinunter zu Daniel und Mara. Der Kommissar legte den Arm um die Archäologin und zog sie humpelnd mit sich davon.

Bertrand sah ihnen noch eine Weile nach und beobachtete, wie sie durch die Bäume hindurch auf das Museum zustrebten.

Zwei Schatten im Buchenwald, die sich schließlich im Nebel verloren.

EPILOG

Es ging auf Mittag zu, und der Strom der Museumsbesucher war vorübergehend verebbt. Nur eine Gruppe Schüler streunte noch mit ihrer Lehrerin zwischen den Vitrinen herum, in denen alles ausgestellt war, was man am Glauberg gefunden hatte: Schwerter und Speere, Fibeln und Halsreifen, Gürtel und goldene Verschlüsse.

Die jungen Leute schienen nicht allzu begeistert von den Exponaten zu sein. Gelangweilt gingen sie an den Auslagen vorbei. MP3-Player schauten aus ihren Jackentaschen, und die dazugehörigen Stöpsel-Kopfhörer verschlossen ihre Ohren.

»Gesamtschule, zehnte Klasse«, flüsterte Mara Daniel zu.

Sie hatten sich die steinerne Figur angesehen, die man vor vielen Jahren neben dem Grabhügel gefunden hatte. Der Fürst vom Glauberg stand mitten im Raum auf einem Podest. In den hellen Sandstein waren Panzerhemd, Schild und Speer eingemeißelt. Er machte ein ernstes Gesicht, der Kopf war umgeben von zwei mächtigen blattartigen Gebilden.

Sie schlenderten weiter durch den granitfarbenen Raum und betrachteten die Fundstücke. In einem eigenen Schaukasten stand die Schnabelkanne, die Mara in Annas Grab gefunden hatte, daneben lag der Armreif.

»Die Kanne ist wirklich schön«, sagte Daniel.

»Ich weiß noch, wie du deinen Kofferraum aufgemacht und mir Becks Sporttasche gezeigt hast«, flüsterte Mara.

»Und ich weiß noch, was wir getrieben haben, bevor wir das Geld gezählt haben«, murmelte Daniel und küsste ihren Nacken. »Woher hatte die Bande diese verdammte Kanne überhaupt?«

»Ich vermute, dass jemand aus der Familie eines der Jungen so etwas zu Hause hatte. Vor Jahrzehnten im Acker gefunden und klammheimlich behalten.«

Daniel lachte. »Hat dein Großvater so etwas auch gemacht? Funde behalten?«

Mara schüttelte entsetzt den Kopf. »Gott bewahre! Der war überzeugter Grabungshelfer.«

»Im Gegensatz zu deinem Max«, neckte Daniel sie.

Mara machte eine abwehrende Handbewegung. Sie wollte jetzt nicht an die grausamen keltischen Morde erinnert werden. Das alles lag nun bereits drei Monate zurück, und das war gut so.

Kaum dass Kommissar Gaspard im Wald von Bibracte zu ihnen gestoßen war, hatte ein Fragenmarathon begonnen, der in Deutschland noch lange weiterging. Max' Teilgeständnis ihr gegenüber hatte der Polizei geholfen, die Ereignisse, die sich vor sechzehn Jahren abgespielt hatten, zu rekonstruieren. Zwar hatte er hier etwas ausgelassen und dort etwas geschönt, im Wesentlichen belegten seine Aussagen jedoch das, was Bertrand ihnen erzählt hatte.

Endlich war es vorbei.

Mara zog Daniel aus dem Ausstellungsraum und führte ihn vor das große Panoramafenster des Museums. Von hier blickte man auf den keltischen Grabhügel und auf die alte Kulturlandschaft am Glauberg. Durch die riesige Glasfront hindurch aus der Vogelperspektive auf die Wiesen und Äcker zu schauen, deren Ocker- und Grüntöne im Licht der Sonne aufglühten, war eine körperliche Erfahrung. Mit ein wenig Phantasie konnte man sich vorstellen, in der Luft zu schweben.

Mara trat bis dicht an das Fenster heran, genoss den Ausblick und das prickelnde Gefühl eines leichten Schwindels.

»Nun kommt mal bitte alle hierher!« Auch die Lehrerin trat mit ihren Schülern vor das Fenster. Sie bemühte sich mit heller Stimme, zu den jungen Leuten durchzudringen. »Bitte mal die MP3-Player weg, ich erzähle euch jetzt etwas über die Entdeckung des Glaubergs.«

Betont langsam zogen die Schüler an den Kabeln und ließen ihre Ohrstöpsel herausploppen.

»Ende der achtziger Jahre hat ein Fotograf einen Rundflug mit seiner Sportmaschine gemacht und seltsame Muster in den Kornfeldern entdeckt«, begann die Lehrerin.

»Wie bei ›Signs‹?«, rief jemand. »Cool.«

»So ähnlich. Nur ging es in dem Film um Kreise im Getreide, die angeblich Zeichen von Außerirdischen waren. Solche Kornkreise tauchen immer wieder auf, und man fragt sich, wie ein paar Spaßvögel in nur einer Nacht solche riesigen Muster ins Korn treten können. Hier am Glauberg geht es um Bodenstrukturen, also um Muster, die durch das Korn selbst entstehen.«

Die Lehrerin wies aus dem Fenster und zeigte auf den Grabhügel und die Gräben, die ihn umzogen.

»Kornfelder können Archäologen Geschichten erzählen. Dort, wo Mauern unter der Erde sind, gedeiht das Korn schlecht, die Pflanzen wirken heller als das übrige Getreide. Wo hingegen einmal Gräben waren, ist lockerer Boden in die alten Vertiefungen gerutscht, die Wurzeln der Pflanzen können sich gut ausbreiten und finden genügend Wasser. Diese Pflanzen wachsen üppiger und werden grüner als ihre Nachbarpflanzen. Aus der Luft kann man daher dunklere und hellere Linien erkennen. Das sind die Stellen, wo Mauern oder Gräben waren.«

»Ja, und wer hat die Linien gemacht?«, fragte ein Mädchen.

»Die Kelten, du Zecke!« Ihre Freundin stieß sie so ungestüm in den Rücken, dass ihr Kopf nach vorn flog.

»Aua! Kannst du das mal lassen, du Opfer, ja?«

»Lea, Sophie!« Die Lehrerin wartete einen Moment, bis wieder Ruhe eingetreten war, dann fuhr sie fort. »Nach dem Rundflug dauerte es noch einige Jahre, bis die Archäologen hier graben konnten. Was sie fanden, war eine keltische Grabanlage, gebaut vor zweieinhalbtausend Jahren. Der Grabhügel dort unten ist eine exakte Rekonstruktion. Ihr seht ja selbst, wie groß er ist.«

Die Köpfe der Jugendlichen drehten sich fast synchron zum Fenster.

»Da passt ein Haus rein«, stellte ein dunkelhaariger Junge fest.

»Nun ja, kein Haus, aber eine Doppelgarage bestimmt.« Die Lehrerin lächelte. »Der Grabhügel ist im Laufe der Jahrhunderte eingesackt, und bei einer Flurbereinigung um 1900 wurde er teilweise abgetragen. Danach geriet er in Vergessenheit.«

»Und in dem Hügel war das Grab?«

»Drei Gräber. Ein leeres in der Mitte. Es war vermutlich dazu da, Grabräuber abzulenken.«

»Was ist jetzt mit ›Signs‹?«, fragte der Junge ungeduldig. »Gibt es hier geheimnisvolle Zeichen oder nicht?«

»Seht ihr die langen Gräben, die zum Hügel hinaufführen?«, fragte die Lehrerin. »Einige Forscher glauben, dass diese Gräben eine Grenze zwischen der Welt der Lebenden und dem Jenseits darstellen, der Anderswelt. Ihr Geheimnis ist bis heute ungelöst.«

Nun waren die Schüler still.

Mara musste schmunzeln.

Klingt tatsächlich ein bisschen wie im Film.

»Was für eine schlaue Lehrerin«, raunte Daniel in ihr Ohr. Er hatte seine Arme um sie gelegt und zog sie an sich.

Mara hielt seine starken Hände fest.

»Was unser Druide jetzt wohl macht? Ich hätte dir gar nicht zugetraut, dass du ihn laufen lässt.«

»Das hat mich selbst gewundert. Aber ich fand, er war zur Einsicht gekommen, und er hatte über die Jahre genug gebüßt. Der stellt bestimmt nichts Schlimmes mehr an, sondern gründet höchstens eine neue Glaubensgemeinschaft. Und ich habe irgendwo auf der Welt einen Druiden zum Freund.«

»Da bist du in guter Gesellschaft«, flüsterte Mara. »Schon Julius Caesar unterhielt eine sehr enge Freundschaft mit einem Druiden.«

»Tatsächlich?«

»Und ob. Aber er verleugnete ihn vor dem römischen Volk.«

Daniel drückte Mara an sich. Die Schulklasse zog weiter. Maras Blick ging über den grünen Grabhügel und die saftigen Wiesen bis zu den Wäldern am Horizont. In der Ferne stiegen drei Krähen auf.

Mara beobachtete sie, bis sie im Dunst verschwanden.

Danksagung

Unser aufrichtiger Dank geht an unsere Lektorin Marit Obsen, die sich mit unvergleichlichem Scharfsinn und großer Begeisterung unserer Geschichte angenommen hat.

Für sachdienliche Hinweise und für den Einblick, den er uns freundlicherweise in sein Fachgebiet gewährte, danken wir ganz herzlich Prof. Dr. Hansjürgen Bratzke vom Institut für Rechtsmedizin in Frankfurt am Main.

Wir danken den Mitarbeiterinnen und Mitarbeitern der hessenARCHÄOLOGIE in Wiesbaden, der Archäologischen Denkmalpflege in Friedberg, des Heimat- und Geschichtsvereins Glauburg e.V., des Museums Keltenwelt am Glauberg und des Musée de Bibracte in Saint-Léger-sous-Beuvray in Frankreich.

Mit Information und Inspiration versorgten uns außerdem der Verein für Nassauische Altertumskunde und Geschichtsforschung e.V. in Wiesbaden, das Römisch-Germanische Zentralmuseum in Mainz (besonders mit seiner Ausstellung »Kelten? Kelten!«), das Kulturamt Nonnweiler und die Teilnehmer des Keltenfestes »Celtoi« in Otzenhausen, das Musée du Pays Châtillonnais – Trésor de Vix in Châtillon-sur-Seine und das Musée d'Archéologie Méditerranéenne in Marseille.

Zu guter Letzt geht ein großes Dankeschön an Gerd Schnabel für seine Hilfe bei der Entwicklung der Story, seinen Beistand bei schwierigen Fragen und seine Geduld während der langen Zeit des Schreibens.

Unvergessen bleibt Hartmut Aechtners aufmunternde Begleitung bei verregneten Exkursionen zu keltischen Stätten, von denen einige nicht einmal auf der Landkarte verzeichnet waren.

Der Liebesbrief von Felix an Anna auf Seite 198/199 ist ein Zitat aus: »Lady Gregory: Das Große Buch der Irischen Mythen und Legenden«, Pattloch-Verlag, München 2001.

ULI AECHTNER / BELINDA VOGT
FRAUEN
SCHWIMMEN
RHEIN MAIN KRIMI
emons: